트윈 풀 호텔의 살인 사건

노원 지음

포문 출판

모두가 비슷한 생각을 한다는 것은
아무도 생각하고 있지 않다는 말이다

-알버트 아인슈타인

프롤로그

그것은 언론이 스스로 결정한 일이었다. 급변하는 사회에 발맞춘다는 명분 아래, '기자'가 쓰는 '기사' 대신 '캐스터'가 쓰는 '픽셔'로 이름을 바꾼 것은.
또한 '정치, 경제, 사회, 문화' 섹션이 아니라 '오노애락희욕애(혐오, 분노, 슬픔, 쾌락, 기쁨, 욕망, 사랑)' 일곱 가지 감정 섹션으로 타이틀을 나눈 일들은.
그 결과 언론사들은 거대 미디어그룹으로 몸집을 불려 나갔으니 실로 탁월한 변신과 성공이라 할 수 있으나. 많은 사람들은 일련의 변화를 받아들이기만 할 뿐. 거기 숨겨진 내막과 의미, 의도는 생각하지 못하는 듯했다.
그러나 뉴원은 그 의미를 알고 있는 소수의 사람 중 하나였다. 픽셔의 어원이 'fictioner'이며 '허구적인 픽션을 쓰는 작가'리는 것을 알고 있었기 때문이다. 한마디로 '픽셔'와 '캐스터'는 같은 의미이며, 그것은 글이 존재하는 게 아니라 글을 쓴 사람만이 존재한다는 의미였다. 나아가 '진실'이 존재하는 게 아니라 '진실이라고 말한 사람'만이 존재한다는 의미라는 것도 그는 알고 있었다.

이제 캐스터들은, 사건 사고에 담긴 진실을 파헤치는 대신 감정을 자극하는 스토리를 전달할 뿐이었으며, 이제 사람들은 사건 사고에 담긴 진실 대신, 추종하는 캐스터의 스토리에 따라 선택적 분노나 혐오를 느끼는 게 중요할 뿐이었다.

이렇게 캐스터와 진실이 점점 일체화되는 듯했으며, 다시 캐스터와 그를 추종하는 구독자가 일체화되는 듯했다. 그리고 어느새 캐스터와 구독자들은 같은 생각과 관점을 공유하며 세상을 바라보는 것 같았다.

뉴원이 그것을 확인한 것은 '범죄의 트렌드'라는 타이틀 아래 진행된 모임에서였다. 혐오 섹션의 메이저 캐스터가 신청자 중 무작위로 다섯 명을 뽑아 만들었다는 한밤의 모임에서, 뉴원은 뒤통수를 한 대 얻어맞은 듯한 충격을 받고 말았다.

"물론, 방금 말씀드린 내용을 이해하지 못하는 분도 있을 겁니다. '살인'이란 범죄를 더욱 깊이 연구하고, 형벌을 세분화해, 경우에 따라 면죄부를 주어야 한다고 말한 이유는, 극단적인 예를 가리킨 게 아니란 말씀입니다. 여러분은 당연히 유괴범이나 사이코 패스처럼, 누가 봐도 죽어 마땅한 자를 없애는 일에 면죄부를 주어야 한다는 말로 오해하겠지만, 그런 영웅 심리에 도취된 사적 제재를 응원한다는 말이 아니라, 오히려 그 반대라고나 할까요... 전, 지극히 평범하고 일상적인 살인에 면죄부를 주었으면 하고 바라는 중입니다." 잠시 입을 다문 캐스터는 상체를 기울여 은밀한 신호인 양 짙은 눈빛을 던졌다.

그러나 뉴원은 귓불을 문지를 뿐. '평범하고 일상적인 살인과 면죄부'라니. 참으로 도발적인 조합의 문구를 자신이 잘못 들은 줄 알았기 때문이다.

캐스터는 뉴원의 반응은 아랑곳하지 않고 다시 말을 이었다.

"그러니까 일상 생활에서 일어나는 살인. 즉, 한 지붕 아래 모여 살고 있는 가족 내에서, 혹은 수년간 한솥밥을 먹으며 근무한 직장 동료들 사이에서 벌어지는 참극을 말하는 겁니다. 내가 죽이고 싶은 한 사람. 그 사람만 없으면 내 생활이 참혹한 나락에서 지고의 천국으로 바뀔 것 같은. 그 사람의 소멸이 나를 지옥에서 건져 올릴 것 같은 살인을 말하는 것이죠. 그런 살인에 면죄부를 주어야 하지 않을까요?" 그는 짧게 숨을 내쉬었다.

"후, 그래야 우리 모두 혜택을 받을 수 있으니까요. 사실, 우리는 모두 잠재적, 예비적, 살인자가 아닙니까... 설마 자신은 살인과 무관하다 생각하시는 분은 여기 없겠죠?" 답은 필요 없다는 듯 단정적으로 고개를 끄덕이고 말을 잇는다.

"대개 범죄라는 것은 그것을 실행하는 인간에게서 공통점을 찾을 수 있습니다. 예를 들어 사기꾼들은 화려한 언변과 해박한 지식을 가진 경우가 많죠. 그리고 최상위 레벨은 리플리 증후군인 경우가 대부분입니다. 사기라는 범죄에서 레벨을 따진다면, 피해자 수와 피해 금액이 될 텐데. 최고 레벨에 오른 사기꾼들은 본인 스스로가 자신의 생각과 말에 확고한 신념을 가지고 있습니다. 솔직히 거짓말을 하겠다고 생각하면 순간, 티가 납니다. 자신이 하는 말이 허무맹랑한 말이라는 것을 본인이 잘 알고 있으며, 상대를 어떻게 속이고 설득할 것인가 멈칫하는 순간, 상대도 그것을 느낀다는 말이죠. 인간 중에는 예민한 사람도 있으니까요. 때문에 자신이 먼저 스스로의 말을 믿는 겁니다. 철저하고 열렬하게. 내가 먼저 광신적으로 나를 믿어야 하죠. 나는 신이다, 모두 내 말을 듣고 내 앞에 무릎을 꿇으라, 모든 여인은 나의 아내이며, 모든 재산은 성전의 종탑을 위해 바쳐라. 내가 너희를 천국에 이르게 하며, 나의 축복이 곧 신의 축복이니라... 일반인도 대기권을 돌며 우주 여행을 할 수 있다는 이런 때조차 사이비 종교가 판을 치니, 그 삿된 믿음의 위력을 가히 알 수 있습니다. 또한 성범죄자의 특징 역시 명확합니다. 그들 대부분은 성충동을 억제하지 못하며 성욕 과잉증과 폭력성, 도착증 등을 가지고 있죠. 한 마디로 범죄란, 그것을 저지르는 범죄자와 합 같은 게 있다는 말입니다. 그래서 우리는 범죄자의 공통점을 추출해 낼 수 있고, 그것을 가지고 다른 사건의 범인을 특정하는 데, 도움을 얻기도 합니다. 새로 발생한 범죄에 있어, 동종 전과자부터 전수 조사하는 일이 조수대의 첫 작업이 되는 것만 봐도 알 수 있는 일이죠." 후, 그 입가에 위험한 미소가 떠올랐다.

"하지만 살인은 다릅니다. 살인자는 특징이 없습니다. 여기 있는 여러분과 저, 누구라도 살인은 저지를 수 있습니다. 남성이든 여성이든, 평소 얌전했거나 폭력적이었던 사람도. 의사와 같은 전문 직종의 화이트 칼라나, 하도급 건설사에서 벽돌을 져 나르는 블루 칼라 노동자, 누구라도 말이죠. 역사상 가장 어린 살인자, 메리 벨은 열 살에 두 건의 살인을 저질렀으며, 최장수 살인

범, 가오핀은 107세에 옆에서 잠자던 아들을 살해했습니다. 제 주장의 근거는 성경에도 나와 있지 않습니까? 거기 실린 카인과 아벨의 이야기가 바로 가족 내의 참극을 그린 이야기로. 그것은 매우 상징적이며, 모호하고, 또한 아주 흥미롭지 않나요." 말의 내용과 달리 그의 어조는 한결 은근해졌다.

"어떤 일이든 손익을 계산할 줄 알아야 성공할 수 있으며, 특히 범죄라면, 더욱 이익과 손해를 꼼꼼히 따져 봐야 합니다. 생면부지의 타인을 죽이는 것은 이해득실을 따질 것도 없습니다. 단지 순간적인 희열과 쾌락을 느끼고 끝날 뿐. 타인이기에 상황을 통제하거나 조작하기 어려워, 범죄는 금세 발각되고 끔찍한 형벌을 받을 뿐이죠. 게다가 동기에 있어, 실로 형편없는 대처밖에 할 수 없는데. 기껏해야 심신 미약을 주장하며, 악마의 목소리가 들렸다고 우기는 정도일까요. 말도 안 되는 억지 주장을 하는 데서 끝나고 맙니다... 그러나 가족이 대상이면 상황이 완전히 달라집니다. 가족은, 그를 죽이는 순간 곧바로 예상 가능한 수익이 발생하며, 그 동기를 얼마든지 꾸며 낼 수 있습니다... 가정폭력이나 학대를 당했다든가 말이죠. 게다가 상황을 통제할 수 있으니 완전 범죄를 꾸며 볼 수 있지 않나요."

뉴윈은 아연실색했다. 그러나 캐스터는 말을 계속했다.

"결론은 이것입니다. 범죄도 트렌드가 있으며, 살인도 트렌드가 있다는 것. 그리고 요즘엔 가족 간의 살인이 트렌드라는 겁니다. 이 나라에서 연간 살인 사건은 700여 건에 이르며 그중 가해자와 피해자가 완벽한 타인인 경우는 12%에 불과합니다. 88%

는 아는 사이에서 일어난다고 하죠. 귀찮게 보채기만 하는 아이를, 유산을 쥐고 있는 부모를 없애 버리는 게 유행이 되는 중입니다. 생각해 보세요, 그들을 없애면 내 삶이 얼마나 편하고 윤택해지겠습니까? 범죄를 은폐할 수만 있다면, 가장 빨리, 가장 손쉽게 '천국'을 손에 넣을 수 있다니까요. 그렇게 천국을 갖기 위한 살인에는 면죄부를 주는 것도 좋지 않은가 말입니다."

천국과 살인… 그것은 더할 나위 없이 위험한 조합이었다. 뉴원은 지체하지 않고 손을 들어 이 흐름을 끊기로 했다. 긴장되고, 팽팽하고, 불순한 공기의 흐름을 바꾸기 위해 그는 차분히 손을 들고 입을 열었다. "전 그 말에 동의하지 않습니다."

그러자 곧바로 캐스터가 의자를 떨치듯 자리에서 일어났다.

"여기 규정을 모르는 분이 있었군요. 이 모임은 주최자만 말할 수 있습니다. 100만 명을 거느린 메이저 캐스터를 직접 만날 수 있는 기회의 대가로 입을 다물어야 하죠. 영광의 대가로 보면 간단한 룰이었는데. 어긴 분이 있으므로 모임은 여기서 끝내겠습니다… 다음부터는 추첨에 좀 더 신경을 써야겠군요."

그렇게 주최자가 화난 듯 자리를 박차고 나가자, 다음 순간, 뜻밖의 일이 벌어졌다. 참석자들이 일제히 뉴원을 비난하고 나선 것이다.

"이런, 씨! 한창 중요한 이야기를 들을 참이었는데."

"그래. 어쩌면 완전 범죄에 관한 힌트도 얻었을 걸."

"모처럼 신선하고 흥미로운 이야기를 들을 수 있어 좋았건만. 이런 이야기를 또 어디서 들을 수 있냔 말이야."

"뭘 말하고 싶었던 거야, 응? 무슨 말로 반박할 셈이었지? 그 말에 동의하지 않는다고? 왜? 살인은 나빠? 가족은 네가 살아가는 삶의 이유야? 유치하긴! 요즘 그런 말은 애들도 안 해."

뉴윈은 그들의 반응에 순간 크게 당황했다. 그러나 이어지는 비난을 들어 보니, 이들은 방금 자리를 떠난 캐스터의 열렬한 구독자들인 듯.

그렇다면 구독자들은 캐스터의 어떤 생각도 받아들이고 공유한다는 것인가... 그는 그만 머릿속이 어질어질해졌다.

1부 사건 발생

1 시체 목격자, 하나 – 아일랜과 솔리

"… 그렇게 된 거예요. 어릿광대 저택의 사건을 파헤친 건 뉴원 씨였을 뿐. 전 피를 보면 기절하거든요. 그래서 범죄에는 손톱만큼도 관심이 없고 오직 사랑만 탐구할 뿐이죠" 신나게 이야기를 마친 아일랜은 보조석에 앉은 여인에게 꾸벅 인사를 했다.
 "어쨌든 솔리 양, 너무너무 감사해요. 초대가 얼마나 기뻤던지 홍차를 몇 잔이나 마셨는지 모르겠어요. 캐리어에 짐을 싸며 넉 잔도 넘게 마신 것 같은데. 5성급 호텔의 패밀리 스위트에서 보내는 주말이라니. 상상조차 되지 않아요. 설마 이게 꿈은 아니겠죠? 물론 꿈이라도 좋구요." 호들갑을 떨던 그는 운전대를 잡고 있던 핑크색 손으로 기어이 볼을 꼬집는데. 얼마나 세게 집었던지 "아얏."하며 옆을 돌아본다.
 그러자 그 산만한 몸짓에 당황한 여인이 희고 넓적한 손으로 운전석 너머를 가리켰다. "제발, 앞을 보세요, 아일랜 씨. 여기는 초행길이라면서요."
 목소리를 높여 주의를 준 여인은 솔리 베넷. 그녀는 더블픽셔사의 쾌락 섹션 캐스터로, 활동한 지 1년 만에 메이저에 올라 부러움과 시샘을 동시에 받는 여인이었다. 큰 키에 커트 머리를 고수하는 탓에 얼핏 소년처럼 보이지만, 둥근 이마와 갈색 눈동자,

긴 속눈썹과 도톰한 입술이 매우 사랑스러워 보이는 여인이기도 했다.

사실, 아일랜은 그녀와 별다른 친분이나 접점이 없는 사이였다. 그런데 오늘 아침, 그녀가 전화를 걸어와 다음 주말을 함께 보내자고 제안을 해 오는 게 아닌가. 그것도 최고급 호텔의 스위트 룸에서. 그는 무척 놀랐으나 워낙 매력적인 이야기라 따질 것도 없이 덥석 승낙부터 하고 말았다. 그리고 부랴부랴 1차로 여행 가방을 꾸려 차에 싣고 출발한 참이었다.

솔리는 재빨리 주의를 준 다음 고개를 갸웃한다. "그리고 오늘은 예약만 하러 가는 거라 짐을 쌀 필요는 없죠. 호텔에 묵는 날은 일주일도 넘게 남은 걸요."

그 말이 마치 재미있는 농담인 양. 아일랜은 수다스러운 웃음을 터뜨렸다. "호호홍." 하는 콧소리는 기쁨을 참을 수 없다는 듯 터져 나오는데. 아무리 생각해도 최고급 호텔에서 보내는 주말은 엔젤 사의 딥 초코만큼 달콤할 듯. 그것이 작가가 모든 감각을 동원해 떠올릴 수 있는 최대한의 감미였다.

그는 초승달 모양으로 눈을 치떴다. "호홍. 전 호텔에 묵을 땐 3차에 걸쳐 짐을 꼼꼼하게 싼답니다. 오늘은 겨우 1차인 걸요. 그리고 운전은 걱정하지 말아요. 이래 봬도 주의를 기울여 최고로 방어 운전 중이니까. 게다가 이렇게 넓은 길에 저희 말고 다른 차는 없잖아요… 참, 그러고 보니 이상하긴 하네요. 한 1km 전부터 사랑스러운 제 프링만 달리고 있는데. 이렇게 멋진 길이 일방통행은 아닐 텐데 말이죠. 도로가 호텔 전용도 아닐 테구."
 그러면서 사이드 미러를 살폈으나, 키 큰 야자수가 가로수처럼 뻗은 길에는 여전히 분홍색으로 튜닝을 한 자신의 자동차뿐.
 그러자 솔리가 어깨를 으쓱했다. "후후, 틀렸어요. 도로만이 아니고 이 주변에 보이는 농장과 들판 모두가 호텔 소유예요."
 그 말에 아일랜은 깜짝 놀랐다. "네? 이 멋진 아스팔트 포장도로가 호텔 소유라고요? 외길이기는 하지만 자동차 두세 대가 나란히 달려도 될 정도로 넓은데요." 옆을 힐끔거리며 아랫입술을 쭉 내민다. "음, 이렇게 넓은 사유지를 가지고 있는 최고급 호텔인데. 왜 전 처음 들어보는 것 같죠? 아무리 생각해도 트윈 풀이란 이름은 처음이에요. 5성급이면 이름 정도는 알고 있는데. 'R.V.제이슨'이나 'A.P.프레디'처럼 글로벌 체인 그룹이 많잖아요. 그런데 트윈 풀이라니... 여긴 대체 어떤 호텔이죠?"
 그러자 솔리가 손을 맞잡더니, "드디어 제가 찾아낸 주인공에 대해 물으시는군요. 이곳은 일반에 알려진 곳이 아니라 아일랜 씨가 모르는 것도 당연해요. 저도 구독자가 귀띔해 줘 겨우 알아낸 걸요. 그리고 전 최고급이라 했지, 5성급이라고 말한 적은 없어요. 여긴 역사적으로 색다른 의미가 있는 곳이라, 호텔의 등급 심사를 신청하지 않았다고 하니까요." 하고 반갑게 대꾸했다.
 "역사적으로 색다른 의미요?" 아일랜은 눈을 찌푸렸다. "물론 솔리 양이 시리즈로 내고 있는 픽션의 주인공이라 평범한 곳은 아닐 거라 생각했지만. 호텔이 가지고 있는 색다른 의미라는 게 도무지 상상이 안 돼요. 흠, 역사적으로 색다른 의미라... 혹,

어느 천재 건축가의 유작이라거나, 아니면 역사적 사건이 터진 곳이라거나, 그것도 아니면 고대 유적이라도 발굴되었다는 건가요? 어떤 의미가 있다는 거죠?"

솔리는 '관광 산업에 대한 제언'이라는 헤드라인으로 시리즈 픽셔를 내는 중이었으며, 영상과 글에서 고급 숙박 시설을 소개하고 있었다. 그것이 여행을 갈망하는 이들에게 정보와 대리 만족을 시켜 준 듯, 구독자가 하루가 다르게 늘어나는 형편이다.

후후, 상대의 질문이 재미있다는 듯 솔리가 갈색 눈을 찡긋했다. "스위트 룸에 혹해서 다른 질문은 하지 않길래 섭섭했는데. 사실 이번에 발굴한 주인공은 놀라운 장점이 있거든요. 그걸 꼭 알려 주고 싶었어요. 역사적 의미를 말한 것도 그 점을 강조하고 싶기 때문이에요. 트윈 풀 호텔의 최고 메리트이자 최대 장점인 오션 뷰, 말이에요... 얼마나 멋진 바다를 가지고 있는지. 제가 소개하기만 하면 서머빗 호텔의 로열 스위트가 보유하고 있는 '국내 최고의 오션 뷰'란 타이틀을 단번에 빼앗아 올 수 있을 정도예요. 라운지 카페에서 보는 뷰가 그 정도라면, 스위트 룸에서 보는 바다는 정말 최고라 불러도 손색없을 풍경 아니겠어요. 그 외의 말은 더해 봐야 사족일 테고."

오, 아일랜은 탄성을 질렀다. 그러나 아직 궁금증이 가신 건 아니었다. "하지만 지금은 10월이잖아요. 바캉스도 끝나고 찬바람이 불기 시작했는데. 구독자들이 오션 뷰를 좋아할까요?"

솔리는 가볍게 대꾸했다. "그건 아일랜 씨가 몰라서 하는 말이에요. 오히려 이맘 때가 시원하고 청량한 바다를 감상하기 좋죠.

사실 한여름의 바다란, 그 참모습을 즐기기보다 폭염의 불덩이를 피해 다급하게 뛰어드는 물웅덩이나 다름없지 않겠어요."

아, 아일랜의 혈색 좋은 핑크색 광대가 실룩댔다. "무슨 말인지 알겠어요. 그건 그러니까, 제가 배고플 때 절대 초코케이크를 먹지 않는 것과 같은 이유란 말이죠? 배가 고플 때는 카카오 파우더의 쌉싸래한 달콤함과 생지에 섞인 다크 초코의 묵직한 단맛, 장식용 가니쉬의 크런키하고 달달구리한 감미를 전혀 구분하지 못하고 허겁지겁 입 안으로 욱여넣기 바쁘거든요."

그 말에 솔리는 다시 한번 작가를 곁눈질한다. 자신의 말을 제대로 이해한 듯, 그의 비유는 신선하고 재미있기까지 하다. 어릿광대 저택의 사건을 해결한 후로 크게 주목받는 캐스터라 몹시 궁금했는데. 잠깐만 탐색해 봐도 아일랜은 매우 독특한 남자였다. 남들의 두 배는 됨 직한 커다란 덩치에 핑크빛이 감도는 피부. 본업은 로맨스 소설가에 사랑 섹션의 캐스터를 겸업하고 있는 작가는, 외모도 성격도 참으로 예상 밖의 유니크한 스타일이었던 것이다.

그녀는 그를 주시하며 즐겁게 답했다. "올여름은 그야말로 열대야의 지옥이었잖아요. 기상 관측 이래 최악의 혹서라고 WMO가 발표한 그대로요. 그럼에도 불구하고, 바다는커녕 수영장 소독물에 발 한 번 담그지 못한 사람도 많고. 휴가를 떠난 사람도 바다 풍경을 즐기는 게 아니라 무시무시한 인파에 고생만 했다고 하던 걸요. 그래서 전 여름 시즌엔 북쪽 노드에 있는 펜션을 소개했어요. 그리고 휴가를 떠나지 못한 구독자들에게 가을에 환상적인 오션 뷰를 보여 주겠다고 약속했죠. 그래서 휴가철이 끝나자마자 호텔 탐방을 시작했는데. 그러다 이곳에 대한 이야기를 들은 거예요." 얼른 고개를 끄덕인다. "그래서 답사를 와 봤더니. 세상에. 라운지 카페의 산책로에서 보는 바다 뷰가 얼마나 멋지던지. 바로 시즌의 주인공으로 결정해 버렸어요. 아무것도 체크하지 않고서 말이에요. 사실, 제 픽션에 실릴 호텔들은 갖추고 있는 F&B나 편의 시설, 룸 컨디션과 직원들의 접객 태도 등을 꼼꼼히 체크하거든요. 그런데 여기서는 그 모든 게 하나도 떠오르지 않는 거예요. 그 바다를 본 순간. 정말 최고의 바다 풍경이었다니까요." 눈길조차 아련해졌다.

그러나 아일랜은 여전히 미심쩍은 듯 되물었다. "그렇게 뷰가 좋다고요? 이해가 안 돼요. 솔직히 오션 뷰라는 건 저도 몇 번 봤지만. 푸른 바다와 탁 트인 수평선이, 처음엔 근사해도 나중엔 비슷하기만 하던 걸요. 어디를 가도 거기가 최고인 것 같고."

그사이 자동차는 야자수와 무화과, 타베부이아 같은 열대수로 장식된 호텔의 야외 주차장에 도착한다. 아일랜은 커다란 원형 분수 뒤편으로 돌아가 빈자리에 차를 대고 시동을 껐다.
그러자 솔리가 몸을 돌려 그룹 징년으로 마주보더니, 고개를 크게 가로저었다. "이곳의 오션 뷰는 절대 비슷한 풍경이 아니에요. 아까 말했죠, 이 호텔에 담긴 역사적 의미가 호텔의 장점을 돋보이게 해 줄 거라고. 아마 이 호텔의 역사에 대해 듣게 되면 직접 뷰를 보지 않고도 단번에 그 아름다움을 이해할 수 있을 거예요." 그리고 일부러 뜸 들이듯 입을 다문다.

아일랜은 그녀를 마주 보며 푸른 눈을 깜빡였다. "오, 방금 솔리 양 눈에서 막 감탄사가 솟구친 것 같아요. 빨리 말해 줘요. 도대체 호텔의 역사적 의미가 어떻게 아름다운 오션 뷰를 설명할 수 있다는 건지."

그러자 그녀는 주먹을 입에 대고 흠, 가볍게 헛기침을 한 다음 드디어 입을 열었다. "이 트윈 풀 호텔은요... 바로 초대 총독 텐주 스톤의 여름 별장을 호텔로 개조한 곳이거든요. 한마디로 이곳은 '독재자의 여름 별장'이었단 말이에요."

"아!" 그 말에 아일랜은 입을 쩍 벌리고 저도 모르게 탄식을 내뱉는데, 잠시 말문이 막힌 듯 입을 벌리고 있다 "와우. 정말 소름이 돋았어요." 하고 호들갑스럽게 팔을 문질렀다.

"실로 완벽한 설명이에요. 독재자의 여름 별장이라니. 다른 말은 사족일 뿐. 그러니까 여기가, 80년 전 자그마치 17년간 독재로 권력을 찬탈했던 텐주 스톤의 여름 별장이라고요? 온갖 부정부패를 일삼다 쫓겨났던 그의 별장이라니. 말 다 했네요. 게임 끝이에요. 틀림없이 이 나라에서 가장 아름다운 오션 뷰를 가지고 있을 거예요. 암, 그렇구 말구요." 고개를 주억거리고는 이제야 깨달았다는 듯 주먹으로 손바닥을 내리쳤다.

"그래서 이런 외곽에 있는 데도 길이 잘 닦여져 있군요. 게다가 널리 알려지지도 않고. 후, 독재자의 여름 별장이라니. 정말 상상 이상인 곳이에요. 솔리 양, 경치가 너무 아름다울 것 같아 몹시 흥분돼요. 심장이 터질 것 같은데 어떡하죠?" 손으로 볼을 감싼 그는 처음보다 몇 배나 큰 목소리로 탄성을 내질렀다.

잠시 후 목격할 끔찍한 사건에 대해 아무것도 상상하지 못한 채, 작가는 그저 수선을 떨며 감격에 겨워할 뿐이었다.

2 시체 목격자, 둘 - 스위트 룸. 게일

게일은 504호에서 나와 엘리베이터를 타고 6층으로 향한다.

최상층인 6층은 스위트 룸 전용 공간이며 오직 엘리베이터로만 연결된다. 룸에 도착한 그는 주머니에서 열쇠를 꺼내 문을 연 다음. 거실 오른편에 활짝 열려 있는 육중한 철문을 지나 검붉은 카펫이 깔린 복도를 걸어간다.

이 호텔의 스위트 룸은 구조가 매우 독특하다. 애초 호텔이 아닌 개인 별장으로 지어졌기 때문일 것이다.

문을 열고 들어서면, 그랜드 피아노와 다렌 사의 소파, 장식장이 세트로 갖춰져 있는 메인 거실이다. 이곳은 소규모 파티를 할 수 있도록 화려하게 꾸며졌는데. 그 모든 것을 압도하며 시선을 끄는 것은 정면에 보이는 유리 발코니와 그 너머 펼쳐지는 푸른 바다다.

거실 오른쪽에는 두껍고 묵직한 철문이 24시간 활짝 열린 채 고정돼 있으며. 그 너머에, 완만한 곡선의 복도를 따라 아홉 개의 룸이 나란히 놓여 있다. 룸은 바다 전망을 위해 같은 편에 놓였으며, 벽간 소음을 막기 위해 방과 방 사이 1m 너비의 코너 룸을 두었다.

그에 더해, 한 달 동안 여기 묵기로 한 패럴 씨 가족 또한 모두 옆방을 비워 둔 채 사용 중이다. 쌍둥이를 시작으로 패럴 씨의 여동생인 조안 부부, 장녀 카달 양, 어머니인 마고 노마님과 그의 세 번째 부인인 호프 부인이 순서대로 룸을 차지했다.

거실 왼편, 철문과 마주 보는 자리에 마호가니 문이 있으며, 그 안쪽은 독채인 양, 응접실과 서재, 다이닝 룸과 침실이 갖추어져 있다. 특히 가장인 패럴 씨가 홀로 묵고 있는 서쪽 침실은, 거실과 맞먹을 정도로 넓은 데다, 발코니에 미니 풀과 자쿠지, 샤워 시설이 구비되어 있어, 가족들은 서쪽 침실에서 쉬는 것을 매우 좋아했다.

게일은 오늘도 먼저 호프 부인의 방으로 향한다. 오전 10시지만 복사열을 막기 위해 블라인드를 쳐 놓아 복도는 어둑어둑하다. 그는 아홉 번째 방 바로 앞에 있는 코너 룸으로 들어가 블라인드를 걷고, 유리를 거울 삼아 옷차림을 점검하기 시작한다.

손으로 갈색 머리를 쓸어 넘긴 다음, 넥타이 매듭을 매만지고, 재킷과 바지를 손바닥으로 툭툭 쳐 주름을 편다. "이 정도면 합격인가?" 스스로에게 물어보지만 답을 할 주인은 따로 있다. 바로 호프 부인이다. 그는 미간을 살짝 찌푸렸다.

미대 졸업반인 그는 키가 크고 마른 체형에, 예민해 보이는 날카로운 얼굴을 가졌다. 깊은 녹색 눈동자와 선이 뚜렷한 코, 매끈한 이마가 조화를 이루어, 로맨스 영화의 주인공에도 어울릴 듯. 때문에 그는 이제껏 패션에 신경을 써 본 적이 없다. 대충 걸치고 나가도 사람들이 칭찬을 마다하지 않았기에.

그런데 패럴 씨에게 고용된 후로는 매일 옷차림을 점검받아야 하니 그것이 도통 이해되지 않는다. "뭐, 모델이라 했다 비서라고 했다. 하는 일도 없고." 그는 불만스럽게 콧등을 찌푸리며 혼잣말을 중얼거린다. "솔직히 심부름꾼일 뿐이지."

그는 두 달 전, 회화과 지도 교수의 추천으로 패럴을 만났다. 처음엔 모델이라 소개받았는데 와서 보니 비서라 불리는 데다, 저번 주부터 호텔에도 함께 묵는 중이다. 그런데 비서라는 것도 직함일 뿐. 실제 하는 일은 심부름꾼에 불과했던 것이다.

패럴 코브는 모닝이스트사의 분노 섹션 메이저 캐스터로, 두 달 전 일을 그만두었다고 한다. 그는 지난 10년 동안, 여러, 사회적 사건을 다루며 분노가 가득한 픽셔를 써냈고. 스토리를 꾸미는 능력이 탁월해, 지엽적인 작은 사건도 사회적 공분을 크게 불러일으켰다고 한다. 그 실력으로 구독자를 모으고 인기를 끌었다는 것이다.

지금의 미디어그룹과 캐스터들은 예전의 언론사나 기자와는 비교가 되지 않을 만큼 영향력이 크고 막대한 부를 쌓을 수 있다. 특히 분노나 혐오 섹션에서 100만 명 이상 구독자를 거느린 메이저가 되면, 정치인들조차 머리를 숙일 정도로 권력은 막강해진다. 그런데 미디어 업계 1위라는 모닝이스트사에서, 그것도 인기 있는 분노 섹션의 메이저 캐스터였던 그가 홀연 퇴직을 결정하고는, 새로운 취미로 유화에 빠졌다는 것이다.

게일을 뽑은 것도 순전히 취미를 즐기는 차원으로. 청년이 하는 일은 테레핀 오일과 벤졸, 클리너 용액 같은 미술 재료를 구입하는 것과 클래식하고 단정한 차림으로 모델로서 대기하는 것이었다. 그 스타일과 패션을 호프 부인에게 미리 점검받아야 하기에, 그는 스위트 룸으로 출근하면 먼저 호프 부인을 만나 모델에 어울리는 차림인지 선보인 다음, 이후 서쪽 공간으로 넘어가 응접실에서 대기하는 것이 일과다.

청년은 블라인드를 올려 두고 복도로 나온다. 그의 반듯한 이마가 살짝 구겨진 듯했다.

3 시체 목격자, 셋 – 스위트 룸. 마고

마고 노부인은 거실로 나갈 준비를 꼼꼼히 끝냈다. 여섯 시에 일어나 샤워를 마쳤으며, 두 시간 넘게 공들여 머리를 틀어 올리고 메이크업을 끝냈다. 그리고 옷장을 열어 보니 베라 디자이너의 블랙 드레스가 눈에 들어온다. 이 시간엔 그 드레스가 꼭 어울릴 것 같아 옷걸이를 집어 들었다.

이윽고 그녀는 레이스 머리띠와 오페라 글러브도 같은 색으로 맞춰 착용한 다음, 가죽 덧신을 신고 거울 앞에 섰다. 자신의 창백한 피부와 깔끔한 업스타일의 백발, 검은색 드레스가 어우러져 화이트 앤 블랙의 무드를 연출하는 듯.

그것이 매우 강렬하고 위엄 있게 보여 노부인은 우울한 미소를 띤다. "그래. 오늘은 이 차림이 좋겠어. 차분하고 무게 있어 보이는 게 딱 좋아. 마음에 들어." 그리고 잠시 후, 백태가 낀 탁한 눈을 깜빡이며 혀를 찼다. "쯧쯧. 그나저나 다들 왜 이리 조용한 거야. 도대체가 얘들은 죽었는지 살았는지, 기척이 없어."

그리고 문을 확 잡아당겨 복도로 나온 순간, 마고는 자신의 잘못을 깨달았다. "참, 여긴 호텔이었지. 방음이 잘 되는 최고급 호텔." 혼란한 듯 머리를 가로젓는데. 오른편에 사람의 그림자가 어른거리고 있다. 그것이 마치 벽에서 튀어나온 듯 보이는 바람에 그녀는 실루엣을 향해 놀란 듯 소리쳤다. "거기 있는 건 누구지? 또 패럴이냐?"

그러자 게일이 답했다. "아닙니다, 마고 님. 패럴 씨의 비서인 게일 노먼입니다." 그는 노부인이 놀란 것 같아 재빨리 답을 해주었다. 노부인의 방은 하나 건너 옆방이라 가까운 편이나, 눈이 어두운 마고 님이 자신을 몰라본 듯.

순간 마고는 머리를 갸웃한다. "응? 게일 군?" 잠시 후, 고개를 끄덕이며, "그래, 맞아. 새로 온 비서가 있었지." 사정을 떠올린 그녀는 그에게 수고하라 인사를 건넸다. 그리고 거실로 나아 곧장 발코니 앞으로 기 풍경을 감상했다.

벌써 일주일 넘게 보는 경치지만, 이 풍경은 실로 놀라움을 금할 수 없다. 아마 거실에 들어선 누구라도 이 모습을 보면 탄성을 내뱉지 않고는 못 견딜 것이다. 이토록 가슴이 탁 트이는 시원한 바다를 그녀는 일생 동안 본 적이 없다. 대형 유리를 이어 만든 발코니에는 오직 바다와 하늘만 비칠 뿐. 아마 이 스위트룸의, 아니 이 호텔의 진짜 주인은 이 발코니일 것이다.

오늘은 하늘이 흐려, 잿빛 구름과 색이 빠진 듯 탁한 바다가 펼쳐져 있는데, 그것 또한 색다른 풍경이었다. "정말 최고야. 어디서도 볼 수 없는 광경이지. 이 바다는 무서울 정도라니까."

잠시 감상을 마친 그녀는 목에 걸고 있던 렌즈를 콧등에 걸쳐 유리문을 살피고는. "쯧쯧. 역시 더러운 손자국이 그대로 있잖아. 테일라는 대체 뭘 하고 있는 거야." 혀를 차며, 곧장 테일라를 불렀다. 허스키하고 큰 목소리가 거실을 쩌렁쩌렁 울리는 듯.

"테일라, 도대체 어디 있는 거야. 당장 거실 유리부터 닦아."

모래를 긁어내듯 탁한 목소리에 젊은 여인이 마호가니 문 너머에서 뛰어나왔다. 그녀는 손에 걸레를 들고 허리를 굽실거렸다. "마고님, 나오셨어요. 응접실을 청소하고 있었어요."

"넌 어떻게 된 애가 그렇게 일머리가 없어. 이 룸에서 가장 중요한 건 이 발코니라고 하지 않아. 눈앞에 펼쳐진 이 풍경을 보기 위해 매일 천 만 골드 머니를 지불하는 거라고. 네가 몇 달을 일해도 쥐어 볼까 말까 한 돈을 말이야. 쯧쯧. 보이지도 않는 응접실 따위에 신경을 쓰니 그 모양인 게지. 얼른 이것부터 닦아."

테일라는 허둥지둥 유리에 달라붙어 걸레질을 시작했다.

그러나 마고는 잔소리를 멈추지 않았다. "젊은 애가 왜 그리 말귀를 못 알아듣는지. 내 말을 무시하려는 것도 아닐 테고. 내가 언제나 말하지 않아. 이 룸에서 가장 중요한 건 이 발코니라고. 바다가 잘 보이도록 항상 유리문을 반들반들 닦아 두어야 한다고 말이야."

노인은 분이 풀리지 않는 듯, 혹은 그새 자신이 한 말을 잊기라도 한 듯, 똑같은 잔소리를 재차 퍼부어 댔다. 테일라는 풀이 죽어, "네. 네." 답하며 마른 걸레를 문질렀다.

그러자 마고가 다시 호통을 쳤다. "그게 아니야. 유리를 말끔히 닦으려면 따로 세정제를 써야 한다니까. 사람들 손에는 때나 기름이 끼어 있어. 요즘엔 공기도 오염됐기 때문에, 뭐든, 물로만 지우기는 어렵다고 몇 번을 말해. 그것을 말끔히 닦아 내려면 세제를 쓰라고 말이야."

마고는 손수 그것을 갖다주겠다며 룸 밖으로 나갔다. 그리고 엘리베이터 옆 청소부들이 묵는 룸을 지나, 청소 도구와 각종 세제를 보관하는 창고로 향했다.

4 시체 목격자, 넷 - 스위트 룸. 테일라

테일라는 한숨을 푹푹 내쉬며 발코니 유리를 닦는다. 생각 같아서는 걸레를 유리창에 팽개치고 싶으나 그저 꽉 움켜쥘 뿐.

그녀가 얼마나 힘을 줘 유리를 닦는지, 최고급 창호가 싸구려처럼 흔들리기까지 한다... 이건 말이 다르지 않은가. 자신은 노부인을 시중을 들러 온 것일 뿐.

패럴 씨 가족이 호텔에 묵는 첫날, 테일라는 이곳으로 면접을 보러 왔다. 직업 소개소에서 적어 준 신분 보증서와 추천서를 가지고 왔더니, 이미 또래의 젊은 여성들이 거실에 모여 있었다.

그중, 테일라가 스물넷으로 가장 어렸으며 미모 또한 가장 뛰어났음에 틀림없다. 그녀는 검고 풍성한 머리에 또렷한 이목구비를 가졌으며 키는 보통이지만 매끈한 다리를 가지고 있었다.

발목이 가늘고 종아리가 얇은 다리를 뽐내기 위해, 그녀는 자신이 가진 치마 중 가장 짧은 미니스커트를 찾아 입었다. 그것은 면접에서 자신의 장점을 어필하기 위한 선택으로. 면접을 본 다른 이들도 장점을 어필하느라 애를 썼을 것이다. 단지 그들은 나이에 어울리지 않는 지루한 모직 투피스를 택했을 뿐이지만.

결국 간단한 면접 끝에 예상대로 그녀가 뽑혔다. 그리고 그날 들은 이야기로, 그녀는 마고 님의 시중을 들면 된다고 생각했을 뿐이다. 그녀를 직접 뽑았다는 호프 부인의 말은 간단했다. 활기찬 젊은 여인이 곁에 있는 게 마고 님께 좋을 것 같다고. 시중을 잘 들라는 당부만 전하지 않았는가 말이다.

그 말을 철석같이 믿었더니 이렇게 말과 다를 줄이야. 막상 일을 시작하니 노부인은 건망증이 심할 뿐, 기력은 좋은 편이었다. 때문에 그녀는 노부인의 시중을 드는 일은 뒷전이 되고, 청소부에다 잔소리받이로 전락해 버린 듯했다.

후... 테일라는 신세를 한탄하며 뒤돌아 풍경을 바라본다. 바다와 하늘이 한 쌍으로 넘실거리며, 수평선이 저만치 눈썹 위에 떠 있다. 그 대단한 풍경을 감상하기도 전에 노부인이 세제를 들고 소리 없이 나타났다.

마고 님은 올해 여든 살로, 자신의 할머니보다 열 살이나 나이가 많다. 그럼에도 불구하고 꼿꼿한 체형에 가죽 덧신을 신은 채 소리 없이 다녀 사람들을 놀래키곤 했다. 지금도 갑자기 뒤에 나타나 혀를 차는 바람에, 테일라는 깜짝 놀라 얼른 몸을 돌렸다. 그리고 노부인에게 세제를 건네받아 유리를 닦기 시작했다.

5 시체 목격자, 다섯 - 스위트 룸. 페이

호텔 청소부 페이는 항상 호프 부인의 침실부터 정리한다. 침대 시트와 스프레드, 솜을 넣은 듀벳, 고무줄로 고정된 매트리스 커버를 벗기고 새 것으로 갈아야 하는데. 그녀는 시늉만 할 뿐. 시트와 커버를 벗기는 척. 트레이에 가져온 새 시트를 씌우는 척 할 뿐이다.

침대 주변을 돌아다니며 손으로 두들겨 소리만 내고. 시트 귀퉁이를 당겨 주름을 펴고. 여섯 개나 되는 쿠션과 베개 또한 커버를 바꾸는 대신 머리카락만 떼고. 의자에 걸쳐 놓은 수건과 샤워 가운은 냄새를 맡아 보고 대충 털어 욕실에 도로 갖다 둔다.

"낭비야, 낭비. 시트를 매일 갈 필요가 뭐 있어. 한 달이나 묵는 사람들인데. 어제도 오늘도 침대는 호프 부인만 쓸 뿐인 걸.'

그녀는 눈이 둔한 부인이 아무것도 발견하지 못할 것을 잘 알고 있다. 호프 부인은 방으로 들어올 때와 방에서 나갈 때, 트레이에 실린 시트가 그대로인 것도 모르는 둔한 여자다. 더욱이 이 룸은, 복도 맨 끝이 데다 옆은 귀가 어두운 마고 님 방이 아닌가. 때문에 이곳은 게으름을 피우기에 아주 좋은 곳이다.

"어차피 코너 룸이 끼어 있는데. 다들 방에서 무슨 짓을 하려고 옆방을 비워 놓은 건지. 원." 페이는 불만스럽게 입을 실룩거린다. 이 가족은 모든 게 불만스럽지만, 방을 하나씩 비우고 쓰는 것도 마뜩잖다. 만약 자신이 가족들과 여기 묵는다면, 나란히 옆방을 쓸 것이다. 그래야 청소부가 편하지 않겠는가. 그런데 이 가족들은 방을 하나씩 비우고 쓰는 바람에, 그녀는 엉뚱한 방문을 열 때가 많고, 복도 끝까지 트레이를 끌고 다니느라 힘이 배로 들었다.

"하긴 덕분에 청소를 대충 해치울 수 있지만 말이야. 그나저나 카달의 약혼자에 여동생 부부까지 불러들였으니, 군식구가 얼마나 늘어난 거야. 아무리 한 달이나 묵는다 해도 인원 수가 느는 건 반칙이지 않아."

페이는 부산스럽게 침실을 돌아다니며, 눈에 보이는 쓰레기만 줍는다. 그러다 아침에 어머니와 통화한 게 떠올라 심통이 난다.

"아니, 어머니도 잔소리를 하려면 뭘 알고나 하지. 객실 청소가 얼마나 힘든 지도 모르면서. 라지 킹 사이즈는 들어 본 적도 없는 주제에 아침부터 기분 잡치는 소리나 하고." 자신은 체구가 작은 편인데 이 룸의 침대는 모두 라지 킹이나 킹 사이즈였다. 때문에 최고급 거위 솜털을 담은 시트라도 혼자 갈기에는 힘이 들었다.

그녀는 행동이 민첩하고 잔머리가 빠르게 돌아가는 여인으로, 턱이 뾰족하고 눈매가 사납게 치올라 갔다. 사실 그녀는 스위트 룸 담당이 아니었으며, 이곳의 전담 청소부는 소피라는 동료였다. 그런데 이번에 묵는 가족이 재벌인 줄 알고, 페이가 그녀를 졸라 청소일을 인계받은 것이었다. '쳇, 대저택에 스카우트될까 해서 웃돈까지 얹어 주었는데. 재벌이 아니라니.' 그것만 생각하면 짜증이 치밀어 오른다. 더욱 거칠게 뒷정리를 마친 페이는 트레이를 밀며 밖으로 나왔다.

마침, 복도에는 호프 부인과 게일이 마주 보고 서 있다.

그 모습을 보니, 페이의 입술이 절로 실룩댄다. 그러고 보니 오늘 아침. 청소를 하러 왔을 때 호프 부인이 거울을 보며 이상한 말을 중얼거리지 않았던가. "내가... 비극의 주인공이 되고 말았어." 그러면서 한숨을 내쉬었는데. 그것과 눈앞의 장면이 겹쳐지자 웃음이 절로 나오는 듯.

'흐, 뭐야 진짜. 드라마처럼 불륜에라도 빠진 거야?' 페이는 경멸의 웃음을 흘리며 두 사람을 지나쳐 노부인의 방으로 향한다.

부지런한 마고 님은 오늘도 밖으로 나가고 없다. 그녀는 먼저 욕실로 들어가 비어 있는 샤워 젤과 샴푸 용기를 쓰레기통에 버린다. 다 쓴 비품을 새 것으로 바꾼 다음 변기 뚜껑에 걸터앉아 종아리를 문지르는데... 노마님이 조금만 더 눈이 밝았다면 그녀는 날마다 고생스럽게 청소를 해야 했을 것이다. 그러나 마고 님은 깔끔한 성격에 비해 눈과 귀가 어두웠다. 무엇보다 시간이 좀 지나면 자기가 한 말을 잊기 일쑤라 이곳 역시 대충 치워도 된다. 때문에 페이는 오늘도 젖은 수건으로 욕실을 훑고, 빈 앰플 병과 수챗구멍에 엉킨 머리카락만 치우기로 했다.

6 시체 목격자, 여섯 - 스위트 룸. 호프 부인

호프 부인은 여느 때와 다르게 하루를 시작했다. 보통은 오전 9시에 시작하는 아침 드라마를 시청하고 나면 페이가 나타난다. 그럼 밖으로 나와 게일을 만나는 것이다. 그러나 오늘은 그럴 기분이 아니라 TV를 켜지도 않았다. 그리고 청소부에게 쫓겨나듯 룸 밖으로 나왔다.

마침 게일이 기다리고 있어 그에게 인사를 건네고 할 일을 시작한다. 햇빛이 밝게 들어오는 코너 룸 앞에서 그의 차림을 꼼꼼히 훑어보는데. 그는 감청색의 세미 캐주얼을 입고 나타났다. 사실 이 청년은 어떤 차림을 해도 멋지게 보일 것 같다.

그녀는 눈웃음과 함께, "오늘도 완벽하네요. 셔츠와 넥타이 컬러를 매치하는 게 어렵다는데. 짙은 네이비에 톤 다운된 로즈 컬러 넥타이가 아주 잘 어울려요."라며 칭찬을 건넨다. 그러나 이 말은 어제도 그제도 비슷하게 읊은 대사다.

게일 또한 그녀의 말이 항상 비슷하다는 것을 알면서도 목례를 했다. "아침마다 봐 주셔서 감사합니다. 전, 패션에 관심도 없고 센스가 둔한 편이라 칭찬해 주시는 건 격려라고 알겠습니다."

그 말에 호프 부인은 가슴이 뜨끔하다. 자신이야말로 이런 일에 소질이 없지 않은가. 단지 남편이 시킨 일이라 아침마다 연극을 할 뿐. 남편이 좋아하는 스타일의 클래식한 차림을 주문한 다음, 의례적으로 패션을 점검하는 척할 뿐이다. 더욱이 이 청년은 캐주얼이나 정장 모두가 어울리는 타입이라, 도무지 점검이라고 할 만한 게 없다.

모델로서 게일의 옷차림을 점검해 달라고 한 남편은 여인의 안목이 필요하다고 말했다. 그것은 몹시 부담스러운 청이었는데. 남편은 전체 차림만 훑어볼 게 아니라 셔츠의 주름까지 꼼꼼히 살펴보라고 주문했기 때문이다.

스케치를 그렇게 세밀하게 하는지 몰랐지만. 어쨌든 그 정도로 자세히 살피려면 비서와 마주 서야 할 뿐만 아니라, 가까운 거리에서 밀착해 눈을 들이대야 한다.

그런 자세로 남녀가 마주 선다는 것은 묘한 분위기를 자아내기 마련 아닌가. 그것은 그녀가 애청하는 드라마에 자주 등장하는 장면으로. 출근하는 남자의 넥타이를 매만지는 부인과 그 손길을 그윽하게 내려다보는 남편의 모습과 비슷한 것 같다. 때문에 남들이 오해하기 알맞은 모습이 연출되는 것이다.

호프 부인은 뜨끔한 기색을 감추고 덤덤히 게일의 인사를 받았다. 그리고 재차 비서에게 고개를 끄덕여 주고, 장녀 카달의 방으로 향한다. 남편이 부탁한 두 번째 일을 미루기 위해.

그녀는 비서를 앞질러 걸음을 옮겨 다섯 번째 방 앞에 이른다. 그리고 가볍게 노크를 했나. 이 일 역시 남편이 부탁한 것으로 매우 까다로운 일이었다. 어떤 면에서는 비서의 옷차림을 점검하는 것보다 이것이 더욱 어려운 듯. 가족들에게 아침 식사를 묻는 것은 생각보다 시간이 많이 걸렸기 때문이다.

'애들이나 마고 님, 모두 날 곤란하게 만들려고 그러는 거야.

내 취미를 방해할 셈으로... 아침이라고 해 봐야 룸 서비스를 받든 레스토랑에 내려가든 그뿐이잖아. 뷔페나 카페의 브런치 메뉴를 고를 뿐인데. 물어볼 때마다 고민하는 척하는 모습들이라니.' 그녀는 한숨을 내쉬었다.

아닌 게 아니라, 가족들은 식사를 물어볼 때마다 "아침을 어떻게 할까?" 고개를 갸웃거리는데, 마치 일부러 그러는 듯 말이다. 호텔에 들어온 지 일주일이 넘었는데, 아직도 선택지가 많은 양 고민하는 척하는 모습은 속이 빤히 보이는 행동이며. 결국 그녀가 좋아하는 아침 드라마를 볼 수 없게 시간을 끌 뿐이었다.

'그이가 이런 귀찮은 일을 시킨 이유를 다들 알고 있어. 그래서 합심해 날 괴롭히는 거지. 아침 식사를 물어본다고 한들, 날 좋아해 주거나 가족으로 받아들여 주지는 않을 걸.'

휴, 다시 한숨을 쉬며 그녀는 노크를 한다. 그러면서 저도 모르게 혼잣말을 중얼거렸다. "하지만 오늘은 드라마를 볼 기분이 아니야... 이건 너무 비극적인 일이니까..." 그런데 말을 채 마치기도 전에 문이 열리는 바람에 호프는 화들짝 놀라고 만다. 어느새 카달이 나타나 이상하다는 듯 자신을 바라보고 있다.

호프 또한 장녀인 카달을 가만히 마주 본다. 그나마 카달은 이성적으로 자신을 대했으며 가족으로 대해 주는 편이었다. 나이 차가 많으면 좋았겠지만, 열 살 차이임에도 불구하고 자신의 부탁을 잘 들어주고 새어머니라 꼬박꼬박 불러 주기도 했다.

후... 그녀는 큰딸에게 어려운 청을 전하기 위해 크게 숨을 내쉬었다.

7 시체 목격자, 일곱 - 스위트 룸. 카달과 본즈

카달은 침대 끝에 걸터앉아 약혼자를 바라본다. 본즈는 얼굴이 조금 부스스했다. 그 모습이 안쓰러웠으나 그녀 또한 불안한 마음을 감출 수 없다.

"정말 큰일이야." 그녀가 조심스레 한탄을 내뱉었다.

그러자 본즈가 미간에 주름을 잡으며 카달에게 다가와 바짝 붙어 앉는다. "괜찮아. 잘될 거야." 위로하는 듯한 말에 카달이 심란한 듯 머리를 흔들었다.

"하지만, 임신 이야기가 알려지면 곤란해."

"알고 있는 건 마고 님뿐이니까... 아버님께 우리가 직접 말할 테니 그때까지 모른 척해 달라고 부탁해 놨지? 그럼, 걱정하지 않아도 될 거야."

그때 밖에서 똑똑하고 노크 소리가 울렸다. 두 사람은 놀란 얼굴로 서로를 마주 보며 경계하는 듯한 시선을 보낸다.

그다음, 본즈가 재빨리 손바닥으로 푸석푸석한 얼굴을 문지르는데. 어두운 눈가와 우뚝 솟은 콧대, 넓적한 턱에 조금이라도 생기가 돌도록 얼굴을 슥슥 비비다, 얼마간 정리된 듯하자 카달에게 문을 열라 눈짓했다. 카달은 서늘해 보이는 긴 눈매로 약혼자와 눈빛을 교환하고, 자리에서 일어나 문을 열었다.

밖에는 새어머니 호프가 혼잣말을 중얼거리며 서 있다. 그런데 비극, 이란 말을 하다 말고 자신을 보고 화들짝 놀란 듯했다. 그러더니 금세 우물거리는 듯한 어조로 "카달, 오늘 아침 식사는 어떻게... 할 거니?"하고 묻는 것이다.

카달은 "저희는 아침 생각이 없어요."라 답했다.

저희, 라는 말에 호프가 안쪽을 살펴보니 약혼자가 와 있다. 본즈를 알아본 부인은 잠시 망설였으나. 결국 용건을 꺼내기로 한다. "그럼 카달, 부탁할 게 있는데. 마고 님과 쌍둥이에게 아침 식사를 대신 물어 줄 수 있을까 해서 말이야... 난 오늘은... 좀 힘들어서 그래."하고 불안함을 감추듯 메마른 입술을 혀로 핥는다.

카달은 몸의 비율이 잘 맞는 인형 같은 여인을 마주 본다. 이 여인도 자신 못지않게 늘씬한 몸매와 검고 풍성한 머리를 가지고 있다. 단지 자신은 커트 머리지만 이 여인은 우아하게 컬을 넣은 긴 머리일 뿐. 가족사진을 본 행정 센터 동료들은 호프 부인이 카달의 이모나 언니라는 것을 믿어 의심치 않았다. 그 정도로 두 사람은 닮아 있었다.

아마 그것은 아버지의 한결같은 취향 때문일 것이다. 아버지는 마치 눈에 각인이라도 된 듯 외모가 비슷한 여인과 사랑에 빠졌다. 그 이유가 아니었다면 카달은 돌아가신 어머니와 이토록 비슷한 여인이 있다는 것을 알지 못했을 것이며, 아버지 또한 자신이 경멸하는 취미를 가진 여인과 세 번째 결혼식을 올리지도 않았을 것이다.

물론 새어머니의 취미는 카달도 이해하기 어려웠다. 이 여인은 왜 그토록 치정극에 열광하는 것인가. 호프 부인이 좋아하는 것은 드라마였으며 그중에서도 외도나 불륜, 복수 같은 이야기였다. 그런데 오늘따라 그녀는 감정적으로 매우 격해 보이는데 방금 비극이란 말을 들은 것도 같다. 그러나 카달은 별일 아니라 생각한다. 보나마나 드라마에 관한 감상이라고. 주인공이 남편의 불륜 현장을 목격하기라도 했나 싶을 뿐이다. 그러다 뒤편에서 있는 게일을 발견하고 순간 묘한 의심이 드는 것도 같은데.

어쨌든 카달은 호프 부인의 청을 들어주기로 했다. 때문에 못마땅한 심정과 반대로 선선히 고개를 끄덕였다. "알았어요. 제가 물어볼게요."

그런데 부인은 안절부절못하더니 또 다른 부탁을 꺼내는 것이다. "고마워. 그럼 난 오리엔탈에서 브런치를 먹을까 하는데… 휴, 아버지에게도 그렇게 전해 주겠니?" 아버지의 아침 식사를 챙기는 것도 자신에게 미루다니. 카달은 순간 눈살을 찌푸렸으나 이번에도 마지못해 알았다며 고개를 끄덕였다. 그러자 호프 부인이 "그럼 부탁할게."라며 그녀의 손을 덥석 맞잡는 것이다. 이것 또한 평소 하지 않던 행동이라, 카달은 이상하다는 듯 호프 부인을 살폈다.

사실, 호프 부인은 아버지가 시킨 일을 자주 자신에게 미뤘으며, 카달이 그녀의 부탁을 들어준 게 한두 번이 아니었다.

그럼에도 이토록 격정적으로 손을 맞잡는 일은 한 번도 없었던 것 같다

8 시체 목격자, 여덟 – 스위트 룸. 조안과 제롬

조안은 침대에 펼쳐 놓은 두 벌의 원피스를 살피다, 묘한 침묵

을 느끼고 남편을 바라본다. 남편 제롬은 발코니 유리문에 기댄 채 깊은 생각에 빠져 있다.

이곳의 발코니는 모양이 독특하다. 원래 직사각형 모양의 룸은, 발코니 유리문을 비스듬히 사선으로 놓아, 바깥은 삼각형 발코니로 안쪽은 사다리꼴 모양의 룸으로 만들어 놓았다.

덕분에 밖으로 나가 뷰를 즐길 때도 양옆의 발코니가 전혀 보이지 않으며, 벽이 두꺼워 소리도 거의 차단되는 듯.

조안은 친구들에게 이 삼각 발코니에 대해 가장 많은 자랑을 늘어놓았다. "지금까지 여러 호텔에 묵어 봤지만, 이렇게 프라이빗하게 오션 뷰를 즐긴 건 처음이야. 대부분의 호텔은 30%나 추가 요금을 지불하고도 발코니에서 조용히 전망을 즐기기 힘들잖아. 그런데 여긴 양쪽이 전혀 보이지 않는다니까." 그 말에 평소 부러움을 나타내지 않던 친구들마저 부럽다는 반응을 보였다.

때문에 호텔에서의 아침은 실로 완벽하다. 눈을 뜨면 발코니로 나가 멋진 일출을 감상할 수 있으며, 언제든 식당으로 내려가 근사한 조식을 맛볼 수도 있다.

그런데 남편은 무슨 말을 하려고 분위기를 잡는가. 조안은 불안감을 감추려 콧노래를 흥얼거려 본다. 그리고 소매에 프릴이 달린 바이올렛 원피스를 골라 들었다. "이걸로 해야겠어. 벌써 두 번째 입는 거지만. 호텔에 사흘 이상 묵는 사람은 없으니까. 다들 모를 거야."

그러나 제롬은 굳은 표정을 풀지 않고 말이 없다. 혼자 조용히 생각에 골몰하다, 잠시 후, 길게 한숨을 내쉬었다. "휴, 이번이 마지막 기회인 것 같아. 패럴의 자리를 차지하는 거지. 꼭 메이저 캐스터가 될 수 있을 거야."

그것은 너무나 뜻밖의 말이라 조안은 크게 놀랐다. "당신 설마 다시 캐스터를 하겠다는 거야?" 대번에 남편을 마주 보고 섰다.

"그래. 캐스터 일은 내가 먼저 시작했잖아." 제롬이 대꾸했다.

조안은 그 말이 지긋지긋해 눈살을 찌푸렸다. 시작이 중요한 게 아니라 재능이 없지 않은가, 도대체 왜 포기를 못하는 거냐, 따지고만 싶다. 그러나 화를 가라앉히며 차분히 입을 열었다.

"하지만 당신은 3년 전 마이너에서 끝났잖아. 그때 당신이 말하지 않았어? 캐스터에 재능이 없는 것 같다고. 당신은 발로 뛰는 취재 능력은 뛰어나도 말이나 글로 사람들을 선동하는 능력은 부족한 것 같다고 했잖아. 그렇게 일을 그만뒀으면서."

"그건 예전에 언론사에서 기자로 일했기 때문이야. 그 버릇이 남아 고전을 면치 못한 거지. 픽셔도 그냥 기사나 사설처럼 쓰면 되는 줄 알았어. 글의 소스는 같으니까. 픽셔라는 게 그 어떤 사실보다 감정을 자극하고 선동해야 하는 줄 몰랐을 뿐이야."

그리고 그는 길게 또 한 번 한숨을 내쉬었다.

"후, 혐오니 분노, 쾌락이나 욕망 같은 감정을 불러일으키는 기술이 없었을 뿐이라고. 하지만 이젠 잘할 수 있어. 다시 시작하면 패럴보다 잘할 거야. 그의 자리를 차지할 수 있다니까." 그는 열에 들뜬 듯 말을 이었다. "이 시대 최고의 권력은 캐스터들이잖아. 봐, 메이저가 되면 이런 스위트 룸에 한 달이나 묵을 수 있다니, 대단하지 않아? 얼마든지 돈을 벌 수 있어."

결국 남편은 이 호텔에서 캐스터의 권능에 눈뜨고 꺼진 욕망에 다시 불이 붙은 듯. 그것을 알아차린 조안은 남편과 반대로 절로 한숨이 나온다. 그러다 문득 어젯밤 일이 생각나 제롬을 미심쩍게 쳐다봤다. "그래서 설마 어젯밤 오빠를 찾아간 건 아니지? 미디어그룹에 추천해 달라는 말도 안 되는 부탁을 꺼내고, 술을 마시다 또 다투기라도 한 건 아니냐는 말이야." 하고 물었다. 불안한 마음에 말꼬리가 스러진 것은, 틀림없이 남편이 자기 몰래 슬그머니 나갔다 술 냄새를 풍기며 돌아왔다는 사실이 떠올랐기 때문이다.

남편은 오빠와 대학 동기로, 먼저 언론사에 취직할 정도로 똑똑한 남자였다. 그러나 어찌된 일인지 캐스터 일에는 적응하지 못했는데. 결국 구독자 27만 명의 마이너로 4년을 버티다, 캐스터를 그만두고 사무 대행 업체로 이직을 했다.

그러나 여전히 메이저 캐스터에 대한 열망을 버리지 못한 듯. 오빠가 끌어 줬으면 자신도 메이저가 됐을 거라고 푸념을 내뱉곤 했다. 특히 술을 마시면 자신이 능력이 없는 게 아니라, 오빠가 자신을 쓰레기처럼 버려 둔 거라며 원망을 쏟아 내기도 했다.

"어? 그걸 알았어? 그게 아니라..." 순간 제롬은 당황한 기색을 감추지 못하고 슬쩍 말끝을 흐렸다. "어쨌든 패럴은 만나지 못했어... 본즈 군과 게일 군을 만나 술을 마셨을 뿐이야..." 그리고 부인의 눈초리를 피해 몸을 돌리며 얼른 화제를 바꾸었다.

"... 아무튼 오늘 아침은 나도 좀 갖춰 입을까 싶은데. 레스토랑에서 사람들이 은근히 차림을 훑어보더라니까. 피케 셔츠에 아쿠아스턴 시계를 차는 게 좋을 것 같아." 그는 부인의 시선을 피해 성큼성큼 옷장 앞으로 걸어갔다.

    9   시체 목격자, 아홉 - 스위트 룸. 폴과 셀

"시간 없어, 폴. 빨리 시작해."
"알았어. 셀."
쌍둥이 형제는 작은 목소리로 속삭이며 사인을 주고받는다. 동생 셀의 팔에는 긴 막대기와 붕대가 살짝 감겨 있다. 둘은 곧장 삼각 발코니로 나가 셀이 난간에 등을 대고 선 다음, 다시 눈짓을 주고받으며 동시에 심호흡을 한다.
여긴 발코니 난간 밖으로 머리를 빼도 옆 발코니가 보이지 않는다. 게다가 벽이 얼마나 두꺼운지 목소리도 잔뜩 높여야 한다.
잠시 후, 폴이 작정한 듯 달려들어 셀을 허리 높이 난간 너머로 확 밀어붙였다. "너, 이 자식."
셀은 허리를 뒤로 꺾은 채, 형의 팔을 잡고 소리를 지르기 시작했다. "폴, 그만 해. 하지 말라니까."
허리가 뒤로 꺾인 채 양팔을 버둥거리는 셀의 머리 너머에는, 파식 절벽이 병풍처럼 놓여 있고 초승달 모양의 황금빛 모래 사장과 검은 현무암 지대기 펼쳐져 있다.
형은 단단히 화가 난 듯, 발코니 난간에 걸쳐 놓은 동생을 더욱

세게 밀어젖힌다. "또 그럴 거야, 응?"

"안 할게. 안 해." 미리 짜고 싸우는 척 연기 중이지만, 형의 팔힘이 워낙 억센 탓에 셀은 몸에 소름이 돋는다. 때문에 연기가 아니라 진짜 위협을 당한 듯 애원하며 매달렸다.

자신보다 겨우 3분 먼저 태어났음에도 불구하고 육체적으로 우월한 유전자는 형이 다 가진 것 같다. 물론 정신적으로 우월한 유전자는 자기에게 왔으므로 불만은 없다. 자신은 술수와 속임수를 꾸밀 수 있는 머리를 가졌다. 때문에 폴은 완력을 쓸 뿐, 교묘하게 일을 꾸미지는 못한다. 그래서 오늘처럼 중요한 일은 자기가 머리를 짜내야 한다.

그것은 때때로 묘한 기분이 들게 만든다. '우린 쌍둥이라서 능력을 나눠 가진 걸까? 만약 폴이 없었다면 나 혼자 우월함을 독차지했을지 몰라.' 그러나 그런 욕심은 금방 사라질 만큼 쌍둥이는 묘한 데가 있다. 사이좋다는 말을 넘어서, 영혼의 단짝처럼 묘사되는 것은 조금 지나친 듯하지만, 어쨌든 형제는 멀리 떨어져 있어도 어딘가 이어져 있다는 느낌이 든다.

'하지만 지금은 연기에만 집중해야 해.' 셀은 눈을 꼭 감은 채, 울먹이기 시작했다. "이제 안 할게. 무서워, 형. 살려 줘." 그리고 "엉엉." 소리를 내자마자 형의 손아귀 힘이 살짝 풀린다. 그것을 알아차린 셀은 폴의 어리석음에 혀를 차고 싶다. '바보 같이. 너무 빨리 힘을 뺐어. 머리를 못 쓰면 말이라도 잘 듣던가.' 동생은 속으로만 혀를 찬다.

아버지는 모든 일은 서두르는 데서 실패한다고 말씀하셨다.

가장 중요한 것은 완벽한 계획과 철저한 준비라고 당부하셨다. 폴은 그때마다 멍청한 표정으로 눈알을 두리번거렸지만, 셀은 그 말을 정확히 이해했다. 그래서 지금도 타이밍을 노리는 중이다. '난 폴같이 덩치만 큰 멍청이는 아니니까.'

그는 속으로 시간을 재며 겉으로는 사시나무 떨 듯 몸을 떨고, "엉엉." 우는 소리를 내지른다. 그렇게 입으로만 우는 소리를 내다 한순간 "됐어, 폴. 이제 있는 대로 소동을 부려야 해. 잘 따라와." 속삭이고는. 누가 들으라는 듯 큰 목소리로 애원하기 시작했다. "형, 진짜로 위협한 건 아니야. 화가 나서 그랬어."

셀이 두 손을 들어 싹싹 빌어 대자 폴은 동생의 모습을 보며 속으로 혀를 내둘렀다. '이 녀석은 연기가 아니라 진짜인 것 같아. 아무것도 몰랐으면 백 번이라도 속아 넘어갈 걸.'

그때 갑자기, 셀이 폴을 밀치고 문 밖으로 뛰쳐나갔다.

10 시체 발견 5분 전 - 호텔 라운지. 아일랜과 솔리

"네? 스위트를 이용할 수 없다고요? 그것도 보름 넘게 기다려야 한다니." 뜻밖의 말을 들은 솔리는 답답한 마음에 대리석 상판을 손으로 탁탁 내리쳤다.

그러나 리셉션 직원은 죄송하다며 뒤를 살필 뿐. 그는 솔리가 착용한 카메라를 애써 외면하며 사람들을 살피는 척했다. 오전 10시 15분. 체크아웃을 위해 금발의 신혼부부와 풍성한 검은 머리의 중년 여인이 뒤에 줄을 서 있다.

그중 허니문을 보내고 돌아가는 신부가 솔리를 알아보고 신랑에게 속삭였다. "세상에. 솔리 베넷이야. 그녀가 왔어." 여인이 선글라스를 머리 위로 올리며 속삭이자 신랑이 되묻는다. "누구, 유명한 여자야? 난 처음 보는데?"

"어머, 더블픽셔사의 캐스터인데 몰라? 그녀는 관광 산업 어쩌고 하는 픽셔를 발표하는데. 고급 호텔이나 특색 있고 유니크한 숙소를 발굴해 소개해 주고 있어. 번외편으로 올리는 브이 로그도 꽤 재밌고... 최고급 호텔에 묵기 위해 고군분투하는 에피소드로 인기를 끄는 중이야. 캐리가 저 여자의 열렬한 팬이거든." 그리고 신부는 손가방을 뒤지기 시작했다. "핸드폰이 어딨지? 솔리가 트윈 풀에 왔다고 동생에게 알려 줘야겠어. 이번 시즌의 주인공이 여기인가 본데. 숨은 곳을 잘도 찾아냈네, 정말." 그러자 신랑이 재빨리 신부의 팔을 붙잡았다. "잠깐 기다려 봐, 허니. 문제가 생긴 것 같으니까."

솔리는 양손을 허리에 짚은 채 강한 어조로 따져 물었다. "전 미리 답사를 왔어요. 그때 한동안 예약이 없을 거라는 말을 들었고요. 바캉스 시즌이 아니라 스위트를 예약하는 사람은 없다고 했잖아요. 그런데 장기 투숙객이라니. 절 속인 거 아닌가요."

그녀는 언성을 높이며 투쟁의 오라를 뿜어냈다. 겨우 마음에 드는 주인공을 찾아냈는데. 잘못하면 한 시즌 픽셔를 몽땅 날릴 판이라 고분고분 물러날 수 없다.

"죄송하지만 속였다는 말씀은 지나치십니다. 예약 확정 문자를 받지 못하신 걸 보면, 솔리 님도 그때 예약을 확정하지는 않으신 것 같은데요. 또한 스위트 룸에 장기로 묵는 손님은 호텔이 생긴 후로 처음입니다. 저희도 예상치 못한 경우이니 부디 마음을 푸시고, 다음번에 이용해 주시길 부탁드리겠습니다.”

그녀의 이름을 기억하고 있는 초로의 직원은 매우 정중했다. 마치 교수인 듯 지적이고 깔끔하게 보이는 그는, 호리호리한 몸에 백발을 말끔히 빗어 넘겼으며, 가슴에는 '총지배인 텍스' 라 쓰인 황금색 명찰을 달고 있었다.

지배인의 대꾸에 솔리는 잠시 입을 다물었다. 그 점잖은 목소리에는 투기를 누그러뜨리는 차분함이 담겼으며, 그때 자신의 태도도 애매했던 게 맞기 때문이다. 리셉션에서는 이것저것 묻고만 나왔는데, 돌아가는 길에 라운지 카페를 들렀다 산책로에서 바다 풍경을 보고 반했던 게 기억이 났다.

그녀는 한결 낮은 음성으로 눈에 착용한 카메라를 가리켰다.

"하지만 저도 사정이 있어요. 100만 명이나 되는 구독자가 영상을 기다리고 있는 걸요. 이미 예고편도 나갔어요"

그 말에도 지배인은, "정말 죄송합니다. 지금은 이 말씀밖에 드릴 게 없군요. 일단 대기하시는 수밖에 없는데. 아니면 프리미엄 급의 다른 룸을 알아봐 드릴까요?"라고 제안할 뿐이다.

솔리가 그 제안을 거절하려는데, 뒤에 서 있던 검은 머리의 여인이 화난 듯 언성을 높였다. "이봐요, 아가씨. 적당히 해요. 뒤에 줄을 선 사람들이 있잖아요."

그제야 그녀가 뒤돌아보니, 그사이 체크아웃을 위해 줄을 선 사람들이 늘어나 있었다. 그들은 솔리가 돌아보자, 빨리 좀 끝내 달라고 각자 언성을 높이는데. 그 바람에 솔리는 하릴없이 물러나야 했다. 그런데 입술을 깨물며 돌아서는 순간, 대담한 생각이 번뜩 머리를 스친다. '그래. 그거야. 이렇게 시즌을 망칠 순 없어. 뭐라도 찍어 가면 되지.'

그녀는 옆으로 비키듯 물러나, 눈에 착용한 카메라를 벗어 녹화 모드에서 라이브 모드로 바꾸었다. 그리고 다시 착용하자 카메라가 즉시 영상을 송출하기 시작한다. 라이브 모드는 실시간으로 캐스터가 보는 장면과 소리를 구독자에게 전송하고 정보를 공유하게 돼 있다.

그녀는 로비와 리셉션, 라운지 등을 둘러보며 인사를 전했다.
"여러분, 주말 아침을 잘 보내고 계신가요? 전 예고했던 대로 특별한 오션 뷰를 보여 드리기 위해 주인공으로 점 찍어 놓은 호텔에 와 있어요. 오늘도 여느 때처럼 스위트 룸을 예약하며, 호텔 전경과 아름다운 뷰를 살짝 보여 드릴 예정이었는데. 아주 살짝만 맛보기로 말이죠... 그런데 세상에! 예약을 하려고 보니 패밀리 스위트에 한 달이나 장기로 묵는 사람이 있다는 거예요."

그것이 그녀가 스위트 룸을 예약할 때 직접 방문하는 이유였다. 대부분의 호텔은 최고급 룸을 예약하는 손님에게 그곳을 미리 구경할 기회를 주었으며, 결코 인색하게 굴지 않았다. 심지어 그녀의 직업을 알아차린 몇몇 지배인은 직접 스위트 룸을 안내하며 호텔을 톡톡히 광고하기까지 했다.

솔리는 신나게 말을 이었다. "그래서 그냥 물러날까 했는데, 문득 재밌는 생각이 떠오르지 뭐예요. 이곳 스위트에 자그마치 한 달이나 묵는다니. 어떤 분인지 궁금하지 않으세요? 전 그분을 만나 보고 싶은데요." 그리고 장난꾸러기 소년처럼 짓궂은 웃음을 터뜨렸다. "후후, 그래서 지금부터 스위트 룸으로 쳐들어가 볼 생각이에요. 모두들 기대해 주세요." 과연, 그녀는 쾌락 섹션 캐스터답게 곤란한 상황을 반전시킬 즐거운 이벤트를 생각해 낸 것이었다.

대부분 감각이나 감정은 대비될 때 극대화된다. 열탕에서 뜨거움에 몸서리치다 얼음물을 들이켤 때처럼, 신체적 감각도 대비될 때 자극이 폭발하는 법인데, 하물며 고통이나 즐거움 같은 정신적 감정이랴. 때문에 그녀의 픽션은 항상 '고생 끝에 낙'이라는 공식을 따랐으며. 이처럼 정반대의 상황을 즐겨 이용했던 그녀였기에, 지금도 좌절의 상황을 단번에 호기심과 즐거움으로 뒤바꿀 만한 작전을 떠올릴 수 있었던 것이다.

아니나 다를까, 솔리의 말이 구독자들의 호기심을 제대로 자극한 듯. 느긋하게 주말 오전을 보내던 사람들이 본격적으로 라이브에 접속하기 시작했다. 습관적으로 모바일 기기를 켜 놓았던 사람들이 화면에 집중하기 시작했으며, 접속자 수 카운터가 서서히 올라가고 있었다.

그녀는 숫자를 확인하며, "그럼, 5분 후에 다시 올게요." 예고하고 기메라를 빗어 목에 설었다. 그리고 로비 뒤편 화장실로 달려갔다.

홍차 때문에 볼일이 급했던 아일랜은 양해를 구한 다음 화장실부터 찾아갔다. 그리고 한결 편안한 얼굴로 나오는데, 솔리가 저만치 기둥 옆에 기다리고 있는 것이다.

그녀를 본 그는 머쓱하게 웃으며 그녀에게 다가갔다. "예약은 끝났나요? 이제 룸을 구경할 수 있죠? 빨리 보고 싶어요. 원래 보채는 성격은 아닌데. 카페인이 과다 수혈된 때문인가, 심장이 터질 듯이 쿵쾅거리고 있어요."

기쁨에 들뜬 아일랜에게 솔리가 고개를 끄덕였다. "네. 올라가면 돼요. 룸을 안내할 직원이 위에서 대기하고 있다니까요." 그녀는 스위트 룸을 예약하지 못했다는 사실을 슬쩍 감추었다.

그 말에 아일랜은 통통한 뺨을 홍조로 물들이며 감격한 듯 외쳤다. "오, 솔리 양. 정말 감사해요. 덕분에 멋진 소설을 쓸 수 있겠어요. 호텔 스위트 룸을 배경으로, 벌써부터 운명적이고 비극적인 러브 스토리가 머릿속에 요동치고 있다구요."

솔리는 고개를 끄덕이며 아일랜을 끌고 화장실 반대쪽에 있는 엘리베이터로 향했다. 예상대로 엘리베이터는 구형이었으며, 오래된 별장을 호텔로 개조한 터라 룸의 키 카드를 찍는 터치패드가 없다. 한 쌍의 삼각 버튼 중 위쪽을 누르자 불이 들어오더니 벽에 붙은 저울처럼 생긴 숫자판의 바늘이 움직이기 시작했다.

그사이에도 아일랜은 기도하듯 두 손을 맞잡고 쉬지 않고 떠들었다. "요즘엔 픽셔만 써 내느라 본업인 소설엔 전혀 집중하지 못했거든요. 그런데 독특한 장소에 오니 영감이 한껏 자극받았나 봐요. 주인공이 금세 떠오르지 뭐예요. 스위트 룸에 홀로 묵고 있는 남자가 떠오르는 거예요... 그는 스위트에 남몰래 묵고 있는 청년인데... 그가 외딴 호텔에 혼자 묵고 있는 이유는 아무도 모르고 있죠... 왜냐하면 그의 과거는 아주 신비스러운 비밀에 싸여 있기 때문에요." 그리고 엘리베이터에 올라서도 열에 들뜬 듯 수다를 그치지 않았다. "남자는 모종의 위협으로부터 겨우 도망쳐 나온 처지인데... 그래서 호텔에 숨어 있는 거구요... 그 위협은 다름 아닌 목숨을 노리는 것으로... 호, 사방에 엄청난 위험이 도사리고 있다니까요... 호홍. 뜨거운 로맨스에 절체절명의 위험은 필수 불가결한 요소거든요."

솔리는 눈을 끔뻑이며 연신 고개를 끄덕여 주었다. '됐어. 아일랜 씨는 속았다는 걸 전혀 눈치채지 못한 것 같아.'

순간, 마치 그 생각을 듣기라도 한 듯 아일랜이 입을 다물고 그녀를 슥 내려다보는데. 그 바람에 솔리도 가슴이 뜨끔한 듯. 그녀는 번들번들한 파란 눈동자를 보며 놀란 기색을 감추지 못하고 "아, 아일랜 씨... 왜 그러세요?"라고 되물었다.

그러자 핑크색 얼굴이 그녀의 눈앞으로 확 다가들더니, 오른쪽 귓가에서 낮은 목소리가 울렸다. "오, 솔리 양. 이런 부탁은 어떨지 모르겠는데. 지배인이나 매니저를 불러 인터뷰할 수 있을까요? 여주인공은 호텔리어가 좋을 것 같거든요. 일과나 업무에 대해 이것저것 묻고 싶은 게 많아서요." 그리고 다시 발간 얼굴이 멀어지며 파란 눈동자가 수줍은 곡선 안으로 사라졌다.

솔리는 놀란 기슴을 진징시키며 대4했으나 "그, 그럼요. 우린 제일 비싼 룸에 묵는 손님인 걸요. 그보다 더한 서비스도 얼마든지 요구할 수 있어요." 어쩐지 떨리는 목소리를 감추지 못했다.

11 시체 발견 - 실시간 라이브

카달은 호프 부인의 부탁을 듣고 본즈와 함께 룸에서 나왔다. 그와 동시에 셸이 가족들을 부르며 다급하게 룸에서 뛰쳐나온다. 소년은 누나를 발견하고 도움을 청하는데. 카달이 가만 보니, 배다른 동생 중 한 명은 오른팔에 봉과 밧줄이 감겨 있으며, 그 봉을 비틀면 뼈가 부러질 것 같다.

"카달 누나. 살려 줘. 폴을 막아 줘." 다급히 외치는 셸의 뒤에서 폴은 사악한 웃음을 터뜨릴 뿐. "하하. 감히 형에게 대들고 말이야. 오늘은 네 놈의 오른팔, 내일은 왼팔, 나중엔 허리를 부러뜨려 줄 작정이야. 그때부터 넌 네가 싼 똥을 뭉개며 그 위에서 밥을 처먹어야 할걸." 하고 새된 소리를 외치며 동생을 쫓는다.

"아줌마, 호프 아줌마. 누가 좀 도와줘요." 셸이 다시 연거푸 호프를 불러 대며 복도를 뛰어다니다 거실로 도망쳤다. 자기를 애타게 부르는 소리에 호프 부인도 룸으로 돌아가려다 말고 거실로 황급히 달려 나왔다.

이미 거실은 난장판이 된 듯. 사내 아이들이 비명을 지르며 뛰어다니고, 둘을 말리기 위해 가족들도 허둥지둥 다니는 바람에 어수선하기 짝이 없다. 테일라와 페이는 멀찍이 서서 구경만 하고. 아침부터 요란한 소동에 화가 난 마고 부인이 곧바로 호통을 쳤다.

"아유 정신없어. 너희들은 열두 살이 돼서도 왜 그 모양이야!"
잠시 후, 방에서 나온 조안과 제롬도 형제를 말리기 위해 아이들 사이로 뛰어들었다. 그러나 결국 셸은 폴에게 붙잡혔고, 곧바로 비명을 내질렀다. "아악!" 셸이 거실이 떠나가도록 외마디 비명을 지르며 몸을 비틀자 게일과 본즈가 달려가 폴의 양팔을 붙잡았다. "그만해. 폴.", "동생을 그만 괴롭혀."
"살려 줘. 폴을 꽉 잡고 있어. 뼈가 부러질 것 같단 말이야."
그러자 다시 노마님이 무섭게 인상을 쓰며 사자후를 내질렀다. "원, 세상에. 둘 다 그만두지 못해. 아침부터 정신 사납게 여기서 싸우지 말고. 당장 밖으로 나가!"

바로 그때였다. 띠리링, 하고 벨이 울리더니.
곧이어 출입문에서 비발디 '사계' 중 봄의 테마가 흘러나온다.
가족들은 일제히 움직임을 멈추고 문을 쳐다보는데. 모두 의아한 듯 문을 바라보고 서로를 돌아보았으나, 아무도 벨이 울린 이유를 아는 사람은 없는 듯.
그것을 알아차린 게일이 방문객을 확인하기 위해 입구로 걸어갔다. 그리고 코린트식으로 화려하게 조각된 문을 열어젖혔다.
밖에는 핑크색 볼을 가진 통통한 남자가 눈을 동그랗게 뜬 채서 있었다. 그는 양쪽으로 가른 짧은 금발 머리에 의상이 매우 화려한데. 상의는 커다란 리본을 목에 맨 벌룬 셔츠, 하의는 통통한 발목이 보이는 8부 팬츠를 입고, 코가 뭉툭하고 광이 반들반들한 구두를 신어, 한껏 멋을 부린 차림이다. 그러나 무엇보다 눈에 띄는 것은 그의 커다란 몸집과 핑크색 얼굴이었다.
 카달은 예사롭지 않은 모습의 남자가 미디어 관계자라 생각했다. 방송용 메이크업을 한 줄 알았는데. 가만 보니, 문 앞에 서 있는 남자의 붉은 입술과 핑크색 뺨은 블러셔가 아니라 순수한 혈색인 듯. 그녀는 어릴 적 동화책에서 보았던 핑크 돼지 몰리를 떠올리며 얼른 용건을 물었다. "무슨 일이시죠?"
 그러자 막 목욕을 끝낸 돼지 같은 남자의 뒤에서 다른 사람이 튀어나온다. 그는 뚱뚱한 남자를 앞세우고 뒤에 숨은 듯했는데. 눈에 끼고 있는 것은 스키 고글처럼 생긴 카메라였다. 그것이 캐스터들이 지금 받는 카메라라는 것을 알아본 카달이 머리를 갸웃하고. 그사이 카메라를 낀 사람이 입을 연다. 그런데 그 목소리가 여자인 듯 가늘어, 가족들은 또 한 번 당황하고 만다.
 아일랜 뒤에 숨어 있던 솔리가 앞으로 나섰다. 그녀는 사람들을 훑어보며 입을 열었다. 이미 카메라를 라이브 모드로 켜 놓은 상태였다.
 "여러분. 바로 이분들이에요. 패밀리 스위트를 독차지하신 분들이. 어쩜, 하나같이 잘 차려 입고 계시는데요."하고 외친 그녀는 게일에게 커다란 손을 내밀어 악수를 청했다.
 "안녕하세요. 솔리 베넷이에요. 더블픽셔사의 캐스터로, 호텔의 스위트 룸을 소개하는 픽셔를 내고 있죠. 이번 시즌의 주인공이 트윈 풀 호텔이라 이렇게 방문했어요."
 그러자 손을 맞잡으며 게일이 의아한 듯 물었다. "그 말씀은, 패럴 씨와 약속이 돼 있다는 말씀인가요? 패럴 씨가 촬영을 허락했다는 말씀입니까?" 그녀가 워낙 당당한 태도를 보였기에 그는 얼떨결에 그렇게 되물었다.

그때 카달이 외쳤다. "그건 아닐 거예요. 아버지는 아무 말씀도 않고 캐스터를 초대하실 분이 아니에요. 이 사람들 수상해요." 그녀는 거칠게 외쳤다. "신고하는 게 좋겠어요."

그러자 게일의 이야기를 들은 솔리가 캐스터다운 순발력으로 눈치 빠르게 대응했다. "어머, 이상한 건 당신인데요. 아버지와, 그러니까 패럴 씨와 약속을 확인하지도 않고 신고부터 하라니."

그런데 다시 셀이 외쳤다. "나, 저 여자 알아. 솔리는 메캐가 맞아. 호텔을 소개하는 메이저 캐스터라고." 폴도 맞다고 고개를 끄덕이는데. 그사이 셀은 팔에 감긴 막대와 밧줄을 재빨리 푼다. 그리고 성난 황소처럼 폴에게 달려들었으나 주먹을 한 번 휘둘렀을 뿐. 눈은 온통 솔리에게 쏠려 있다.

솔리는 다시 한번 당당하게 외쳤다. "난 여기에 묵고 있는 분을 만나러 왔어요. 그 패럴 씨요. 약속이 돼 있으니 확인해 보시죠."

그사이 픽셔의 라이브 창은 난리가 난 듯 들끓었다. 구독자들은 솔리의 순발력과 연기에 혀를 내둘렀고, 이 대담한 침입이 성공하기를 기원했다. 나른하고 무료한 주말에 흥미진진한 소동을 일으켜 줘 고맙다는 메시지가 넘쳐 났다.

구독자들은 이미 거실 맞은편의 오션 뷰보다 이 소동의 결말이 어떻게 될까 궁금해 했으며. 패럴이 나타나는지, 그 후엔 어떻게 될지, 열광히며 지켜보는 숭이었다. 그중 일부는, 패럴이 솔리의 경쟁사인 모닝이스트사의 분노 섹션 메이저 캐스터였다는 것을 알아내 정보를 공유하기도 했다.

자신의 대담한 태도에 가족이 멈칫거리자, 그것을 알아본 솔리는 속으로 미소를 지었다. 구독자들이 즐거워하는 소리가 천둥처럼 울리는 듯. 그들이 즐거울 수 있다면 어떤 짓이라도 할 수 있을 듯했다.

눈앞에서 벌어지는 장면을 하나도 이해하지 못한 사람은 오직 아일랜뿐으로. 그는 패럴의 가족보다 더 어리둥절한 표정으로, 도무지 영문을 몰라 파란 눈을 동그랗게 뜨고 솔리와 가족들을 번갈아 쳐다보았다.

"패럴 씨와 약속이 돼 있다고요? 오전에 선약이 있다는 말씀은 못 들었는데요. 전 비서인 게일입니다." 게일은 못내 의아한 얼굴로 인사를 하고, 솔리의 말을 확인하기 위해 마호가니 문 너머로 들어갔다. 그리고 응접실을 지나 서쪽 침실 문 앞에서 노크를 하며 패럴을 불렀다. "패럴 씨. 더블픽셔사의 솔리 캐스터가 찾아왔습니다."

그런데 안에서는 아무 기척이 없다.

비서는 문을 거칠게 노크하며 더욱 큰 소리로 외쳤다. "패럴 씨, 약속한 분이 왔습니다... 저기, 일어나셨죠? 패럴 씨."

그러나 여전히 문 너머는 적막할 뿐.

그제야 어떤 기운이... 의아함과 의문... 그리고 불길함이 사람들 사이로 번져 나가기 시작했다.

곧이어 카달이 떨리는 목소리로 외쳤다. "밖이 이렇게 시끄러운데 가만 계실 분이 아니에요. 벌써, 나오셨을 텐데." 그러면서 빠른 걸음으로 서쪽 침실로 가 게일 옆에서 아버지를 불렀다.

"아버지. 이상한 사람들이 찾아왔어요."

그사이 다른 가족들도 하나 둘 침실 앞으로 모여들었다. "패럴 씨. 아직 안 일어나셨나요?" 게일이 외치는 사이, 나머지 가족들은 문을 두드리며 손잡이를 마구 돌려 댔다.

"혹시, 패럴이 나가는 걸 본 사람이 있습니까?" 제롬의 물음에 모두 고개를 저었다.

그러나 안쪽은 여전히 고요하며, 무섭고도, 무거운 침묵으로 채워져 있을 뿐.

이제 카달의 외침은 놀란 울부짖음으로 바뀌었다. "아버지, 문 좀 열어 보세요."

그러자 "안 되겠어. 도와줘요." 제롬이 다급하게 외치고 남자들이 몸을 문에 부딪치기 시작했다. 박자에 맞춰 문을 미는데. 무거운 오크 나무 문은 꿈쩍하지 않는다.

그사이 재빠르게 사태를 파악한 마고가 호출을 해, 총지배인이 마스터키를 가지고 나타났다. 그가 사람들을 헤치고 고풍스러운 열쇠로 문을 열자, 철커덕 하는 소리가 나더니, 문이 안쪽으로 활짝 열렸다.

그리고 다음 순간. 사람들의 몸은 돌처럼 굳었다. 모두 눈앞에 벌어진 장면을 이해하지 못한 듯. 그러나 곧바로 이상함을 감지했다. 때문에 찰나의 침묵이 끝나자 거의 동시에 외마디 비명을 내질렀다.

아악!

침실 안쪽은 발코니가 매우 넓고, 미니 풀과 자쿠지, 샤워기와 선 베드가 있다. 그리고 발코니 앞에 'ㄷ'자 모양으로 소파가 놓여 있는데. 그중 정면에 보이는 카우치 소파에 한 남자가 조용히 모로 누워 있었다. 그는 막 샤워를 끝낸 듯 가운을 걸치고, 앞쪽으로 두 팔을 늘어뜨리고 눈을 감았으며, 조금 찡그린 얼굴과 편안한 자세는 얼핏 보면 고요히 잠든 것처럼 보인다.

그러나 가족들의 비명에도 미동이 없는 것을 보면 그는 숨이 멎은 게 분명했다. 소파 앞 테이블에는 그가 마신 것으로 보이는 물병이 하나 놓여 있었다.

12 시체 발견 - 사후 정리

가족들은 그 장면을 머리로 이해하기 전에 가슴으로 충격을 받은 듯. 끔찍한 장면에 몸이 마비되어 굳은 듯 서 있었다.

그러나 잠시 후, 굳어 있던 가족들은 곧바로 폭풍이 휘몰아치듯 움직이기 시작했다. "아버지.", "여보.", "패럴 씨." 카달과 호프 부인, 게일이 소리를 지르며 남자에게 달려들어 그를 흔들고, "아버지, 제발 눈을 떠요.", "여보, 제발."하며 울부짖었다.

그리고 곧바로 제롬이 가운을 열고 응급처치를 시도하려다, 주머니에서 종이가 떨어진 듯. 그것을 집어 펼쳐 보고 사람들에게 물었다. "이게 뭐지?"

쌍둥이를 뺀 가족들은 모두 그것을 읽었으나 답은 게일의 입에서 나왔다. "유서인 것 같은데요."

그러자 지배인이 종이를 건네받아 읽어 보더니, 사람들에게 물러서라 손짓하고 사후 증상을 확인하기 시작한다. 남자의 눈꺼풀을 뒤집어 동공 반응을 확인하고, 가슴과 코, 입에 귀를 대며 심장 박동과 호흡을 확인한 후, 상황을 정리했다.

"이미 돌아가셨습니다. 사후 경직이 나타난 것 같으니까요."

그제야 가족들은 룸에 가득한 향수 냄새와 그 속에 숨어 있던 퀴퀴하고 끔찍한 죽음의 냄새를 맡은 듯 무섭게 몸을 떨어 댔다.

지배인은 정리를 계속했다. "그럼, 유서가 나왔으니 사체 통합 관리소에 자살 사건, 즉 SD사건으로 신고하겠습니다. 혹시 모르니 이제부터 아무도 패럴 씨에게 손을 대면 안 됩니다."

그러나 카달은 울부짖으며 고개를 저었다. "아니에요. 구급차를 불러 줘요, 제발." 그러자 본즈가 양팔로 그녀를 붙들어 안았다. 쌍둥이들은 하얗게 질린 얼굴로 눈물도 흘리지 못했고. 마고 노부인은 고장 난 인형처럼 고개를 절레절레 흔들 뿐. 호프 부인은 멍한 얼굴로 눈길을 두리번거린다.

지배인은 핸드폰을 꺼내 사체 통합 관리소에 신고한 다음, 사람들에게 다시 한번 엄중히 지시했다. "검시관이 올 때까지 모두 모여 있어야 합니다. 다 함께 응접실에서 대기하도록 하죠."

추상 같은 그 목소리에 가족들은 물론이고, 페이와 테일라까지 그를 따라 응접실로 향했다.

그동안 솔리는 카메라를 벗어 라이브를 중단했으나. 이미 실시간으로 시체를 목격한 구독자들은 난리가 났다.

그녀는 얼른 카메라를 녹화 모드로 바꾸고, 조심스레 눈을 움직이며 현장의 모습을 기록해 나갔다.

다시 보니 룸은 매우 컸으며 세 부분으로 이루어져 있다.

출입문 바로 앞쪽에는 파우더 룸과 옷장, 화장실과 욕조가 딸린 욕실이 마주 보고 있으며. 침실 중앙에는 침대와 미니바, TV와 사무용 책상이 있다. 가장 안쪽에는 소파와 테이블 세트가 있으며, 폴딩 도어로 된 유리문 너머가 넓은 발코니다.

바다를 향한 발코니에는 대여섯 명은 들어갈 듯한 미니 풀과 자쿠지, 그리고 선 베드와 둥근 샤워 커튼이 쳐진 샤워기가 4개씩 있으며, 각 샤워기 아래에는 바구니가 놓였고, 사용한 수건과 빈 음료수 캔이 담겼다. 반대쪽 구석에는 이젤과 팔레트를 비롯, 각종 유화 도구가 깔끔하게 정리되어 있다.

그사이 녹화를 눈치챈 지배인이 쫓아와 솔리에게 응접실로 가라고 외쳤으나, 그녀는 캐스터로서 영상을 남겨야 한다며 실랑이를 벌였다. 두 사람의 실랑이는 사체 관리소 직원들이 도착할 때까지 이어졌다.

10여분 후, 두 명의 검시관과 네 명의 직원이 들것을 들고 스위트 룸에 나타났다.

검시관들은 먼저 현장 검시를 시작하는데. 눈으로 검안하며 남자의 사후 특징을 꼼꼼히 파악한다. 그다음 응접실로 가 가족을 만나 사건 전후 있었던 일을 인터뷰하고 유서를 건네받았다.

제롬과 본즈가 유서를 가리키며 패럴의 자필임을 분명하다고 확인해 주자, 둘 중 나이가 많아 보이는 검시관이 답했다.

"알겠습니다. 그렇다면 종이에 쓰인 자필 유서가 발견되었으므로 확실한 자살 사건, SD사건으로 결론 지으면 되겠군요. 물론 유서의 정확한 필적 감정과 지문 확인을 거친 후에 말이죠."

"지문이라면... 우리가 전부 그걸 돌려 봤는데, 괜찮을까요?" 제롬이 조심스레 물었다.

"네. 손가락 지문만 찾는 게 아니고, 종이에 대고 글씨를 썼다면 쓰는 손의 측면, 즉 소지구와 두상골 부분이 찍혀 있을 테니, 그걸 확인할 겁니다. SD사건은 워낙 조작이 많아, 철저히 조사하니 걱정하실 필요 없습니다. 종이에 쓴 자필 유서가 SD사건의 필수 증거로 규정된 것도 같은 이유 때문이고요."

그리고 검시관은 설명을 덧붙였다. "어쨌든 돌아가신 분의 몸에서 자필 유서가 나왔으므로 SD사건으로 보고. 사후 정리 영상을 찍겠습니다. 일명 컷-아웃 영상이라고 하는데. 영상 기록이 끝날 때까지 가족분들은 응접실에 머물러 계시면 됩니다. 촬영과 정리가 끝나면 곧바로 알려 드리도록 하죠."

그런데 잠시 후, 밖으로 나간 검시관이 갑자기 응접실로 뛰어 들어왔다.

"왜 쓰러진 사람이 둘이라고 얘기하지 않았습니까?"

모두가 의아한 듯 거실로 나가 보니, 그랜드 피아노 바로 앞에 금발머리의 통통한 남자가 정신을 잃고 쓰러져 있었다.

2부 재회

1 DAY 1 - 오전 10:00

 3만 에이커의 센토 파크는 마구 자란 덤불과 울창한 수목 탓에 한낮에도 으스스하다. 가시덤불 울타리와 부서진 푯말이 없었다면 결코 공원임을 알 수 없을 듯. 또한 아침마다 저수지 주변을 산책하는 뉴원 말고는 사람 그림자도 보기 힘든 곳이다.
 뉴원은 오늘도 저수지 주변을 가볍게 거닌다. 그것은 통나무집을 빌려준 관리인 노인과 약속한 때문으로. 공원 구석구석을 탐색하고 결정한 코스이기도 하다.
 사실 달걀 모양의 저수지는 산책보다 조깅에 알맞을 것 같다. 그러나 뉴원은 땀이 잘 나지 않기에 체온 조절이 힘들고. 따라서 격렬한 운동이나 흥분되는 일은 좀체 할 수가 없다. 때문에 그저 발길 닿는 대로 거니는 게 고작일 뿐. 다행히 이 즈음은 늦더위도 사라진 10월이라 두세 바퀴는 거뜬하다.
 얼마 후, 창백한 얼굴의 잿빛 머리 청년은 산책을 끝내고 통나무 집으로 향한다. 무더위가 완전히 꺾여 바람은 선선하며, 덕분에 기분 또한 상쾌한 듯.

 그가 공원 뒤편 통나무집에 산 지는 1년이 좀 넘었다. 집은 공원을 관리하던 노인의 사택이었는데. 그녀가 요양원으로 들어가며 세를 놓았고 뉴원이 운 좋게 그것을 발견한 덕분이다.
 원래 뉴원은 센토 타운 시내의 한 공동주택에 살고 있었다. 그곳은 한 층에 열 가구가 입주한 5층짜리 맨션으로 입주민 대부분이 동네 토박이였다.
 거기에 낯선 남자가 나타났으니. 그것도 몹시 의심스럽고 혐오스러운 회색의 청년이라. 그는 이사 첫날부터 눈총을 받는 처지가 됐다. 그에 더해 부당한 위협마저 더해졌는데. 문 앞에 쓰레기와 오물이 함부로 버려지는가 하면, 몇몇 주민은 그를 볼 때마다 거칠게 위협하며 지나쳤던 것이다.
 그러나 그 어떤 대우도 뉴원은 묵묵히 견뎌 냈다. 혐오에 찬 사람들은 반응하는 게 더욱 자극이 된다는 것을 알기에. 조용히 그저 묵묵히. 의혹과 의심의 눈길을 받아넘기려 애를 썼다.
 그렇게 같은 계절이 두 번이나 지나고. 뉴원도 조금은 마음을 놓게 되었다. 어느 한가로운 일요일 아침. 스파이라도 잡으러 온 양 소란을 떨며 들이닥친 조사대에게 끌려 나가, 신분을 증명해야 하는 무례하고 비참한 소동에 휘말리기 전까지.
 자신은 2년이나 아무 문제없이 잘 지냈다고 항의하자, 초로의 팀장은 전해 준 말은 다음과 같았다.
 "바로 그 2년이 주민들이 벼르고 별렀던 시간이었네. 집주인과 이야기를 끝내고, 임대 기간이 만료되는 시점을 노렸다던 걸. 얼마 전부터 자네에 대한 온갖 신고서와 투서가 날아들고 있지."
 그 말에는 주민들의 끈질긴 혐오와 십요한 배척이 담겨 있었다.
 그 후로 결국 그는 동네를 떠나야 했으며, 통나무집으로 이사를 올 수밖에 없었다. 다행히 그는 타운 외곽에 버려진 공원과 관리인 노인이 살던 통나무집을 진작에 발견해 놓은 터였다.

그것은 전화위복과 같아. 처음엔 동네에서 불한당으로 쫓겨난 듯한 처지였지만. 통나무집은 곧바로 뉴윈에게 편안함과 안식을 주는 보금자리가 됐다. 복잡하고 험한 세상 속 유일한 안식처가.

때문에 이제는 눈에 익은 박공지붕과 굴뚝만 봐도 회색 청년의 입가엔 은은한 미소가 번진다. 발걸음도 절로 빨라지는 듯.

뉴윈은 미소를 띤 채 서둘러 마당으로 들어섰다. 늦은 아침을 먹고 공공 도서관에 가 볼 참인데. 그러다 무언가를 발견하고 제자리에 우뚝 서고 만다. 핑크색 쿠페가 앙상한 개나리 울타리 옆에 얌전히 대 있는 게 아닌가.

"후우." 그는 심장이 빨라지는 걸 억누르며 양팔을 옆구리에 대고 숨을 골랐다. 그리고 잔디 마당을 가로질러 문을 열다 그만 읍, 하고 팔뚝으로 코를 막았다. 자신이 사랑하는 염소소독제 냄새는 온데간데없고 짙은 꽃향기가 덮쳐 왔기 때문이다.

진하고 독한 향기에 호흡을 멈춘 그는, 순간 두 개의 사망 사건을 떠올렸다. 하나는 차이포스 타운의 유명한 사건으로, 남편이 부인을 죽이는 데 꽃가루 알레르기를 이용한 것이었으며, 다른 하나는 모렐 지구 병원에서, 병간호를 하던 언니가 퀸 릴리 향으로 환자인 여동생을 질식사시킨 것이었다.

둘 다 사고로 일어난 과실치사로 처리되었으나, 그는 평소 취미대로 사건의 진상이 의도적인 살인이 아닌가 의심하곤 했는데. 이제야 자신의 생각을 뒷받침할 수 있는 상황을 몸소 체험한 듯, '과연 이 정도 짙고 농밀한 향기면 밀폐된 공간에서는 위험하겠군.' 하는 생각이 든다.

그는 집 안의 모든 창을 덧창까지 꽁꽁 내려 둔 참이라, 할 수 없이 방금 열고 들어온 문을 그대로 놔두기로 했다. 그리고 깔끔하게 치워 놓았던 바닥을 내려다보며 다시 후, 하고 길게 한숨을 내쉬었다.

살림살이 하나도 세 번을 따져 보고 구입하는 게 원칙인 그의 집에는 사실, 가구라고 할 만한 것이 없다. 그러니까 휑한 정도가 아니라 아무것도 없어야 할 마룻바닥에 화분이 잔뜩 놓여 있는 게 아닌가. 크고 작은 화초들은 하나같이 향기가 진한 꽃들이 만발한데. 그중 유독 넓적한 꽃송이에 코를 대고 있는 사람은 마치 꽃잎을 갉아먹는 거대한 설치류 같다.

그사이 달큰한 제라늄 향기를 맡고 있던 아일랜도 문이 열리는 소리를 들었다. 인기척을 느끼지 못했는데 문이 열리는 바람에 적이 놀랐으나. 집주인을 알아보고 반갑게 두 팔을 번쩍 들어 올리며 그에게 다가갔다. "오, 뉴원 씨, 오셨군요."

자신을 덥석 안으려는 듯한 기세에 뉴원은 재빨리 뒤로 물러났다. 그러다 작가의 얼굴을 보고 놀라움을 금치 못한 듯. 인사 대신 큰 소리를 내질렀다. "아니 어떻게 된 겁니까? 아일랜 씨."

항상 생기가 넘치고 반들거리던 작가의 얼굴은 보랏빛에 광내와 볼이 빨린 듯. 그것은 며칠 만에 일어날 수 있는 변화가 아닌 듯했다. 통통한 그의 볼이 조금이라도 납작해질 수 있을 거라 상상하지 못했던 뉴원은 재차 되물었다. "얼굴이 말이 아닙니다. 도대체 무슨 일이 있었던 거죠?" 그리고 포옹 대신 아일랜이 곰처럼 번쩍 들어 올린 양발 중 오른발, 아니, 오른손을 향해 악수하듯 손을 내밀었다.

그러자 아일랜도 곧장 팔을 내리고 뉴원이 내민 손을 양손으로 힘차게 맞잡았다. "그 놀란 눈은 뭐예요. 전 괜찮으니 걱정하지 말아요." 그러면서 호홍, 웃음을 터뜨린다.

작가의 따뜻한 손길과 안심하라는 말에 뉴원도 한결 진정이 되는 듯. 그러나 놀라움이 가라앉자 곧바로 다른 의문이 떠올랐다. 그는 끙, 무거운 신음과 함께 "아일랜 씨, 어떻게 집 안으로 들어왔습니까? 열쇠를 어디서 찾았죠?"라고 물었다.

그러자 아일랜은 보랏빛이 도는 눈가에 장난스레 주름을 잡고, "어머, 뉴원 씨는 제 특기를 모르는군요. 당연히 냄새로 찾았죠."라 냉큼 답한다. 그러면서 눈을 감고 연분홍색 콧구멍을 벌름대는 것이다.

그 바람에 뉴원의 회색 머리는 복잡하게 일렁이는데. 그것은 얼토당토않은 말이었지만. 그 말을 듣자마자 곧바로 발정기의 암퇘지가 마농 숲을 돌아다니며 땅속에서 트러플을 찾아내는 장면과 아일랜이 코를 벌름거리며 마당의 돌 틈에서 청동 열쇠를 찾는 장면이 오버랩되고 만다.

또한 장면은 너무도 자연스럽게 이어져. 마침내 관리인 노인이 표시해 둔 흑요석 무더기를 코로 파헤친 아일랜이 열쇠를 입에 문 채 자랑스레 고개를 쳐든 장면으로 끝이 났다. 흠흠, 뉴윈은 얄궂은 망상을 떨쳐 내려 헛기침을 했다.
 그사이 아일랜은 "호홍. 농담이에요, 농담. 여기 열쇠를 찾느라, 적어도 다섯 번은 집 주위를 맴돌았어요. 전화도 몇 통 했을 거구요."라며 손을 내저었다.
 "저기 지난 금요일에 오지 않았습니까? 당분간 외출은 하지 않겠다고 말씀하신 것 같은데요. 오늘은 월요일입니다만." 뉴윈는 여전히 뻣뻣이 선 채로 말끝을 흐렸다.
 그제야 아일랜은 대화가 길어질 것 같아 의자를 찾기 위해 주위를 두리번거렸다. 하지만 앉을 만한 것이라고는 싱크대 아래 접혀 있는 낚시 의자뿐이라. 그것을 가져와 펼친 다음 엉덩이를 구겨 넣기 시작한다. 그러나 아무리 살이 빠졌다고는 하나 30cm 폭의 천 조각에 들어갈 엉덩이가 아니었기에. 한동안 부산스럽게 오른쪽 둔부와 왼쪽 둔부를 번갈아 넣어 보다 결국은 한 쌍의 팔걸이 위에 엉덩이를 사뿐히 올려 두어야 했다. 그리고 손깍지를 끼며 몹시 기쁜 표정으로 답했다.
 "어머, 제가 왔던 날을 손꼽아 기억할 줄은 몰랐어요. 요샌 메이플 시즌이라 주말엔 도로가 말도 못하게 밀리잖아요. 그래서 외출할 엄두가 나지 않는다는 말이었어요. 여기도 일주일에 한 번 정도만 방문할까 했는데. 다급하고도 중요한 용건이 생긴 바람에 어쩔 수 없었던 거구요."
 '일주일에 한 번이라니.' 후, 뉴윈은 또나시 한숨을 내쉬었다. 그리고 곧바로 심호흡을 한 뒤 세 번째로 마음에 걸리는 것을 묻기로 했다. "그나저나 화훼 시장을 다녀오셨나 보군요. 아일랜 씨 아파트에 이것들을 놓을 자리가 있던가요?" 손으로 화분을 가리켰는데. 그의 아파트는 좁고 이미 화분으로 가득하다는 이야기를 들었던 터다.

그러자 아일랜은 다시 수줍게 웃었다. "호호, 이건 부탁을 하기 위한 선물이에요. 일종의 뇌물이죠. 이 아이들은 너무나 사랑스럽고, 또 잘 자라니까 걱정할 필요 없어요. 사나흘에 한 번씩만 물을 줘도 쑥쑥 자라 금세 천장을 뚫을 걸요."

그것은 애매모호하게 얼버무린 답이라 뉴원은 잠시 고민에 빠졌다. '그러니까 저 잘 자라는 화초들의 주인은 따로 있다는 말인가? 누군가에게 부탁하러 찾아가는 길에 잠시 들른 것일지도.'라 생각하려 했으나 이내 머리를 내둘렀다. 이런 현실 도피성 망상은 좋지 않은 버릇이기 때문이다.

인생이란 어쩌면 대단한 게 아니라 일생 동안 닥쳐오는 문제를 해치우는 것뿐일지 모르는데. 그중 유독 회피하고 싶은 곤란한 문제들이 있다. 하지만 그런 문제를 외면하는 것이 좋지 않은 이유가, 그것들은 시간과 비례해 심각함이 배로 곪아가기 때문이다. 그리고 종내 처치 곤란한 정도를 넘어, 삶을 통째로 집어삼켜 죽도록 애를 먹이기도 한다.

때문에 뉴원은 이 곤란한 문제를 회피하지 않고 과감히 돌파하기로 했다. "하지만 아일랜 씨, 일주일에 한 번은 지나치게," 잦다는 말과 더불어 여기엔 화분을 둘 수 없다고 잘라 말하려는데. 아일랜이 다시 사방을 두리번거리며 무언가를 찾고 있다. 그리고 싱크대 서랍장을 슬쩍 노려보더니 얼른 손을 드는 것이다.

"저기 뉴원 씨, 차는 없나요? 전 진하게 탄 허니레몬티를 마시고 싶은데. 그게 없으면 바닐라 크림을 듬뿍 넣은 핫초코도 좋구요. 달콤한 차라면 얼마든지... 제가 몸이 좀 안 좋아서요. 쿨럭, 쿨럭." 그리고 고개를 모로 돌려 잔기침을 뱉는다.

아, 당황한 뉴원은 싱크대 서랍에서 전날 구입한 커핑컵 한 쌍을 꺼냈다. 아일랜에게 달콤한 차를 주고 싶으나. 자신은 그런 차가 질색인 까닭에 쓰디쓴 엉겅퀴차밖에 없다.

결국 뜨겁게 끓인 물에 말린 엉겅퀴를 반 스푼 넣어 차를 옅게 타고, 꿀 대신 설탕병을 통째로 내주었다. 그리고 자신의 컵에는 차를 진하게 우려냈다.

그사이 아일랜은 보스턴 백에서 쿠키 깡통을 꺼내 뚜껑에 초코칩 쿠키를 한 주먹 올려 놓는다. 그중 큰 것을 집어 한 입 베어먹고는 건네받은 차를 홀짝거리는데.

차도 대접했으니 용건을 물어도 될 것 같아 뉴원이 입을 열었다. "그사이 그토록 다급한, 일이 생겼단 말입니까?" 일부러 '다급한'이란 단어에 방점을 찍듯 강조하며 물었으나 의구심만 들 뿐. 작가의 호들갑스러운 성향을 떠올려 보면 별일 아닐지도 모른다는 생각만 든다. 그기 실이 빠신 것은, 위가 탈이 났거나 식중독에 걸린 것 같은 시답지 않은 일일 수도 있지 않은가.

그러자 아일랜이 기다렸다는 듯 고개를 크게 끄덕였다. "그러게요. 그때 돌아오는 기차에서 주소를 알아 두기 질한 서쥬. 나름, 동물적인 촉이 발동했던 것 같아요. 뉴원 씨와 제가 다시 한 팀이 될 지 모른다고 말이에요."

"그게 무슨 말인가요?"

"뭐, 어쩔 수 없는 일이죠. 우리가 한 팀으로 어릿광대 저택의 사건을 파헤쳤으니까요. 그걸로 한동안 세상이 떠들썩했다 해도 과언이 아닌 걸요." 아일랜은 쿠키를 마저 먹고 손바닥을 탁탁 쳐 가루를 털어 냈다. 그리고 난처한 듯 어깨를 추어올렸다.

불길한 예감에 뉴윈은 다시 고개를 갸웃할 뿐. "팀이라기보다는 아일랜 씨에게 부탁을 받아 함께했던 겁니다. 그 사건만 해결하기로 한 것이고요."

그러자 아일랜이 "어머."하고 통통한 손으로 입을 가리며 웃는데. 가만 보니 작가는 뺨만 핼쑥할 뿐 크게 변한 데가 없다. 하긴 사나흘 만에 저 정도 변화도 놀랍기는 하지만.

아일랜은 금세 미소를 지우고 다시 입을 열었다. "그건 중요한 게 아니에요. 한 번이든 두 번이든, 뉴윈 씨와 제가 한 팀이라는 게 중요하죠. 그게 오늘 방문의 포인트인 거구요."

그리고 실로 곤란한 듯, 이마를 찌푸리더니 상체를 앞으로 쑥 기울였다. "뉴윈 씨도 엊그제, 트윈 풀 호텔에서 일어난 사건을 알고 있죠? 난리가 났잖아요. 패럴 씨가, 우욱... 쓰러져 있던 영상이 아무런 필터나 여과 없이 돌아다니고 있으니까요." 희미하게 죽은 자의 냄새가 떠올라 아일랜은 헛구역질을 했다.

뜻밖의 사건이 튀어나오자 뉴윈은 더욱 당황스러웠다.

"네. 그 사건, 픽셔는 읽어 봤습니다. 캐스터의 영상도 봤고요. 이상한 부분을 발견하기는 했지만... 어쨌든 그건 자살로 밝혀지지 않았나요? SD사건으로 확정된 것 같던데요. 고인이 주머니에 자필 유서를 품고 있었으니까요."

그러자 아일랜이 땅이 꺼져라, 한숨을 내쉬었다. "후... 맞아요. 그런데 그 사건의 조사수색이 개시되고 말았어요. 그리고 그 조사를 제가 맡게 됐구요."

뉴원은 컵을 입에 대려다 말고 회색 눈을 치떴다. "믿을 수 없군요. 자살 사건을 왜 조사하는 거죠? SD사건은 사체 통합소에서 컷-아웃 영상을 기록하고 끝날 뿐. 범죄 사건이 아니니 조사수색대가 조사할 필요가 없으며 캐스터가 입회할 필요도 없죠. 무엇보다 아일랜 씨는 사랑 섹션 캐스터라 자살 사건과 관련된 픽셔를 쓸 의무도 없을 테고요."

"휴우... 그러게 말이에요. 그게 몽땅, 제가 호버 편집장님께 하고 싶었던 말이에요." 아일랜은 어느새 다 비운 컵을 바닥에 내려놓고 길게 한숨을 내쉬었다. 마치 호메로스의 비극에 나오는 주인공이라도 된 듯. 눈을 찌푸린 채 천천히 입을 뗀다. "그런데 그게 말이죠. 그 사건 현장에 제가 있었거든요. 하필 시체를 발견한 제 1 목격자가 되는 바람에... 우욱."

그것은 실로 뜻밖의 고백이라 뉴원은 깜짝 놀랐다. 도대체 이 작가는 어디서 무얼 하며 돌아다닌단 말인가. 그러나 재차 의아한 점을 지적했다. "저기, 패럴 씨와 아는 사이였나요? 그렇다면 사건 관계자라 더더욱 사망 사건을 조사할 자격이 없을 텐데요."

아일랜은 고개를 가로저었다. 그리고 자세를 바로잡더니 이야기를 털어놓기 시작했다. 그는 사건 당일 아침, 동료인 솔리 양이 전화를 걸어와 솔깃한 제안을 했던 이야기부터 꺼냈다.

"... 그녀는 쾌락 섹션 캐스터인데. 다음 주말에 트윈 풀 호텔의 스위트 룸에 묵을 예정이라며 함께 보내자고 하는 거예요. 그리고 예약할 때 룸을 구경할 수 있으니 가 보자고 하길래. 전 너무나 기쁜 마음에 얼른 승낙을 했구요."

그러자 뉴윈이 사뭇 심각한 표정으로 말했다. "잠깐, 제 생각입니다만 단순히 솔깃한 제안만은 아닌 듯한데요." 그리고 짙은 회색 눈동자로 아일랜을 살폈다. "저기, 아일랜 씨는 솔리 양의 말에서 이상한 점을 알아차리지 못했나요?"

그러자 아일랜은 굳은 표정으로 고개를 내저었다. "어디가 이상하다는 거죠? 전, 함부로 남을 의심하지 않아요." 그리고 손을 내두르며 바삐 이야기를 이어 갔다.

두 사람이 도착했을 때, 호텔의 스위트 룸은 이미 장기 투숙객이 묵는 중이었고. 한 시즌 픽셔를 몽땅 날리게 된 솔리는 스위트 룸에 올라가 보기로 마음먹었다는 것이다.

"그녀는 아주 끈질긴 면이 있더군요. 하긴 저 같아도 시즌을 통째로 날리게 됐으니 그냥 물러서지는 않았을 거예요. 어쨌든 그녀는 스위트 룸의 주인을 만나, 오션 뷰만이라도 찍을 수 없냐, 부탁할 생각이었다고 해요. 저를 속이고서 말이죠."

그렇게 자신은 그녀에게 속은 채 룸으로 올라갔으며, 패럴의 가족을 만나고, 마침내 죽은 남자를 목격하고 말았다는데. 시체를 본 직후의 기억은 없으며 자신이 눈을 뜬 곳은 공공의료원 응급실이었다고.

작가는 마치 출발 신호를 들은 단거리 선수인 양. 한달음에 내달리며 쉬지 않고 사연을 전했다. 한차례 이야기가 끝나자 가슴에 손을 얹고 숨을 내뱉는 게. 실로 숨가쁘게 이야기를 전한 듯.

그러나 아일랜이 목격자가 된 상황은 알겠지만, 뉴윈의 궁금증은 풀리지 않았다.

"그렇다고 해도 자살 사건에 왜 조사가 시작된 건지 모르겠군요. 그리고 조사를 하더라도 관할 조수대가 하는 게 맞고요. 도대체 캐스터인 아일랜 씨가 조사를 맡게 된 이유를 모르겠습니다만." 그는 고개를 갸웃했다.

그러자 아일랜이 통통한 손가락으로 뉴윈을 찌를 듯 가리켰다. "여러 가지 이유가 있겠지만 뉴윈 씨도 한몫한 거죠, 뭐."

그리고 한숨을 푹푹 내쉰 다음, 오전에 있었던 일을 전하기 시작했다. "오늘 아침 호버 편집장의 호출을 받았어요. 가족 대표인 카달 양과 미팅이 잡혔다며 편집부 회의실로 오라는 거예요. 그래서 가 봤더니, 솔리 양과 저, 그리고 혐오 섹션 메이저 캐스터인 존스 톤 씨가 와 있는 거예요. 편집장은 저희 세 사람만 부른 듯했어요. 그리고 잠시 후, 카달 양이 나타났죠."

그는 한결 또박또박한 음성으로 이야기를 전하기 시작했다.

2 DAY 1 - 2시간 전, 오전 8:00

다시 만난 카달 양은 한 눈에 보기에도 미인이었다. 늘씬한 키에 건강하게 그을린 구릿빛 피부, 작은 턱에 유독 눈이 날카롭다. 커트 머리에 어울리는 심플한 라인의 블랙 투피스를 입었는데, 장례식 차림인 듯. 그녀는 가족 대표로 방문한 것이라 하며, 옆에는 약혼자인 본즈가 함께하고 있었다.

두 사람이 자리에 앉자, 호버 편집장은 주름진 손을 문지르며 위로의 말을 전하고, 다음으로 차분히 용건을 꺼냈다.

"그럼, 카달 양, 피해 보상에 관한 입장을 말씀드리도록 하죠. 회사로 내용증명이 날아온 걸 보면 더블픽셔사를 상대로 고소장을 낼 생각이신가 본데. 가족분들이 잘 모르시는 듯합니다. 캐스터들은 미디어그룹에 속해 있지만 직원이 아니라는 사실 말입니다. 캐스터와 출판사는 1:1 동등한 위치에서 독립적으로 계약을 맺으며, 그들이 소송에 휘말릴 경우 전부 개인적으로 처리해야 할 뿐. 회사 차원에서 어떤 지원이나 대응도 하지 않게 돼 있습니다. 따라서 아무리 법리적으로 검토를 하더라도, 캐스터 개인에게 소송을 걸 수는 있어도, 저희 회사에 위반 사항을 묻거나 피해 보상을 요구할 수는 없을 겁니다." 그리고 말을 계속했다.

"다만, 이번 사건은 조금 특수한 경우라. 어쨌든 소속 캐스터들이 불법을 저질렀으며, 국제적 사안이 아니면 시체를 보일 수 없다는 픽셔의 규정도 어겼으므로, 일말의 책임을 통감하는 바입니다. 때문에 이렇게 협의의 자리를 마련한 것이죠. 일단 가족분들이 회사에 청구할 피해 보상 금액을 알려 주시겠습니까?"

그러자 카달이 고개를 끄덕였다. "저뿐만 아니라 가족들 모두, 더블픽셔사와 캐스터들에게, 저 두 분에게 단단히 화가 나 있다는 점 분명히 말씀드리죠. 저희 가족이 청구할 사자 명예 훼손과 정신적 피해에 관한 보상금은 9억 9천 골드 머니로 정했어요."

그러자 이제 알았냐는 듯, 편집장은 눈을 부릅뜨고 솔리와 아일랜을 노려보았다. "둘 다 알아들었지? 앞으로 소송이 진행되면 저 금액은 회사가 아니라 두 사람에게 청구될 거야. 심사 비용까지 포함하면 각자 5억 골드 머니 정도는 준비해야 할 걸세."

그러자 솔리가 얼른 사죄하듯 손을 맞잡았다. "카달 양, 그날 일은 사과드리겠어요. 하지만 5억 골드 머니는 너무 지나쳐요. 전, 애초 가족분이나 패럴 씨를 모욕하려는 의도는 조금도 없었으며 재미있는 해프닝 정도로만 생각했을 뿐이에요. 훌륭한 분이 묵으신다고 생각해 뵙고 싶었을 뿐이라고요."

옆에 있던 아일랜도 황급히 머리를 숙이며 사과의 말을 전했다. "카달 양, 죄송해요. 정말, 진심으로 죄송하게 생각하고 있어요. 전, 기절해서 기억은 안 나지만. 어쨌든 패럴 씨의 죽음에 대해 심심한 위로의 말을 전하고 싶어요. 그리고 방금 말씀하신 금액은 제가 상상도 해 본 적 없는, 앞으로 수십 년을 꼬박 일해도 갚을 수 있을까 말까 한 금액이라서요,"

그러자 카달이 눈을 치뜨며 날을 세웠다. "잘도, 잘도, 발뺌하는군요. 그래서 보상금을 지불할 수 없다는 거예요? 그런 짓을 해 놓고서. 가족들은 당신들이 그 불행을 가져왔다고 생각하고 있어요. 당신들이 나타나서 그토록 끔찍한 일이 터졌다고. 당신들이 아버지를 죽인 거나 마찬가지로 생각될 뿐이라고요."

그녀가 주먹을 쥐며 분노로 몸을 떨자, 본즈가 얼른 한 팔로 그녀의 어깨를 감쌌다.

아일랜은 두 손을 맞잡은 채 고개를 저었다. "아니요, 카달 양. 그게 아니라, 수십 년이라도 조금씩 갚아 나가겠다 말씀드리는 거예요. 그러니까 기다려 주시면 감사하겠다구요. 다시 한번 말씀드리지만 아버님 일에는 깊은 애도의 말씀을 드리고 싶어요."

그가 연신 사과를 전하자, 카달도 화를 누그러뜨리는 듯.

그러나 이번에는 솔리가 놀란 듯 눈을 동그랗게 떴다. 처음부터 저자세로 나가면 협상에 불리하지 않은가.

그 모습을 지켜본 호버가 중재하듯 나섰다. "자, 이제 소송과 보상금에 관한 걸 캐스터들도 알게 됐군요. 그러나 더욱 중요한 문제가 있습니다. 제가 가족 대표분을 부른 것도 바로 이 문제를 논의하기 위해서죠... 원래 패럴 씨의 죽음은 SD사건으로 종료될 상황이었습니다. 외부 침입이나 사고 흔적을 찾을 수 없으며, 사망자의 신분이 확실할 뿐만 아니라, 최초 목격자가 가족 외 증언의 효력을 가진 타인이 포함돼 있어 크로스 체크가 가능하고, 필수 증거물인 자필 유서까지 발견되었으니까요. 따라서 SD사건의 매뉴얼대로 사체 통합 관리소 직원이 출동해 컷-아웃 기록을 남기고 장례식과 함께 상황이 종료될 예정이었단 말입니다. 그런데 그것이 라이브 방송을 탄 바람에, 사람들의 관심이 폭주하고 있으며, 아버님의 유서에 담긴 '괴로움과 과오'라는 단어 때문에 온갖 픽셔들이 난무하는 판이죠. 혹시 그에 대한 대책은 세우셨는지, 쏟아지는 픽셔들에 어떻게 대응하실 생각인지 묻고 싶군요."

그러자 카달이 편집장을 똑바로 쳐다봤다. "바로 그 무책임한 픽셔들 때문에 가족들이 더욱 크게 분노한 거예요. 사건을 파헤친답시고 함부로 아버지의 과거를 추측하고 음해하고, 부정이다 타살이다, 난리들이니까요. 그 모든 것이 저 캐스터들 때문이고요. 소송 금액이 10억 골드를 넘으면 심사 기간이 최소 6개월이라, 9억 9천으로 낮춘 거지. 저희들은 수백억 골드 머니를 받아 내도 분이 풀리지 않을 거예요. 이 사태를 일으킨 장본인들에게 반드시 합당한 보상을 받아 내고 말겠어요."

그러자 본즈가 어깨를 감쌌던 팔을 풀며 입을 열었다. "거짓 픽셔에 대한 처리도 이미 진행 중입니다. 저희가 픽셔를 검토해 문제가 될 부분을 발췌해 증거를 수집했고. 어제 1차로 각 캐스터들에게 내용증명을 보냈거든요. 사자 명예 훼손에 관한 고소장을 접수할 생각이며, 5천만 골드 머니의 보상금과 더불어 정정 픽셔를 3배 이상 발표해야 할 거라고 경고해 놓았습니다."

그러자 편집장은 여유롭게 고개를 끄덕였다. "네. 소속 캐스터들에게 들어 알고 있습니다. 때문에 그것이 얼마나 어리석은 결정인지 말씀드리고 이 사태를 해결할 수 있는 적절한 방법을 알려 드리기 위해 가족 대표자분을 오시라고 한 겁니다."

그는 슬쩍 어조를 낮추었다. "가족분들은 캐스터의 생리와 속성에 대해 잘 모르시는 듯한데. 사실, 고소장이나 법 감정 신청은 사태를 더욱 악화시킬 뿐입니다. 캐스터란 작자들은 불쏘시개와 같아서 들쑤시면 불티를 널리며 더욱 거세게 타오르거든요. 곧바로 자신들의 무기인 말과 글을 쏟아 내며 화력을 키우는데 집중할 뿐이죠. 그러면 이 사건에 관심 없던 캐스터들마저 달려들게 되고 사태는 걷잡을 수 없이 커지게 됩니다. 알고 있으시죠? 이 나라에선 픽셔가 쏟아지는 사건이 곧 중대 사건이 된다는 걸."

그것은 묘하게 위협적인 말투였다.

"따라서 이 사태를 해결할 방법은 오직 하나. 캐스터들의 관심을 가라앉히는 것뿐입니다. 그것도 최대한 빨리 말이죠."

그리고 호버는 아일랜과 솔리를 곁눈질했다. "뭐, 사태가 이 지경이 된 데는 저희 그룹도 책임이 있음을 통감하는 바. 그래서 수습 방안을 논의했으며 유족분들에게 도움을 드리기로 한 겁니다... 카달 양, 솔직히 현재 쏟아지는 픽셔가 하나부터 열까지 내용을 상상하고 지어낸 소설은 아니지 않습니까? 틀림없이 패럴 씨가 주머니에 유서를 품고 있었으니까요. '이 괴로움에서 벗어날까 합니다. 부디 제 과오를 용서해 주길.'이란 구절은, 틀림없이 패럴 씨가 직접 쓴 유서의 내용입니다. 아버님은 스스로 삶을 끝내야 할 어떤 괴로움을 느끼고 있었으며 과오를 저지른 것이죠." 그리고 편집장은 묵념하듯 고개를 숙인 후, 말을 이었다.

"카달 양, 전 아버님 편입니다. 패럴 씨와는 같은 업계에서 일하며 종종 교류도 했으니까요. 때문에 저 또한 동료에게 닥친 이 끔찍한 사태에 가족분들 못지않은 슬픔을 느끼며, 이 일이 깔끔하게 매듭지어지기를 바라 마지않습니다... 저희가 논의 끝에 결정한 거짓 픽셔들에 대한 대응법은 간단합니다. 바로 저희 캐스터들이 사건을 조사하는 것이죠. 물론 관할 조수대도 참여하겠지만. 어쨌든 저희들이 주도해 사건에 대한 조사수색을 하는 겁니다. 그렇게 되면 조사수색 기간인 48시간 동안은 사건에 관한 픽셔는 일절 나오지 못하게 되며, 조사가 끝난 후에도 대부분의 사람이 조사에 참여한 캐스터들의 픽셔를 보게 될 겁니다... 요즘 사람들은 다른 건 몰라도 사망 사건에 있어서는 나름 팩트에 대한 신뢰도에 민감하지 않습니까. 때문에 사망 사건은 조사에 입회하거나 조사를 담당한 캐스터의 픽셔를 찾아 읽는 편이고, 그들의 픽셔가 조회 수를 독차지하게 됩니다. 때문에 조사 이후 나오는 픽셔들은 자연스럽게 조사에 입회한 캐스터의 픽셔 내용을 따르게 되고요. 그렇게 픽셔의 방향과 내용이 자연스럽게 결정되는 겁니다."

그것은 뜻밖의 제안이라. 카달은 눈썹을 일그러뜨리며 약혼자를 바라보았다. 그리고 고개를 갸웃하며 편집장에게 되물었다.

"그러니까 아버지의 죽음에 대한 조사를 개시하라고요? 그것도 더블픽셔사의 캐스터들에게 의뢰해서? 무슨 말씀인지 이해가 안 되는데요. 그게 어떻게 가짜 픽셔들을 해결할 수 있다는 건지... 전, 전혀 모르겠어요."

그러자 편집장은 여유로운 미소를 띠었다. "아직 설명이 안 끝났습니다. 이해를 못 하는 것도 당연하죠. 이제 좀 더 자세히 설명해 드리겠습니다... 카달 양, 캐스터들이 픽셔를 쏟아 내며 아버님의 죽음에 대해 떠들어 대는 이유는, 분명한 게 없기 때문 아닌가요. 아버님의 죽음과 유서의 이미기 모호하기 때문이죠. 그래서 상상력을 부풀리는 겁니다. 눈앞에 분명하고 선명하게 드러난 사실에 대해선 상상의 여지가 없으니까요. 그런데 제 눈에는 패럴 씨가 죽음을 택한 이유가 무엇인지, 유서에 적힌 말이 무엇을 의미하는지, 또렷하고 분명하게 보인다는 겁니다. 패럴 씨가 벗어나려고 했던 괴로움은, 다름 아닌 '병마'라고 말입니다. 즉, 패럴 씨는 어떤 질병 때문에 극심한 고통과 괴로움을 느낀 겁니다. 바로 그 병마의 고통이 그가 이겨 낼 수 없었던 '괴로움'이며, 그 고통을 이기지 못해, 자살을 결심한 것이 바로 그의 '과오' 아닐까요... 즉, 유서의 내용은, '투병의 괴로움을 견딜 수 없어 자살을 결심하니, 이 과오를 용서해 달라'는 것입니다. 어떤가요, 이제 모든 것이 아주 분명해지지 않았나요?"

거기 모인 사람들은 존스 톤만 빼고 낯빛이 완전히 변했다.

잠시 침묵을 지키던 본즈가 더듬거리며 호버에게 물었다.

"아, 그럼... 조사는 눈속임일 뿐. 그렇게 정해 놓은 각본대로 패럴 씨가 어떤 질병으로 괴로워하다 자살했다는 픽션을 쓰겠다는 말씀이시군요."

그러자 편집장과 똑같이 여유로운 미소를 띠고 있던 존스가 나섰다. "정해 놓은 각본이라뇨? 그게 진실이기 때문인 걸요. 공정하게 조사해도 같은 결론이 나올 겁니다. 편집장님뿐만 아니라 저도 유서를 보자마자 같은 생각을 했으니까요. 패럴 씨가 정신적, 혹은 육체적 질병 때문에 자살했다고 말입니다. 때문에 이 진실의 신뢰도를 높이기 위해, 조사수색을 개시하는 게 좋다는 겁니다. 그냥 써 갈긴 것도 아니고, 직접 조사를 주도한 캐스터가 써 낸 픽션에 누가 반박할 수 있겠습니까."

존스는 카달을 바라보았다. "카달 양, 앞으로 사흘 후에는 아버님은 질병 때문에 자살이라는 끔찍한 과오를 저질렀다는 것을 누구나 인정할 것이며, 돌아가신 분께 동정과 위로를 표할 겁니다. 누구도 패럴 씨의 치부나 과거 사건을 들추며 왈가왈부할 수 없을 테니. 가짜 픽셔는 사라지고 사건이 깨끗이 마무리되겠죠."

그 말을 들은 두 사람은 크게 동요하는 듯.

두 사람의 동요를 알아차린 호버가 재빨리 두 장의 서류를 내밀었다. "여기 '조사수색 의뢰서'와 '캐스터 위임장'을 준비해 놓았습니다. 검토해 보시죠. 가족 대표가 서명만 하면 곧바로 아버님 사건에 대한 조사수색이 개시될 겁니다. 즉, 카달 양이 서류에 사인을 하면, 저희 캐스터들이 사건을 조사하게 되고, 말씀드린 결론으로 사건을 깨끗이 정리할 겁니다. 참고로 솔리 양과 아일랜 군은 사건의 목격자로서 조사수색에 참여할 자격이 강제로 부여되고. 그에 더해 여기 존스 톤 캐스터를 함께 참여시킬 생각입니다. 그는 150만 명의 구독자를 거느린 메이저 캐스터로 인기가 높죠. 그가 이 사건을 깔끔히 해결하고, 구독자들과 함께 진실을 널리 퍼 나를 겁니다."

그러자 존스 톤이 허리를 꼿꼿이 세웠다. "이제야 정식으로 인사를 드리네요. 혐오 세션의 존스 돈입니다. 제가 이 사건에 대한 픽셔를 써 내면 그것이 확고한 사실이 되어, 더 이상 헛소리를 지껄이는 캐스터들은 사라질 테니 두고 보시죠."

호버 편집장이 다시 한번 재촉했다. "게다가 이런 복잡하고 혼란한 시대엔 사흘이면 충분하죠. 단언컨대 사흘 안에 대중을 현혹하는 다른 사건이 터질 겁니다. 그 후에는 패럴 씨의 안타까운 죽음을 이용하는 거짓 픽셔들은 완전히 사라질 테고요."

그리고 편집장은 예의 무표정한 얼굴로 아일랜과 솔리를 보며 말을 이었다. "물론 저 두 사람도 적극적으로 협력할 겁니다. 존스 군의 픽셔가 완성되도록 도와야겠죠. 그럼, 카달 양, 깔끔하게 일이 처리되면 캐스터들에 대한 고소는 재고해 주지 않겠습니까? 그래야 저들도 최선을 다할 테니까요. 저희 그룹에서도 존스 캐스터의 픽셔가 압도적으로 조회되도록 대대적으로 홍보할 예정입니다."

여전히 두 사람은 말이 없었다.

그러나 잠시 후, "그게, 정말... 완벽한 해결책 같군요."라고 본즈가 먼저 고개를 끄덕였다. 그리고 한결 밝아진 얼굴로 테이블 위에 놓인 서류를 검토하기 시작했다.

카달 또한 눈을 크게 뜨고 입을 단단히 다물었으나, 이윽고 고개를 끄덕일 수밖에. 그녀 또한 편집장이 제시한 방법이, 실로 완벽한 대책임을 부인할 수 없는 듯했다. 결국 그녀는 본즈가 건네주는 만년필로 두 장의 서류에 사인을 하고 펜을 내려 놓았다.

그러자 존스가 기다렸다는 듯, 강하고 단호한 어조로 당부를 전했다. "이제 두 분은 돌아가셔서, 가족들에게 아버님의 죽음에 관한 진실을 알려 주셔야 합니다. 혹시라도 조사 중에 엉뚱한 증언이 나오지 않도록 단단히 당부해 놓으셔야 하죠. 가족분들 모두가 조사에 적극적으로 협조해야 하며, 빠짐없이 패럴 씨의 질병에 관한 증언을 할 수 있도록, 약속해 놓는 게 중요합니다."

그 말이 무슨 의미인지 모두 잘 알아들었다.
얼마 후, 방문객들은 고개를 끄덕이며 자리에서 일어섰다. 다시 한번 카달은 솔리를, 본즈는 존스를 바라보며 신뢰의 눈빛을 보낸다. 그리고 카달은 아일랜도 흘깃 돌아보는데. 그 통통하고 핑크 블러셔를 칠한 듯한 얼굴은, 한 번 보면 결코 잊힐 리 없을 듯하다는 생각이 든다.
그들은 편집장과 악수를 나누고, 회의실을 나갔다.

한 쌍의 남녀가 사라지자. 호버는 소파에서 일어나 개인 책상 너머에 있는 가죽 의자로 돌아갔다. 그리고 근엄하게 "솔리 캐스터와 아일랜 캐스터."하고 이름을 불렀다.
두 사람이 앞으로 다가오자 그는 명령조로 말했다. "둘 다 최선을 다해 존스 군에게 협력하도록. 어처구니없는 일탈로 평생을 노예처럼 일할 뻔했음에도 불구하고. 그룹 차원에서 구제에 나서 준 걸 감사하며 말이야. 어쨌든 솔리 양의 라이브 영상은 더블픽셔사 독점으로 발표되어 수익을 창출했지만. 아일랜 군, 자네는 정말... 쯧쯧... 보기 흉하게 쓰러진 채로 발견되어, 웃음거리도 그런 웃음거리가 없지 않았나."
큭. 그 말에 존스 톤이 장면을 떠올린 듯 비웃음을 터뜨렸다.
"푸흡, 꼴이 진짜. 컷-아웃 영상에 실렸기에 망정이지 일반인들이 보는 영상이었다면 회생 불능으로 욕을 쳐들어 먹었을 걸."
호버기 디시 매부리코 아내로 눈을 내리떴다. "이제 중요한 사항을 전달할 테니 잘 듣게. 먼저 솔리 양은 존스와 함께 팀을 이루도록. 혐오 섹션인 존스가 주도하고 솔리 양이 돕는 걸로 하면 될 거야. 메이저 캐스터라 서로들 알고 있지?"

"네." 존스가 먼저 고개를 끄덕였다. 복잡하고 첨예한 외교 문제를 혐오로 풀어내 열광적인 팬덤을 형성한 그는, 아침에 불려 오면서도 말끔한 슈트 차림이었다. 그러나 얼굴은 처음의 샤프하고 영민한 이미지가 사라지고, 최근엔 살집이 붙어 누런 기름이 번들거린다.

솔리도 조금 떨떠름한 얼굴로 "알고 있어요."라 답했다.

그 말이 끝나자 아일랜은 손을 맞잡고 편집장에게 간절히 애원했다. "물론 감사해요, 편집장님. 당연히 최선에 최선을 다하겠어요. 그런데 전 조사에서 빠지면 안 될까요? 솔리 양과 존스 씨라면 완벽한 팀인데, 제가 끼면 거치적거리기만 할 테고. 또 말씀드렸다시피 제가 미주신경성 실신증이 있어, 사건 현장에서 다시 기절이라도 하면 이만저만 민폐가 아닐 테구요." 그러면서 도톰한 입술을 동그랗게 말고 "오옥, 오옥." 헛구역질을 한다. 패럴의 시체를 떠올리자 곧바로 희미한 피비린내가 코끝에 감돌며... 한 여인이 떠올랐기 때문이다.

그러나 편집장은 손가락 끝을 톡톡 마주치며 차가운 웃음을 흘릴 뿐. "뭐, 5억 골드 머니를 혼자 마련하겠다면 나도 말리지는 않겠네. 솔직히 나 또한 자네가 마음에 들지 않으니까 말이야. 우리 그룹의 명예를 실추시키고 명성에 먹칠이나 하고... 단지 마지막으로 보상금을 마련할 기회를 주는 것뿐이라 생각해."

"네?" 아일랜은 어리둥절한 표정으로 눈을 굴렸다.

"사람이 그렇게 어리석어서야. 이번 일이 잘돼도 보상금이 제로가 되는 게 아니지 않아. 아예 고소를 취하하는 건 어려울 테고 금액을 좀 낮출 수는 있겠지. 그러니 이번 픽셔가 돈을 벌 수 있는 마지막 기회 아닌가. 조회 수가 터져, 한 푼이라도 더 모을 수 있도록 노력해 봐. 그룹에서는 이 사건을 두 팀의 경쟁 구도로 홍보할 생각이니까. 단번에 화제성을 불러일으킬 수 있도록 말이야. 존스 대 아일랜, 메이저 대 무급의 경쟁으로 홍보하고, 거기에 솔리 양을 넣어 젠더 갈등을 살짝 첨가할 생각이지. 픽셔는 조사가 끝나는 날 오후 라이브로 발표하고. 접속자 수와 함께, 이후 12시간 동안 각 픽셔의 조회 수와 트래픽 수로 승패를 결정할 걸세. 그리고 패하는 팀은 가차 없이 회사에서 퇴출될 테니 그리 알고 있어… 기획 팀에서 밤새 회의를 거쳐 결정된 사안이야. 이걸 기획하는 데 얼마나 골머리를 앓았던지. 원."

그리고 편집장은 눈을 치뜨고 더욱 거만한 표정으로 목소리를 낮췄다. "참고로 카달 양에게 말한 것은 존스 군의 생각이니 아일랜 군, 자네는 다른 내용의 픽셔를 써야 할 걸세. 패럴 씨의 명예를 지키고 가족들의 분노를 가라앉히기 위해 어떤 내용을 쓸지 잘 골라 봐. 어릿광대 저택의 사건도 해결했으니 이번 사건도 잘 해결하겠지만 말이야. 물론 이건 범죄 사건은 아니지만."

그리고 편집장은 아일랜에게 나가 보라는 듯 손을 내저었다.

"메이저 팀에게 따로 할 말이 있으니, 이만 가 보도록 해."

그러나 아일랜은 발이 떨어지지 않았다. 얼굴이 새하얗게 질러 고개만 누리번거리는데. 두 사람을 보니, 존스는 차가운 미소를 띠고 있고, 솔리는 시선을 외면한 채 고개를 떨구고 있다.

"저기," 하고 입을 열었으나 더 이상 말은 나오지 않고. 아일랜은 가슴이 답답하고 숨조차 쉴 수 없어, 마치 입마개를 한 새끼 돼지가 된 듯한 기분이었다. 그리고 결국 편집장의 차가운 눈빛을 맞으며 쫓겨나듯 회의실을 나서야 했다.

이제 그의 머릿속에 떠오르는 것은 오직 뉴윈뿐. 그는 회색의 청년을 찾아 허위허위 통나무집을 찾아올 수밖에 없었다.

3 DAY 1 - 오전 11:00

이야기를 다 들은 뉴윈은 무표정한 얼굴로 말했다. "제 생각입니다만, 편집장의 작전에 제대로 말려든 것 같군요."

"네, 무슨 작전요?" 아일랜은 기운 없는 목소리로 되물었다.

뉴윈은 냉정히 답했다. "편집장의 말처럼 SD사건의 픽셔는 금방 정리됩니다. 캐스터들도 관심 없는 이유가, 사체 통합 관리소에서 남긴 컷-아웃 기록만 있을 뿐이라 자료도 적고. 적극적인 추리를 하다 사자 명예 훼손에 휘말리면 큰일 나기 때문이죠. 죽은 사람은 방어를 할 수 없으니 피해 보상금이 가장 큰 소송이거든요. 때문에 가만히 놔둬도 사나흘 후엔 대부분의 픽셔가 사라질 텐데. 편집장의 제안으로 조사가 시작된 겁니다. 조사수색을 시작하면 판도가 완전히 달라질 수 있는데, 가족분들은 미처 거기까지 생각하지 못한 것 같군요."

"판도가 달라지다뇨?"

"아일랜 씨도 모르셨나요? SD사건의 조사수색을 개시한다는 말은, 사건을 원점으로 되돌린다는 뜻입니다. 그것은 사건을 백지로 놓고 본다는 말이며, 사고와 범죄 가능성마저 열린다는 뜻이 됩니다. 과실치사나 타살의 가능성도 열리기 때문에, 시체를 부검하게 되고, 유족들도 인터뷰에 강제로 응해야 하죠. 때문에 SD사건을 조사하려면 유족들의 조사 의뢰서를 받아 내는 게, 가장 큰 난관이라 알고 있습니다. SD 통계에 의하면 1년에 5만 건이나 이루어지는 자살 사건 중, 실제 조사가 이루어지는 비율은 0.1%도 안 된다고, 5만 건 중, 유족이 조사를 의뢰하는 건 20건이 될까 말까 한다고 합니다만."

아일랜은 손을 무릎에 올려 둔 채, 뉴원의 말을 귀담아들었다.

뉴원은 생각에 잠긴 채 말을 이었다. "그것을 편집장은 알리지 않은 겁니다. 하긴 어차피 픽셔의 내용을 자살로 정해 놓은 터라, 타살의 가능성이 열리는 것쯤 무시했을지 모르겠군요. 정황으로 보건대 그날 패럴 씨는 외부 침입자에 의해 사망했을 가능성은 희박하니까요. 하지만 자살로 보기엔 이상한 점도 있습니다... 어쨌든 편집장은 불리한 내용은 빼고 카달 양에게 좋은 결과만 알렸는데. 마치 조사수색을 꼭 개시하고 싶었던 것처럼 말입니다. 미리 서류가 준비되어 있던 것도 그렇고, 픽셔로 경쟁을 하는 것도 그렇고. 때문에 이것은 작전일 뿐이며, 이토록 잘 짜인 작전의 의도는, 사건의 진실을 찾기보다 픽셔의 조회 수를 올리는 게 목적이 아닐까 싶은데요. 거기에 카달 양이 순진하게 말려든 것 같습니다만."

비로소 아일랜의 얼굴이 환해졌다. 역시 뉴윈은 범죄나 사망 사건에 대해 잘 알고 있으며, 그가 생각에 골몰한 걸 보니 이 사건에 관심이 있는 듯했기 때문이다.

그는 통통한 손을 기도하듯 깍지 꼈다. "네. 무슨 말인지 알겠어요. 그러니 뉴윈 씨, 제발 절 좀 도와주세요. 저와 함께 사건을 조사해 주세요."

그러나 뉴윈은 뜻밖에 단호히 거절했다. "죄송합니다만, 아일랜 씨. 전 바빠서 도와드릴 수 없습니다."

사실 그는 진작에 아일랜의 부탁을 거절할 생각이었다. 인간관계란 칡덩굴과 같아 잘못 엉키면 끊어 내기 어렵다. 지난번은 열차 사고처럼 급박한 사고에 휘말렸으며 아일랜의 처지가 워낙 어려운 듯했으나 이번엔 사정도 다르다. 그다지 절박하지 않은 듯. 그의 단독 입회도 아니고, 픽셔를 쓸 수 있는 다른 팀이 있으며, 편집장의 위협에 미리 겁먹을 필요도 없지 않은가. 어쨌든 홍보를 할 테니 얼마라도 조회 수를 올려 보상금을 마련할 수 있을뿐더러 실제 소송이 시작된 것도 아니었다.

때문에 뉴윈은 그의 애원이 엄살에 가깝다고 느끼며, 골치 아픈 작가를 떼 내기로 결론을 내렸다.

그러자 아일랜이 눈을 찌푸리며 다급하게 목을 뺀다. "하지만, 이건 전부 뉴윈 씨 때문인 걸요. 어릿광대 저택의 사건을 해결한 사람은 뉴윈 씨예요. 전 들은 말을 전했을 뿐이고요. 저, 전, 사람이 죽은 곳에는 절대로, 다시 가고 싶지 않단 말이에요." 그러면서 손을 부들부들 떨더니 도톰한 입술을 둥글게 말고, "우욱,

웩." 힘들게 소리를 내지르다 약을 찾아 먹는다.

그러나 뉴원은 무표정하게 그를 바라볼 뿐. "이 이상 끌려 다니는 건 곤란합니다. 저는 따로 쫓는 일이 있다고 하지 않았나요. 그리고 역에서 간절히 도와 달라 부탁했던 사람이 할 말은 아닌 것 같은데요."

그러자 아일랜이 얼른 두 손을 맞잡아 이마 위로 올렸다. "죄송해요, 뉴원 씨. 방금 한 말은 사과할게요... 하지만 어릿광대 저택은 전부 타인들이라 사망 사건을 조사하는 게 부담되지 않았어요. 그런데 이곳은 진짜 가족들이 모여 있잖아요. 패럴 씨의 미망인과 자녀들, 동생 부부와 어머니까지 있는데. 혹시나 그들 중 누군가를 의심하게 되면 어떡해요. 전, 가족을 의심하는 일은 절대로 하고 싶지 않다구요."

아일랜은 황급히 변명을 주절거렸으나. 뜻밖에 그것이 한밤의 모임을 상기시킨 듯. 뉴원의 머릿속에 회오리가 일며, 당시 들었던 사람들의 비난이 순식간에 되살아났다. 그는 오히려 잘됐다 싶어, 그 비난을 이용해 작가를 돌려보내기로 했다.

뉴원은 벽에 기댔던 등을 떼고 양손을 겨드랑이에 낀 다음. 간이 의자에 살포시 얹힌 아일랜을 내려다봤다.

"제 생각입니다만 아일랜 씨는 지나치게 순진무구한 것 같군요. 이 말은 결코 칭찬이 아닙니다. 가족을 의심하는 게 괴롭다고 했나요? 그런 짓은 하고 싶지 않다니... 훗, 경멸의 웃음을 참을 수가 없군요. 요즘, 그런 말은 애들도 하지 않을 걸요."

일순간 얼음장처럼 차가워진 청년을 아일랜도 알아차렸다. 그 바람에 눈과 입이 절로 벌어지며 눈동자가 황망하게 흔들린다.

뉴원은 눈을 내리뜬 채로 차갑게 말을 이었다. "그렇다면 아일랜 씨는 함께 살고 있기에, 가족이기 때문에 오히려 그를 죽여야 할 절대적인 필요성을. 그 필연적이고 절박한 이유를 헤아리지 못한다는 말인가요? 함께 살고 있는 가족이, 내 인생과 내 시간을 지옥으로 만들 수 있다는 걸 말입니다." 청년은 말을 이었다. "가족이 아니라면 그토록 나를 괴롭힐 수 없죠. 타인이라면, 일면식도 없는 이들은 어찌 됐든 물리적으로 나를 괴롭힐 수는 없으니까요. 가족이나 친지, 오랜 친구와 이웃들, 같은 직장이나 사무실에서 함께 일하는 동료들이 나를 지옥으로 밀어 넣는 겁니다. 나와 시공간을 공유하는 이들이야말로 물리적으로 확실하게 나를 괴롭힐 수 있으며. 가족이기에, 친구와 이웃이기에, 그들이, 나의 아침을, 나의 오후를, 나의 잠자리를 짓이겨, 내 삶과 인생을 지옥의 불구덩이 속으로 처박을 수 있는 거라고요. 때문에 그 절망적인 상황과 참담한 시간에서 벗어나려면 손에 피를 묻힐 수밖에요. 그 끔찍한 인간의 소멸이 나를 지옥으로부터 구원해 주니까요. 그녀의 부재가, 그의 소멸이, 내 세상을 지옥에서 천국으로 탈바꿈시켜 줄 테니 말이죠. 그래서 가족 간의 살인이 늘어나는 추세라는 걸, 아일랜 씨는 전혀 모르는군요."

크큭, 뉴원은 일부러 입술을 일그러뜨리는데. 저도 모르게 눈에 핏발이 서고 목젖이 울컥거리는 듯. 그리고 아일랜을 바라보니, 작가의 얼굴은 죽은 빛으로 덮여 눈을 휘둥그레 뜨고 턱이 절로 내려가 입을 벌린 게, 마치 넋이 나간 것 같다.

그 얼굴을 보며 뉴원은 결정타를 먹여, 그를 더욱 멀리, 집 밖이 아니라 아예 자신의 인생 밖으로 던져 버리기로 한다.

"아일랜 씨는 범죄에 관심이 없다고 했던가요? 그래서 살인의 트렌드를 모르는가 보군요. 범죄도, 살인도 트렌드가 있습니다. 요즘엔 가족 간의 살인이 대세라고 합니다만. 이 나라에서 연간 살인 사건은 700여 건에 이르며, 그중 가해자와 피해자가 완벽한 타인인 경우는 12%에 불과하다고 하죠. 88%는 아는 사이에서 일어난다고 하는 걸요. 귀찮게 보채기만 하는 아이를, 유산을 쥐고 있는 부모를 없애 버리는 게 유행이 됐습니다. 그들을 없애 버리면 내 삶이 얼마나 편하고 윤택해지겠습니까. 범죄를 은폐할 수만 있다면, 가장 빨리, 가장 손쉽게, 천국을 손에 넣을 수 있다니까요." 훗, 그는 입술을 비틀어 끝까지 위험한 웃음을 지어 보였다.

그러자 다시 한번 나온 천국, 이란 단어에 아일랜의 손끝이 겨우 까딱거린다.

잠시 동안 꼼짝 못 했던 작가는, 이윽고 낚시 의자 위 엉덩이를 들썩거리며 꼿꼿이 허리를 폈다. 그리고 손바닥을 들어 8:2로 가르마를 탄 머리를 가지런히 누르고. 다시 양손으로 목에 맨 리본을 풍성하게 매만진 다음, 두 손을 가볍게 펴 무릎 위에 살포시 포갰다.

그것은 마치 슬로모션처럼 템포가 느리고 신중했으며, 신성한 의식을 치르는 성직자처럼 고요하게 상대의 눈을 끄는 힘이 있었다.

아일랜은 반듯하게 앉아, 목을 쭉 빼고 천천히 머리를 가로저었다. "방금 뉴원 씨 말에는 동의할 수 없군요. 글쎄요... 거기서 말한 천국과 지옥이 어떤 곳인지 모르겠다는 말이에요... 자신을 지옥에 빠뜨린 누군가를 없애면 천국이라... 그 세계는 한 사람으로 이루어져 있나 보군요. 자신을 괴롭히는 단 한 사람으로."
그는 이제 미동도 하지 않았다.
"어떻게 한 사람으로 이루어진 세계에 살고 있는지. 자신의 세계를 단 한 사람으로 채운 채 살 수 있는지. 자신의 세계를 짓밟은 건 한 마리 짐승이지만, 그 지옥을 영속시킨 진짜 주인은 누구인지, 생각해 봐야 하지 않나요." 그는 천천히 눈을 들었다.
"전 모든 사람은 숲이라 생각해요. 그것은 사람들 내면에 울창한 수목과 아름다운 꽃이 만발하다는 뜻은 아니에요. 식물 중에 생명이 질긴 것은 잡초거든요. 때문에 어떤 이의 세계는 잡초가 무성하고, 어떤 이의 세계는 파리지옥 같은 식충식물만 가득하고, 또 어떤 세계는 위험한 짐승이 돌아다니기도 하겠죠. 아름답게 보살피든, 황폐하게 내버려 두든. 어쨌든 사람은 다채로운 생명을 품고 사는, 수많은 색채가 어우러진 숲이라 생각한답니다."
그리고 그는 괴로운 듯 눈을 감았다. 목을 꺾어 머리를 뒤로 젖히는데. 눈 안으로 강렬한 영상 하나가 떠오른다. 피가, 여인의 가슴에서 솟구치는 핏줄기가 자신을 덮치듯... 아일랜은 얼굴을 일그러뜨리며 치밀어 오르는 토악질을 참은 채, 말을 이었다.

"... 만약 숲을 포기하고, 한 마리 짐승을 키우는 일에 대해 말씀하신 거라면 제가 알고 있는 이야기를 해 드리죠. 다양한 색채와 수많은 생명을 포기하고 단 한 마리 짐승을 키우는 일이, 어떤 일인지, 마침 저도 알고 있거든요... 그 맨 처음은, 짐승을 불러와 자신을 먹이로 내놓는 것이에요... 그 첫 단계가 가장 중요하답니다... 때문에 가장 철저하고 완벽히 해내야 해요... 놈이, 머리끝에서 발끝까지, 나의 살점 한 조각, 피 한 방울 남기지 않고, 나를 모조리 먹어 치우도록 내주어야 하는데... 그래야 살육의 피 냄새에 흥분한 짐승이 타인을 죽일 수 있게 되거든요..."

그리고 문득 목소리를 낮췄다. "그렇게 내가 짐승에게 먹힌 다음, 짐승과 동일체가 되는 거예요. 오직 한 마리 짐승처럼! 살인만 생각하고, 살인에 사로잡혀야. 그래야 남을 죽일 수 있어요."

그리고 아일랜은 갑자기 푸른 눈을 확 떴다. "그 목적이 복수든 흥분과 쾌락이든, 집요하게 살인만 생각해야 해요. 게다가 가족이면 더욱 그렇죠. 가족의 목을 조르든 가족의 심장에 칼을 꽂아 넣든, 오직, 그를 죽일 생각만 해야 한다니까요. 눈앞에 보이는 저 인간을 없애 버릴 생각만... 밤낮없이... 오직 그것만 생각하고 집중해야 해요." 후, 하고 그는 한숨을 내쉬었다. 그리고 갑자기 질주하는 열차처럼 무섭게 빠른 속도로 말을 이어 갔다.

"... 그렇게 살인을 저지르고 말았어요, 한 사람을 죽여 버렸죠. 자, 진짜 중요한 문제는 그다음에 등장해요. 하나의 존재를 불러온다는 말은, 한 세계를 불러온다는 말이거든요. 즉, 살인을 원하는 짐승을 불러오면, 그 짐승이 살던 세계도 함께 불러온다는 말이에요. 난, 복수를 했어요. 원하는 돈도 얻었죠. 그런데 내 세계는, 내 인생은, 내 시간은, 거기서 끝나지 않아요. 하나의 살인을 끝내는 순간, 순식간에 어마어마한 세계가 거대한 우주처럼 덮쳐 오고, 끝없이 시간이 쓰나미처럼 밀려온다구요. 그녀를 죽여 버리면 시원한 빗줄기가 내려 천국이 될 것 같았는데. 그녀가 사라진 그때 내렸던 비는 사막의 신기루처럼 찰나의 숨통만 틔워 줄 뿐. 비는 순식간에 흔적도 없이 사라지고, 피조차 타 들어가는 저주스러운 갈증과 참혹한 세계 속에 내가 서 있는 거예요. 내가 불러온 건, 살인을 원하는 짐승만이 아니었으니까요. 그 짐승이 살고 있던 지옥을 함께 불러왔으니까요. 사막과 같은 불모지의 지옥을 함께 소환한 거예요. 작열하는 태양 아래 고통스럽게 울부짖는 짐승과 모래 구덩이에 열기에 타 죽은 시체들만 그득한 지옥, 내가 불러온 짐승마저 목이 타 죽어 버리는 지옥을 함께 불러온 거예요."

아일랜은 호흡이 가빠졌다.

"후후... 누군가를 없애면 그의 지옥에서는 벗어날 수 있지만. 이제 내가 불러온 지옥에서 살아야 해요."

그 푸른 눈이 터질 듯 빛났다.

"삶은, 우리 인생은, 그렇게 짧고 단순하지 않답니다. 누군가 없어져 천국이 되는 건 한순간일 뿐. 혹은, 그게 과연 천국일까, 제대로 둘러봐야 해요. 그가 사라진 뒤로도, 길고 긴 인생에 수많은 지옥이 펼쳐질 텐데. 나를 괴롭힌 인간 하나를 없애도, 수

십 년을 살며, 더 악귀 같은 이들이 나타날지 모르는데... 그럼, 그때마다 그들을 없앨 건가 생각해 봐야 하지 않나요. 삶은 계속 이어질 테니까요."

아일랜은 뉴원의 회색 눈을 정면으로 마주 보았다.

푸른 눈과 회색 눈이 만나 불꽃이 튀는 듯.

"후, 겨우 한 사람이 없어진 것으로 어떻게 인생이 천국이 되죠? 그것은 천국처럼 보이는 또 다른 지옥은 아닌가요. 살인으로 하나의 지옥을 벗어난 이는 다른 지옥에 도착한 것뿐이에요. 이 지옥에서 저 지옥으로 건너간 것뿐이며 아수라에서 무간지옥으로 간 것일 뿐. 그렇게 해서는 결코 지옥을 벗어날 수 없어요."

그리고 그는 뜻밖에 조금 전 뉴원과 비슷한 웃음을 띠었다. 세상을 경멸하는 듯한 비웃음과 함께 나온 말은 매우 통렬했다.

"아하하... 천국에 이르기 위해 살인을 하다니! 그것이야말로 순진하고 무구한, 비웃다가 눈물을 펑펑 쏟아 낼 정도로 어리석은 생각이네요. 한 번의 살인으로 내 삶이 천국이 되다니. 몇 푼의 유산을 얻는 것으로, 징징대는 아이를 때려 죽이는 것으로, 삶이 천국이 된다구요? 하하하... 그런 순진한 생각으로 살인을 저지른다고요? 어리석고 또 어리석군요. 살인은 말이죠. 끔찍하고 참혹한 지옥을 남길 뿐이에요. 길고 긴 인생에서, 수많은 타인들 속에서, 살인으로 가지게 되는 건 오직 지옥뿐이며, 그의 손에 남는 것은 지옥 외엔 아무것도 없는 오롯한 지옥이에요. 남은 시간을 숨 막히는 추적과 추격에 쫓겨 살아야 하는, 천국이라는 가면 뒤에 숨은 진짜, 완벽한 지옥이요."

살인자가 가지게 되는 건, 오직 지옥뿐...

뉴원은 순간, 소름이 돋았다. 작가의 말이 뜨겁게 귀를 울리며, 저도 모르게 압도당한 듯. 한 발 떨어져 있음에도 아일랜의 푸른 눈동자는 끝을 알 수 없는 심해처럼 깊어 보였다.

청년은 그 눈을 마주 보다 문득 가슴이 풀리는 것을 느낀다. 어떤 응어리인지 모르겠지만, 그것이 조금 풀어지는 것 같아 당황스러울 뿐이다. 아니, 그 응어리가 어떤 것인지 그는 알고 있다.

그날 밤, 자신에게 비난을 퍼붓기만 하던 이들에게 들려주고 싶던 말이 바로 이것일 것이다. 살인은 천국이 아니라 지옥을 불러올 뿐이라는 것... 그것을 아일랜이 시원스레 대신해 준 듯.

얼마 후, 마침내 뉴원은 고개를 끄덕였다. 잠시 천장을 올려다보고, 팔을 푼 다음 얼른 문 쪽으로 몸을 돌렸다. "흠, 48시간뿐이라. 정말 시간이 촉박한데요. 서둘러야겠어요."

그리고 등을 돌린 채 한마디 덧붙였다. "하나 부탁할 게 있습니다. 이번엔 정말, 될 수 있는 한 조수로 보조만 하고 싶습니다. 아무리 힘들어도 아일랜 씨가 앞장서 주셨으면 하는데요."

그 말에 아일랜의 흥분한 목소리가 등 뒤에서 울렸다. "정말요? 도와주는 건가요? 함께 가는 거죠? 고마워요. 절대 도망치거나 물러나지 않고 열심히 하겠어요. 제가 앞장설게요." 그러다 갑자기 "아앗!"하고 무섭도록 큰 외마디 비명을 내지르는데.

뉴원이 깜짝 놀라 뒤돌아보니, 그는 바닥에 무릎을 꿇고 양손으로 바닥을 짚은 채 좌절한 듯한 포즈를 취하고 있는 것이다.

"왜, 왜 그러는 겁니까? 아일랜 씨, 무슨 일이에요?" 뉴윈은 눈을 크게 뜨고 놀란 목소리로 되물었다.

그러자 아일랜은 눈을 꼭 감고 숨을 헐떡이며, "아우우. 쥐가, 났어요. 쥐!" 하고 고통스러운 비명을 내질렀다.

그에게 다가가려던 뉴윈은 제자리에 우뚝 서 버렸다.

그사이에도 아일랜은 엉거주춤한 자세로 눈을 질끈 감은 채, "어흐흑. 아우우우." 하고 가쁜 숨을 거칠게 몰아쉰다.

작가는 민망한 자세로 바닥에 엎드려 사지를 떨며 지독하게 저린 발과 사투를 벌이는데. 뉴윈은 잠시 고민에 빠졌다. 그리고 나가서 기다릴까 하다 역시 곤란한 문제는 정공법이 낫다고 결론을 내렸다.

"제 생각엔, 그럴 때 제일 빠른 해결 방법은 힘껏 주무르는 겁니다. 아일랜 씨." 그러면서 두 팔을 번쩍 들고 무섭게 다가갔다.

"아악! 안 돼요. 가까이 오지 말아요. 내 몸에 손대지 말라구요. 날, 만지지 말아요." 아일랜은 부리나케 빠른 속도로 손가락에 침을 묻혀 코끝에 대며, "야옹야옹." 소리를 내질렀다.

집이 외따로 떨어져 있었기에 다행인 듯. 오해를 부를 만한 소지가 다분한 소란스러움이 한동안 통나무집을 울렸다.

3부   조사수색 개시

1   DAY 1 - 오후 12:30

존스와 솔리는 사우비치 타운의 번화가에 위치한 샌드위치 가게로 들어섰다. 자리를 안내해 준 레지에게 솔리가 런치 세트를 주문하는 사이, 존스는 심드렁한 얼굴로 메뉴판을 집어 든다.
"한가하게 점심이나 먹을 때가 아닌데. 도대체 조수라는 작자는 뭐하는 인간인데 콧대가 높은 건지, 원... 하긴 조수의 콧대가 높은 게 아니고 모시러 간 핑그가 바닥이지. 피,라는 말만 들어도 소시지 같은 얼굴이 새파래지는 꼴이라니. 크큭."
존스가 비웃자 솔리가 대꾸했다. "하지만 어릿광대 저택의 사건을 해결한 것은 뉴윈 씨라고 들었어. 사건을 꿰뚫어 본 건 그라고 아일랜 씨가 말한 걸."
"핑그의 픽셔를 읽어 보기는 했어? 그건 사건을 꿰뚫어 본 게 아니라 핑그가 눈앞에 놓인 힌트를 죄 걷어찬 것뿐이잖아. 살인사건이라면 아주 혼비백산 정신줄을 놔 버린다니까." 끌끌, 하고 그는 혀를 찼다.
두 사람은 관할 조수대를 찾았다 비숍 팀장에게 기다리라는 말을 듣고 식당에 들어온 참이었다.

트윈 풀 호텔은 대규모 관광 단지를 끼고 있는 사우비치 타운에 속해 있어, 사건의 조사 역시 사우비치 조수대와 함께 해야 한다. 사우비치 타운은 서던 시티 남부에 위치한 소지구로. 해안가를 낀 휴양지가 흔히 그렇듯, 경범죄부터 점조직이 개입된 밀수나 밀입국 등 고질적인 범죄가 끊이지 않는 곳이었다. 때문에 조수대는 응급 구조대와 함께 5층짜리 건물을 통째로 쓸 정도로 규모가 크고 전문적이었다.

솔리와 존스는 곧장 관할 조수대인 이곳을 찾아, 비숍 팀장을 만났다. 5층 팀장실에서 그들을 맞아 준 남자는 올 12월에 정년이라는데. 과거 경찰 출신답게 다부진 어깨와 건장한 체격, 검은 턱수염이 무성한 얼굴이 인상적이었다.

네이비 셔츠의 소매를 둘둘 걷고 단추를 두 개나 푼 편한 차림으로 앉은 그는, 즉시 조사를 개시해 달라는 말에 고개를 저었다. "편집장과 통화했는데, 경쟁이라 들었으니 기다려야 할 거요. 상대 팀 캐스터는 조수를 모시러 간다고 연락이 왔으니까. 공정성을 기해야 하니 양쪽 캐스터가 모여, 함께 시작하는 게 맞지 않겠소."

그러자 존스가 조급하게 굴었다. "저희는 250만 구독자가 기다리고 있어 한시가 급합니다. 게다가 들으신 것처럼 두 팀이 경쟁하고 있으니, 인터뷰도 따로 진행하고 싶고요. 경쟁 팀과 정보를 공유할 수는 없지 않습니까."

그러나 비숍은 어깨만 추어올릴 뿐. "하지만 아무리 조사가 개시됐어도 SD사건이리 침고인의 징식 인너뷰는 1회뿐이잖소. 굳이 유족을 괴롭힐 필요도 없고. 때문에 첫 인터뷰는 무조건 공동으로 진행할 생각이오."

덩치 큰 남자가 꿈적하지 않자. 그의 고집을 알아차린 존스는 기분이 언짢았다. 하릴없이 점심이나 먹고 오겠다고 말할 수밖에. 그렇게 두 사람은 근처 가게를 찾아온 것이다.

금방 테이블에 샌드위치 접시와 커피잔이 놓였다.

솔리가 접시에 손을 뻗으며 한숨을 내쉬었다. "후, 그나저나 편집장님도 대단한 게 이걸 경쟁으로 몰고 갈 줄은 몰랐어. 확실히 화제가 되겠지만 지는 쪽은 나락인 거 아냐. 너무 잔인해."

존스는 스푼으로 커피를 가볍게 저으며 그보다 더 가벼운 투로 대꾸했다. "어차피 우리가 이길 텐데 무슨 걱정이야. 우린 대세를 따랐잖아. 세상에는 유행이란 대세가 있으며, 큰 물줄기를 따르면 성공이야. 요즘 유행이라면 당연히 메이저들끼리 뭉치는 거고."

그러자 솔리가 눈썹을 찌푸렸다. "아일랜 씨를 우습게 보면 안 돼. 실제 만나 보니 꽤 독특하고 신선하던 걸."

"그게 그를 따로 만나 본 감상이야? 크크. 신선하긴 개뿔. 우리 팀 구독자를 합치면 250만이야. 좌표를 찍어 공격하면 다들 그에게 치를 떨게 될 텐데 무슨 걱정이야." 존스는 입술을 일그러뜨렸다. "내가 달리 혐오 섹션이겠어. 혐오에 대해 누구보다 잘 알고 타깃을 공격하는 법도 수만 가지를 알고 있어. 원래 혐오로 공격하는 데 최적의 제물이 그런 타입이거든. 수다스럽고 여기저기 끼어드는 인간. 그런 인간은 말도 많고 탈도 많아, 끊임없이 혐오를 재생산할 수 있다니까. 낙인만 잘 찍어 놓으면 나중엔 그가 숨만 쉬어도 토가 쏠리도록 역겨워질 텐데, 뭘"

"흠. 메시지보다 메신저를 공격하라? 하지만 그렇게 티를 내면 역효과가 나지 않을까? 지금까지 공정을 부르짖다 갑자기 사건과 직접적으로 관련도 없는 경쟁자를 좌표 찍어 공격하면, 순전히 개인 감정으로 비춰질 것 같은데."

"쯧쯧. 역시 메이저가 된 지 얼마 안 돼 잘 모르는군. 구독자의 특징 정도는 파악해 놓으라고. 원래 혐오 섹션 구독자가 충성도가 높아. 또한 경멸하고 비난할 새로운 먹잇감을 항상 원하고 있지. 안 그래도 요샌 같은 놈들만 주구장창 씹어 대 지루하던 참에 핑그를 던져 주면 다들 미친듯이 기뻐할 걸. 물론 조사 결과도 팩트로 그럴듯하게 포장은 하겠지만. 또 다른 목적은 핑그가 타깃이라는 것을 잊지 마. 혐오의 적 핑크 피그. 후후."

그 미소에 솔리는 흠칫 놀랐다. 그것은 단순히 비아냥대는 게 아니라 확신에 찬 것이었기 때문이다. 그러니까 이미 승패와 상관없이, 아일랜은 피라냐 같은 사람들에게 물어뜯길 운명이었던 것이다.

"아, 알았어. 하지만 난 단순히 보조만 하지는 않을 거야. 사건의 목격자로서 조사에 참여할 징딩한 자격이 있으니까. 당당히 조사에 임할 생각이야."

"네, 네. 어련하시겠어요." 빈정거린 존스는 냅킨으로 손을 닦으며 말했다. "안 그래도 여자들은 네가 상대하고, 남자는 내가 인터뷰할 생각이었어. 성별을 분담해 완벽히 해내는 거지."

그 후로 두 사람은 한동안 입을 다물고 조용히 식사를 했다. 마침 식사가 끝날 무렵, 팀장으로부터 연락이 왔다. 다른 팀이 도착할 테니 사무실로 오라는 메시지였다. 그들은 서둘러 계산을 마치고 조수대로 향했다.

2 DAY 1 - 오후 1:00

사우비치 조수대 주차장에 분홍색 자동차가 들어선다. 곧이어 차에서 내린 아일랜과 뉴원은 로비로 들어와 승강기부터 찾았다. 왼편에 엘리베이터를 발견하고 그 앞으로 가 버튼을 누르고 기다리는데. 문득 아일랜의 눈에 안내판이 들어온다.

"오, 이곳 조수대는 건물을 통째로 쓰고 있어요. 이 정도면 서던 시티 지부 중 규모가 제일 큰 곳이 아닐까요?"

"아니요. 이보다 큰 지부도 두세 곳 있습니다." 뉴원이 답했다.

"흐음. 그렇군요. 역시 뉴원 씨는 범죄에 관심이 많다더니, 조수대에 관해서도 많이 알고 있네요." 아일랜은 새삼 감탄하고 안내판을 눈으로 훑는다. "층마다 전담 부서가 있는 걸 보니 진짜 전문적인데요... 음, 1층은 응급 구조대 본부와 해안 경비, 2층은 밀입국과 불법 체류, 3층은 밀수 전담 조수대에,"

그런데 그사이 언제 다가왔는지, 경비원 둘이 아일랜과 뉴원 뒤에 슬쩍 붙어 서는 것이다. 그리고 키 큰 경비원이 "몇 층에 볼일이 있으시죠?"라고 물어 왔다.

"비숍 팀장님을 만나러 왔어요. 5층 사무실요." 아일랜이 답하자, 그들은 자신들이 안내하겠다고 했다. 그리고 엘리베이터에 바짝 붙어 함께 오르더니, 안에서도 앞뒤로 서서 밀착 마크를 하는 것이다. 그 바람에 뉴윈은 키 큰 경비원에, 아일랜은 갈색 머리 경비원의 등판에 짓눌리다시피 했다.

팀장실에는 솔리와 존스가 먼저 도착해 있었다.

잠시 후, 엘리베이터가 도착하고 문이 열리는데. 얼핏 보기에 경비원들이 범인들을 체포해 오는 듯한 장면이 펼쳐진다. 그러나 곧바로 핑크색 얼굴을 알아본 솔리가 자리에서 일어났다. "아일랜 씨, 어떻게 된 거예요?"

그 말을 들은 비숍은 "아, 저 분이 아일랜 씨인가요?" 묻고는 대원들에게 물러날 것을 명했다. "바스, 그분들은 패럴 씨 사건을 조사하러 온 분들이야."

갈색 머리 경비원은 그제야 옆으로 비켰다. "수상해 보이는 사람들이라 경계했습니다."

다시 한번 비숍이 경솔했다며 질책을 하는데. 존스가 일부러 크게 웃음을 터뜨렸다. "아하하. 이렇게 인상적인 만남은 처음인데요." 그러면서 대원들 편을 들었다. "팀장님, 그만하시죠. 누가 봐도 수상해 보이는 걸요. 경비원들은 임무에 충실했을 뿐이니 사과할 필요는 없습니다."

그 말은 모욕당한 이들을 무시한 것이며, 대원들의 경솔함과 무례함에 대한 일방적 비호였으나. 비숍은 대원들 편을 들어 준 존스에게 호감이 생긴 듯, 한결 누그러진 눈빛으로 그를 쳐다본다. 물론 그것이 존스가 노린 것이었다.

경비원이 물러나자 아일랜이 곧장 존스에게 따졌다. "그럼 부당한 취급을 받은 뉴원 씨와 난 누구에게 사과를 받아야 하죠? 엘리베이터 안에서 짜부라질 뻔했다구요."

"하하. 꼭 사과받을 필요가 있나. 복잡한 세상에 그냥 넘어갈 줄도 알아야지." 유들유들하게 대꾸한 존스는 뉴원을 아래위로 훑어보더니 "쯧쯧. 회색 머리카락에 회색 눈동자. 피부도 시체처럼 창백하고. 이러니 수모를 당하지. 이건 혐오스러운 외모를 가진 사람의 잘못도 있는 거야. 착각하게 만든 쪽도 잘못이 있지." 혼잣말인 양 무례한 말을 지껄이고는 뉴원에게 악수를 청했다.

"날 알고 있을 테니 소개는 생략하지. 그나저나 뉴원 씨도 사는 데 애로가 많겠어. 설마 머리 색이나 눈동자가 회색이라고 생각까지 회색은 아니겠지? 난 회색분자들을 경멸하거든. 워낙 기회주의자에다 박쥐 같은 놈들이라. 이익을 쫓아 호시탐탐 간에 붙었다 쓸개에 붙었다 할 뿐. 세상엔 분명하게 선이란 게 있는데, 그렇게 선을 무시하니 회색이 혐오 섹션의 컬러가 된 거지."

그 말에 곁에 있던 솔리가 눈살을 찌푸리는데. 정작 뉴원은 태연했다. "네. 알고 있습니다. 사람들은 분명한 걸 좋아하니까요. 빨강과 파랑, 흑과 백, 어디에도 어중간한 사람이 낄 자리는 없죠. 하지만 안타깝게도 전 눈동자가 회색이라, 세상이 회색으로 보입니다. 사람들이 외치는 진실이나 정의 또한 시시각각 변하는 듯하니까요." 천연덕스럽게 답한 그는, 존스의 손을 굳게 맞잡고 고개를 끄덕였다. "어쨌든 아일랜 씨는 두 분의 도움이 절실한데. 이렇게 도와주려 하시니 감사할 뿐입니다."

그 말과 태도에 진심이 느껴져 존스는 놀라기도 하고 실망스럽기도 했다. '쳇. 조금은 똑똑할 줄 알았는데. 경쟁 상대에게 도움이나 바라고... 역시 유유상종이잖아. 핑그나 조수나 멍청할 뿐이니, 원.'

양 팀이 인사를 나누자, 비숍 팀장은 안쪽에 놓인 회의용 탁자로 캐스터들을 이끌었다. 네 사람이 자리를 잡는 사이 40대로 보이는 여인이 나타나 팀장의 오른편에 섰다. 그녀는 잡티 없는 갈색 피부에 팀장과는 반대로 말쑥한 차림이었으며, 추위를 많이 타는 듯 두툼한 재킷을 입고 있었다.

"오늘 호텔 수색을 담당할 모라 부팀장이오. 여긴 사고가 많은 곳이라 응급 구조대도 겸하고 있지." 여인을 소개한 비숍은 흠, 헛기침을 하고 이내 미간을 찌푸렸다. "이토록 정황이 분명한 SD사건을 조사하다니. 더욱이 관할 조사수색대가 아닌 캐스터들에게 조사를 의뢰했다는 말이, 솔직히 지금도 믿기 어려울 뿐이오."

그러자 존스가 서류 가방에서 파일을 꺼냈다. "조사 의뢰서와 캐스터 위임장입니다. 이걸 요구하시는 거죠? 사건의 조사를 의뢰한 것은 유족의 뜻이 분명합니다. 가족 대표로 장녀 카달 양이 사인을 했고요. 한 치의 의혹 없이 사건의 진실이 밝혀지길 원하는 건, 어찌 보면 유족으로서는 당연한 일이죠." 그리고 팀장이 기분을 달래듯 말을 덧붙였다. "노한 조사수색대에 의뢰하지 않은 이유도 간단합니다. 이 사건은 자살 사건이 확실하니까요.

범죄가 아니므로 조수대에 의뢰할 필요는 없죠. 유족분들은 간단히 사실 관계만 확인하면 될 거라 생각한 모양이니. 조수대를 배제한 일에 대해 기분 나쁘게 받아들이실 필요 없습니다."

알았다며 비숍은 고개를 끄덕이고, 서류를 받아 꼼꼼히 살핀다. 확인이 끝나자 비로소 조수대 발대식을 진행하는데. 캐스터들은 일제히 전용 카메라를 꺼내 눈에 착용하고 기록을 시작했다. 비숍은 조수대 팀장으로서 사건 개요와 조수대 규모, 사건을 조사할 입회 캐스터를 차례로 설명했다.

"오늘, 가족 인터뷰는 내가 단독으로 맡고, 부팀장은 세 명의 대원들과 함께 수색을 진행할 거요. 이번 조사는 당신들이 주체고 우린 보조하는 입장이라 규모를 최소한으로 꾸렸지." 그리고 또 한 번 눈살을 찌푸렸다. "난 사실 캐스터들을 믿지 않소. 솔직히 증오하는 편이지. 당신들은 그저 영상이나 글에서 떠들기만 할 뿐. 사건이나 사고가 터지면 벌떼 같이 달려들어 말만 쏟아낼 뿐인 데다, 대책이랍시고 담당 기관을 때려 없애 버리지 않소. 그 마녀사냥의 희생양으로 우리 경찰도 사라졌으니 말이오. 그런데 마침 이런 기회가 와서 한편으로 잘됐다 싶기도 하오. 이번엔 내가 당신들을 지켜볼 생각이라. 어디, 어떻게 조사를 하는지 똑똑히 지켜볼 생각이라오." 그러면서 팀장은 두툼한 광대를 밀어 올려 냉소를 지어 보였다.

그 미소를 본 뉴윈은 조금이라도 강압적인 태도를 취할 경우, 유족이 아니라 팀장에게 고발당할 수도 있겠다는 생각이 든다. 경찰 출신 조수대는 아무래도 미디어그룹과 캐스터를 적대시하는 경우가 많은데, 비숍 팀장 또한 마찬가지였으며. 더욱이 정년을 앞둔 그는 감정을 숨길 생각도 없어 보였다.

비숍은 이어 발대식을 마치고. 곧바로 모라에게 수색 팀을 데리고 호텔로 출발할 것을 명했다. 스위트 룸과 호텔 주변을 철저히 수색할 것을 지시하는데. 팀장의 지시에 모라가 길게 한숨을 내쉬었다. "네. 가 보겠어요. 하지만 솔직히 뭐가 남아 있을지 모르겠어요. 범죄가 아닌 사망 사건이라. 이미 호텔 측에서 말끔히 청소를 해 놨을 테니까요." 그녀는 비관적인 전망을 내뱉고 무거운 발을 끌며 사무실을 떠났다.

다음으로 비숍은 캐스터들에게 10분 전에 도착한 컷-아웃 영상을 보여 주겠다고 한다. 조사가 시작됨에 따라 부검이 진행되었으며, 그 결과가 첨부된 최종 사후 정리 영상이라는 것이다.

그것을 모두 함께 보기로 했다.

드디어 본격적으로 조사가 시작된 참이었다.

그들이 제일 먼저 시청한 영상은 검시관의 증언이었다.

당시 출동한 검시관 중, 나이 많은 주 검시관이 사망자의 인적 사항과 사인에 대해 밝혔다. 사망자는 58세 패럴 코브로 사인은 음독사. 최근 자살에 많이 이용되는 펜닐 정제 분말을 물에 타 음독했으며, 그로 인한 무호흡증으로 사망한 것이라 한다.

"사망 시간은 전날 밤, 9시부터 12시 사이로 추정됐습니다. 당시 사체는 손가락 관절까지 사후 경직이 진행되고 각막이 탁한 것으로 보아, 발견되기 10시간 이전에 사망한 것 같았죠. 오늘 오전 부검을 진행했지만 추가적으로 발견된 것은 없습니다. 위 내용물도 시간 차가 있어 증거로 인정되기 어려울 겁니다."

곧이어 옆에 있던 젊은 검시관이 아주 작은 유리병을 조심스레 들어 보였다. 그것은 5ml의 안약병처럼 보이는데, 바닥에 밀가루처럼 보이는 백색 가루가 깔려 있었다.

"이것이 바로 펜닐 분말이며 이 정도가 치사량입니다. 이것은 무색 무취의 강력한 마약성 진통제로, 약효는 모르핀의 100배, 중독성은 헤로인의 200배가 넘습니다. 매우 위험한 극약이지만, 진통제로 쓰이기 때문에 처방전이 있으면 구하는 게 불가능하지는 않습니다. 주로 디스크나 암 환자들이 수술 직후 진통제로 쓴다고 하며, 패치 형태로 제조되기도 합니다… 지금 보여 드리는 이 정도가 치사량으로, 2mg, 즉, 굵은 소금 알갱이 몇 알 정도의 양이라도 코나 입천장의 점막을 통해 흡수되면 사망에 이를 수 있습니다. 사실 펜닐은 뇌의 중추신경을 마비시켜 통증을 억제하는 약인데, 그때 몸의 근육이나 기관이 함께 이완되는 겁니다. 따라서, 치사량을 흡입하면 호흡 기관도 마비돼 숨 쉬는 것을 멈추고, 결국 무호흡증으로 사망에 이르게 되죠."

그리고 주 검시관이 설명을 덧붙였다. "사망자 앞에 놓여 있던 호텔 물병에서 펜닐이 검출되었습니다. 가족들에게 사인을 알리고 약의 출처를 물어보니, 패럴 씨가 몇 달 전 직접 입수해 보관하던 것이라고 하더군요. 집에서 가져온 것 같다고 했습니다."

검시관의 마지막 말에 존스가 "그렇군." 하고 대꾸했다.

다음 자료는 솔리가 법감원에 제출한 영상이었다. 그것은 픽셔에 업로드된 것과 마찬가지로, 3분 47초에 달하는 그날 아침 소동이 고스란히 담겼으며, 사건 현장도 자세히 찍혀 있었다. 단지, 처음 라이브를 시작했던 호텔 로비의 영상이 첨부된 것과 자막이 달려 있어 가족들의 이름을 알 수 있다는 것 등은 조금 달랐다.

다음은 스위트 룸의 컷-아웃 영상이었다. 그것은 사체 통합 관리소 직원들이 룸으로 들어오는 것부터 찍혀 있었다.

직원들은 사건 현장과 주변으로 나누어 영상을 기록했으며, 스위트 룸 전체를 일정한 순서로 기록해 놓았다. 그중 사건 현장인 서쪽 침실에서 눈에 띄는 장면은 다음과 같다.

1. 욕실: 침실 입구의 파우더 룸과 욕실은 세세하게 찍혔다. 욕조와 바닥에 물기가 남아 있으며, 전신 타월이 바닥에 던져져 있다. 맞은편은 화장실이며 휴지통에 사용한 흔적이 있는 호텔 휴지 뭉치 4개가 깔려 있다.
2. 침대: 잠을 잔 흔적이 없다. 발치에 조금 구겨진 부분은 침대 끝에 누군가 걸터앉은 흔적인 듯.
3. 발코니 오른편: 녹슨 난간과 난간 너머까지 침입의 흔적을 확인하듯 영상을 남겼다. 그러나 난간 주변 어디에도 외부 침입의 흔적은 없으며, 눈에 보이는 것은 푸른 바다뿐. 작은 이젤과 인물을 그리다 만 캔버스, 시너통을 비롯한 유화 도구들이 가시런히 놓여 있다.
4. 발코니 왼편: 벽에 샤워 커튼이 달린 샤워기 4개, 온탕

자쿠지와 미니 풀, 그 옆에 선 베드 4개가 놓였다. 샤워기 앞 바구니에는 사용한 수건이 2,3개 담겼으며, 왼쪽 바구니에는 음료수 캔이 담겨 있다.
5. 소파: 발코니를 등진 카우치 소파에 한 남자가 모로 누워 있다. 눈을 감고 두 팔을 앞으로 뻗어 포개고, 허리끈을 묶은 샤워 가운 아래 드러난 무릎이 자연스럽게 겹쳐 있어 마치 잠을 자는 듯 보인다. 바로 앞 테이블에 절반 넘게 마신 500ml 호텔 물병이 놓여 있다.
6. 미니바: 화려한 금박 장식장은, 와인과 위스키가 있는 주류 코너, 글라스 코너, 커피 머신을 비롯한 커피 코너, 아래에 간식 코너 등이 있으며. 맨 아래 냉장고 두 대가 나란히 놓여 있다. 치즈와 햄, 등 안주가 담긴 것과 맥주와 음료수 등을 담은 냉장고다. 그것 역시 세세히 찍혔는데. 간식과 안주는 밀봉된 채 가지런히 줄이 맞춰져 있어 빠진 것은 없으며, 탄산음료는 몇 개 빠진 듯하다.
7. 그 외 침실과 발코니 바닥, 소파와 침대 아래까지 구석구석 세세히 찍혔으나, 휴지 하나 없이 깨끗하다.

사후 기록 영상이 끝나자 직원들의 정리 발언이 이어졌다. 그들은, 현장에서 외부 침입이나 다툼의 흔적을 발견하지 못했으며, 그 외 수상한 것도 발견하지 못했다고 진술했다. 또한 물병에 사망자의 지문만 있었으며, 유서의 필체 또한 패럴 씨의 필체와 일치할 뿐 아니라, 오른손을 대고 직접 쓴 듯한 지문이 발견되어, SD사건으로 마무리한다는 설명이었다.

이번에도 영상이 끝나자마자 존스가, "역시. 이건 분명한 자살 사건이군."하고 외쳤다.

비숍은 다른 사람은 어떠냐는 듯, 나머지 사람들을 둘러본다. 그러자 존스가 서둘러 다시 입을 열었다. "이미 알고 있었지만. 정말 이보다 더 확실한 SD사건은 본 적이 없습니다. 특히 솔리양의 영상만 봐도 자살은 확실하고요. 문은 안에서 잠겼고 가족들의 반응도 충격을 받은 듯 자연스러우니까요. 영상을 보면, 패럴 씨가 최후를 결심하고 문을 잠근 다음, 물병에 미리 준비한 펜닐을 타 마신 것처럼 보이는데. 그리고 조용히 숨을 거둔 것이죠. 따라서 그가 자살한 이유를 찾는 게 이번 조사의 핵심이 될 것 같습니다."

그때 아일랜이 뭔가 생각난 듯 뉴원을 쳐다보았다. "참, 뉴원 씨도 영상과 픽셔를 봤다고 했죠. 자살로 보기엔 이상한 점을 발견했다고 한 것 같은데 그게 뭐죠? 전 아무리 봐도 모르겠어요."

그 말에 뉴원은 미간을 찌푸렸다. 자신은 틀림없이 조수로서 함께하겠다고 했는데 작가가 그새 잊어 버린 듯. 그는 주목받는 것이 부담스러워 입을 떼지 못하고 잠시 머뭇거렸다.

그러자 존스가 눈치 빠르게 나섰다. "뉴원 씨는 보기보다 경쟁심이 강하군. 정보를 공유하는 세 써녀지는 거라면, 이건 어때. 그쪽이 얘기하면 나도 중요한 정보를 하나 말하는 걸로. 우리도 따로 조사한 정보가 있으니까 말이야. 그리고 지금은 경쟁보다 사건의 진실을 찾기 위해 협력하는 게 마땅하지 않을까."

이미 조사가 시작됐고, 캐스터들이 카메라를 착용하고 있기에, 답을 하지 않으면 존스의 프레임에 걸려들 판이었다. 진실보다 승리에 목매는 인간으로 낙인 찍힐 판국이라 할 수 없이 뉴원이 입을 열었다. "경쟁심 때문이 아닙니다. 어쨌든 말씀드리도록 하죠." 한숨을 쉬고 말을 계속했다. "방금 보셨겠지만, 솔리 양의 영상이나 컷-아웃 영상 모두, 서쪽 침실이 지나치게 깨끗한 게 이상했습니다. 쓰레기통이나 샤워 바구니까지 꼼꼼히 찍혔는데, 호텔 휴지나 빈 음료수 캔 말고 다른 건 없으니까요. 그게 이상한 것 같아, 언제 침실을 치웠는지, 쓰레기통은 언제 비웠는지, 궁금했을 뿐입니다."

"그게 뭐야. 왜 그런 게 궁금하지? 풉." 존스가 실소를 터뜨렸다. "형사물이나 탐정물 마니아였던 거야? 쓰레기통에서 결정적인 단서를 발견해 사건을 단번에 해결하고 싶은가 본데. 담배 꽁초라든가 DNA가 잔뜩 묻은 손수건이라든가 말이야. 하지만 그런 걸 찾아야 하는 건 살인 사건이지, 이건 SD사건이라니까."

그러자 문득 솔리가 나섰다. "그건 알고 있으니 말씀드리도록 하죠. 사건을 목격한 날 저도 물어봤거든요. 스위트 룸은 페이라는 전담 청소부가 있는데, 그녀에게 침실을 언제 치웠냐 물었더니, 다른 룸은 오전에 치우는데, 서쪽 침실은 오후 4시경에 치운다고 했어요. 그 전엔 패럴 씨가 그림 때문에 방해하지 말라고 했다고요. 전날 4시쯤 방을 치우며 쓰레기통도 그때 비웠겠죠."

비숍도 궁금한 듯 나섰다. "쓰레기통에 호텔 휴지나 캔만 있는 게 왜 이상하다는 건가?"

팀장의 물음에 뉴원이 답했다. "제 생각이지만, 검시관의 이야기를 들어 보면 보여야 할 게 보이지 않는 것 같아서요... 원래 독극물은 취급과 보관 방법이 매우 까다롭습니다. 특히 이번에 사용된 펜닐은 독성이 강할 뿐만 아니라, 패치 형태로 제조되는 걸 보면 피부에 직접 흡수된다는 뜻일 테고요. 그런데 패럴 씨가 펜닐을 준비해 왔다면, 그걸 싸 왔을 법한 용기나 종이가 보이지 않는 겁니다. 솔리 양의 영상뿐 아니라 컷-아웃 영상도 방 안을 꼼꼼히 분할해 촬영했으며 쓰레기통과 바닥까지 확인했으나. 그 어디에도 그가 집에서 준비해 왔다는, 독극물을 담은 약병이나 종이 같은 게 보이지 않는데. 가족들과 함께 있으니 더욱 조심해 사용했을 텐데 말입니다. 혹시 그에 대한 답변이 있을까요?"

비로소 팀장의 얼굴이 확 굳어졌다. "애초 아무도 그걸 묻지 않았으니 답변이 있을 리 없지. 정리된 진술서에도 독극물을 담은 용기나 가루를 쌌던 종이에 언급은 없었던 것 같군. 자살이라 모두 의심 없이 넘어간 것 같아."

다시 뉴원이 말했다. "여기 오기 전 조사를 해 보니, SD사건 중 음녹사인 경우, 약병이나 약봉투가 사체 옆에서 발견되는 경우가 96%였습니다. 즉, 대부분의 사망자는 죽기 직전, 즉석에서 약을 꺼내 먹는다는 말이죠. 만약 저 방에서 약병이나 펜닐을 싼 듯한 종이 같은 게 나왔다면 확실히 지살에 무게가 실리겠지만 그게 발견되지 않았으니 몇 가지 가능성이 열리는 게 아닐까요."

그는 내친 김에 말을 이었다. "먼저, 자살을 계획한 패럴 씨가 미리 펜닐을 타 놓고 독약 병을 처리했다는 것과 둘째, 다른 누군가 독극물 용기인 줄 모르고 치웠다는 것, 세 번째로는 고의든, 실수든, 타살의 가능성도 열리는 게 아닐까 싶습니다. 즉, 범인이 패럴 씨의 물병에 독극물을 타고 약병을 처리한 것이죠. 그리고 각각의 경우를 따져 보면, 첫 번째 방법은 위험하고 매우 부자연스럽습니다. 아무리 개인 침실이라고는 하나, 가족들이 드나드는 곳에 미리 독을 타 두다니. 발코니 샤워 바구니에 수건이 여러 장 담겼던 걸 보면, 틀림없이 사람들이 드나드는 게 확실한데. 더욱이 다른 병도 아니고, 물병에 미리 독약을 타 두는 건 위험하지 않을까요? 솔리 양의 이야기로 미루어 보면 청소부가 쓰레기통을 비우기 전인 4시 이전에 독을 타 놓았다는 건데, 아무리 생각해도 부자연스럽습니다... 자살을 결심한 남자가 있다, 그가 치명적으로 위험한 독을 미리 물병에 타 놓는다, 그리고 독약 병은 깔끔하게 처리하고, 물병을 숨겨 두거나 들고 다닌다, 그리고 대여섯 시간 후에 홀로 그걸 마신다, 그렇게 진행됐다는 말인데... 일단, 가족들과 청소부에게 약병을 치우지 않았는지, 패럴 씨가 물병을 들고 다니지 않았는지, 확인해 봐야 할 것 같습니다." 그는 덤덤히 말을 마쳤다.

모두 심각한 얼굴로 이야기를 듣고 있었다.

뉴윈의 말이 끝나고, 잠시 후, 아일랜이 생각났다는 듯 존스를 쳐다봤다. "이제 됐죠? 그럼, 존스 씨도 정보를 알려 주세요."

그러나 존스는 입술을 비틀 뿐. "듣고 보니, 내가 알아낸 건 약병 따위와 비교도 안 되는 중요한 정보라 알려 줄 수 없게 됐어. 대신 더 좋은 충고를 하나 해 주지. 살인 사건을 해결해 인기를 끌고 보니 이번에도 같은 쪽으로 몰아갈 생각인가 본데. 운이 좋아 성공한 걸 가지고, 그게 실력인 양 착각하면 곤란해. 그런 걸 관성이라고 하거든. 그리고 관성에 젖은 인간들이 성공을 위해 조작 같은 비열한 짓도 마다하지 않으니 말이야." 그는 카메라 너머로 아일랜을 쏘아보며, 그쪽이 조작할 수도 있다는 듯 프레임을 씌웠다. 그리고 재차 반박했다. "도대체 약병이 뭐가 중요하지? 독약을 직접 준비한 남자가, 직접 유서를 쓰고, 직접 약을 탄 물병을 집어 마셨다는데, 무슨 증거가 더 필요하냔 말이야. 눈앞에 드러난 증거에만 집중해도, SD사건이 분명하잖아."

그 말도 확실히 맞는 듯. 모두 머뭇거리는데.

솔리가 자리에서 일어서며, "여기서 왈가왈부할 게 아니라 빨리 현장으로 가죠. 가족들이 기다리고 있을 거예요. 거기서 직접 조사하는 게 좋을 것 같아요."하고 재촉했다.

비숍도 그녀를 따라 일어섰다. "그럼, 약병이나 약을 싼 종이에 대해 알아보라고 모라에게 말해야겠소. 그다음 출발하도록 하지."

그리고 팀장은 서둘러 모라에게 연락해 지시를 내렸다. 그 통화가 끝나자마자 모두 함께 호텔로 출발했다.

3   DAY 1 - 오후 2:00

카달의 연락을 받은 가족들이 트윈 풀 호텔의 스위트 룸에 다시 모였다. 수색 팀이 수색을 마치고 나간 터라 룸은 비어 있었다. 그들은 메인 거실의 소파에 둘러앉아 카달이 사정을 전해 주기를 기다렸다.

"어떻게 된 건지 얼른 말해 봐. 조사가 시작되었다는 게 무슨 뜻인지." 제롬이 자리에 앉자마자 숨 돌릴 틈도 없이 다그쳤다.

그러자 카달은 고개를 끄덕이고 곧바로 설명을 시작한다. 간간히 본즈도 이야기를 덧붙이며. 두 사람은 호버 편집장과 나눈 대화를 비롯, 전화로 하지 못한 이야기를 빠짐없이 전했다.

이야기를 들은 가족들은 하나같이 심각하게 얼굴이 굳는데.

갑자기 마고 노부인이 버럭 성을 냈다. "이럴 줄 알았으면 내가 갈 것 그랬구나. 똑똑한 줄 알고 일을 맡겼더니. 깔끔하게 처리하기는커녕 외려 복잡하게 만들어 왔어. 소송에 관한 우리 입장을 전하기만 하면 될 걸. 그걸 못 하고 편집장의 혀에 휘말리고 온 거냐."

"아니에요, 할머니. 전 무슨 일을 하러 간 건지 잘 알고 있고, 또 무슨 일을 한 건지도 알고 있어요. 이게 들끓는 소문을 빨리 가라앉힐 수 있다니까요." 카달이 항변하듯 대꾸했다.

"패럴이야말로 자신이 무슨 일을 하는지 알고 결정한 거야. 아버지의 죽음을 굳이 파헤칠 이유가 없단 말이다."

크게 성을 내는 노부인을 보며 호프가 고개를 갸웃했다.

"인터뷰에 응해야 한다는 게 무슨 뜻이지, 카달?"

"형식적으로 묻는 말에 답하면 돼요. 사건에 대해서요."

"하지만 그이는 유서를 가지고 있었잖아. 우리에게 무슨 질문을 하겠다는 거야? 난 할 말이 없어."

그러자 게일이 나섰다. 그 또한 주요 참고인이 될 것 같아, 본즈가 부른 것이었다. "부인, 아무리 자살이라도 유족이 의뢰하면 조사수색을 할 수 있습니다. 그것은 타살이나 사고사까지 염두에 두고 조사한다는 뜻이며. 가족분들은 주요 참고인으로 인터뷰에 반드시 응해야 합니다. 물론 컷-아웃 영상에서 당시 상황에 대해 인터뷰를 했으니 많은 질문이 나오지는 않겠지만. 대신 의외의 질문이, 즉, 알리바이나 패럴 씨와의 일 등을 캐물을 수도 있으니 답변을 준비하는 게 좋을 듯한데요."

청년의 충고에 이번엔 모두 얼굴이 새하얗게 질리는 듯.

"그 말은 너무 이상하게 들리는데요. 알리바이 같은 걸 왜 묻는다는 거죠? 게다가 답을 준비하라니. 그럴 필요가 뭐 있어요. 그냥 있었던 일을 말하면 되지." 조안이 고개를 갸웃하자.

"아니, 게일 군의 말이 맞아. 질문과 답을 예상해 보는 게 좋겠어. 라이브 영상이 나가는 바람에 사람들의 관심이 높고 온갖 추측들이 나오고 있으니까. 가짜 픽셔들도 쏟아졌고 말이야. 아마 많은 사람들이 우리 인터뷰를 보면서, 카메라에 찍힌 표정이나 말을 분석하려 들 거야. 조심하는 게 좋지." 한때 캐스터였던 제롬이 재차 충고를 건네자 가족들의 표정은 너욱 굳는 듯.

그때 다시 본즈가 나섰다. "일단 주의하는 게 좋겠지만, 크게 염려하실 필요는 없습니다. 앞서 말씀드렸다시피 이번 조사는 패럴 씨의 죽음을 정리하기 위한 것이니까요. 그러니 그분의 건강이나 지병에 관한 것만 말씀하시면 됩니다."

"그건 알겠는데. 난 패럴의 병에 대해 아는 게 없어. 그는 자기 건강에 대해 떠드는 사람이 아니었잖아." 제롬이 가족들을 둘러보며 슬쩍 물었다. "혹, 이야기를 들은 사람이 있을까?"

그 말에 모두 호프 부인을 쳐다봤지만 그녀도 고개를 저을 뿐. 결국 조안이 대신 나섰다. "당신도 참. 오빠나 우리나 나이가 있으니 일반적으로 알고 있는 병들이 있잖아. 그런 걸로 대충 둘러대면 되지. 아무튼 더 이상 캐스터들이 오빠를 모독하도록 놔둬선 안 돼." 그리고 카달을 향해 지지하듯 고개를 끄덕였다.

그 말에 마고 노부인도 강경한 어조로 지시를 내리듯 말했다.

"그래. 패럴은 요즘 너무 조용했어. 기력도 없어 보였고. 주치의에게 받아 온 약을 내가 챙겼는데. 그게 아마 간을 치료하는 약이었을 거야. 다들 얼버무리더라도 대충 말은 맞추도록 해."

"할머니 말씀이 맞아요." 마고 노부인이 수긍해 준 듯하자, 카달은 다행이다 싶어 고개를 끄덕였다. 그리고 가족들에게 재차 존스의 당부를 자세히 전하려는데, 갑자기 문이 열리고 모라가 나타났다.

비숍에게 연락을 받은 모라는 가족들에게 안내를 전했다.

"비숍 팀장님과 캐스터들이 출발했다고 하니 5분이면 도착할 겁니다. 여러분은 사건 당일 묵었던 방에서 대기해 주시면 될 거예요. 입회 캐스터는 셋으로 모두 더블픽셔사 소속이며, 존스 톤과 솔리 베넷, 아일랜 러비 씨고. 조수라는 분도 있어요."

모라의 입에서 유명 캐스터의 이름이 나오자 쌍둥이들이 작게 탄성을 질렀다. 그러나 다른 이들은 불안해 할 뿐.

그때 게일이 "그럼 카메라가 석 대나 되겠군요." 말하고는 손가락 세 개를 펴 보이며 가족들에게 주의를 주듯 흔들었다.

그리고 다시 모라가 서둘러 입을 열었다. "그럼, 각자 룸으로 가시기 전에 여러분께 물어볼 게 있어요. 캐스터들이 사후 정리 영상에서 이상한 점을 발견했다고 하거든요."

"뭐죠?" 카달이 의아한 듯 물었다. "저희도 다 함께 컷-아웃 영상을 봤는데 이상한 건 없었어요."

"여러분은 전문가도 아니고 가족이니까요. 영상을 자세히 보시긴 힘들었을 겁니다. 캐스터들이 말하길 현장인 서쪽 침실에 독극물을 담은 용기가 보이지 않는다는데, 패럴 씨가 마신 펜닐은 독성이 매우 강해 따로 용기에 담겨 있었을 텐데, 그게 보이지 않는다고요. 혹시 여러분 중 약병이나 약종이를 치운 분이 있나요?"

가족들은 모두 고개를 저었다. "그건 청소부 페이 씨나 테일라가 알고 있지 않을까요?" 카달이 되물었다.

모라는 아니라고 답했다. "이미 물어보고 왔습니다. 그런데 그들도 그런 걸 본 기억은 없다고 하는군요. 그럼, 패럴 씨가 미리 물병에 약을 타고 약병을 치운 걸까요?"

그러자 조안이 미간을 찌푸렸다. "그건 좀 이상하네요. 이제는 오빠가 어떤 사람인지 전혀 모르겠지만... 어쨌든 독약을 미리 물병에 타 놓는 건 지나치게 위험한 행동이잖아요. 가족이 함께 있는 데다 물병은 아이들도 손댈 수 있으니까요. 미니 풀에서 놀거나 쉴 때, 누구나 냉장고에 있는 물병이나 음료수를 꺼내 마실 수 있었어요. 오빠는 절대 부주의한 사람이 아니에요."

본즈도 고개를 끄덕였다. "맞습니다. 패럴 씨는 매우 꼼꼼하고 치밀한 성격이었습니다."

그때 폴이 대뜸 나섰다. "그거 존스 캐스터가 발견한 거지? 역시 대단해. 존스는 항상 우리가 보지 못한 걸 찾아내거든. 그가 저격하는 인간은 언제나 최악으로 더럽고 혐오스럽다니까." 그리고 "어쨌든 존스 캐스터가 온다니까 기분이 나아졌어. 인터뷰를 잘해야지."하고 기운을 차린 듯 말했다. 그러자 셸이 미간에 주름을 잡고 형을 슬쩍 노려보는 것이다.

모라는 가족들의 반응을 살핀 후, 두 번째 질문을 했다. "그럼, 가족분들은 약병이나 약봉지 등은 본 적도 치운 적도 없다고 정리하겠습니다. 그럼, 여러분도 방금 말씀하셨지만, 만약 패럴 씨가 미리 독을 타 놓았다면, 그 물병을 숨겨 두거나 들고 다녔을 텐데, 그걸 본 분이 있을까요?"

가족들은 잠시 기억을 더듬는 듯 입을 다물었다. 그러나 차례대로 모두 고개를 가로저었다.

"물병은 각자 룸에도 있고, 언제든 페이 씨에게 더 달라고 요구할 수 있어요. 스위트 룸은 넓어서 가족들 모두 물병이나 음료수를 들고 다니기도 했고요. 하지만 전날 오빠가 그걸 들고 다니는 건 본 적 없는 것 같아요. 또한 오빠가 물병을 감춰 두었다면 아무도 몰랐을 거예요. 여긴 함부로 남의 물건을 뒤지는 사람은 없으니까요." 조안이 대표자인 듯 답하자 모두 수긍하는 듯.

"반대로 패럴 씨가 물병을 들고 다녔거나 냉장고가 아닌 곳에 물병이 있는 걸 봤어도, 아무도 신경 쓰지 않고 기억하지 않을 겁니다. 겨우 호텔 물병인 걸요."라고 본즈도 한마디 덧붙였다.

"그럼 다음으로, 패럴 씨가 펜닐을 입수하고 보관한 경위에 대해 자세히 알려 주시죠. 이미 컷-아웃 영상에서 진술하셨지만, 조사가 시작됐으므로 조사 영상을 따로 남겨야 하거든요. 또한 보관하던 약병의 모양도 알려 주시면 수색에 도움이 될 겁니다." 모라는 한 손에 들고 있던 카메라를 다른 손으로 가리켰다.

이번엔 카달이 대표로 답했다. "네. 그건 아버지가 서재 금고에 보관하던 약일 거예요. 아버지는 올 여름, 현대인의 약물 중독에 관한 픽션 시리즈를 끝내셨거든요. 그 시리즈를 쓰실 때 취재하시며 여러 약물을 입수하셨는데 마지막이 펜닐이었어요. 매우 위험한 약이라며 우리에게 직접 보여 주시고 조심하라 주의를 주셨죠... 약을 담은 용기는, 마치 화장품 앰플 병처럼 가늘고 투명한 작은 유리병이었고, 흰 가루가 절반 넘게 담겨 있었어요... 검시관이 사인을 알려 줄 때, 우리는 약 이름을 듣자마자 아버지가 보여 주셨던 약이라는 걸 알 수 있었어요."

"그럼, 조안 씨와 제롬 씨는 펜닐에 대해 모르셨겠군요."

"아닙니다. 마침 그 날이 미고 님 생일이라 서희노 있었습니다. 저녁 식사를 하는 자리에서 패럴이 그 약을 보여 줬거든요."

제롬이 부인을 힐끗 쳐다보며 조심스럽게 답했다.

"금고에 보관했다면 비밀번호나 열쇠가 따로 있나요?"

"네. 다이얼식 금고라 비밀번호가 있어요." 카달이 답했다.

"그 비밀번호는 패럴 씨만 알았나요? 또 누가 알고 있죠?"

"서재 금고는 할아버지가 산 거예요. 비밀번호는 할머니 생일이고요. 그래서 우린 다 알고 있어요." 이번엔 폴이 답했다.

호프 부인 또한 멍한 표정으로 한마디 했다. "4자리 숫자에다 마고 님 생일이라 저도 알고 있어요. 하지만 누가 거기에 손을 대겠어요. 그토록 위험한 약이 있는데."

"그건 알 수 없는 일이죠, 부인. 어쨌든 서재를 수색해야 할 것 같으니, 인터뷰가 끝나면 수색대원을 댁으로 보내겠습니다."

그 말에 마고 노부인이 크게 성을 냈다. "세상에. 맨션까지 쫓아온단 말이야? 집안을 뒤지는 건 절대 허락할 수 없어."

그러나 모라는 덤덤히 대꾸했다. "하지만 마고 님. 사망 사건의 조사수색이 개시되면, 영장 없이 주요 현장 어디든 수색할 수 있고, 참고인은 누구라도 강제로 인터뷰를 할 수 있습니다. 그것이 인권을 침해하지 않도록 48시간, 시간 제한을 둔 것이고요. 때문에 48시간 동안은 조사에 총력을 기울여야 하니, 서재도 반드시 수색할 생각입니다. 만일 저희 대원이 무례하거나 강압적이다 싶으면, 조사가 끝난 후 고소하시면 되죠. 사실, 저희도 조심스럽고 불편하기는 마찬가지니까요."

그 말에는 수색에 대한 강한 의지가 담겨 있어, 가족들은 조용히 입을 다물어야 했다.

그런데 잠시 후, 호프 부인이 낮게 손을 들었다. "저기 캐스터가 셋이면 인터뷰를 세 번이나 하는 건가요?"

모라가 정중히 답했다. "아닙니다. SD사건으로 한 번 결론이 났던 터라 정식 인터뷰는 1회뿐입니다. 그 외 보충 인터뷰는 2회로 정해져 있고요. 오늘은 팀장님과 모든 캐스터가 참석한 자리에서 인터뷰를 한 번만 진행할 테니 걱정하지 않으셔도 됩니다."

그러자 조안이 소리쳤다. "그럼, 큰일이네요. 여러 사람이 여기저기서 정신없이 질문을 던져 대지 않겠어요."

"그래. 그러다 슬쩍 함정에 빠뜨릴 질문을 던질 수도 있겠어." 제롬도 날카롭게 지적했다.

그 말에 노부인이 또 한 번 격노했다. "어디, 예의 없이 질문을 하기만 해 봐. 절대 가만있지 않을 테니까." 잔뜩 화난 목소리에 카달과 본즈는 또다시 잘못을 저지른 양 어깨를 움츠려야 했다.

"할머니. 걱정하지 마세요. 금방 끝날 거예요." 오히려 폴이 나서서 마고를 안심시켜 주었다.

4 DAY 1 - 오후 2:30

조사 팀이 호텔에 도착해 로비로 들어섰다. 그러자 그들을 본 지배인이 얼른 다가와, "묵고 계신 손님이 많습니다. 다른 분께 폐가 되지 않도록 조용히 조사해 주실 것을 부탁드리겠습니다." 하고 나지막이 청했다.

알았다며 고개를 끄덕여 준 일행은 뒤쪽 엘리베이터로 향했다. 그리고 다 함께 엘리베이터에 오르는데. 존스가 놀란 듯 입을 열었다. "엘리베이터가 꽤 큰 데요. 병원 엘리베이터와 비슷한 정도로. 구급 침대도 통째로 실을 수 있겠어요."

그 말에 아일랜은 착잡한 얼굴로 솔리를 바라보았다. 바로 며칠 전 이곳에서 한껏 상기된 채 수다를 떨던 자신의 모습이 떠올랐기 때문이다. 그때는 이런 일로 다시 여기 오게 될 줄 몰랐다.

잠시 후, 조사원들은 6층에 도착해 벨을 눌렀다.

문을 열어 준 사람은 모라 부팀장으로. 그녀는 일행이 들어서자 한 발 옆으로 물러난 다음, 손을 들어 룸의 구조에 대해 간략히 설명해 주었다.

"... 이렇게 스위트 룸은 가족들이 묵고 있던 동쪽 룸과 패럴 씨가 묵고 있던 서쪽 공간으로 나누어져 있어요. 가족들은 그날 묵었던 룸에 대기하고 있으니 각자 인터뷰를 하시면 될 거예요. 게일 씨와 페이 양, 테일라 양은, 가족 인터뷰가 끝난 다음 서쪽 응접실에서 인터뷰하시면 될 거고요."

그리고 그녀는 비숍이 지시했던 조사 결과도 전했다. 가족들 모두 독약을 담은 용기나, 패럴이 물병을 들고 다니는 것은 보지 못했다는 것이다. 그와 함께 약의 출처에 대해서도 자세히 알려 주었다.

이야기를 들은 존스는 "그럴 줄 알았습니다. 패럴 씨가 손수 약을 준비했으며, 서재 금고에서 약을 챙겨 온 것도 본인일 줄 알았다니까요."라며 뉴원이 들으라는 듯, 목소리를 높였다.

그러자 사연을 모르는 모라는 당연한 말이라며 고개를 끄덕이고, 다시 입을 열었다. "참, 마고 님이 제일 먼저 인터뷰를 하고 싶다고 청했어요. 노부인의 방으로 안내해 드리죠." 그리고 몸을 돌려 철문 너머로 들어간다.

모라와 비숍이 나란히 앞장서고 다른 이들은 뒤를 따르는데.
비숍이 어둑한 복도를 둘러보다 문득, 한마디 했다. "여기 동쪽 룸도 구조가 독특하군. 왼쪽은 전부 벽이고 오른쪽에만 룸이 있는 게, 예전에 묵었던 씨사이드 호텔과 비슷한 것 같아. 거기도 바다 방향으로 룸이 나란히 있어 전망이 기막혔거든. 대신 밤마다 양쪽에서 얼마나 떠들어 대던지, 고생은 했지만 말이야."
모라도 한결 편한 투로 대꾸했다. "전 이렇게 큰 스위트는 처음 봤어요. 개인 룸이 열 개나 되던 걸요. 이게 범죄 사건이었다면 수색 대원 셋으로는 어림도 없었을 거예요."
그러자 비숍이 슬쩍 비아냥댔다. "텐주 총리는 비공식적으로 네 명의 부인과 다섯 명의 자녀를 뒀다고 하잖아. 게다가 개인 별장이라 얼마든지 룸을 만들 수 있었을 테고."
그들은 금세 일곱 번째 룸 앞에 도착했다. "여기가 마고님 방이에요. 그럼 전 수색에 합류하러 가 볼게요." 팀장에게 안내를 마친 모라는 온 길을 되돌아갔다.
비숍은 먼저 캐스터들을 돌아보며 준비가 되었냐, 눈짓으로 묻는다. 그리고 다시 몸을 돌려 똑똑, 노크를 했다. 그러자 조금 뜸을 들인 후, 문이 안으로 열렸다

5   DAY 1 - 오후 2:50. 마고

더블베드 룸의 흔한 구조로 이루어진 실내는, 입구에 옷장과 욕실이 마주 보고 있으며 안쪽에 침대와 소파, 테이블이 있다. 그러나 룸에 들어선 이들에게는 사선으로 놓인 발코니 문이 먼저 눈에 띈 듯. 비스듬한 유리문 덕분에 실내가 매우 독특해 보여, 사람들은 줄줄이 감탄사를 내뱉았다.

문을 열어 준 노부인은 일행에게 소파를 권하고, 자신은 맞은편 팔걸이 의자에 따로 앉는다. 푸른 바다를 배경으로 앉은 그녀는 보통의 체격임에도 매우 위엄 있게 보이는데. 부인은 깔끔하게 틀어 올린 헤어스타일에 심플하게 다트가 들어간 흰 원피스와 흰 장갑을 착용하고 있다.

4인용 소파에는 솔리와 존스, 아일랜과 비숍이 앉고. 자리가 없는 뉴원은 선 채로 조용히 룸을 살피기 시작했다.

이윽고 노부인이 턱을 들고 눈가를 찌푸렸다. "나이가 여든이나 되고 보니 모든 걸 물려주고 집안일에서도 손을 뗀 지 오래야. 그런데 이 나이에 조사 같은 걸 당해야 한다니 얼마나 어처구니가 없던지. 모든 게 엉망진창이야. 카달에게 이만저만 실망하지 않았어. 어리석은 것 같으니라고." 그녀는 못마땅한 듯 혀를 찼다.

"쯧쯧. 기다리는 건 질색이니 어서 시작들 해. 알리바이인지 뭔지 얼른 묻고 끝내라고. 몹시 불쾌하지만 한 번은 답해 줄 테니 말이야." 그 말은 두 번의 기회는 없다는 의미였다.

그러자 존스와 눈짓을 교환한 솔리가 먼저 나섰다. 그녀는 고개 숙여 인사를 하고 차분히 입을 열었다. "마고 님, 알리바이를 추궁하려는 건 아니에요. 이건 범죄 사건이 아니니까요. 잠깐 기억을 떠올린다 생각하시고 답해 주시면 감사하겠어요. 먼저, 전날 서쪽 침실에 누가 드나들었는지 말씀해 주시고, 그날 아침, 패럴 씨가 발견될 때까지 무엇을 하고 계셨는지, 또 사건 전후로 이상한 걸 보신 적은 없는지 말씀해 주시면 감사하겠어요."

그러자 곧바로 존스의 얼굴이 사정없이 구겨지는데. 그것은 질병에 관한 것이 아니라 알리바이와 용의자를 찾는 듯한 질문이었기 때문이다. 자신이 아니라 아일랜에게 도움이 될 듯. 아니나 다를까, 아일랜이 연신 고개를 끄덕이는 것을 본 존스는 마뜩잖은 표정으로 손을 들었다. 질문에 답하지 않아도 된다고 말할 참이었는데. 노부인이 역정을 내는 게 한발 빨랐다.

마고는 "제발, 한 번에 한 명씩만 질문하라니까." 소리치며 존스를 노려보고는 다시 솔리를 향했다. "아가씨는 바보 같은 말을 하는군. 그리 공감을 못해서 어떻게 일을 하는지 모르겠어, 원. 생판 남이라면 잠깐 기억을 떠올려라 말할 수 있지만, 이쪽은 그게 아니잖아. 그날을 떠올린다는 건, 어머니로서 죽은 아들의 모습을 떠올려야 하는 거야. 얼마나 불쾌하고 힘든 일이겠어. 다른 가족들 앞에서는 그런 멍청한 말은 하지 않도록 해." 응수하는 말이 매섭다.

순간, 솔리의 목덜미가 붉게 물들고. 그것을 본 노부인은 기선 제압에 성공했다는 듯 사뭇 당당해졌다. "어쨌든 답하도록 하지. 먼저, 서쪽 침실은 누구나 드나들 수 있어. 발코니에서 바다를 감상하며 풀과 온천을 이용할 수 있으니까. 특히 여자들이 애용했지. 난 매일 3시쯤 산책을 마치고 4시쯤 자쿠지에서 쉬었어. 온천에서 바다를 바라보면 몇 시간이고 쉴 수 있어 따로 기억할 필요도 없어. 그날은 나 혼자 쉬고 있는데, 카달이 수영복에 가운을 걸친 채 나타났고 그다음 호프 부인이 카달을 찾아 침실로 들어왔어. 그녀는 좀 놀란 듯 우울해 보였는데 내 눈치를 보는 것 같았어. 수영복을 갈아입고 와서 함께 풀에서 쉬었는데, 심각한 얼굴로 막상 별말은 하지 않았던 것 같아. 얼마 후 조안이 와인을 들고 나타났을 거야. 수영을 하면서 술을 권했는데, 나만 두어 잔 마셨을 뿐. 그렇게 여유롭게 쉬다, 저녁 식사에 맞춰 6시경에 함께 나왔을 거야. 그리고 샤워를 한 후 각자 룸으로 돌아갔지... 그사이 본즈 군이 나타나 카달을 챙기기도 했고, 그 애가 몸이 안 좋거든. 참, 제롬이 들어와 조안이 와인을 마시는 걸 보고, 냉장고와 미니바를 확인했을 거야... 음, 비서라는 청년도 들어와 캔버스가 있는 쪽에서 화구를 챙기는 것 같았고... 쌍둥이들은 풀이 잔뜩 죽은 채로 들어와 소파에 앉아 책을 읽기도 했어... 모두 한 번은 왔던 것 같군. 하지만 평소와 같았을 뿐, 이상한 일은 전혀 없었어."

그사이 바깥으로 나가 발코니를 살펴본 뉴원이 조용히 돌아왔다. 그것을 알아차린 노부인이 그에게 물었다. "어때? 독특하지? 벽이 두꺼워 소음도 거의 없어." 그리고 다시 사람들을 둘러보다 고개를 갸웃했다. "그런데... 어디까지 말했더라."

솔리가 답해 주자 그녀는 말을 이었다. "그렇군. 어쨌든 이상한 점은 없었어. 일주일 넘게 매일 똑같이 지냈으니까. 그날 아침도 여느 때와 같았지. 난 새벽에 일어나 씻고, 테일라에게 거실 발코니 유리를 닦게 하고... 이상했던 거라면 그날따라 폴과 셀이 얼마나 소동을 피우던지. 쯧쯧. 진절머리가 나서 화를 내며, 당장 나가라고 소리치는 차에 낯선 이들이 들이닥쳤지... 바로 당신들이." 그러면서 노인은 손을 들어 솔리와 아일랜을 가리켰다. 그리고 잠시 입을 다물었다 마지막 말을 마쳤다. "... 그 후에 아들이 죽은 걸 알게 됐어." 짧은 침묵 속에 고통이 담긴 듯.

"그럼 전날 6시 무렵부터 이튿날 오전, 사건을 목격하기 전까지 다시 서쪽 침실에 가지는 않으셨나요?"

"그래. 방으로 돌아와 옷을 갈아입고, 7시에 다이닝 룸에서 다 함께 저녁 식사를 했어. 9시가 넘어 식사를 마치고 여기로 돌아와 쭉 쉬었고... 그날 검시관이 질문할 때 가족들이 다 같이 이야기를 맞췄던 터라. 검시관이 전날 상황을 여러 번 되묻기도 했고 말이야. 그래서 지금도 똑똑히 말해 줄 수 있어."

그러자 존스가 솔리에게 그만하라 손짓하고 입을 열었다. "마고 님, 답변 감사드립니다. 하나만 더 묻겠습니다. 최근 패럴 씨가 어땠는지. 건강 문제를 비롯해, 우울해 보이거나 걱정거리가 있는 것 같았다면 말씀해 주시죠"

그러나 노부인은 고개를 갸웃할 뿐. 그녀가 질문의 의미를 알아차리지 못하자 존스가 목소리를 높였다. "아, 지희는 패럴 씨가 극단적 선택을 한 이유에 대해 조사하고 있습니다. 건강이나 질병 문제를 포함한 모든 이유에 대해서요."

그제야 노부인의 눈이 확 커졌다. 눈동자에 힘이 들어가더니, 사람들을 두리번거렸다. "맞아, 그러니까 패럴은, 최근에 건강이 무척 나쁜 듯했어. 식사도 많이 하지 않고 틀림없이 병에 걸린 것 같아 걱정스러웠지. 석 달 전에 병가를 내고 쉬기도 했거든."

"아, 그랬나요 석 달 전 이미 병가를 냈단 말씀이죠?" 존스의 목소리가 한껏 높아졌다.

"그래. 한 달 정도 쉬다 결국 안되겠던지 일을 그만둔 거야. 그것만 봐도 패럴이 얼마나 건강이 나빴는지 알 수 있지 않아... 그래서 여기로 쉬러 온 거고. 그런데 여기서도 쉬기는커녕 그림이다, 글이다, 항상 바쁘게 지냈어. 내가 보기엔 하루가 다르게 안색이 나빠지고 힘들어 보였던 것 같아." 그리고 강조하듯 말을 덧붙였다. "게다가 스트레스도 심했을 거야. 만병의 근원이 스트레스라고 하잖아. 퇴직 기념으로 멋진 호텔에서 쉬자고 했지만. 우리만 쉬고 우리만 좋았던 거지... 패럴은 침울해 보였어."

존스는 노부인의 답에 만족한 듯 연신 고개를 끄덕였다.

"정확한 병명은 모르십니까?" 비숍이 나섰다.

"간이 나쁜 듯했지만. 패럴은 입이 무거웠어. 늙은 어머니에게 자기 병에 대해 떠드는 아들도 아니었고."

원하는 답을 들은 존스는 쓸데없는 말이 나오는 것을 막기 위해 이만 끝내기로 했다. 솔리에게 됐다고 눈짓을 보낸 다음, 아일랜에게 손을 흔들어 보였다. 그쪽 차례라는 듯. 그 손짓을 봤지만 아일랜은 딱히 질문할 게 없어 눈만 데굴데굴 굴렸다. 사실 그가 궁금한 것은 솔리가 이미 물어 주었기 때문이다.

작가가 입을 다물고 있자 존스가 짐짓 눈을 부릅떴다. "가만히 있을 때가 아니야. 카메라에는 조사하는 캐스터의 태도도 기록되니 열의를 보이는 게 어때? 진실을 밝히는 데 최선을 다해야 마땅하지." 따끔하게 추궁하는데. 나중에 영상이 공개되면 상대 팀이 얼마나 무성의했는지 모두 알 수 있도록 말이다.

그 말에 아일랜은 뉴윈을 슬쩍 쳐다봤다. 그러나 그는 시선을 외면하는 것으로 도움을 거절하는 듯. 이미 약병 이야기를 꺼내도록 한 일 때문에 주의를 들었던 터다. "제가 앞으로 나서는 경우를 만들지 말아 주세요. 특히 다른 사람이 있을 때 말입니다." 라고 분홍색 차 안에서 재차 부탁을 전하기도 했다.

때문에 아일랜은 곰곰 생각에 잠기는데. 겨우 묻고 싶은 것을 하나 떠올리고는 반가운 목소리로 얼른 입을 열었다. "저기, 오늘은 정반대로 화이트로 맞추셨는데. 마고 님은 그날 아침, 온통 블랙으로 입고 계셨죠? 헤어 커프와 오페라용 장갑까지 검은색으로 맞춘 게 무척 인상적이었거든요. 평소에도 그렇게 맞춰 입으시나요?"

그러자 노부인은 뜻밖이라는 듯 작가를 바라본다. "그걸 기억하고 있었군." 그리고 답을 했다. "난 드레스는 블랙과 화이트만 가지고 있어. 당연히 호텔에는 디너 파티가 있을 같아 드레스를 챙겨 왔고. 패럴은 나더러 파스텔 톤의 색감이 화려한 옷을 입으라고 했지만. 난 동의하지 않아. 노인네가 지나치게 알록달록하게 입으면 유치해 보이거든. 주름만 도드라질 뿐이고. 나이가 들수록 차분한 톤으로 심플하게 입는 게 우아해 보인다고 생각해. 어쨌든... 그 시간엔 왠지 좀 갖춰 입고 싶었어."

그러자 아일랜이 흥분한 듯 대꾸했다. "오, 하지만 마고 님. 컬러와 나이는 상관없지 않나요? 피부 톤에 맞춘 퍼스널 컬러도 마찬가지구요. 전 패션이나 컬러는 본인이 좋아하는 걸 입는 게 좋다고 생각해요. 남들이 뭐라건 기분이 좋은 걸로 입어야 하죠. 사람들은 저에게 마고 님이 입으셨던 심플한 블랙을 추천하지만, 보다시피 전 따뜻한 컬러를 사랑하거든요. 리본이나 레이스, 러플도 좋아하구요. 그래서 남들이 질색하건 말건 입고 싶은 대로 입어요." 그리고 손을 맞잡았다. "어쨌든 그날 아침 마고 님의 의상이 굉장히 인상에 남았어요. 왜 그런지 모르겠지만."

그 말에 노부인의 얼굴이 겨우 펴진 듯. "후후. 재밌는 사람이로군. 기회가 되면 옷장을 구경시켜 주지."하고 대꾸했다.

"오, 정말요? 감사해요." 아일랜은 감격한 듯 손을 맞잡았다.

그 말에 존스는 어이없다는 듯 솔리를 바라보는데. "세상에, 저걸 질문이라고 하는 거야? 쓸데없는 잡담도 기록해야 하냐고, 참." 그는 카메라에 딸린 마이크에 대고 투덜거렸다.

그러나 뉴원은 주의 깊게 노부인을 관찰한다. 그리고 보니 자신 또한 영상 속 노부인의 차림이 신경 쓰였기 때문이다. 드레스와 머리 장식, 장갑까지 온통 블랙으로 맞췄으니. 그날 영상에 등장한 가족 중, 단연코 노부인이 가장 눈에 띄었으며, 그것은 한 남자의 시체를 둘러싼 이들 중, 가장 어울리는 차림이었다.

또한 그것은, 마치 누군가의 죽음을 예견한 듯 보이기도 했다.

6 DAY 1 - 오후 3:10. 폴과 셀

다섯 사람은 노부인의 방에서 나와 첫 번째 룸으로 향했다. 모라가 알려 준 대로, 이제는 앞쪽 룸부터 차례로 들어가 가족을 만나기로 한 것이다.

이번에도 팀장이 노크를 하고 안으로 들어갔다.

비슷하게 생긴 두 소년이 침대 앞에 서 있는데. 그들은 검은 머리에 날카로운 눈매, 날렵한 턱 선이 매우 비슷했다. 단지 한쪽이, 즉 트레이닝복을 입은 쪽이 셔츠를 입은 소년보다 눈에 띄게 키가 컸다.

트윈 베드 앞에 1인용 의자가 준비돼 있어 사람들은 각기 의자에 앉고, 학생들은 침대 끝에 걸터앉았다. 그사이 운동복을 입은 소년이 내내 찬탄의 눈길로 존스를 바라보다, 어른들이 자리에 앉자 제일 먼저 존스에게 인사를 건넸다.

"존스 캐스터, 반가워요. 전 폴 코브, 얜 동생 셀이에요. 우린 쌍둥이인데, 제가 3분 먼저 태어나 형이 된 거죠. 우린 존스 캐스터의 열렬한 팬이에요." 그리고 조심스럽게 동생을 돌아본다.

그러나 셀은 눈길을 외면하며 얌전히 앉아 있을 뿐. 그 차분한 태도가 뉴원은 조금 의아했다.

그사이 다시 폴이 감탄하며 입을 열었다. "서쪽 침실에 약병이 없다는 건 존스 캐스터가 알아낸 거죠? 정말 대단해요."

그 말에 아일랜이 나섰다. "그건 여기 뉴원 씨가 알아낸 거야."

"네?" 폴은 뉴원을 쳐다보더니 콧등을 찡그렸다. "저 사람이요? 에이, 못 믿겠어요." 그리고 다시 존스를 향했다. "아무튼 첫 질문은 존스 캐스터에게 받고 싶어요." 그러면서 말끝에 다시 동생을 곁눈질한다.

그러자 인기를 과시하듯 고개를 쳐든 존스가 입을 열었다. "그렇게 하지. 학생들에게 묻고 싶은 건 하나야. 아버지가 죽음을 택하실 만한 어떤 징조가 보이지 않았는지 말해 주면 좋겠어. 괴로워 보였다든가, 건강이 안 좋은 것 같았다든가 하는 걸. 몹시 힘들겠지만 협조를 부탁해."

그런데 갑자기 비숍이 손을 들었다. "먼저 그 전에 여기서 어떻게 지냈는지 말해 주면 좋겠구나. 또한 다른 가족들이 어떻게 지냈는지도 알려 주면 좋을 것 같고." 그리고 그는 존스에게 잔인한 질문은 잠시만 미루자고 청했다.

하릴없이 존스가 팀장의 질문에 먼저 답하라고 양보했다. 그러자 폴은 동생에게, "내가 말해도 돼?" 묻고는, 팀장을 향해 입을 열었다. "동생과 전, 이곳에서 탐험을 하며 아주 잘 지냈어요. 주변에 해변이나 파식 절벽, 동굴 등이 있어 가 볼 데가 많았거든요. 그리고 바다 수영도 했고요. 한낮에는 아직 더워서 할 만했어요. 다른 가족들은 바깥에 잘 나가지 않았는데. 거의 스위트룸 안에서만 지냈죠. 카달 누나나 조안 고모는 수영을 무척 좋아하는데 호텔 수영장이나 바다에는 전혀 가지 않았어요. 할머니까지 모두 서쪽 침실의 미니 풀이나 자쿠지 온천만 내내 즐겨서. 궁금해서 물어보니까, 조안 고모가 어른들은 몸에 모래가 묻는 걸 싫어한다는 거예요. 호프 아줌마도 드라마를 보느라 꼼짝 않고 있다가, 가끔 아버지에게 이끌려 억지로 산책을 다닐 뿐이었고... 참, 저희는 게일 형이나 제롬 아저씨와 함께 과제를 하기도 했어요. 여기 온다고 수업에 빠졌으니까요." 폴은 비숍 팀장의 질문에 충실히 답했다.

답을 듣고 난 다음, 존스는 잠시 기다렸다 두 번째 같은 질문을 했다. "저기 그럼, 이제 아버지에 관한 이야기를 해 주겠니?"

"안 그래도 지금부터 말씀드리려고 했어요. 아버지는 다른 가족보다 훨씬 이상했어요. 일을 그만두고 그림을 그리기 시작했는데, 엄청 열중하셨죠. 서재에서 글도 오래 쓰시고. 쉬러 오신 게 아닌 것처럼 바빠 보이는 데다 혼자 있는 시간이 많았어요... 저희는 아버지와 함께한 시간이 거의 없었을 거예요."

거기서 입을 다문 것으로 보아 폴의 답은 끝난 듯했다. 그러자 질병에 관한 답을 듣지 못한 존스가 한숨을 내쉬었다. 그리고 슬며시 유도 심문을 했다. "그러니까 결론은 아버지가 뭔가 이상해 보였다는 거지? 그림이나 글에 열중한 것도 건강에 무리가 갈 정도였고... 하지만 폴, 그건 이상한 게 아니야. 원래 사람들은 생을 마치기 전에 뭔가를 남기고 싶어 하거든."

그러나 폴은 연신 고개만 끄덕일 뿐 별다른 대꾸가 없다.

그러자 그때까지 가만히 눈치를 보던 셀이 나섰다. "형이 말하려던 게 바로 그거예요. 아버지 건강이 나빴다는 거요. 아버지는 건강이 안 좋으신 듯했어요. 그래서 일을 그만두고 쉬러 온 거고요... 조용히 계시기만 하고 기운이 없어 보일 때가 많았는데. 형과 저는 아버지의 건강을 염려했지만, 아버지는 아픈 걸 숨기시는 듯했어요."

"그렇구나. 그럼, 혹시 전날 오후에 서쪽 침실에 드나드는 사람을 본 적 있니? 가족 중 누가 이상한 행동을 했다거나, 침실의 물병에 관해서도 아는 걸 말해 주면 좋겠어." 다시 솔리가 나서는데, 그녀는 이번에도 작정한 듯, 아일랜에게 도움이 되는 질문을 했다. 때문에 존스는 눈을 모로 치뜨고 솔리를 노려보았다.

"전날도 다른 날과 같았을 거예요. 오후라면 할머니가 서쪽 침실에서 쉬고 계셨겠죠. 마고 할머니는 하루도 빠짐없이 오후엔 자쿠지에서 쉬셨거든요. 저희는 그날 오후에 아버지에게 크게 혼이 난 바람에 서쪽 침실에서 얌전히 책을 읽었어요. 그때 이미 할머니와 조안 고모, 카달 누나와 호프 아줌마까지, 모두 풀에서 쉬고 있었을 거예요... 물병은 청소부 아줌마가 청소를 하고 매일 냉장고에 한 병씩 채워 둬요. 부족하면 언제든지 더 받을 수 있어 신경 쓰지 않았고요. 아버지는 될 수 있으면 물만 마시라고 주의를 줬지만 탄산음료를 꺼내 마셔도 혼내지는 않으셨어요." 이번에도 솔리에게 잘 보이고 싶은 듯, 폴이 답했다.

그러자 솔리가 되물었다. "아버지에게 크게 혼이 났다고 했는데, 이유가 뭐지? 전날 상황에 대해 자세히 알고 싶거든."

그 질문에 셀이 형을 쏘아봤다. "형, 이건 내가 답할게." 얼른 끼어들더니, "음... 바깥에서 놀다가 혼난 것뿐이에요... 공부는 안 하고 위험한 놀이만 한다고요. 바다 수영이나 동굴 탐험은 위험하다고 화를 내셨어요." 말하고는, 솔리를 보고 별일 아니라는 듯 어깨를 으쓱했다.

"네. 맞아요. 당장 올라가서 공부나 하라고 혼내셔서, 카페에서 나와 여기로 올라온 거예요. 스위트 룸 밖으로 절대 나가지 말라고 꾸중하시는 바람에 서쪽 침실에서 책을 읽은 거고요." 다시 안절부절못하며 폴이 답을 덧붙였다.

그러자 솔리가 그 말에서 이상한 점을 알아차렸다. "카페에서 혼난 거야? 카페는 위험한 곳이 아니잖아. 게다가 너희들이 아무리 위험한 곳에 간다 하더라도, 그것 때문에 아예 스위트 룸 밖으로 못 나가게 하셨다는 것도 이상한 걸." 그녀가 의심스러운 듯 캐묻자 폴이 얼른 답했다. "아예 못 나가는 게 아니라. 당분간 나가지 말라고 하신 거예요."

"당분간? 그게 무슨 말이지?" 이번엔 아일랜이 끼어들었다.

그 질문에 셀의 눈썹이 일그러지더니 목소리가 날카로워졌다.

"형! 제발 입 좀 다물어. 내가 답한다니까... 카페에서 혼이 난 건 말씀드렸잖아요. 공부를 안하고 밖에서 놀기만 한다고 혼나기 시작해서, 나중에 위험한 곳에 가지 말라고까지 꾸중을 들은 거예요. 그리고 당분간이란, 그러니까 저희들이 충분히 반성할 때까지란 뜻이에요. 다시는 위험한 곳에 가지 않겠다고 약속했으니, 얌전히 룸에만 있는 걸 며칠 지켜보겠다고 하신 거죠."

"그런데도 너희들은 그새를 못 참고, 이튿날 아침 소동을 피운 거구나. 마고 님이 그날 아침 너희들이 얼마나 시끄럽게 굴었는지, 당장 쫓아내려 했다고 말씀하셨거든." 아일랜이 대꾸했다.

그리지 형제는 시로 힐끔거리며 묘한 시선을 주고받는네.

이야기가 자꾸 엉뚱한 방향으로 흐르는 듯하자, 존스가 분위기를 바꾸기 위해 나섰다. "여기 호텔에 오게 된 이유를 듣고 싶은데, 아버지가 뭐라고 말씀하셨는지 알려 주겠니?"

"그건 아버지 건강이 나빴기 때문이에요. 조용한 곳에서 푹 쉬고 싶다고 말씀하시며 호텔에서 한 달간 묵겠다고 하셨거든요... 아버지는 정말 몸이 아프셨던 거예요." 셀이 힘주어 답했다.

동생이 원하는 답을 해 주자 존스는 얼른 맞장구를 쳤다. "힘든 질문에 답해 줘서 고마워, 셀 군. 그리고 보니 할머니도 패럴 씨의 건강이 나빴으며 스트레스를 많이 받은 것 같다고 말씀하셨어. 가족들 모두 아버지의 건강을 염려하고 있었던 모양이야."

그러자 폴이 풀 죽은 목소리로 답했다. "맞아요. 저도 그 말을 하고 싶었어요. 아버지는 건강이 안 좋았다고요. 말씀도 많이 하지 않고, 얼굴도 달라진 것처럼 보였어요."

그제야 존스가 됐다며 뒤로 물러났다. 그리고 아일랜을 슬쩍 쳐다보며 눈짓을 보냈다.

아일랜은, 이전에 뉴원이 아이를 어떻게 다루었는지 기억을 떠올리며, 천천히 입을 열었다.

"이 사건에서 가장 중요한 건 너희들이라고 생각해. 진실이 어떤 모습인지 누구도 알 수 없으니까. 특히 어른들은 볼 수 없지만 너희들 눈에만 보인 것도 있지 않을까 싶구. 아버지의 죽음과 관계없는 것이라도 말하고 싶은 게 있다면 말해 주지 않겠니? 어떤 것이라도 좋아. 아주 사소한 것도 괜찮아."

그 말에 아이들의 눈동자가 흔들리는 듯. 그러나 이제 폴은 동생의 눈치만 보고 있고. 셀은 입을 다문 채 시선을 돌려 어른들의 눈길을 외면할 뿐이었다.

아일랜은 그런 아이들을 따뜻하게 바라봐 주었으나, 아이들은 끝내 다시 입을 열지 않았다.

7 DAY 1 - 오후 3:40. 조안과 제롬

조사 팀은 조안 부부의 방으로 가 노크를 했다.

문을 열어 준 이는, 작고 통통한 체형에 유독 눈이 크고 코와 입이 작아 귀여운 인상의 여인이었다. 그러나 얇은 목주름을 보니 50대는 넘은 듯. 반면 안쪽에 서 있는 남편은 구레나룻이 길고 목이 짧아 듬직해 보이는데, 부인과 잘 어울리는 외모였으나 왠지 모르게 굳은 표정이었다.

사람들은 소파에 앉고, 조안은 침대 끝에 걸터앉았으며, 제롬은 사이드 테이블 옆에서 등을 벽에 기대고 섰다.

조사 팀이 인사와 함께 각자 소개를 하자, 부부도 인사를 했다.

이윽고, "결혼한 지는 얼마나 되죠?" 솔리가 가볍게 첫 질문을 던졌다.

"남편은 오빠와 친구예요. 제가 서른일 때 만나 결혼했으니, 20년이 훌쩍 넘었군요." 조안이 답했다.

"호텔엔 어떻게 오게 됐죠?"

"오빠가 초대했어요. 여기 한 달간 묵을 예정인데, 룸이 많으니 함께 있어도 된다고 전화가 와서... 있나 보니 너무 편하고 좋아 계속 있게 됐어요. 처음엔 사나흘만 있을까 했는데."

그러자 남편이 무뚝뚝한 어조로 한마디 했다. 부인의 애교 섞인 음성과는 정반대의 투였다. "사실 패럴의 제안을 받고 의아했습니다. 그동안 별로 교류가 없었거든요. 추수 감사나 마고 님 생일 때 보는 게 전부였는데. 갑자기 호텔에서 함께 지내자고 하길래 의아했죠. 그런데 와서 보니 저희에게 재력을 과시를 하는 듯해서. 뭐, 그것도 기분 나쁜 데다 서비스 요금으로 생각지 못한 지출이 많아, 저는 그만 집으로 돌아갈 생각이었습니다."

"아, 호텔로 초대한 건 조금도 이상한 일이 아닙니다. 평소 교류가 없더라도 하나뿐인 동생분이시니까요. 생을 끝내고자 하는 사람이 신변을 정리할 때 흔히 보이는 행동입니다. 가족들에게 너그러워지고 잘해 주는 게, 일반적으로 나타나는 현상이죠." 존스가 재빨리 끼어들어 한마디 하더니, 질문을 이어 갔다.

"저희는 패럴 씨의 죽음에 대한 원인을 다각도로 살피는 중입니다. 그런데 지금까지 만나 본 가족들의 진술이 한결같더군요. 패럴 씨가 건강이 나빴다는 겁니다. 안색도 나쁘고 기운이 없는 듯하고. 그럼에도 불구하고 취미 활동에 지나치게 열중했다고 하는데. 그 말에 동의하시나요?"

네, 조안이 고개를 크게 끄덕였다. "동의해요. 오빠는 예전에 비해 체력도 떨어지고 심리적으로 불안했던 것 같아요. 성격이 까다로운 편이었는데... 앞서 하신 말씀을 듣고 보니, 정말 친절하고 다정하게 변한 게, 삶을 체념한 사람과 비슷한 것 같네요." 그리고 목이 메이는 듯 말을 잇지 못했다.

제롬 또한 크게 숨을 내쉬며 고개를 끄덕였다. "후... 맞습니다.

그는 완전히 변했어요. 항상 부드럽게 말하려 애쓰고, 예전처럼 화를 내지 않았죠. 가족들에게 마음을 썼으며, 특히 호프 부인에게 아주 다정하고 친절했습니다."

"혼자 남겨질 부인이 안쓰러웠겠죠." 솔리가 대꾸해 주고, 마고 노부인의 말을 떠보듯 물었다. "그럼 두 분은 사건 전날 서쪽 침실에 들어간 적은 없겠군요."

그러자 조안이 고개를 저었다. "아뇨. 전 오후에 서쪽 침실에 있는 미니 풀에서 수영을 했어요. 호프 부인까지 여자들은 모두 있었고요. 제가 와인을 들고 가서 다 함께 술과 음료를 마시며 쉬다, 식사 시간에 맞춰 샤워를 하고 나왔을 거예요."

"저도 5시가 좀 넘어 패럴을 찾으러 갔습니다. 그때 조안을 봤고요. 그가 없어서 그냥 나왔습니다."

"그때 냉장고를 열어 보셨죠?"

"아, 그러고 보니... 아내가 술을 마시고 있어, 미니바를 이용한 게 아닌가 걱정이 돼서 확인한 것 같습니다. 술이든 안주든 말입니다." 그리고 그는 눈을 찌푸렸다. "이미 다 알고 있으면서 물으시는 건가요? 참, 나."

그러나 솔리는 침착하게 따져 물었다. "패럴 씨를 찾은 이유는 무엇이죠? 그리고 오후에 만나지 못했으면 다시 찾아가지는 않으셨나요?"

그러자 제롬의 눈가가 굳어지는 듯. "그건... 호텔에 초대해 줘서 고맙다는 인사를 하고 싶었습니다. 그리고 고맙긴 하지만, 이제 그만 나가야 할 것 같다고 말할 생각이었고요. 말씀드렸다시

피 쓸데없는 지출이 많았으니까요." 그는 침을 한 번 삼키더니, 답을 이어 갔다. "... 그리고 이미 알고 물으시는 듯한데, 저녁 식사를 마치고, 10시경에 다시 한번 찾아갔습니다."

지레 털어놓는 그 말에 사람들의 눈이 동그랗게 커졌다.

"그럼, 당신이 패럴 씨를 마지막으로 본 사람 같군요. 죽기 직전의 모습을 본 것 같은데요." 비숍의 목소리가 단단해졌다. "그가 어땠는지 궁금합니다. 뭔가 이상한 모습을 보였나요?"

그러자 제롬은 당황한 듯 손을 들었다. "아니요. 그때도 만나지 못했습니다... 이제 그만 호텔에서 나가고 싶은데 아내가 반대를 하니... 설득해 달라고 부탁할 셈이었는데... 들어가 보니 패럴이 샤워를 하고 있는 겁니다. 그래서 도로 나왔습니다."

"샤워 중인 건 직접 확인했나요? 계속 기다린 건 아니고요?"

"네. 화장실 앞에서 욕실 유리문으로 확인했습니다. 안쪽에서 누군가 샤워를 하고 있는데. 물론 얼굴을 직접 보진 않았지만 물소리가 들리고 가운도 걸렸으니 패럴이었겠죠. 잠시 기다릴까 생각했지만, 꼴이 우스운 것 같아 밖으로 나왔습니다. 그때 맞은편 응접실에서 게일 군이 나오고 서재에서 본즈 군도 나오길래 그들과 함께 2층 클럽으로 내려가 술을 좀 마셨습니다."

"혹시 침실로 들어갔을 때, 안쪽 테이블에 물병이 있는 걸 봤나요?" 아일랜이 끼어들었다.

"....... 모르겠습니다. 기억나지 않는군요. 안쪽은 들여다보지 않아서요. 본 적 없는 것 같습니다만, 정확한 건 아닙니다."

그때까지 또다시 중요한 진술이 밀리고 있어, 존스가 목에 힘을 주고 나섰다. "흠, 패럴 씨는 극단적인 선택을 하고 말았는데. 혹시 패럴 씨가 죽음을 결심할 만한 이유로 짐작되는 게 있습니까? 조안 씨도 함께 답해 주시면 감사하겠습니다."

제롬이 먼저 답했다. "아마 그는 지독한 피로에 시달렸을 겁니다. 일에도 지쳐 있었고. 하필 분노 섹션 캐스터라 매번 분노로 점철된 픽셔를 써내야 했으니까요. 아무리 온화한 성품의 사람이라도 그런 글을 10년이나 쓰면 망가지지 않겠어요. 그는 너무 늦게 일을 그만뒀습니다. 제가 진작에 쉬라고 권했는데 말이죠."

"맞아요. 오빠는 부쩍 차분해지고 기운이 없어 보였어요. 어디 아픈 사람처럼 말수도 적어졌고요. 50대 이후로는 건강이 급격히 악화되는 경우가 종종 있잖아요. 저는 큰 병에 걸렸을지 모른다고 걱정하고 있었어요."

"혹시 패럴 씨의 정확한 병명은 모르십니까?" 비숍이 냉철하게 캐물었다.

"네. 그건 들어 본 적 없습니다. 그는 사적인 이야기를 별로 하지 않는 사람이라. 특히 가족에게 걱정을 끼칠 이야기는 하지 않았습니다... 하지만 캐스터란 매우 힘들고 피곤한 직업이다 보니, 여러모로 건강이 나빠졌을 거라 짐작할 수 있죠." 제롬은 철저히 약속된 답을 했다.

그 말에 이어 조안도 한마디 덧붙였다. "참, 오빠 주치의가 소호 병원의 겔라 원장이에요. 그녀에게 물어보시면 될 거예요."

"네. 그분은 나중에 만날 생각이에요. 단지 주요 참고인인 가족분들의 인터뷰를 먼저 해야 해서요." 솔리가 고개를 끄덕였다.

이번에는 아일랜도 차례를 기다려 질문을 했다. "저기 아까 말씀하신 부분을 좀 더 자세히 듣고 싶은데요. 패럴 씨가 원래, 어떤 성격이었는지 궁금해서요."

그러자 조안과 제롬이 동시에 얼굴을 찌푸리는데. 잠시 후, 제롬이 먼저 입을 열었다. "이제는 없는 사람에 대해 나쁜 말을 하고 싶지는 않군요. 단지 제가 별로 좋아하는 타입은 아니었다고 말씀드리겠습니다. 깐깐하고 냉정하며 속을 알 수 없는 사람이었습니다. 지금은 달라졌지만." 곧이어 부인도 답했다. "전, 잘 모르겠어요... 굳이 말해야 한다면, 오빠는 배짱도 있고 자신감도 넘쳤지만, 겉으로 막 으스대는 타입은 아니었던 것 같아요. 생각이 깊고 혼자 일을 꼼꼼히 처리했죠. 그런데 이렇게 되고 보니 오빠가 어떤 사람인지 하나도 몰랐다는 생각만 드는 거예요... 결혼을 세 번이나 한 것도 혼자 조용히 생을 마감한 것도 전혀 상상하지 못한 일들이에요. 하지만 시간이 흐를수록 왠지 이해가 되는 거예요. 얼마나 힘들었을지... 안타깝기만 하고."

"아내의 말이 맞는 것 같습니다. 그가 무슨 짓을 저지르면, 처음엔 놀라지만, 나중에 그렇구나 하고 받아들이게 되는... 그런 사람이었습니다." 제롬이 다시 한마디 덧붙였다.

그 답의 유리한 점을 존스가 재빨리 캐치했다. "그러니까 한마디로, 패럴 씨는 스스로 생을 마감해도 이해할 만한 사람이었단 말씀이군요."

"네, 처음엔 무척 놀랐지만. 이젠 저희도 이해하고 그의 죽음을 받아들이고 있습니다." 제롬의 말에 조안도 고개를 끄덕였다.

8 DAY 1 - 오후 4:10. 카달과 본즈

방으로 안내된 사람들은 소파에 둘러앉았다. 이번에도 의자가 부족해 뉴원은 자리를 양보한 채 한쪽에 서 있었다.

"가족들 룸은 어떻게 정한 겁니까?" 비숍이 방을 둘러보며 물었다.

"아버지가 정하셨어요. 새어머니는 드라마에 심취해 있어 볼륨을 크게 틀어도 상관없는 맨 끝 방을, 할머니는 귀가 어두운 편이라 그와 가까운 일곱 번째 방을, 저는 다섯 번째, 조안 고모는 세 번째, 폴과 셀은 한창 예민한 시기라 감시하기 좋게 맨 앞쪽 룸으로 정해 주셨죠. 말씀은 감시라고 했지만 쌍둥이들을 챙긴다는 의미일 거예요."

"그렇군요. 그럼, 아버님에 대해 말씀해 주시죠. 아버님이 그런 극단적 선택을 하실 만한 이유가 있을까요?" 이번엔 솔리도 존스가 원하는 질문으로 시작했다. 이 두 사람에게는 편집장과 약속된 질문을 던질 수밖에 없었기 때문이다.

그러자 두 사람이 서로 마주 보더니. 본즈가 먼저 약속된 답을 꺼냈다. "패럴 씨는 건강이 매우 나빴습니다. 일이 힘들다고 자주 말씀하셨죠. 여기 온 것도 일을 그만두고 건강을 회복하기 위해, 요양 차 온 겁니다. 가족분들 모두 그분의 건강을 걱정하고 있었습니다."

카달 또한 미리 준비한 듯 입을 열었다. "아버지는 워커 홀릭이셨어요. 일에 최선을 다하고 열중하는 분이라. 지난 10년간 쉬지 않고 일하셨죠. 건강에 신경 쓸 새도 없이 일에만 열중하셨는데. 틀림없이 여기로 쉬러 온 거라고 말씀하셨어요. 몇 달 전 병가도 내셨고. 하지만 여기서도 편안히 쉬시기는커녕 새로 시작한 그림에 얼마나 열중하셨는지. 그러니 건강이 더욱 나빠지시기만 했죠."

"정말, 가족분들 모두 패럴 씨의 건강을 염려하고 있었군요." 이제는 비숍도 진술의 일관성을 알아차린 듯, 고개를 끄덕였다.

"정말 안타까운 일입니다." 존스가 맞장구를 쳤다.

그러자 본즈가 한마디 덧붙였다. "그리고 제롬 씨와 잠깐 이야기를 나눴지만, 약병에 대해 생각해 보니 이상한 일은 아닌 듯합니다. 약병이 발견되지 않은 건 패럴 씨가 잘 처리했기 때문이겠죠. 그분은 꼼꼼하고 용의주도한 분이라 약병을 발코니 밖으로 던졌을 수도 있고. 위험한 만큼 완벽히 처리했을 겁니다."

그것은 실로 존스가 원하는 답이었다. 때문에 그는 반색하는 표정을 숨기지 못하고 얼른 대꾸했다. "맞습니다. 저도 그런 가능성을 생각하고 있었습니다. 어쨌든 이 사건에서 약병은 극히 사소한 일부인데 거기 집착하는 분들이 있어 곤란했거든요. 커다란 진실이 눈앞에 펼쳐져 있어도 자기들이 발견한 티끌에만 집착해서 정말 곤란했죠. 아무튼 수색 팀이 약병을 찾고 있지만, 사실 그것이 발견되지 않아도 상관은 없습니다. 진실을 밝히는 데는 아무 영향이 없을 테니까요. 틀림없이 패럴 씨가 결행 전에 꼼꼼하게 잘 처리하셨을 겁니다."

그리고 존스는 솔리에게 귓속말을 건넸다. "끝났어. 그 누구보다 진실을 알고 싶은 가족들이 똑같이 답하고 있잖아. 정말 패럴 씨는 건강이 문제였던 거야." 그러나 그 말 역시, 카메라에 설치된 마이크에 수집될 것을 알기에 내뱉은 것이었다.

그때 다시 비숍이 나섰다. "그럼 전날과 패럴 씨가 발견된 당일 오전, 두 분의 행적에 대해 말씀해 주시죠."

그러자 본즈가 약혼녀의 어깨를 감싸 안았다. "전 항상 아침 일찍 카달을 만나러 호텔로 옵니다. 전날도 호텔로 와서 카달과 함께 있거나 책을 보며 쉬었습니다. 밤에는 새 책을 찾으러 서재로 갔다 나오는 길에, 제롬 씨와 게일 군을 만나 함께 칵테일을 마셨고요. 그리고 여기 빈방에서 잠이 들었습니다. 다음 날 아침 카달을 만나고 있는데, 갑자기 호프 부인이 나타났습니다. 그녀는 좀 멍한 데다 눈치도 없어 카달을 많이 의지했거든요. 하기 싫은 일이나 곤란한 문제는 카달에게 미루곤 했는데. 아무튼 그날 아침도 자기 할 일을 카달에게 대신 해 달라 부탁하더군요."

"그럼 두 분은 호프 부인을 싫어했겠군요." 솔리가 묻자 카달은 고개를 저었다.

"전 딱히 좋아하지도 싫어하지도 않았어요. 물론 취미는 이해할 수 없지만요. 그녀는 지나치게 드라마에 빠져 있거든요. 그날 아침도 드라마를 보려고 아버지가 부탁한 일을 저에게 미루는 듯했는데... 그리고 보니, 비극이란 말을 하며 그날은 유독 흥분한 듯 보였던 것 같아요. 전 드라마의 스토리가 흥미진진한가 보다 생각했을 뿐이고요."

"그럼 패럴 씨가 화 내지 않을까요? 부인에게 일을 맡긴 이유가 있을 텐데, 제대로 하지 않고 카달 양에게 미뤘다면요."

"아니요. 별로 화를 내지 않으셨습니다. 카달과 약혼한 지 5년이 다 돼 가는데 예전에 비하면 완전히 다른 분 같았습니다. 쌍둥이들의 어머니, 그러니까 도라 부인에게는 독불장군처럼 무섭게 굴었거든요. 그런데 호프 부인에게는 완전히 푹 빠진 듯 다정하기만 해서서. 혹은, 건강이 나빠지며 마음이 약해지신 것일 수도 있고요. 어쨌든 이전과는 딴판으로 온화한 모습이었습니다."

솔리의 질문에 본즈는 약속된 답으로 마무리했다.

"그렇군요. 가족분들 모두 진술이 한결같습니다." 존스가 재빨리 결론을 매듭지었다. "어쨌든 두 분의 말씀을 듣고 보니, 좀 슬픈데요. 패럴 씨가 그런 결심을 하고 나서, 친절하고 다정하게 변하신 듯해서 말입니다... 가족분들을 위해 차라리 결심을 바꾸는 게 더 좋았을 텐데 말이죠."

그 말에 카달이 몹시 괴로운 듯 눈을 감았다.

"사망 전날 패럴 씨가 어땠는지 궁금하군요. 혹시 힘들어 보였다거나 이상한 점이 있었다면 말씀해 주시죠." 비숍이 물었다.

"평소와 같았습니다. 여기 온 후로 변함없는 모습이었죠. 오전엔 그림을 그리고 오후엔 산책을 나가거나 서재에서 글을 쓰시고. 저녁 식사가 끝나면 혼자 룸에서 조용히 지내시는 등... 그날도 별다른 모습은 보지 못한 것 같은데요." 본즈가 답했다.

"저도 이상한 모습은 보지 못했어요... 하지만 아버지가 펜닐을 입수한 게 석 달 전이었는데... 도대체 언제부터 그런 생각을 하셨나 싶어..." 슬픔에 겨운 듯 카달은 답을 채 맺지 못했다.

그러자 존스가 위로하듯 말했다. "저희들이 조사를 철저히 하겠습니다. 아버님이 죽음을 결심한 이유를 찾아내, 가족분들에게 알려 드리도록 하죠. 그것이 진짜 추모의 시작일 테니까요." 그리고 차분히 말을 계속했다. "어쨌든 가족분들이 힘든 상황에서도 모두 조사에 협조해 주셔서 감사할 따름입니다. 이제 저희는 인터뷰를 끝내도록 하죠." 그리고 아일랜을 쳐다봤다. 순서를 알려 주듯.

아일랜은 두 사람을 번갈아 보며 질문을 던졌다. "저기, 방금 궁금한 게 생겼어요. 두 분은 아직도 서로를 사랑하시나요?"

"네?" 본즈가 의아한 눈으로 아일랜을 바라봤다. "뜻밖의 말씀이군요. 그런 당연한 걸. 저희들은 대학에서 만났습니다. 제가 카달을 보고 첫눈에 반해 쫓아다녔고요. 아일랜 씨는 아직도, 라고 물으셨는데, 저는 여전히, 라고 답하겠습니다. 여전히 카달을 사랑하고 있습니다만. 왜 그런 걸 물으시죠?"

그 말에 아일랜의 얼굴에 화사한 미소가 피어올랐다. "아뇨. 약혼한 지 5년이라고 하셔서. 그동안 결혼하지 않은 이유가 궁금해서요. 두 분 사이에 문제가 있는 게 아닌가 했는데, 그럼 결혼을 미룬 이유는 뭐죠?"

그러자 본즈의 뺨이 굳었다. "그건 패럴 씨가 반대했기 때문입니다. 카달에게 직장을 그만두고 본격적으로 법률 공부를 하라고 권하셨거든요. 앞으로는 그쪽이 전망이 좋을 거라고 하시며. 그분은 카딜에게 기내가 컸습니다. 쌍둥이들은 시나치게 철이 없으니까요. 자신을 꼭 닮은 카달에게 집안을 맡길 생각이신 듯했습니다."

"하지만 공부를 하더라도 결혼 생활과 병행할 수 있잖아요."

"네. 그래서 결혼을 하겠다고 여러 번 말씀드렸지만, 허락해 주지 않으셨죠."

"하지만 우리 또한 물러설 생각은 없었어요. 아버지를 설득할 자신이 있으니까요."라고 답하는 카달은 믿는 구석이 있는 양, 당당해 보였다.

아일랜은 감사하다고 인사를 전했다.

그 뒤로 조사 팀은 몇 가지 더 묻고, 룸을 나섰다.

9 DAY 1 - 오후 4:40. 호프 부인

문을 열어 주고 의자에 앉은 여인은, 허리가 잘록한 원 버튼 재킷 정장을 입고 있었다. 흡사 카달과 자매인 듯. 늘씬한 키에 균형 잡힌 몸매, 풍성한 검은 머리는 비슷했으나, 긴 머리라는 점은 달랐다.

룸은 다른 방의 두 배 정도로 넓고, 대형 모니터를 비롯 홈 시어터가 갖추어져 있으며, 녹음실처럼 벽도 방음 처리가 돼 있어, 방문객들도 룸의 특별한 목적을 금세 알 수 있었다. 솔리가 하이엔드 스피커를 둘러보자 호프 부인이 고개를 끄덕였다. "이 방이 무척 마음에 들었어요. 드라마를 보기에 아주 좋았거든요. 남편에게 고맙다고 몇 번이나 인사를 했죠."

"패럴 씨도 드라마를 좋아했나요?" 솔리가 슬쩍 떠보았다.

"아뇨. 그이는 질색했어요. 드라마에 빠진 걸 한심하게 생각해서... 맨션에서는 자주 핀잔을 들은 걸요."

"하지만 이 룸을 보니 부인을 배려해 준 것 같은데요."

"네. 그래서 저도 감동했어요. 그런데 이제 보니 그이의 마지막 선물인 것 같아 좀... 슬퍼지는 거예요."

"그렇죠. 마지막 선물, 그게 진실이죠." 존스가 틈을 놓치지 않고 말꼬리를 물었다.

곧이어 솔리가 본격적으로 전날의 행적과 남편에 대해 물었으나, 그녀는 답을 우물거릴 뿐. 별일 없었다고만 했다. 패럴도 피곤해 보였다고만 할 뿐... 활동적인 커리어 우먼처럼 차려 입은 호프 부인은 막상 인터뷰를 해 보니 어딘가 멍해 보이는 것이다.

"정말 카메라가 석 대나 되네요. 카달이 왜 조사를 원했는지 모르겠어요. 잘 모르겠지만 남편은 그저 자살한 것뿐 아닌가요."

"부인, 한 사람의 죽음을 '그저'나 '그냥'이라는 말로 표현하기는 어렵습니다. 부인 또한 질문에 그냥 답하시면 안 될 테고요. 그럼 사건 당일 아침, 하셨던 일에 대해 말씀해 주시죠." 비숍이 예의 바르게 청했다.

"아, 네... 전 일어나면 제일 먼저 아침 드라마를 챙겨 봐요. 드라마는 모두 보는 편이시만, 아침 드라마가 제일 재밌거든요."

"오, 그럼 M사의 '하우스 와이프'를 보시겠군요. 드라마는 역시 소프 오페라가 재밌죠." 아일랜이 반갑게 아는 척했다.

"네? 오페라가 아니라 아침 드라마를 좋아하는 걸요." 호프가 의아하다는 듯 고개를 갸웃하자, 아일랜이 미소를 띠었다.

"그 아침 드라마를 소프 오페라라고 해요. 주부를 시청 타깃으로 한 거라 주로 비누 회사가 스폰서로 붙거든요. 그래서 그런 이름이 붙은 거구요. 극단적인 캐릭터와 자극적인 로맨스가 주된 스토리라 재미는 백 프로 보장되죠."

"주특기인 로맨스가 나오니 신나는가 보군." 존스가 카메라를 의식하며 빈정거렸다.

반면 호프 부인은 친구라도 만난 양, 반가운 눈웃음을 짓는다.

"당신도 불륜이나 밀회, 복수 같은 이야기를 좋아하는군요."

"오, 글쎄요. 솔직히 말씀드리면 별로 좋아하지 않는답니다. 전 진정한 사랑을 꿈꾸거든요. 그러니까 운명처럼 만나 온 생을 걸고 빠져드는 사랑 이야기를 좋아해요."

"저런, 아일랜 씨는 젊군요... 하지만 불륜이라고 진정한 사랑이 아니란 법은 없잖아요."

"하지만 연애에 있어, 다른 존엄한 인간을 속이고 상처 준다면 사랑보다는 유희 아닐까요? 열 번이든 백 번이든 사랑에 빠질 수 있지만, 카사노바처럼 일생에 백 명이 넘는 여자를 만날 수도 있지만, 남을 속이는 기망 행위가 있다면 그건 진짜 사랑이 아니라 생각해요. 전 사랑을 거울 사랑과 유리 사랑으로 나누어 놓았는데 이기적인 거울 사랑은 거짓 사랑에 가까운 것 같아요."

"네? 거울 사랑이요?" 호프 부인의 눈에 호기심이 깃들었다.

"호흥, 혼자 붙여 본 이름이에요. 거울은 자신만 비추고 유리는 바깥 풍경이나 상대를 비추니까요. 거기서 착안했죠. 제가 생각하는 진정한 사랑은, 맑은 유리처럼 세상을 비추며, 세상 속에 함께 있는 두 사람을 비추는 사랑이거든요. 나아가 자신보다 상대를 더 사랑하는 게 진정한 사랑이라 생각하구요." 아일랜의 목소리가 열의에 차올랐다. "그 첫 단계가 상대를 속이지 않는 거예요. 만약 상대를 속인다면 자신을 더 사랑하는 나르시시스트일 뿐. 많은 연인들은 깨달아야 해요. 사랑에 있어, 최대 라이벌은 다른 여자나 다른 남자가 아니라, 연인의 내면에 숨은 '자기애와 이기심'이라는 걸요. 즉, 사랑에 있어서 진짜 라이벌은, 사랑하는 연인의 마음속에 깃든 또 다른 그들이죠. 대부분의 인간은 자기 자신을 가장 사랑하는 법이거든요."

그러자 호프 부인이 이마를 찌푸렸다. "하지만 어쩔 수 없는 경우도 있잖아요. 아일랜 씨 말처럼 진정한 사랑을 만났는데, 자신의 목숨을 바칠 수도 있는 상대를 만났는데, 그의 손가락에 결혼 반지가 반짝이고 있으면 어떡하죠?" 되묻고는, "불륜은 때를 잘못 만난 것뿐이에요. 조금 늦게 만난 것일 뿐. 그래서 남몰래 사랑을 나눌 수밖에 없는 거죠."라 대꾸했다.

그러나 아일랜은 지지 않았다. "남몰래, 라구요? 후훗. 부인은 제 말을 허투루 들으셨군요. 제가 말한 것은 진정한 사랑이에요. 그냥 사랑이 아니라, 운명 같은 사랑이라고요. 한 사람이 자기 자신보다 더 사랑하는 운명의 상대를 만났는데 그걸 숨긴다고요? 남몰래 숨어서 사랑을 나눈단 말이에요? 제 소설에 그런 사랑은 등장하지 않아요. 제 소설의 주인공들은 진짜 사랑에 빠지는 순간, 환한 태양 아래서나 은은한 날빛 아래, 북석북적한 도심이나 한적한 야외, 어디서도 거침없이 열정적으로 사랑을 표현할 뿐이에요. 남의 눈을 피하고 주변을 살피고 그럴 여유가 없으니까요. 온 세상이 그녀 말고는 아무것도 보이지 않는, 생이 불타오르는 듯한 진짜 사랑에 빠졌으니까요."

순간, 방안에 있는 사람들의 얼굴이 벌개졌다.

뉴윈은 저도 모르게 고개를 끄덕이고 말았는데. 작가의 소설 내용을 짐작할 수 있을 듯. 과연 그의 소설이 19금이 될 수밖에 없는 이유를 알 듯했기 때문이다.

그사이 아일랜은 두 팔을 벌리고 열변을 토했다. "부인이나 남편에게 들키는 게 두려워 몰래 사랑을 나누다니... 그건 진정한 사랑이 아니잖아요. 단지 욕망을 채우는 행위일 뿐. 또한 그런 행위야말로 자신의 욕망이 최우선이며, 자신을 가장 사랑하는 인간이라는 증거 아니겠어요? 전, 평생을 통틀어 단 한 번의 사랑이 진짜 사랑이라고 말하는 게 아니에요. 단지 한 순간엔 한 명의 연인에게 몰두하는 게, 진짜 사랑에 가깝다는 거죠."

그러자 호프 부인이 천천히 중얼거렸다. "평생에 한 번은 아니지만, 한 순간에는 한 명이라... 좋은 말이네요."

"요즘엔 한 번에 두세 명을 동시에 사랑하는 경우도 있다고 하는데 말도 안 돼요. 자신보다 사랑하는 사람이 한 번에 두세 명이라구요? 자기가 두세 명이 아니고서야 가능할 리 없죠." 그리고 아일랜은 고개를 끄덕였다. "물론 자기애가 충만한 사람끼리 만나, 적당히 즐기고 헤어지는 것도 좋아요. 하지만 그걸 진정한 사랑이라고 우기며 상대나 자신을 속이면 안 된다는 말이에요."

뜻밖의 격렬한 주장에 모두 입을 다물었으나. 아일랜이 턱을 쳐들고 재차 설명을 이어가려 하자, 비숍과 존스가 동시에 헛기침을 했다. "헛험.", "흠." 그리고 솔리가 틈을 놓치지 않고 재빨리 인터뷰를 이어 갔다.

"네. 부인, 그날 아침 드라마를 보고 또 어떤 일을 하셨죠?"

갑자기 날아온 질문에 호프 부인은 다시 멍해졌다. 잠시 기억을 더듬는 듯하더니, 눈을 찌푸리며 답을 했다.

"아뇨... 드라마를 보는 대신 남편이 시킨 일을 했어요. 먼저 게일 씨의 옷차림을 점검하고... 가족들에게 아침 식사를 물어봐야 하는데, 카달에게 대신 부탁했어요... 남편은 제가 그런 걸 챙기는 게 좋다고 했지만. 음... 식사를 챙긴다고 가족애가 생길 것 같지는 않았거든요... 어쨌든 카달이 해 주겠다고 해서 방으로 돌아가려는데, 쌍둥이들이 싸움을 시작하고... 저를 부르는 바람에 애들을 도와주러 거실로 달려간 것 같아요."

그다음은 솔리의 영상으로 확인한 것과 같은 말을 했다. 부인은 다시 멍한 상태로 돌아갔는데, 슬픔 때문이 아니라 드라마 외 현실에는 별 관심이 없어 보였다.

존스가 마지막으로 물었다. "그럼 패럴 씨의 건강에 대해 말씀해 주시죠."

"네. 그이는 건강에 매우 신경을 썼어요. 채식 위주 식단에 생활 리듬도 규칙적이었고. 그럼에도 불구하고 건강이 나빠졌던 모양이에요... 석 달 전 몸이 안 좋아 잠시 일을 쉬겠다고 하더니. 결국 병가가 끝나기 전에 퇴직을 했어요... 여기시도 뭐가 그렇게 힘든지... 유독 혼자 있는 시간이 많은데. 그림을 그리거나 글을 쓰거나 하면서요... 그런데 이제 보니, 그렇게 혼자서... 끔찍한 생각에 빠져 있었던 것 같아요." 이것이 그녀의 답이었다.

10 DAY 1 - 오후 5:10. 게일. 테일라. 페이

일하는 사람들은 서쪽 침실 맞은편, 응접실에서 대기 중이었다. 조사 팀은 응접실로 들어서, 청년을 보고 눈이 휘둥그레졌다. 소파에 앉은 사람들 중 젊은 여인도 예쁜 편이었으나 게일이라는 비서는 외모가 매우 출중했다. 영상에서도 눈에 띄던 남자는 실물이 훨씬 뚜렷하고 생기 있어 보이는 듯.

사람들은 인사를 나누고 차분히 소파에 앉아 대화를 시작했다. 게일이 먼저 조심스럽게 입을 뗐다. 그는 가족들과 의논한 내용을 다른 직원들에게 전하지 못했으며. 때문에 먼저 입을 열어 힌트를 주기로 한 것이다. 그러나 자신의 의도가 먹힐지는 알 수가 없다. 과연 일하는 여인들이 패럴 씨의 질병에 대해 진술해 줄 지는 미지수였던 것이다.
"조사가 시작돼 좀 어리둥절합니다. 패럴 씨는 건강 문제로 힘들어하셨고. 병 때문에 삶을 마칠 결심을 하신 것 같다고 들었거든요. 가족분들이 그렇게 말씀하지 않으셨나요?"
그 말에 존스는 게일도 카달에게 당부를 들었음을 확신했다.
"맞습니다. 그래서 가족분들이 조사를 의뢰한 겁니다. 사자의 명예는 생각하지 않고 자극적인 소설을 써 대는 이들이 워낙 많

아서요. 쯧쯧. 전부 조회 수를 위해 양심을 팔아먹은 작자들이죠. 아마 이 조사로 패럴 씨가 질병으로 인해 자살한 것임이 분명히 밝혀질 겁니다."

비숍이 첫 질문을 했다. "비서로서 했던 일을 알려 주시죠."

"네. 전 두 달 전, 회화과 주임 교수님께 아르바이트 일을 소개받고 패럴 씨를 만났습니다. 제가 조건에 맞을 것 같아 추천해 주셨다는데. 패럴 씨에게 영상 메일을 보내고 일을 하게 됐습니다. 처음엔 모델이라 들었는데 뜻밖에 직함은 비서였고, 또 하는 일은 대부분 심부름과 잡무였습니다. 구체적으로는 아침에 호프 부인에게 옷차림을 점검받고 그다음 한두 시간 모델을 서고, 그 외 미술용품을 구입해 오는 등의 심부름을 했습니다."

"그럼 패럴 씨에 대해 묻겠습니다. 일한 기간은 짧지만 비서라면 그분을 가까이서 뵀을 테니까요. 그분이 자살할 만한 이유에 대해 아는 게 있다면 말씀해 주시죠." 존스가 다시 나섰다. "가족분들은 하나같이 패럴 씨가 건강이 매우 나빴으며 스트레스로 힘들어 보였다고 말씀하셨습니다."하고 한마디 덧붙였다.

"네. 맞습니다. 그분은 체력이 매우 약하신 듯했습니다. 정적인 활동을 좋아하셨던 걸 보면 말이죠. 그림을 그리고 글을 쓰실 뿐. 일을 아예 그만두고 여기로 쉬러 오신 거고요… 죽음의 원인은 질병이나 스트레스 때문일 것 같다는 생각은 들지만… 아무튼 잘 모르겠습니다. 전, 두 달 동안 아르바이트를 했을 뿐이라. 호델에서 나갈 내 세 일노 끝날 예정이었습니다."

"그럼, 집에서 호텔로 출퇴근을 한 건가요?" 솔리가 물었다.

"아뇨. 패럴 씨가 룸을 잡아 주셔서 호텔에 묵고 있었습니다."

"그래요? 아까 심부름을 했다고 하지 않았나요? 그런 것 치고는 대우가 너무 좋은데요. 어떤 심부름이었는지 좀 더 자세히 말씀해 주시겠어요?" 솔리가 의아한 점을 캐물었다.

"패럴 씨는 일을 그만두고 취미로 유화를 그리기 시작하셨습니다. 전 도젠 대학 예술학부 학생으로 회화가 전공인데. 때문에 처음엔 모델도 서고, 개인 강습도 하는 일인 줄 알았습니다. 그런데 패럴 씨를 만나 보니 그분은 모델만 필요할 뿐, 미술 강습은 됐다고 하시는 겁니다. 하지만 모델도 스케치 단계에서 한두 시간만 필요할 뿐이라, 화구를 구입하는 일이 대부분이었습니다. 패럴 씨는 호텔에 조용히 머물기를 원하셔서 제가 심부름을 대신한 거죠. 유화는 필요한 도구가 많은 데다 유화용 오일만 해도 브랜드별로 가격이 천차만별이라. 그것을 설명해 드리고 그분이 원하는 미술용품을 시내로 나가 구입해 왔습니다."

"겨우 그런 일을 시키려고 호텔에 묵게 하다니 이상하군요."

솔리의 지적에 청년은 당황한 듯. "뭐, 그분의 결정이니까요. 그리고 쌍둥이들의 공부를 봐주기도 했고요. 서재에서 글을 쓰실 때 자료를 찾아 드리기도 했습니다."

"패럴 씨는 모닝이스트사를 퇴직했다고 하던데. 자료를 구해 가며 글을 썼다고요?" 솔리가 다시 캐묻듯 어조를 높였다.

"네. 픽셔가 아니라 책을 쓰시는 듯했습니다. 전 법률 용어를 찾아 드렸고요. 어쨌든 오전엔 그림을 그리고, 오후엔 서재에서 글을 쓰거나 책을 읽으셨죠. 전혀 쉬는 것처럼 보이지 않아 가족분들이 건강을 염려했습니다." 그리고 "이 이상 답변하기는 곤란한데요. 사자 명예 훼손에 걸릴 수 있으니까요."라며 청년은 입을 다물었다.

다음 인터뷰는 테일라였다. 검고 풍성한 머리를 가진 처녀는 매우 순진해 보였는데. 이런 자리가 낯설고 두려운 듯, 계속 눈을 두리번거렸다. 그리고 이어지는 답변에서도 떨리는 목소리를 감추지 못했다.
"전 마고 님의 시중을 들었어요. 일한 지는 일주일쯤 됐고요. 그러니까 가족분들이 호텔에 묵기 시작한 다음 날 뽑혔는데. 젊고 활기 있는 사람이 노마님 곁에 있는 게 좋을 것 같다고 호프 부인이 뽑아 주셨어요. 그런데 쌍둥이들이 말하길, 전에 일하던 가정부가 그만둬 가정부 겸 절 뽑은 거라고 하는 거예요. 아마 처음부터 그 사실을 알았다면 면접을 보러 오지 않았을 거예요. 전 가정부는 할 생각이 없거든요. 그래서 호텔에서만 일하자고 마음먹고 있었어요. 어쨌든 마고 님은 건망증이 심하셔서 시중이 필요했고, 그 외 한 일은 패럴 씨 심부름과 청소를 했어요."
"패럴 씨 심부름이라면, 서쪽 침실에 자주 드나들었겠군요."
솔리의 지적에 그녀는 재빨리 고개를 저었다. '서쪽 침실'이라는 말이 나오자 꺼림칙함을 느낀 듯. "아뇨. 그 심부름은 패럴 씨가 아니라 마고 님이 시키신 일이에요. 마고 님은 항상 오후엔 시쪽 침실에서 바다를 감상하며 쉬셨는데. 패럴 씨가 약을 먹으러 오지 않으면, 패럴 씨에게 약을 갖다 드리라고 시키셨어요."

"약이요?"

"네. 병원에서 처방받은 약을 드셔야 해서요. 오후 5시에 자쿠지로 가면, 그때까지 패럴 씨가 나타나지 않는 날은 마고 님이 서랍에 있는 약을 챙겨 서재로 가라고 말씀하셨어요."

"어떤 약이었나요?"

"이름은 어려워서 모르겠어요. 흰 캡슐에 든 약이었는데, 오후에 한 번, 두 알씩 먹는 것이었어요."

"물은요? 물병도 챙겨 가나요?"

"아뇨. 서재에도 포트와 찻잔이 있어요. 물병도 있고요."

"전날도 약을 갖다 드렸나요? 패럴 씨가 어땠는지 궁금해요."

연이은 솔리의 물음에 그녀는 고개를 갸웃했다. "네. 갖다 드렸어요. 하지만 이상한 모습은 보지 못했어요. 평소보다 기분이 나쁘신 듯했는데. 쌍둥이들 때문에 화가 나신 것 같았어요. 하지만 저를 보시더니 고생한다며 팁을 챙겨 주시는 거예요. 그때는 또 평소처럼 기분 좋은 미소를 짓고 계셔서... 그래서 다음 날 아침 그런 모습을 보고 얼마나 놀랐는지 몰라요."

가족들은 입을 맞추었으나 고용인은 그렇지 못한 듯. 그것을 눈치챈 존스가 재빨리 나섰다. "테일라 양, 기분이 좋아 보인 게 아니라 마음이 평온해진 겁니다. 죽음을 결심한 사람이 삶을 정리할 때 일반적으로 나타나는 징후고요. 인간은 최후를 결심하면 타인에게 관대해지거든요."

다그치듯 강조하는 말에 테일라는 고개를 끄덕였다. "그랬군요. 전 그분의 자살이 정말 뜻밖이어서... 전혀 그런 낌새를 알아차리지 못했거든요... 그래서 그만 착각하고 있었나 봐요."

"테일라 양은 가족이 아니니까요. 패럴 씨는 심신이 모두 지친 상태로, 건강이 나빠 보였다고 가족분들이 말씀하셨어요." 솔리가 차분히 설명하자, 테일라가 곧 수긍했다. "네. 그렇군요."

"패럴 씨는 어떤 사람이었던 것 같으세요? 당신의 이야기를 듣고 싶어요." 아일랜은 차례가 되자 바로 질문을 던졌다.

사실 그 질문은 뉴윈이 따로 알려 준 것으로. 그는 마고 노부인의 방에서 나올 때, 앞으로 질문할 게 없으면 패럴이 어떤 사람이었는지 물어보는 게 좋을 것 같다고, 귀띔해 주었던 것이다.

"글쎄요. 일한 지 얼마 안 돼 잘 모르겠어요. 그냥 꼼꼼하고 깔끔한 성격이신 것 같고... 하루 일과와 시간을 정해 놓고 지키는 분이셨어요. 그게 대단해 보인 게, 전 지금까지 생활 계획표란 걸 세워 본 적이 없거든요."

그다음 비숍이 그날 아침 상황에 대해 물었다. 그녀는 죽은 남자를 떠올리며 몸을 떨었다. "저와 페이 씨는 엘리베이터 옆에 마련된 직원 룸에 묵고 있는데, 그날 아침도 함께 나왔어요. 그리고 전 곧장 응접실로 가 청소를 시작했고요. 청소부는 페이 씨인데, 어느새 제 일도 청소가 주된 일이 된 듯했어요."

그러자 왼편에 앉은 페이가 참지 못하고 끼어들었다. "가족이 묵는 룸은 전부 제가 치워요. 서쪽 침실도 제가 치우고요. 그걸 빼면 나머지는 얼마 되지도 않는 걸요."

그녀의 세된 목소리에 데일리는 목을 움츠렸다. 그리고 작은 목소리로 하던 말을 이었다. "어쨌든 전 청소부도 아닌데 아침에 응접실을 치우고 있었어요. 그리고 마고 님이 부르셔서 거실로 나가 발코니 유리를 닦기 시작했고요. 그런데 쌍둥이들이 뛰쳐나와 소동을 피우는 바람에 마고 님이 화를 내시고. 갑자기 캐스터들이 나타났죠. 그 후에 쓰러져 있던 패럴 씨를 봤는데... 제가 응접실을 치우는 동안 이미 맞은편 침실에 그분이 쓰러져 있었다고 생각하면 얼마나 무서운지. 지금도 잠을 못 자고 있어요."
그것으로 테일라의 인터뷰는 끝이 났다.

페이는 끝에 앉아 발을 모으고 얌전히 있었지만. 게일과 테일라가 인터뷰하는 내내 눈동자를 빠르게 굴리며 주의 깊게 듣고 있었다. 그리고 할 말이 있을 땐 거침없이 끼어들었는데. 아니나 다를까 차례가 되자 기다렸다는 듯 이야기를 늘어놓는다.
그녀는 먼저 물병에 대한 질문에 종이 한 장을 들이밀었다.
"제가 체크하는 건 이게 다예요. 목록에 있는 것들로 보다시피 주류와 음료, 스낵과 간식뿐이라고요. 무료로 제공되는 생수는 누가 몇 병을 마셨는지 몰라요. 특히 패럴 씨는 여기 묵는 내내 와인과 위스키는 물론이고 값싼 맥주조차 손대지 않았어요. 주구장창 생수만 마셔 돈이 없는 사람이란 걸 금세 알아차렸죠."
솔리가 어이없다는 듯 물었다. "이런 룸에 한 달이나 묵는데 돈이 없다고요?"
그러자 페이는 다시 봇물이 터지듯 말을 쏟아 냈다. "저도 나름 경력이 있어 진짜 부자는 알아봐요. 호텔에서 까다롭게 구는 이들은 재벌이 아니라 재벌인 척하는 사람이란 것도요. 가끔 분수에 넘치는 비싼 룸에 묵으면서 자신이 진짜 상류층인 양 착각하는 사람들이 있는데. 오만 가지 서비스를 요구하고 청소에 트집을 잡고 거들먹거리는 이들이요. 패럴 씨가 딱 그랬어요."

그 말에 솔리가 얼굴을 찌푸렸다. 하지만 청소부는 거침없이 이야기를 이었다. "진짜 부자들, 소위 갑부들은 호텔 서비스에 일일이 트집을 잡지 않아요. 왜냐하면 그들은 힐즈 타운의 대저택에 살고 있으니까요. 수만 평 대지에 모든 걸 최고급으로 갖추고 있으니. 호텔은 비즈니스나 여행을 위해 잠시 들르는 곳일 뿐. 게다가 몇몇 나라를 제외하고는 스위트라 하더라도 객실 상태가 썩 좋지 않다는 걸 알고 있다고요. 자신들의 저택에 결코 미치지 못한다는 걸 알고 있어 까탈스럽게 굴지 않는단 말이죠. 여유롭게 룸 서비스를 즐길 줄도 알고." 때문에 미니바에 일절 손대지 않았던 패럴은 생각만큼 부자가 아니었다고 강조했다. 뭔가 묘하고 미심쩍은 사람이었다며, 다시 한마디 덧붙였다.

"가족들도 주스 대신 싸구려 탄산만 마실 뿐이었어요. 조안 부인은 비싼 샴페인이나 고급 와인을 마셨는데, 그것도 밖에서 가져온 것들이었고요. 도대체가 이 가족들은 재벌도 아니면서 무슨 생각으로 스위트 룸에 한 달이나 묵는 건지 이해할 수 없었어요. 전부 허세일 뿐."

"마지막을 호화스럽게 보내고 싶었겠죠." 존스가 대꾸했다.

"맞아요. 바로 그거예요. 제 생각도 그랬어요. 마지막으로 호사를 누리며 죽고 싶었구나 생각했어요." 페이가 맞장구를 쳤다.

그다음 비숍이 사건 당일 아침 행적에 대해 물었다. 그녀는 당일 아침도 여느 때처럼 청소를 하고 있었다고 말했다. 청소 순서를 정해 놓았으며, 제일 안쪽의 호프 부인의 방부터 시작해 차례대로 청소를 했다는 것이다.

"네? 컷-아웃 영상을 보니 호프 부인의 시트에 얼룩이 남아 있던데, 청소를 했다고요?" 솔리가 따져 물었다.

순간 페이의 얼굴이 벌개졌다. "하지만 호프 부인은 그런 걸 눈치채지 못할 거라 생각했어요. 어차피 침실은 그녀 혼자 쓸 뿐인 걸요. 오늘도 내일도 부인 혼자 쓸 테니 그 정도 얼룩은 괜찮죠." 그리고 서두르듯 화제를 돌렸다. "호프 부인은 드라마에 빠져 있어 현실감이 없거든요. 그날 아침도, 거울을 보며 자기가 비극의 주인공이 되었다고 한숨을 푹푹 내쉬었는데," 그러다 갑자기 눈을 동그랗게 뜨고 사람들을 돌아봤다. "맞아요. 그 말을 똑똑히 들었어요. 맹세할 수 있어요... 그런데... 정말 호프 부인이 비극의 주인공이 되었네요. 결혼한 지 2년 만에 남편이 죽어버렸으니. 그것도 스스로 목숨을 끊어... 어머, 무서워라. 이제 보니 호프 부인은 꼭 패럴 씨가 죽을 걸 알고 그런 말을 중얼거린 것 같잖아요." 그러면서 흠칫, 몸을 떨었다.

11 DAY 1 - 오후 5:30

비숍으로부터 가족 인터뷰가 끝났다는 연락을 받고 모라가 스위트 룸으로 올라왔다. 그녀는 첸 대원과 함께 가족들을 거실로 불러냈다.

"수고하셨습니다. 이제 댁으로 돌아가셔도 됩니다. 캐스터들과 비숍 팀장님이 오늘 인터뷰를 점검하고, 궁금한 부분이 있으면 보충 인터뷰를 할 겁니다. 미리 연락드릴 테니 평소처럼 생활하시다 인터뷰에 응하시면 될 거예요." 그리고 첸을 소개했다.

"패럴 씨의 서재를 수색할 첸 대원입니다. 함께 댁으로 갈 예정이니 안내를 부탁드릴게요."

순간 가족들은 마고의 눈치를 보듯 그녀를 힐끔거렸으나. 노부인은 잔뜩 굳은 얼굴로 헛기침을 할 뿐. 그리고 자리를 박차듯 일어나 거실을 가로질러 밖으로 향했다. 그 바람에 가족들도 허둥지둥 자리에서 일어나 서둘러 스위트 룸을 떠나야 했다.

그리고 얼마 후, 응접실에서 진행된 고용인들의 인터뷰도 끝이 났다.

오후 6시. 팀장을 비롯, 조사 팀이 거실에 모였다. 이윽고 모라가 수색 결과에 대해 브리핑을 하겠다고 나섰다. 그녀의 양 눈꼬리가 처진 듯해, 사람들은 수확이 없음을 짐작할 수 있었다. 아니나 다를까, 그녀는 가느다란 한숨만큼이나 소소한 수거품들을 공개했다.

"룸과 호텔 주변 수색을 마쳤는데. 바깥 절벽과 동굴, 현무암 지대까지 뒤졌지만 약병은 물론이고 찾은 게 별로 없습니다. 증거물이라고 말하기도 민망하지만 일단 수거한 것들은 목록을 기록해 증거물 분석실로 보냈습니다... 사실, 여기 도착해 시배인에게 들은 말이, 스위트 룸은 전담 청소업체를 불러 청소를 마쳤다고 하는 겁니다. 때문에 사건 현장인 서쪽 침실에서는 미세 증거물조차 발견된 게 없고. 야외 청소는 아직 하지 않았다고 하지만 해안가나 바위 지대도 수상한 것은 없는 듯했습니다." 그리고 그녀는 목록을 읽어 내려갔다. "야외에서 수거한 것으로는, 호텔 수건 한 장과 낡은 거품 솔 하나, 빈 맥주 캔 네 개, 초콜릿 봉지와 과자 봉지 두 개, 유화 붓과 쇼핑백입니다. 이것들은 눈으로 보기에도 며칠 지난 듯해 보였습니다. 그리고 약병에 대해 말씀드리자면, 패럴 씨가 이곳에 묵은 게 일주일이 넘었으니 일찌감치 병을 처리했다면 찾기 어려울 것 같다는 게 제 의견입니다." 그리고 다시 한숨으로 마무리 지었다.

"수고했어. 사건이 일어난 지 사흘이나 됐으니 뒷북도 이만저만한 뒷북이 없지. 게다가 여긴 호텔이라 유의미한 생활흔을 찾을 수도 없을 테고."

비숍의 격려에 뒤이어 존스가 감사의 말을 전했다.

"정말 수고 많으셨습니다, 부팀장님. 하지만 낙심할 필요는 없으실 것 같은데요. 부팀장님의 수색 결과 또한 중요한 정황 증거인 듯하니까요. 수상한 증거가 없다는 것이야말로, 역으로 생각하면 중요한 증거 아닐까요. 이 사건이 분명하고도 자연스러운 SD사건임을 알려 주는 것으로 볼 수 있기 때문이죠. 가족분들의 증언과도 일치하고요. 부팀장님 노고에 감사드릴 뿐입니다."

그리고 그는 카메라에 잘 찍히도록 자리에서 일어나 허리를 깊이 숙였다. 그다음 다른 사람에게도 손짓으로 재촉하는 바람에 아일랜과 뉴원도 자리에서 일어나 인사를 전해야 했다.

감사 인사를 받은 모라는 한결 풀린 목소리로 한마디 덧붙였다. "어쨌든 전담 청소업체가 룸을 대대적으로 청소한 데다 심지어 서쪽 침실은 카펫과 소파를 새 것으로 교체했다고 하니. 현장엔 당시 출동한 관리소 직원들이 수집한 게 아니면 사건과 관련된 것은 머리카락 한 올 남아 있지 않다고 보시면 될 거예요."

그리고 그녀는 첸 대원의 연락이 올 때까지 스위트 룸을 살펴볼 것을 권했다. 자신들이 꼼꼼히 수색했음을 재차 강조하며.

아일랜은 먼저 응접실로 향했다. 그러나 뉴윈이 곧장 서쪽 침실로 들어가는 것을 보고, 숨을 들이마신 다음 뒤따라 들어갔다. 그와 약속한 대로 물러서지 않고 앞장서야 한다는 생각에 청년을 밀치듯 앞으로 나섰지만. 시체가 있던 곳이라는 생각에 오금이 저리고 다리가 얼어붙는 듯하다.

그는 덮쳐 오는 공포를 이기기 위해 셔츠 주머니에서 약을 찾아 씹어 먹었다. 그리고 붉은 뺨이 터질 듯 숨을 참으며, 뉴윈의 곁을 지나쳐 앞장서 갔다.

그러나 뉴윈은 안쪽으로 들어가지 않았다. 먼저 입구 화장실로 가 맞은편 욕실부터 살폈다. 과연 제롬의 말처럼 모자이크 유리문 너머로 뿌옇게 샤워실 내부가 보이는 게. 누군가 샤워를 하고 있으면 금세 알 수 있을 듯. 그런데 어느새 등 뒤로 다가온 아일랜이 한숨을 쉬며 투덜대는 것이다.

"증거가 하니도 없는 게 증거라니. 그거 우릴 한방 먹인 거죠? 약병이 없는 게 증거라고 한 뉴윈 씨의 말을 비꼰 거잖아요.

분하지만 증거가 더 이상 발견되지 않는 건 우리에게 불리한 것 같아요."

그러나 뉴원은 담담할 뿐. "괜찮습니다. 제 생각일 뿐이지만, 증거는 사체 통합 관리소에 있는 것만으로 충분할 겁니다. 그런데 아일랜 씨가 존스 씨의 말에 흔들릴 줄 몰랐군요. 존스 씨의 말은 일고의 가치도 없는, 상황에 어울리지도 않고, 전혀 타당하지도 않은 말인 걸요."

아일랜이 고개를 갸웃하자 그가 말을 이었다. "존스 씨의 말은 기본 전제가 틀렸습니다. 즉, 사건 직후 곧바로 현장을 수색했음에도 특별한 증거가 없었던 게 아니니까요. 사건 후 이틀이나 지난 데다 전문 청소업체가 청소를 마친 상태에서 수색을 했으니 현장에 증거가 없는 건 당연한 일입니다. 그것은 마치 목이 말라 물을 마셨다는 말처럼 타당한 말일 뿐. 오늘 수색 팀이 증거를 발견하지 못한 것은 극히 당연하고 자연스러운 결과이며, SD사건임을 증명하는 어떤 근거도 되지 못한다는 말이죠."

그 말에 아일랜의 얼굴이 붉어졌다. "오, 그렇군요. 정말 단순한 사실인데 제가 멍청하게 휩쓸렸어요... 너무 흥분했나 봐요... 존스 씨의 말 한마디 한마디에 자꾸 흔들리고 있어요."

"경쟁 중이니까요. 게다가 패하면 큰일이기도 하고. 이런 상황에서 아일랜 씨 정도면 아주 잘하고 있는 겁니다." 뉴원은 그가 힘을 내도록 격려를 전했다.

그 말에 감격한 아일랜이 격하게 두 팔을 들어 답례의 포옹을 하려 했으나 이번에도 뉴원은 곰 같은 앞발을 피했다. 그리고 다시 욕실과 화장실을 살피고, 안쪽으로 들어가 룸과 발코니까지 살핀다. 그렇게 사건 현장인 서쪽 침실을 꼼꼼히 살핀 다음, 밖으로 나와 나머지 공간도 대략이나마 훑어보았다.

한 시간이 지나고. 캐스터들을 찾는 비숍 팀장의 목소리가 들렸다. 두 사람이 답하며 거실로 나가 보니, 첸 대원이 수색을 끝내고 영상을 전해 왔다는 것이다.

젊은 대원은 서재에서 확보한 자료를 현장에서 직접 전하겠다며, 카메라 앞에 사람들을 불러 놓고 설명을 시작했다.

"이곳이 서재입니다. 가족분들이 지켜보는 터라 서재에서도 금고와 책상만 수색할 수 있었습니다. 먼저 금고에 대해 알려 드리자면, 저기 벽 하나를 전부 차지한 책장과 중앙에 검은색 철제 금고가 보이시죠. 저것은 튀플링 사에서 수공으로 제작된 금고로, 소형 크기라 얼핏 가벼워 보이지만, 비밀이 있습니다. 바로 책장과 세트라는 것이죠. 즉 책장을 통째로 뜯어내지 않는 이상 금고만 옮길 수는 없다고 합니다. 금고 안쪽은 상하 두 칸으로 나뉘어 있으며, 안쪽에 상당량의 현금 뭉치와 고급 예물 상자들. 그리고 뚜껑 없는 흰 상자가 하나 있었습니다 지켜보던 카달 양이 그 상사에 펜닐 약병이 담겨 있었다고 알려 주었습니다. 그리고 정밀 특수 카메라로 금고 안팎의 지문을 찍어 감식반에 전송하고 결과를 받았는데, 그 내용이 좀 뜻밖입니다. 금고 안쪽은 패럴 씨와 카달 양, 마고 노부인과 호프 부인의 지문이 발견되었으나, 겉면과 다이얼, 손잡이에서는 한 사람의 지문만 발견되었으며. 지문의 주인은 왼손으로 금고를 짚고, 오른손으로 다이얼을 돌려 숫자를 맞추고, 손잡이를 잡아당겼다고 하는데. 모두 카달 양의 지문이라고 했습니다."

그 말에 사람들이 고개를 갸웃했다. 첸은 보고를 계속했다.

"물어보니 카달 양은 호프 부인의 심부름을 대신 한 적이 있다고 하더군요. 캐스터분들이 지문과 관련해 보충 인터뷰를 할 거라고 말해 뒀습니다. 다음으로 자살 동기나 유서와 관련된 것을 찾기 위해 책상과 컴퓨터를 수색했는데. 캐스터들은 글을 쓰고 저장하는 게 습관이 돼 있다고 들어서 말입니다. 거의 모든 것을 기록한다고 들어 조사를 하려는데, 마고 님이 어찌나 반대하시는지. 고소당할 각오를 하고 책상과 파일 등을 살펴봤습니다."

그러자 모라가 잘했다고 격려했다. 첸은 보고를 이어 갔다.

"최근 작성된 파일은 모두 패럴 씨의 마지막 픽션에 관한 자료들이었습니다. 독약과 마약에 관한 자료가 방대하게 수집되어 있으며. 거기 '손 글씨 유서'라는 이름의 파일이 있어 열어 봤더니, 역시 픽션에 쓰인 자료였습니다. 약물 중독자들이 제공한 거라고 하는데, 약물이나 마약 중독으로 보호소에 들어갔으나 끝내 치료에 실패한 사람들의 유서라고 합니다. 이 유서를 남긴 중독자들 대부분이 실제 자살했다고 파일에 정리돼 있었습니다. 총 54개의 유서 중, 49명이 목숨을 끊었다고 말이죠. 오늘 찾은 자료는 모두 사우비치 조수대 자료실로 전송했습니다."

그리고 첸은 가족들과 몇 가지 질문을 주고받은 영상도 자료실로 보냈노라, 말하고 보고를 마무리 지었다.

첸의 보고가 끝남과 동시에 두 팀이 함께하는 공식 일정도 끝이 났다. 비숍 팀장이 그 사실을 알렸다.

"유족들의 1차 인터뷰가 끝났으니 이제 두 팀은 각자 자유롭게 조사해도 괜찮을 거요. 물론 모라와 내가 팀을 나누어 맡아 조사 과정을 면밀히 지켜볼 생각이라는 건 알아 두고,"

그 말이 끝나기도 전에 존스가 솔리에게 눈짓을 했다. 그리고 "저희는 그럼 이만 가 보겠습니다." 하며 자리에서 일어났다. 그러자 비숍이 "부팀장이 함께 가지." 하고 모라에게 지시를 했다.

"아뇨. 저희는 더 이상 조사를 하지 않을 생각입니다. 솔리 양과 함께 선약이 있어 가 봐야 하거든요. 사건과 관계없는 곳이라 부팀장님은 내일 조사 때 다시 만나는 게 좋을 듯합니다. 일단 오전 9시에 시작할 예정인데, 자세한 일정은 나중에 전화로 알려드리겠습니다." 존스가 다시 한번 정중히 사정을 전했다.

그제야 팀장은 "알겠소. 그럼 아일랜 씨와 뉴윈 씨는 어떻게 할 생각이오?" 라고 두 사람에게 물었다.

그사이 뉴윈과 이야기를 끝낸 아일랜은 고개를 끄덕이며 답했다. "저희는 조사를 계속할 생각이에요. 하지만 먼저 저녁을 먹을까 하는데. 배가 고프면 머리가 안 돌아가거든요. 식사를 마치고 다시 연락드릴게요."

"그럴 필요 없소. 우리도 뭘 좀 먹어야 하니." 그리고 비숍은 모라에게 함께 가자고 권했다.

"조사를 더 하겠다니 대단한 열성이군. 누가 보면 살인이라도 일어난 줄 알겠어." 존스는 아일랜을 지나쳐 가며 비아냥거렸다.

그리고 솔리도 짧게 목례를 하며 지나치는데. 아일랜은 고마웠다고 얼른 인사를 전했다. 이유는 모르겠지만 그녀의 질문은 확실히 자신들에게 필요한 것들이었기 때문이다. 마치 도움을 준 듯해 인사를 했는데, 그녀가 그것을 제대로 들었는지는 알 수 없었다. 그녀는 바쁜 걸음으로 총총히 룸 밖으로 사라졌을 뿐.

잠시 후, 한 팀은 주차장으로, 다른 이들은 라운지에 있는 카페테리아로 향했다.

12 DAY 1 - 오후 7:30

해가 저물어 가는 때. 네 사람은 간단히 요기할 수 있는 카페로 들어섰다. 바깥은 어둠이 내려앉기 시작하고, 사람들은 대부분 창가 자리를 지키고 있다. 아일랜과 뉴원 역시 창가를 찾아갔으며, 비숍과 모라는 그들과 조금 떨어진 안쪽에 따로 앉았다.

"팀장님. 일부러 저 두 사람을 쫓아오신 거죠?" 모라의 물음에 비숍이 고개를 끄덕였다. "그래, 궁금해서 말이야."

"팀장님이 궁금하다는 건 수상하다는 말이잖아요." 오랜 시간 손발을 맞춰 온 모라는 팀장의 생각을 금방 알아차린다.

"맞아. 메이저 팀은 걱정할 필요가 없어. 그들은 자기들 명성에 먹칠할 일은 하지 않을 테니까. 게다가 가족들을 만나 보니 SD사건이 분명한 듯한데. 메이저 팀은 나름 가족들 증언에 맞게 질문하는 듯했거든. 그런데 저 두 사람은 여러 가능성을 열어 놓고 있는 데다 질문도 엉뚱해서, 무슨 생각을 하는지, 어느 곳을 찌를지 예상이 안 돼. 혹시라도 뭔가 조작을 한다면 틀림없이 저 팀일 테니 내가 지켜보고 있다는 걸 확실히 알려 줄 생각이야."
비숍은 말을 계속했다. "그러니까 저녁을 먹고 나면 자네는 귀가하도록 해. 저 둘은 내가 맡을 테니. 앞으로도 메이저 팀은 자네가 맡고, 난 저 두 사람을 지켜보는 걸로 하고. 물론 우리 또한 캐스터들을 감시할 뿐만 아니라, 조수대로서 사건을 면밀히 검토해야 한다는 것도 잊지 말도록."

그 말에 모라가 고개를 끄덕였다.

자리에 앉자마자 아일랜은 메뉴를 골랐다. 그는 핫초코와 구운 과일 샌드위치를, 뉴윈은 샐러드와 호밀빵, 오트밀 크레페를 주문했다. 그리고 다시 아일랜이 음료를 훑어보며 뉴윈에게 맥주를 권하는데. 뉴윈은 "이 이상 머리가 나빠지면 곤란합니다."라고 거절하고 생수 한 병을 추가할 뿐이었다.

그러자 재미있는 유머를 들었다는 듯 아일랜이 웃었다. "호홍. 그럼 핫초코는 어때요. 뇌가 사용하는 건 탄수화물뿐이잖아요. 더불어 인생이란 달콤함을 만끽하기에도 짧은 시간이구요."

그 말에 뉴윈은 고개를 젓고, 곧이어 쓴맛의 유리함과 의학적 효용에 대해 알려 줄까 하는데. 갑자기 테이블에 놓아둔 카메라가 요란하게 울리기 시작했다.

동료들의 새 픽셔가 나올 때마다 간간히 알림 벨이 울리던 터라 아일랜은 픽셔 전용 카메라에 눈길을 주지 않았다. 그러나 벨이 연속으로 시끄럽게 울리는 바람에 결국 카메라를 집어 모니터를 살펴야 했다. 그런데 홈 화면이 오색찬란한 걸 보니 무슨 일인가 싶다. "어디서 큰 사건이 터졌나 봐요. 일곱 개 섹션 컬러가 모두 떴어요. 설마 살인 사건이라도 일어난 건 아니겠죠?" 그리고 긴장한 표정으로 픽셔들을 읽어 내려간다.

그사이 뉴원이 시계를 확인해 보니 이제 막 7시가 지나고 있다. '역시 그렇군.' 하고 그는 고개를 끄덕였다. 그런데 곧바로 아일랜의 얼굴이 붉으락푸르락하고 콧구멍이 벌름대는 것이다. "어머머... 어쩜... 세상에." 어이없다는 듯 탄식을 연발하기에 뉴원도 이상한 낌새를 알아차렸다.

"무슨 일이죠?"

"세상에... 어쩜 이럴 수 있죠? 온통 저희들 얘기예요. 패럴 씨 사건을 두고 메이저 팀과 제가 경쟁한다는 픽셔가 모든 섹션에서 쏟아지고 있다구요."

역시, 그거였군. 뉴원은 고개를 끄덕이며 "오후 7시니까요." 덤덤히 대꾸하고는 손을 내밀었다. 그리고 아일랜으로부터 카메라를 건네받아 홈 화면에 뜬 픽셔들을 살펴보기 시작했다.

"실시간으로 엄청나게 쏟아지고 있군요. 이번 경쟁에 관한 픽셔가 섹션별, 조회 수 상위권에 전부 올랐어요." 그리고 상위권에 랭크된 픽셔들의 표제를 눈으로 훑는다.

-오(혐오주의)죽음마저 경쟁의 도구로 이용한 캐스터 등장하다
-노(분노주의)SD사건으로 경쟁하는 무개념 캐스터는 누구인가

-애(슬픔주의)무도한 경쟁으로 또 한 번 비탄에 빠질 유족
-락(쾌락주의)흥미진진. 무급 캐스터의 도발과 대결 결과는?
-희(기쁨주의)스타 메이저들의 환상적이고 짜릿한 콜라보
-욕(욕망주의)수익 확정. 존스 대 아일랜. 현재 베팅률 97:3
-애(사랑주의)사랑스러운 메이저, 솔리와 존스를 탐구해 봐요

뉴윈이 각 섹션의 상위권에 오른 픽셔들을 훑어보는 동안, 아일랜은 호버에게 전화를 걸었다. 그리고 상대방의 목소리를 확인하자마자 당장 따져 물었다.
"편집장님, 이게 무슨 일이에요?"
"왜, 무슨 일이 있나?"
"픽셔가 쏟아지고 있잖아요. 모든 섹션에서요. 내용도 하나같이 제가 경쟁을 신청한 듯 무개념 캐스터로 나와 곤란하다구요."
"그걸 나더러 어쩌라는 건가. 자네도 알고 있지 않아. 픽셔의 내용은 오롯이 캐스터들이 자율적으로 쓴다는 걸. 그룹이나 편집부에서는 어떤 것도 지시하지 않았어. 자네들의 경쟁을 알리고 홍보를 부탁했더니. 그들이 보기엔 메이저 팀은 아쉬울 게 없는 처지라 자네가 도발한 거라 생각한 모양이지." 호버 편집장은 가볍게 응수했다.
"어쨌든 지금은 투정이나 부릴 때가 아니야. 5억 가까운 보상금을 마련해야 한다는 걸 잊지는 않았지? 막말로 바이럴이든 노이즈든 꽝고가 될수록 좋은 셈, 왜 호들갑을 떨어. 오히려 동료들이 나서 준 덕분에 화제 몰이도 되고. 이제 픽셔를 쓰기만 하

면 조회 수는 물론이고 그걸 통해 정산받을 수 있는 돈도 꽤 될 텐데 말이야. 무슨 투정인지, 원... 동료들의 호의에 감사는 못할 망정." 편집장은 아일랜이 말할 틈을 주지 않고 자기가 하고 싶은 말만 주르륵 이어 갔다.

"그, 그렇지만..." 아일랜은 말끝을 흐렸다.

상대를 가볍게 제압한 편집장은 여유롭게 인사를 전했다. "열심히 해, 조금이라도 더 조회 수를 올릴 수 있도록 말이야. 솔리 양은 잘할 테니 방향을 잘 잡지 않으면 혼자서 피해 보상금을 덤터기 쓸 지 모르겠어." 그리고 편집장은 전화를 끊는가 싶은데, 뜻밖에 다른 전화를 받으며 인사를 건네는 것이다. "아, 솔리 양, 걱정 말고 천천히 오게. 기다리고 있으니까."

그다음 뚜, 신호음이 울렸다. 편집장이 일방적으로 전화를 끊자 아일랜은 억울한 표정으로 고개를 들었다. 뉴윈이 자신을 지그시 바라보고 있었다. 아일랜은 그에게 기막힌 사정을 전했다. "세상에. 메이저 팀 선약은 호버 편집장이었어요. 두 사람은 그쪽으로 가는 모양인데요."

그러고 나서 달콤한 향기에 테이블을 내려다보니 그새 음식들이 놓여 있는 것이다. 주문한 메뉴가 모두 차려진 듯. 달큰한 과일 향이 코끝을 간지럽히고. 그 냄새에 분노와 허기가 동시에 몰려온 아일랜은 구운 파인애플 샌드위치부터 집어 들었다. 그리고 달려들 듯 먹어 치운 다음, 나머지도 입을 크게 벌려 덥석덥석 베어 먹는 바람에, 세 종류의 과일 샌드위치 중 두 종류가 마파람에 게 눈 감추듯 그의 입 안으로 사라졌다.

"하지만 어떻게 약속이나 한 듯 같은 시간에 픽셔를 낼 수 있냔 말이에요. 이제 세상 사람들 모두가 이 경쟁을 알게 됐어요. 모두 저를 욕하게 됐다구요."

아일랜이 입술을 쭉 빨며 투덜대자, 뉴원은 포크로 샐러리를 찍으며 대꾸했다. "오후 7시니까요. 알맞은 시간이지 않습니까."

"네? 7시가 왜요?"

눈을 끔벅이는 작가를 보자 뉴원은 의아한 듯 되물었다. "그 질문은? ... 그럼, 아일랜 씨는 픽셔의 조회 수를 올릴 수 있는 다양한 방법이 있다는 걸 모른다는 말씀인가요? 과학적이고 기술적이고 사회 심리적인 기법까지. 꽤 여러 가지가 있는데요."

"네? 조회 수를 올리는 방법이요? 그건 픽셔의 내용이 중요하죠. 내용을 재미있고 진실되게 쓰면 되는 것 아닌가요."

아일랜의 어조가 한껏 올라가자 뉴원은 사정을 알아차렸다.

"그럼 아일랜 씨는 그동안 전혀 시간을 따지지 않고 픽셔를 발표했군요."

"네. 일주일에 한 번, 의무적으로 써냈을 뿐이에요. 사랑에 관한 사건이나 에피소드를 골라 다듬어서. 그러니까 더블픽셔사와 계약하고 첫 픽셔를 낸 게 목요일 오전 10시였거든요. 일주일에 한 편씩 내기로 계약한 바람에, 그 시간이 마감 시간처럼 돼 버렸죠. 그 후로 거의 같은 시간에 내고 있구요."

"이런 기초적인 것도 모르다니 놀라운데요... 발표 시간을 고려하고 따지는 건, 언론사와 기사가 있던 때부터 쓰이던, 조회 수를 올리는 매우 기초적인 방법인데 말이죠... 기사나 픽셔나 그 내용에 따라, 일 년 중 적당한 계절과 일주일 중 적당한 요일과 하루 중 적당한 발표 시간이 있다고 합니다만."

아일랜의 눈에 더욱 놀라움이 차오르는 듯. 푸른 눈이 동그래지는 것을 보자 어쩔 수 없이 뉴원은 설명을 해 주기로 한다.

"섹션과 내용에 따라 카테고리를 세분해야 하지만, 대체로 미디어가 힘이 있다면, 픽셔를 내기 좋은 시간은 주말 오전이라고 합니다. 그중에서도 토요일 오전 8시에서 10시 사이에 속보로 띄우는 게 가장 효과적이라 알려져 있죠. 그 시간에 픽셔를 내면, 별일 아닌 일도 별일로 만들 수 있으며, 정부나 권력 기관과 관련된 사건은 사회적으로 센세이션을 일으킬 수 있거든요. 데이터를 조사해 보면, 그 시간대가 가장 많은 사람들이 미디어에 접속해 있는 때라고 하니까요. 1인 가구조차 주말에 눈을 떠, 텔레비전과 태블릿을 켜고 동시에 핸드폰을 보는 때라고요. 때문에 많은 대중에게 픽셔를 노출할 수 있다고 합니다. 또한 주말 오후엔 많은 이들이 사적인 만남을 갖게 되는데. 그때가 오전에 터져 나온 속보가 2차로 확산하는 때가 됩니다. 가까운 지인이나 친구를 만나는 만큼 사람들은 자신의 성향을 쉽게 드러내며. 정치, 경제, 사회 문제에 대해 성토하는 장이 마련되죠. 그때 사적 관계의 사람들은 대체로 모임을 주도한 사람의 입장을 따라가게 되는데. 한마디로 별생각이 없던 사람도 목소리가 큰 이의 주장에 호응하게 되며. 때문에 정치, 사회적 이슈를 가장 빨리 확산시킬 수 있고, 자기 편에 유리하게 선점할 수 있는 호기가 주말 오전이라고 합니다. 그래서 픽셔가 등장하기 이전에는 주로 이 시간대에 검찰의 압수 수색이나 강제 진압에 관한 언론 기사가 쏟아졌다고 합니다만."

그리고 뉴윈은 물을 한 모금 마셨다. 아일랜은 여전히 입만 벌리고 있을 뿐. 결국 청년은 말을 마저 마무리하기로 한다.

"같은 원리로 오늘처럼 평일이라면, 오후 7시가 픽셔를 발표하기 좋은 시간이 되는 겁니다. 이 역시 비슷한 상황으로, 이때의 사람들은 공적인 시공간에서 사적인 시공간으로 넘어가기 시작하며. 이 시간에 픽셔를 발표하면 퇴근하는 사람들을 통해 사적인 공간까지 더욱 빨리 내용을 확산시킬 수 있다고 하니까요."

"세상에... 시간을 따져 픽셔를 내다니... 생각도 못 했어요."

"기사든 픽셔든 조회 수가 곧 돈이니까요. 대충 아무렇게 낼 수는 없죠. 대중의 생활 패턴과 심리를 파악하고 상황을 예측하는, 매우 세심하고 중요한 작업인데. 캐스터로서 이런 고전적인 방법조차 몰랐다니 뜻밖인데요."

"흠... 전 그렇다 쳐도 뉴윈 씨는 픽셔에 대해서도 잘 알고 있군요. 진짜 픽셔도 아주 잘 쓸 것 같아요."

그러자 뉴윈의 얼굴이 굳어졌다. "픽셔는 이 시대 가장 막강한 권력을 지닌 어릿광대니까요. 전 어릿광대를 추적할 뿐이고요."

"그럼, 이번 사건의 픽셔도 시간을 정해 발표하겠군요. 호버 편집장님이라면 잘 알고 있을 테니, 조사가 끝나는 날 오후 7시가 되는 건가요? 시간이 얼마나 남았는지 계산해 봐야겠어요."

그러지 뉴윈이 한숨을 내쉬었다. "후, 그렇게 단순 계산은 안 됩니다. 아일랜 씨... 만약 사전에 충분히 광고가 되었다면 이번엔 주말 오전이나 오후 7시를 피하는 게 좋죠. 그때는 경쟁 픽셔들이 쏟아지는 때라, 조회 수를 나눠 갖게 되고 사람들의 관심에서 금세 멀어지게 되니까요. 때문에 광고가 잘된 경우, 시간을 조금 앞당겨, 오후 6시 전후도 매우 유효한 시간대가 됩니다. 혹은 특종에 대한 자신만 있다면 사람들이 아예 미디어에 접속하지 않는 시간대도 좋은 때가 될 겁니다. 경쟁을 줄여 관심과 조회 수를 독점할 수 있으니까요. 호버 편집장님과 미디어그룹이 데이터를 가지고 있을 겁니다."

아일랜은 이제 입을 다물었다. 순순히 고개를 끄덕인 후. 우울한 얼굴로 나머지 식사를 마쳤다. 그리고 빈 접시를 포크로 삭삭 긁어 대더니 탄식을 내뱉았다. "하지만 한 번에 픽셔가 쏟아져 나온 건 그렇다 쳐도. 제가 악당이라니 너무하잖아요. 솔리 양과 존스 씨가 절 무찌르는 영웅이 됐구요.... 너무 억울해요."

그러자 뉴윈 또한 깨끗하게 비운 접시를 정리하고 냅킨으로 입을 닦더니, 깔끔하게 대꾸한다. "악당이든 영웅이든, 그건 상관없습니다. 모든 것은 상대적이니까요. 누군가가 얘기하지 않았습니까, 별은 다른 별이 있어야 빛날 수 있다고. 악당이 있어야 영웅이 빛나는 법입니다. 게다가 저희는 진짜 남을 괴롭히는 악당이 아니고, 픽셔로 만들어진 악당일 뿐이니까요. 매우 흔한 코드죠. 요즘엔 미디어가 악당을 만들어 파는 시대라서요."

그러면서 뉴윈은 회색 눈을 치뜨며 가볍게 웃었다. "그럼, 본격적으로 악당이 돼 볼까요? 마침 조사할 것들이 잔뜩 생긴 것 같으니까요. 제가 악당이나 생각함 직한 아주 곤란한 가설을 세

우고 말았거든요. 참고로 이 모든 가설은 존스 씨와 편집장님 덕분이라는 걸 잊어서는 안 됩니다. 두 분이 맨 처음 길을 열어 준 덕분에 쉽게 길을 찾은 듯하니까요. 후후... 죄송하게도 말이죠."

그 웃음을 보며 아일랜은 가슴이 두근거리는 듯했다.

"오, 뉴윈 씨, 어쩐지 두근두근해요. 빨리 그 가설을 알려 주세요. 이제 우린 뭘 하면 되죠?"

뉴윈은 잠시 생각을 정리하고는, 천천히 입을 열었다.

그의 이야기를 듣는 아일랜의 눈동자는 점점 빛이 짙어지는 듯. 그리고 마침내 이야기를 다 들은 작가는 발그레한 얼굴로 고개를 힘차게 끄덕였다. "호홍, 알겠어요. 바로 그거예요. 그 작전을 듣자마자 바로 그거라고 소리치고 싶었다니까요... 그럼 이제부터 엄청 바빠지겠어요. 지금부터 진짜 조사가 시작될 테니 말이에요." 그리고 주먹을 힘껏 쥐어 보이더니, "진짜 더욱 더 열심히 조사에 앞장서겠어요. 최선을 다해 덤빌 거라구요. 이번 일이 잘못되면 어차피 끝장일 테니까. 벼랑 끝에 섰다는 심정으로 정말, 정말, 열심히 해 볼게요."하고 굳센 결의를 다졌다.

13 DAY 1 - 오후 8:30

솔리와 존스는 약속대로 호버 편집장에게 조사 결과를 보고하러 왔다. 편집장은 보고를 듣는 동안 예의 무표정한 얼굴이었지만. 마지막엔 입꼬리를 살짝 올려 "예상대로 돼 가고 있군. 걱정할 건 없겠어."하고 만족한 표정을 지었다.

"하지만 뉴윈 씨를 처음 만나는 자리에서 저희가 지나치게 무례하게 굴었어요. 비숍 팀장님도 계셨는데 말이죠." 솔리가 낮의 일을 떠올리며 존스를 슬쩍 흘겨봤다.

그러나 존스는 유들유들하게 웃을 뿐. "하하, 괜찮아. 그전에 내가 경비원들 편을 들어줬으니까. 팀장이 고마워하는 기색이 역력했는데 그걸 못 본 거야? 눈빛도 완전 호의적으로 바뀌었다고. 게다가 그땐 카메라를 켜지 않았으니 신경 쓸 거 없어." 대꾸한 다음 편집장에게 뉴윈과 인사를 나눈 일에 대해 전했다.

사정을 들은 호부의 반응은 더욱 냉담했다. "무례라고 할 건 없군. 솔리 양이 몰라서 그런 거지. 사실 대부분의 사람들은 남에게 관심받기를 원하거든. 소외받는다고 생각하는 이들을 더더욱 그럴 테고. 얼마나 괴롭겠어, 얼마나 힘들어, 이런 입에 발린 위로라도 듣길 기대하지. 뭐, 뉴윈이라는 청년도 결국 존스 군에게 고맙다고 인사를 한 걸 보면 틀림없이 그런 부류인 거지. 관심과 위로가 필요한 부류."

존스는 여유로운 미소를 띤 채 턱을 쳐들었다. "후후, 모든 게 전략이라니까. 상대를 기선 제압으로 흔들어 놓은 것일 뿐. 만에 하나, 핑그의 말처럼 그가 똑똑한 친구라면 동요나 분노를 일으키도록 자극해 놓는 게 좋잖아. 분노라는 건, 이성을 마비시키고 눈앞의 진실을 못 보게 만드는 극약이니까. 분노 섹션 캐스터들과 친해서 잘 알고 있어." 그리고 편집장에게 의미심장한 눈길을 보낸다. "그나저나 편집장님은 완전히 우리 편이시군요... 그날 아침 당부하신 대로, 이번 경쟁에서 이겨 반드시 아일랜 씨를 쫓아내도록 하겠습니다."

호버 편집장도 고개를 끄덕였다. "그래. 믿고 있겠네."

그 말은 두 사람이 미리 나눈 이야기가 있으며, 아일랜을 쫓아내기 위한 모의가 있었다는 말이었다. 때문에 대화를 듣고 있던 솔리는 눈을 잘게 깜빡이며 고개를 갸웃했다. "그럼, 편집장님이 아일랜 씨에게 하신 말씀은 진심이셨다는 건가요? 마음에 안 들어 쫓아낼 생각이라는 말씀이? ... 전, 아일랜 씨가 도망치지 못하도록 자극을 주기 위해 일부러 편집장님이 강하게 말씀하신 줄 알았어요. 최근 주목도가 높고 조회 수도 잘 나오니까. 아일랜 씨를 차세대 메이저감으로 보시는 줄 알았는데... 미디어그룹은 조회 수가 중요하잖아요."

"그래서 따로 만나기까지 한 거야? 바보 같이." 존스가 의자 등받이에 상체를 기대며 대번에 비웃었다.

편집장은 느긋하게 허리를 펼 뿐. "그런 생각을 하다니. 시야가 좁군, 솔리 양. 물론 미디어그룹은 조회 수를 중요하게 생각해. 하지만 사측에서 진짜 원하는 건 조회 수가 잘 나오는 캐스터가 아니라 그룹의 입장을 대변해 줄 캐스터지. 스타 캐스터보다 조직에 충성하고 그룹과 이념이 같은 캐스터를 원할 뿐이야. 인기나 후광은 우리가 얼마든지 만들어 줄 수 있으니까 말이야. 스타 캐스터란 결국 미디어가 만들어 내는 것이거든."

뒷말은 존스가 이어 갔다. 그는 마치 편집장의 대변인인 듯 한쪽 입꼬리를 올린 웃음마저 비슷하게 띠었다. "미디어와 약속된 사람이, 그룹과 조직에 충성을 맹세한 자가 스타가 되는 거야. 그런데 조직과 관계없는 일개 캐스터인 핑그가 툭 튀어나왔으니 뭉개 버릴 수밖에. 아직 1년 차라 모르지만 이제 슬슬 알게 될 걸. 우리가 어떻게 조직에 반하는 캐스터를 찍어 내는지."

그러자 호버도 매부리코에 주름을 잡았다. "사실, 국가 재난이나 중대 사건을 결정하는 건 모두 미디어그룹이지. 우리보다 막강한 힘을 가진 조직은 없다고 보면 돼. 그룹 차원에서 사건을 하나 골라 대대적으로 픽셔를 쏟아 내 관심을 키우고, 미리 약속된 캐스터로 하여금 그 사건을 파헤치도록 만들어 그를 메이저로 키우는 일은 식은 죽 먹기로 간단할 뿐이야... 어쨌든 이번 사건을 계기로 그룹에서는 솔리 양을 주목하고 있다네. 타인이 묵고 있는 스위트 룸에 쳐들어갈 정도의 무모함을 보니 조회 수를 위해서라면 무슨 짓이든 할 수 있는 사람이라는 걸 알게 됐어. 또한 조직의 말에도 순종할 듯하고. 그러니 이번 사건을 발판 삼아 메이저로서의 입지를 확고히 다져 놓도록 해. 아일랜 군을 제물로 밟고 올라서는 거지. 요즘엔 조직과 시스템 밖에서 설쳐 대는 인간들 때문에 아주 골치가 아프다니까."

솔리는 질린 듯 얼굴이 노래졌다. 자신이 그런 짓을 한 것은 조회 수 때문이 아니라 자신을 사랑해 주고 응원해 주는 구독자들을 위해서였기 때문이다. 그 둘은 완전히 다르지 않은가.

그때 문득 생각났다는 듯 존스가 눈을 치떴다. "참, 그런데 아까 인터뷰는 왜 그 따위로 한 거야. 마치 알리바이나 용의자를 탐문하는 듯한 질문들이었잖아. 전부 저쪽 팀에게 도움이 되는 말들이었어." 하고 호통치듯 따져 묻는다.

그 기세에 솔리는 얼굴을 바로 들지 못했다. 여기서 잘못 보이면 나도 찍히는 건가 싶어 갈색 눈을 깜빡이다, 겨우 고개를 들고 더듬더듬 답을 했다. "그건... 저쪽의 허점을 찌르기 위해 그런 거였어... 아일랜 씨 팀처럼, 패럴 씨 사망 사건을 우리도 다른 관점에서 살폈다... 그렇게 인터뷰를 하고 조사를 했지만, 역시 그는 질병으로 자살한 게 맞다... 이렇게 말하는 게 더 설득력 있잖아... 맞아, 그런 이유 때문이었어." 그녀는 아일랜에 대한 호의와 더불어 뉴윈 덕분에 SD사건에 의문을 품게 되었다는 사실을 감추기로 했다.

그랬더니 그 말을 들은 존스가 오, 하고 크게 감탄하는 것이다. "그렇군. 그거 정말 좋은 작전이야. 역시 메이저답게 머리가 잘 돌아간다니까."

편집장 역시 흐뭇한 미소로 그녀를 주시하는데. 그러나 솔리는 시선을 둘 데 없어 도로 커피잔을 내려다본다. 화려한 로얄 더비 찻잔 속에는, 검은 실루엣의 여인을 삼킨 검은 액체가 출렁거리고 있다.

14 DAY 1 - 오후 8:30. 청소업체 사장

서둘러 식사를 마친 아일랜과 뉴윈은, 비숍 팀장에게 다가가 조사 계획을 전했다. 그들은 제일 먼저 호텔 청소업체 사장과 인터뷰를 할 예정이라고 했다.

잠시 후, 모라 부팀장은 호텔을 떠나고. 비숍은 두 사람과 함께 총지배인을 찾아, 그로부터 청소업체의 주소를 알아냈다.

청소업체는 바로 옆 해변가에 있었다. 호텔 발코니에서도 보이는 곳으로, 연락을 받은 사장이 도로까지 마중을 나왔다.
50대로 보이는 적당한 체격의 남자는, "늦은 시간까지 수고가 많으십니다." 인사를 건네고. 컨테이너 사무실로 방문객들을 데려가더니. 낡은 소파를 권하고 자신은 따로 책상 앞에 앉는다. 그리고 먼저 입을 열었다.
"지배인에게 연락을 받았습니다. 사실 저희는 조부 때부터, 여기 별장 주변의 바다를 감시하고 청소하는 등의 일을 해 오고 있습니다. 나름 역사가 있는 편이죠. 한때 별장이 폐쇄된 바람에 곤란하기도 했지만, 호텔이 재오픈한 덕분에 특수 청소를 맡으며 겨우 한시름 놓게 됐고요. 뭐든 물어보시죠."
그러고 보니 사무실 입구에는 공업용 화로와 쓰레기 수거용 그물을 비롯, 대형 청소 기계가 가득하다. 그것을 둘러보며 아일랜도 입을 열었다. "그럼 트윈 풀 호텔의 청소는 독점으로 맡으신 건가요?"
사장이 고개를 끄덕였다. "네. 객실 내부나 실내는 직원과 전담 청소부가 있고. 저희는 해양 쓰레기를 비롯 주변의 야외 청소를 맡고 있습니다. 그리고 스위트 룸을 전담으로 청소하고요. 처음엔 기계와 설비를 갖추느라 얼마나 돈이 들던지. 연막 소독기와 카펫 세척기까지 구비해야 해서 좀 힘이 들었습니다."

"구체적인 청소 일정은 어떻게 되죠?"

"화요일부터 목요일까지 일하는데. 요일별로 해변과 파식 절벽, 근처 해안과 현무암 지대 등을 청소합니다. 금요일과 주말은 손님이 많을 때라 호출이 있으면 나가고, 객실이나 스위트 룸은 호텔에서 특수 청소를 요청하면 출동합니다."

"특수 청소는 어떻게 하는 거죠?"

"한마디로 룸 전체를 살균, 소독하는 거라 생각하시면 됩니다. 얼룩이 심한 벽지나 가구, 카펫을 교체하기도 하고요."

거기까지 묻고 아일랜이 입을 다물자, 뉴윈이 슬쩍 나섰다.

"혹시 스위트 룸을 청소할 때 영상을 기록하지 않나요?"

"네, 합니다. 거긴 고가의 가구와 장식품이 많아 작업할 때 촬영이 필수거든요. 동료 중에 모 장관의 저택을 청소하다 책상 다리에 흠집이 생겼다고 소송을 당한 이가 있는데. 그 책상이 문화 유산인가 해서 수 억 골드 머니였다고 해요. 영문을 모르는 채로 수리비를 옴팡 뒤집어썼다길래. 그 이야기를 들은 후로 한층 더 영상 기록에 신경 쓰고 있습니다. 원본은 보관하고 복사본은 총지배인에게 보냅니다."

"그런 말은 듣지 못했는데. 혹, 복사본을 받을 수 있을까요?"

"대대적으로 청소를 한 데다 구역마다 카메라를 설치했기 때문에 분량이 10시간이 넘을 텐데요."

괜찮다고 답한 뉴윈이 물러나고, 다시 아일랜이 질문을 이어 갔다. "그럼 청소 선, 서쪽 침실이 어땠는지 말씀해 주세요."

"그곳은 사고가 여러 번 있었던 곳이라 이번에도 몹시 걱정이 됐습니다. 그런데 끔찍한 흔적은 전혀 없고 깨끗해서 오히려 놀랐죠. 그래도 사람이 죽은 곳이라 싹 치우고 카펫과 소파를 교체했습니다. 비싼 것들이지만 시체가 놓였던 거라 버릴 수밖에 없다고 들었습니다."

"침실 말고 스위트 룸에서 다른 이상한 곳은 없었나요?"

"아, 서재가 좀 이상했습니다. 거기 벽난로 옆에 화목 난로가 있는데 재를 모으는 통에 재가 절반 정도 차 있었거든요."

"재가 있었다고요?" 아일랜이 되물었다.

"네. 벽난로가 난방용이고, 화목 난로는 옛날에 서류나 문서를 태우는 용도였다고 합니다. 70년도 넘은 것들이죠. 이제는 문서 파쇄기가 있어 손님들은 그것만 쓰는데, 이번에 가 보니 둘 다 쓴 듯했습니다. 종이를 파쇄하고 그걸 다시 난로에 태운 듯했는데. 어쨌든 재를 모으는 쓰레기통에 재가 쌓여 있었습니다."

서재 영상을 보여 달라 했더니, 사장은 잠시 복사를 멈추고 장면을 찾아내 보여 주었다. 실제 영상에는 벽난로 왼편에 문서 파쇄기와 연통이 달린 화목 난로가 있으며, 문서 파쇄기는 플러그가 꽂혀 있고, 난로 옆 쓰레기통에는 재가 제법 쌓여 있었다.

"도대체 뭘 태운 걸까요? 마치 작가가 소설의 파본 원고를 태운 것 같은데. 캐스터 일을 그만두었으니 픽셔도 아닐 테고. 무엇보다 미디어그룹에서 일한 사람치고 지나치게 아날로그적으로 처리한 것 같은데요."

아일랜의 물음에 뉴원이 답했다. "하지만 자료를 지운다면 저런 방식이야말로 완전히 없앨 수 있죠. 요즘 디지털 정보는 영구

삭제가 의외로 까다로우니까요."

그리고 두 사람은 다시 가족들이 묵었던 객실에 대해 물었다.

그러나 사장은 별로 눈에 띄는 것이 없었다고 한다. "굳이 이상한 걸 꼽자면 평소보다 침대 시트와 수건 같은 게 더러웠다는 것이죠. 스위트 룸은 소피라는 전담 청소부가 있는데. 그녀는 아주 깔끔한 성격이거든요. 저희는 호텔에서 요청하면 대청소를 할 뿐이고요. 그런데 욕실 구석에 머리카락도 많고, 어쨌든 평소보다 많이 지저분했습니다. 영상을 보시면 알겠지만 전혀 청소를 하지 않은 것처럼 보이는 룸도 있고요."

"네? 스위트 룸 청소부는 페이 씨였는데요."

"아닙니다. 소피 양인 걸요." 사장은 고개를 갸웃했다. 그리고 잠시 후, 복사본이 완성되었다며 직접 살펴보라는 말과 함께 영상 카드를 건넸다.

세 사람은 인사를 하고 사무실을 나섰다. 그리고 쿠페에 올랐는데. 아일랜은 시동을 걸 생각도 않고 심각하게 입을 열었다.

"아무리 생각해도 파쇄기와 화목 난로가 걸려요. 극비 문서라도 작성한 것 같은데. 그가 어떤 글을 썼는지 게일 씨에게 다시 물어봐야겠어요." 그리고 푸른 눈을 깜빡였다. "하지만 극비 문서라면, 왜 그런 걸 쓰는 곳에 가족을 데려왔죠? 그토록 비밀스러운 글이라면 혼자 벙커 같은 데 숨어서 쓰는 게 좋았을 텐데."

"맞습니다. 저도 항상 그 점이 마음에 걸립니다. 가족이 있었다는 점 말입니다. 비밀 문서가 아니라도, 자살하겠다고 마음먹은 사람이 그 장소에 가족을 데려오다니, 그게 몹시 이상합니다. 자살을 결심한 남자가 있다, 그가 자신의 결행 장소에 가족을 데려왔다…" 청년은 잠시 중얼거리다, 말을 계속했다. "전 사망 사건을 살펴보는 게 취미라, SD사건도 여러 번 조사해 봤습니다. 제가 알기로 SD사건은 장소가 매우 한정됩니다. 아무래도 결행 방법에 따라 장소가 정해지니까요. 가스로 인한 질식사나 음독사를 택했다면 자동차 안이나 원룸처럼 좁고 밀폐된 공간이 필요하고. 추락사라면 절벽이나 다리 위가 될 테고, 액사라면 큰 나무나 단단한 기둥 같은 게 필요하겠지만. 혹은 집이나 야외, 어디서 실행하더라도, 공통점은 사람이 없는 때와 장소라는 겁니다. 동반 자살이나 미성년자가 아니라면 말이죠. 성인의 경우, 가족과 불화가 없었다면, 더더욱 가족과 멀리 떨어진 곳이나 아예 낯선 지방으로 내려가기도 하는데. 자신이 죽을 곳에 가족을 데려오다니 이해하기 어렵습니다. 그리고 또 하나 이상하게 마음에 걸리는 점이 있는데…"

그리고 뉴원이 생각에 잠긴 듯하자, 아일랜은 핸들에서 손을 뗐다. 그의 생각이 정리될 때까지 기다려 주기로 한 것이다.

잠시 후, 청년이 다시 입을 열었다. "사건이 일어난 시점도 이상한 듯합니다. 한 달이나 묵겠다며 비용을 전부 지불했는데. 채 열흘도 되지 않은 시점에서, 겨우 8일 만에 목숨을 끊은 게 마음에 걸립니다. 아이들에게 탄산음료만 마시게 했다면 패럴 씨는 깐깐하게 지출을 따지는 타입이었을 듯한데. 시간이 지나치게 많이 남지 않았나요. 그는 왜 그렇게 빨리 결행한 걸까요… 가족들을 집으로 돌려보내지도 않고 아무런 조치 없이 다급히 일을 치른 듯하지 않습니까?"

"맞아요. 확실히 패럴 씨 죽음에는 의문스러운 점이 많아요... 그럼, 오늘 밤은 청소업체 영상을 확인하고, 가족들에게 보충 질문할 내용을 정리하도록 해요. 내일 가족을 찾아가는 김에 패럴 씨가 호텔에 온 것에 대해 뭐라고 말했는지, 이웃 주민이나 다른 사람들에게 물어보는 게 좋겠어요."

"네, 그럼 동선을 깔끔하게 정리하기 위해, 오늘은 트윈 풀 호텔에 묵는 게 좋을 것 같습니다. 호텔로 돌아가 룸을 빌리고, 페이 양과 다른 직원들을 만나 보충 인터뷰를 하도록 하죠."

그때까지 비숍은 뒷자리에서 두 사람을 지켜보기만 했다. 그리고 두 사람이 입을 다물자 슬쩍 한마디 보탤 뿐.

"그럼, 나도 자네들과 함께 영상을 보도록 하지. 트리플 룸이 있을지 모르겠군."

호텔로 돌아온 세 사람은 페이 양을 불러, 청소업체에서 들은 이야기를 전했다. 그녀는 당황한 듯했으나 재빨리 변명을 둘러댔다. "사실이에요. 스위트 룸, 전담 청소부는 소피인데. 그녀가 이번에는 맡기 싫다고 투덜대는 거예요. 장기 투숙객은 골치 아픈 데다 대가족이라 힘들다고 어찌나 징징대던지... 게다가 전 순진했거든요. 패럴 씨가 재벌인 줄 알고 잘 보이면 저택으로 들어갈 수도 있다는 순진한 생각을 한 거예요. 그래서 웃돈까지 얹어 주고 청소를 맡았죠." 그리고 말을 계속했다. "하지만 말했다시피 재벌도 아니었고, 약속과 달리 군식구가 늘어났어요. 세상에. 카달 양의 약혼자도 그렇고, 조안 부부도 처음 예약엔 없던 사람들이라고요. 사나흘 만에 인원이 추가되는 건, 솔직히 계약 위반 아닌가요? 아무도 모르는 줄 알겠지만 전 그 약혼자가 빈방에 몰래 묵고 있는 걸 알았어요. 그런데도 청소부는 저 하나뿐이고. 그래서 시트나 가운 같은 건 2,3일에 한 번 갈았어요. 쿠션이나 수건도 깨끗한 걸 확인하고 더러울 때는 갈았고요 나름 청소를 열심히 했다고요." 그녀는 심통난 듯 입술을 툭 내밀었다.

"저기, 카달 양의 약혼자라면, 본즈 씨도 여기 묵었다고요?"

"네. 가족들이 방을 하나씩 비워 두고 썼잖아요. 그래서 제가 착각할 때가 많았는데. 처음 깜빡하고 마고 님, 옆방을 열었더니 본즈 씨가 자고 있는 거예요. 그다음은 슬쩍슬쩍 확인해 보니 그 방에 몰래 묵고 있는 게 확실했죠."

"그럼, 그 방은 청소를 하지 않았겠군요."

"당연하죠. 본인이 몰래 숨어 있는데, 왜 치워 줘야 하죠?" 그녀는 어이없다는 듯 눈을 치떴다.

청소부를 돌려보내고 세 사람은 다른 직원들을 만났다. 그들은 모두 패럴 씨를 한 번 이상 목격한 이들로. 죽은 남자는 일주일 넘게 묵었던 터라 직원 대부분이 아는 듯했다. 그들에게 패럴에 대한 인상을 물었더니 한결같은 답이 돌아왔다.

"그분은 항상 미소를 띠고 있었으며, 온화하고 신사적인 분이었습니다. 부인과 가족에 대한 사랑이 넘치는 분이셨죠."

직원들에 대한 조사를 끝내고, 세 사람은 리셉션으로 가 방을 하나 빌렸다. 트리풀 룸이 없어 트윈 룸에 간이 침대를 추가해 묵기로 했다. 곧바로 방으로 들어간 이들은 각자 준비를 마치고, 다시 모여 청소업체에서 받아 온 영상을 검토하기 시작했다.

그런데 도중에 저도 모르게 잠이 든 듯. 비숍이 잠깐 눈을 붙였다 뜨니 어느새 발코니 쪽이 부옇게 밝아 오는 중이다. 그는 놀란 얼굴로 주위를 두리번거리는데. 가만 보니, 자신은 출입문과 가까운 바깥 침대에 누워 있고, 아일랜은 안쪽 침대에 엎어져 있으며, 뉴원은 보이지 않는다.

팀장은 일단 집으로 돌아가 옷을 갈아입고 오기로 한다. 책상 위에 놔둔 룸 키가 보이지 않는 것을 보니 회색 청년이 가지고 나간 듯. 그는 아일랜이 깨지 않도록 조용히 방을 빠져나왔다.

집에 도착한 비숍이 외출 준비를 하는 중에 모라에게 연락이 왔다. 그녀는 뜻밖의 상황을 알리느라, 평소와 달리 다급한 투로 입을 열었다. "팀장님, 픽셔를 보셨어요? 어젯밤부터 이 조사에 관한 픽셔가 쏟아지고 있어요. 어제는 두 팀이 경쟁한다는 얘기만 나오더니, 오늘 아침엔 조사 방향이 다르다는 것까지 나오고 있는데요."

비숍이 무슨 말이냐 묻자, 모라가 예상했다는 듯 답했다. "역시 모르셨군요. 메이저 팀과 무급 팀이 경쟁 중인데, 메이저 팀은 SD사건에 충실하게 조사하는 데 반해, 무급 팀은 엉뚱한 조사를 하고 있다는 픽셔들이 나왔어요. 무리하게 조사를 하는 바람에 조작이 의심된다는 픽셔들도 있고요." 그러면서 무급 팀이 수상한 행동을 했느냐, 묻는 것이다.

비숍은 안 그래도 밤새 같이 있었노라 답하고, 수상한 행적은 없었으니 걱정 말라고 했다. 그리고 몇 마디 더 나눈 후, 수고하라는 인사를 건넸다.

그 얼마 후, 다시 아일랜으로부터 연락이 왔다. 그는 8시쯤, 패럴의 자택에서 보자고 하며, 오늘도 바쁠 테니 잘 부탁한다는 인사를 전했다.

"팀장님. 오늘도 이야기를 들어야 할 사람이 많거든요. 찾아갈 데가 많으니 기름을 꽉꽉 채워 오시는 게 좋겠어요."

무급 캐스터의 목소리는 힘이 넘치는 듯. 때문에 비숍은 머리를 갸웃할 수밖에 없었다. 캐스터라면 이미 자신들에 대한 픽셔가 쏟아져 나온 걸 알고 있을 텐데. 더욱이 부정적인 여론이 일고 있음을 잘 알 텐데도 의욕만 넘치는 듯하니, 이상하다는 생각이 든다.

4부 조사수색 경과

1 DAY 2 - 오전 8:00. 맨션 경호원

세 사람은 소호 타운의 한 고급 맨션 입구에서 다시 만났다.

비숍은 기름을 채우는 대신 택시를 이용했다. 비용이 문제가 아니라 다른 차로 움직이면 두 사람과 떨어져야 하기 때문이다. 오늘도, 아니 오늘은 더욱 감시를 게을리할 수 없기에, 분홍색 차는 끔찍했지만 감시를 위해 붙어 있기로 한다.

택시에서 내리는 비숍을 향해 두 사람이 인사를 하며 다가왔다. 그런데 두 사람 다 말끔하게 옷을 갈아입은 것이다. 팀장은 인사 대신 그것에 대해 먼저 물었다. "어제와 옷이 다르군."

"네, 운이 좋게도 제 차에 1차로 싸 둔 캐리어가 있었거든요."

"전, 스트랩 백에 항상 여벌의 옷을 챙겨 다닙니다."

역시 두 사람의 성향은 반대인 듯. 그다음 팀장이 얼굴을 살펴보니, 워낙 색이 독특한 이들은 오늘따라 더욱 빛이 만발하다. 아일랜의 뺨은 핑크색을 발하고 있고, 뉴원의 얼굴은 창백함을 넘어 푸르스름하게 보일 지경인데. 그것이 피곤한 모습인지 생기 넘치는 것인지는 알 수 없으나. 어쨌든 둘 다 눈동자는 빛이 또렷한 듯했다.

세 사람은 다시 인사를 나누고, 내리석과 그리스풍 기둥으로 장식된 웅장한 건물 입구로 향했다.

과연 패럴 코브는 메이저 캐스터답게 서던 시티 내 중심업무 지구인 소호 타운에 살고 있었다. 이곳은 역사적 혁명이 일어난 광장을 중심으로 미디어그룹과 그 산하에 소속된 출판사 빌딩이 자리 잡고 있으며, 지가가 매우 비싼 곳 중 하나였다. 때문에 이 비싼 땅에 세워진 주거용 고급 맨션은 임대료가 가늠되지 않는 듯. 그러니 호텔 청소부 페이는 패럴이 기대만큼 부자가 아니라고 했으나, 조사 팀은 맨션을 구경한 것만으로 그의 재력이 상당했음을 알 수 있을 것 같다.

맨션 입구의 화려한 조각에 눈길을 뺏긴 세 사람이 감탄을 거듭하는 사이, 그들을 발견한 경호원이 경호실 밖으로 용수철처럼 튀어나왔다.

건장한 남자가 대뜸 앞을 막아선 채로 용건을 묻자, 아일랜은 얼른 카메라를 착용하고 인터뷰를 요청했다. "안녕하세요. 패럴 씨 사건을 조사하는 캐스터예요. 가족분들을 만나러 왔는데. 마침 나오신 김에 몇 가지 물어봐도 될까요? 안 그래도 경호원 인터뷰가 필요했거든요. 마크 처리도 얼마든지 가능해요."

그러나 경호원은 카메라를 보며 인상을 찌푸릴 뿐. "어제 나온 픽셔를 봤습니다. 아일랜 씨죠? 인터뷰는 곤란합니다. 주민들의 정보는 일절 제공할 수 없으니까요. 물론 돌아가신 분에 대해서도 말하고 싶지 않습니다."

그러자 아일랜이 재빨리 대꾸했다. "다른 게 아니라, 패럴 씨가 호텔로 떠날 때 뭐라고 말씀하셨는지 궁금해서요. 온 가족이 한 달이나 집을 비우는데, 경호실에 미리 말해야 하지 않나요? 우편물이나 방문객에 대한 부탁도 해 놓아야 하구요."

막상 질문을 들은 우락부락한 남자는 안심한 듯. "그건 말씀드려도 괜찮겠군요. 퇴직 기념으로 한동안 쉬러 간다고 하셨습니다. 경호실로 직접 내려오셔서 말씀하셨는데. 한 달 정도 집을 비울 예정이라 우편물을 맡아 달라고 하셨죠." 답해 주고 문득 고개를 끄덕이며 한마디 덧붙였다. "아주 기쁜 듯 말씀하셔서 이상하다고 생각했습니다. 여간해서는 웃지 않는 분이 웃으며 말씀하셨으니까요."

"여간해서는 웃지 않으셨다구요? 그분은 친절하고 다정하며, 늘 미소를 띠고 계셨다고 들은 걸요."

"제가 근무한 지가 7년이 좀 넘었는데. 예전보다 부드러워지신 건 맞습니다. 뭐, 저희 경호원들에게까지 필요 이상으로 친절해질 필요는 없을 테니까요."

"혹, 그때 패럴 씨의 영상이 있을까요?" 어젯밤 청소업체에서 뉴윈이 물었던 걸 기억해 내고 아일랜도 흉내를 냈다.

"네. 경호실 영상은 두 달 동안 보관하는 터라 남아 있을 겁니다." 건장한 남자가 고개를 끄덕이며 출입문 위를 가리키는데. 가만 보니 문 안팎으로 카메라가 여러 대 달려 있었다.

남자는 경호실로 사람들을 안내한 다음, 영상 기록을 뒤져 자신이 말한 장면을 찾아냈다. 그리고 장면을 확인하며 다시 고개를 끄덕였다. "역시 제 기억이 맞군요. 패럴 씨가 웃는 건 드문 일이라. 그분은 항상 무표정하거나 딱딱한 표정만 지으셨는데.

그래서 일을 그만둔 게 어지간히 기쁘신가 보다 생각했습니다."

"혹시, 패럴 씨가 퇴직한 이유에 대해 들은 게 있나요?"

"다른 일을 하신다고 하셨습니다. 영상에 같이 나올 겁니다."

그 말에 세 사람은 얼른 영상에 집중했다. 화면에는 두 남자가 경호실 입구에 마주 선 채로 이야기를 나누고 있었다. 머리 위쪽의 카메라 외에도 허리 높이에서 전신을 찍는 카메라가 있어, 대화를 나누는 이들의 옆모습이 비교적 뚜렷하게 나왔다.

덕분에 세 사람은 패럴 코브의 생전 모습을 자세히 볼 수 있었다. 그는 50대 후반으로, 뺨이 홀쭉하고 광대가 솟아 신경질적으로 보이는 얼굴이었으며, 마른 체구에 깔끔하게 다린 흰색 와이셔츠, 쇳소리가 섞인 목소리까지, 한결같이 날카로운 인상을 주는 남자였다.

그가 입꼬리를 올린 채 일을 그만두고 한동안 쉬러 간다고 말하자, 곧바로 경호원이 퇴직하셨냐, 이제 다른 일은 안 하시는 거냐, 놀란 투로 묻는다. 그러자 패럴의 목소리가 조금 낮아진 듯. 그는 한결 조심스러운 어조로, 다른 중요한 일을 하게 될 거라 대꾸한다. 경호원이 "아, 좋은 곳에 스카우트되셨군요." 하고 부러움을 표하자 패럴이 자랑스레 턱을 쳐들었다. "하던 일의 연장이라 볼 수 있지. 평범한 사람들은 상상조차 못할 일이기도 하고." 그 말에는 왠지 모를 자신감이 담긴 듯한데. 그 말을 끝으로 용건을 마친 그가 경호실 밖으로 나가는 뒷모습에서 영상은 끝이 났다.

아일랜은 실제 매섭고 깐깐하게 생긴 패럴을 보며 속으로 크게 놀랐다. 남자의 시체를 제대로 보지 못한 탓에, 호텔 직원들이나 가족에게 들은 말로 그 모습을 상상하던 참이었는데.

 자신의 상상과 실제 패럴의 모습은 완전히 다른 듯… 죽은 남자는 호버 편집장과 매우 닮았으며, 웃음기 없는 메마른 얼굴이 잘 어울리는 남자였던 것이다.

 그러나 잠시 후, 아일랜은 놀라움을 가라앉히고, 곁에 선 사람들을 돌아보며 한마디 했다. "그나저나 이 영상을 보면 솔리 양과 존스 씨가 한 방 먹겠는데요. 이건 누가 봐도 자살을 결심한 사람의 모습이 아니잖아요. 틀림없이 좋은 일을 앞두고 있는 사람 같아요."

 그 말에 경호원의 눈가가 크게 일그러졌다. 그가 낭패한 표정을 지은 까닭은, 그는 솔리의 팬이었기 때문이다. 그러나 세 사람은 그 표정을 알아차리지 못하고 영상의 복사본을 부탁했다. 그리고 자료를 건네받은 다음, 경호실을 나섰다.

 2 DAY 2 – 오전 8:30. 소호 병원 원장

 조사 이틀째. 솔리와 존스는 소호 주병원을 먼저 방문하기로 했다. 그들 또한 오늘은 여러 곳을 돌아다니며 증언을 수집할 예정이라, 바쁜 하루를 예감하고 있었다.

 "아일랜 씨 팀은 먼저 패럴 씨 맨션을 방문한다고 해. 가족들에게 보충 질문을 하고 중요한 정보는 알려 주겠다고 연락이 왔어. 아일랜 씨에게 고맙다고 인사는 했지만… 저쪽 팀은 어제도 늦게까지 조사하고 오늘도 아침 일찍 서두른 듯한데. 우린 너무 느긋한 게 아닐까? 팀장과 부팀장이 양 팀을 비교하며 지켜볼 텐데 말이야." 솔리가 차에서 내리며 초조한 듯 말했다.

그러나 먼저 차에서 내린 존스는 대뜸 핀잔을 준다. "어제부터 왜 그래 정말. 한심하게 눈치나 보고. 비숍 팀장은 정년이 코앞이야. 별 영향력도 없는 사람에게 신경 쓸 필요 없어. 그리고 저쪽 팀은 우리와 상황이 달라. 우리는 사망 사건이라는 드넓은 갯벌에서, 자살이라는 진실을 찾아냈으니 그 구멍 하나만 예리하게 파고 들면 되지만. 저쪽은 말만 근사하게 모든 가능성을 열어 놓는다고 했잖아. 그러니 여기저기 찔러 보는 게 당연하지. 제대로 하려면 부지런한 정도가 아니라 꽁지에 불붙은 쥐새끼 마냥 쫓아다녀야 할 걸. 게다가 비숍 팀장이 저쪽에 붙은 이유를 모르겠어? 캐스터를 전혀 신임하지 않는다는 그가 저쪽에 붙었다는 건, 핑그 팀이 꼬투리가 잡혔다는 뜻이잖아."

"그러고 보니 팀장님은 아일랜 씨를 따라다니고 있네." 기분은 나빴지만 존스의 말이 맞는 듯. 결국 솔리는 고개를 끄덕였다.

그러나 상대의 수긍 따위 필요 없다는 듯 존스는, "어쨌든 우리도 모라 부팀장이 오기 전에 서둘러야 해. 겔라 원장과 말을 맞출 생각이니까." 명령하듯 말하고 성큼성큼 걸음을 옮겼다.

그 말에 다시 한번 솔리의 뺨이 일그러지는데. 말을 맞춘다는 말이 왠지 불길하게 들렸기 때문이다. 물론 그는 영리한 남자라 카메라 앞에서 위법적인 행동을 하지는 않겠지만. 도대체 어떻게 말을 맞춘다는 것인지... 유리한 증언을 하도록 원장을 구슬

린다는 것인지, 과연 원장이 그런 증언을 해 줄 것인지, 불안해지는 것이다. 그러나 그런 말을 꺼냈다간 더 큰 핀잔을 들을 것 같아 그녀는 입을 다물었다.

원장실에는 겔라 원장이 패럴 코브에게 발급했던 여러 진단서와 처방전 등을 준비해 놓고 있었다. 두 사람에게 인사를 건네고 맞은편 자리를 권하는 여인은 올해 60세로, 둥근 얼굴에 유독 하얗고 빳빳한 가운을 걸치고 있었다. 그녀는 손으로 파일들을 가리키며 곧바로 입을 열었다. "잘 오셨어요. 말씀하신 대로 처방전과 진단서, 상담 기록을 준비했으니 가져가시면 돼요. 인터뷰는 30분 정도 가능할 거예요."

"감사합니다만, 일찍 도착한 바람에 인사를 드리러 온 겁니다. 정식 인터뷰는 사우비치 조수대의 모라 부팀장과 함께 진행해야 하거든요. 참, 마크 처리를 해 드릴까요?" 하고 존스가 대꾸했다.

"그럴 필요 없어요. 기왕이면 저와 저희 병원이 큼지막하게 픽셔에 등장하면 좋겠군요." 그녀는 시원시원하게 답했다.

"저도 같은 생각입니다. 병원과 원장님의 모습을 그대로 담아 상급 병원 원장님의 전문성을 돋보이게 할 생각이니까요. 그래야 말씀의 신뢰도도 자연스럽게 높아질 테고요." 기분 좋게 맞장구친 다음, 존스는 갑자기 어조를 슬쩍 낮춘다. "그래서 드리는 말씀인데 먼저 리허설을 해 보는 건 어떨까 싶습니다. 패럴 씨의 건강에 대해, 본격적인 인터뷰에 앞서 미리 연습 삼아 말씀해 보시는 게 좋지 않을까요?"

"아, 그렇게 하죠." 원장은 의심 없이 고개를 끄덕였다. 그다음 가볍게 헛기침을 하고 나서 입을 열었다. "패럴 씨는 나이에 비해 전반적으로 건강한 편이었습니다. 평소 건강에 관심이 많고 자기 관리가 철저한 사람이었죠. 그럼에도 불구하고 나이가 들면서 최근 여러 문제가 발생했는데. 종합 검진 결과를 보면, 먼저 복합성 간경병증과 더불어 신장 질환 중에서도 퇴행성 질환의 일종인 사구체신염이,"

거기서 문득 존스가 손을 들었다. "잠시만요, 원장님. 말씀을 그렇게 시작하시면 듣는 이들에게 패럴 씨의 건강한 이미지가 먼저 자리 잡게 됩니다. 자살을 결심할 만큼 심각한 상태가 아니었다고 생각하게 되죠. 때문에 앞쪽 사설은 빼고 바로 본론으로 들어가는 게 어떨까 싶은데요."

원장은 고개를 갸웃했으나 이윽고 알았다며 입을 다물었다. 다시 할 말을 정리하려는 듯 진단서를 살피는데. 존스가 뒤이어 헛기침을 했다. "흠흠... 그리고 참, 드릴 말씀이 있는데요."하고 운을 떼더니, 눈을 가늘게 뜨고 원장에게 은밀한 미소를 보내는 것이다. 곧이어 그는 은근한 태도로 의미심장한 말을 꺼냈다.

"다름이 아니라, 원장님의 도움이 꼭 필요해서 말입니다. 사실 이것은 확실한 SD사건인 터라. 때문에 저희는 신체 질환뿐 아니라 패럴 씨가 죽음을 결심할 만한 다른 심각한 원인도 있지 않을까 조사 중입니다만... SD사건의 원인은 신체 질병보다 정신적, 심리적 문제로 고통을 겪는 경우가 많다고 들어서 말입니다. 때문에 패럴 씨도 비슷한 상황이 아니었을까 생각하고 있죠. 그분도 죽음을 생각할 만큼 정신적으로 무너진 정황이 있지 않았을까 조사 중인데... 그래서 드리는 말씀인데, 거기에 관련된 정보도 말씀해 주시면 감사하겠습니다... 사자의 명예에 관한 일이라, 잘 좀 부탁드립니다."

은근한 어조와 뭔가를 암시하는 듯한 눈빛에 겔라 원장은 입을 다물었다. 솔리는 긴장한 채로 두 사람을 주시하고 있었다.

원장은 잠시 존스의 눈길을 받아 내며, 그가 말한 뜻을 곰곰 생각해 보는 듯하더니. 이윽고 천천히 입을 열었다.

"네... 그건, 스트레스가 있죠. 우울증도 있고. 퇴직한 사람에게 흔히 나타나는 현상으로, 특히 거대 미디어그룹에 속해 밤낮없이 일했던 사람이 일을 그만두었다면 무기력증이 상당했을 겁니다." 그리고 원장은 안경 너머로 방문객들을 번갈아 쳐다보았다.

"... 그러고 보니, 종종 그런 상담을 한 것 같군요. 퇴직한 사람들 대부분은 심각한 스트레스로 불면증에 시달리기도 하고. 또, 갑자기 공황이 온 것처럼 때때로 모든 게 두려워진다고 하던데. 자기가 너무 성급하게 퇴직을 결정한 것 같다고 후회하는 사람도 적지 않고요... 패럴 씨도 왠지 그럴 것 같았습니다. 그래서 제가 따로 정신의학과 상담을 받는 게 어떻겠냐고 물었는데, 그는 얼굴을 찌푸리며 그렇게 하고 싶지 않다고 거절했어요... 하지만 그 기색이 틀림없이 걱정이나 고민거리가 있는 걸 숨기는 것 같았죠... 물론 이 대화는 사적인 상담이라 증빙은 어렵습니다."

원장의 말은 매우 모호했다. 그것은 일반적으로 퇴직자들이 겪는 현상에 관한 것이었고. 내용도 실제 패릴의 상담과 교묘히 섞여 있는 듯.

그러나 솔리의 눈에는 겔라 원장이 그렇게 애매하게 사례를 섞어 이야기하는 이유가 훤히 보였다. 원장은 존스가 원하는 답을 알아차렸으며, 두 사람의 이해 관계가 일치한 것이었다.

아니나 다를까 마음을 굳힌 듯. 원장의 다음 말은 속도가 좀 더 빨라졌다. "저희 소호 병원은, 신경정신과와 정신건강의학과에 있어서도 최고의 명성을 자랑하고 있습니다. 최고가의 의료 기기를 갖추고 있으며. 참, 얼마 전에는 뇌전기 활동과 신경 인지 기능을 검사하는 최신 기기를 구입하기도 했죠. 낡은 의료 기기는 새 것으로 대거 교체했으며, 또한 저희 병원은 정신과 상담의 모두가 오랜 경력과 실력을 갖춘 전문의들이랍니다."

"그렇군요. 라이브 픽셔를 보실 분들에게 좋은 정보가 되겠어요. 요즘엔 누구나 정신적인 문제를 가지고 있으니까요. 소호 병원을 소개하면 아주 유용한 정보가 되겠습니다. 그리고 증빙은 따로 필요 없습니다. 병원 원장님 말씀이면, 일반인들이 보기엔 그 자체로 신뢰도 높은 증빙 자료가 될 테니까요. 어쨌든 저희들 생각도 같습니다. 스트레스와 우울증, 현대인에게 그보다 무서운 질병이 어디 있겠습니까... 퇴직을 했다면 상실감도 컸겠죠."

존스는 연신 맞장구를 쳤다. 그리고 용건이 끝난 듯 자리에서 일어났다. "그럼 모라 부팀장과 함께 다시 오겠습니다. 참, 방금 말씀하신 내용에 관한 보충 자료를 준비해 놓는 건 어떨까 싶은데요. 우울증과 심리 상담에 관한 그래프나 차트를 걸어 둬도 좋을 것 같고요. 저희는 주차장에 도착해, 병원으로 들어오는 것부터 카메라에 담으며 오겠습니다. 병원이 전면에 잘 나오도록 신경 써야 하니, 10분 후에 다시 뵙는 걸로 하죠."

두 사람이 나가자, 겔라 원장은 곧바로 인터폰을 켰다. 그리고 정신건강의학과 과장을 호출했다.

"당장 5,60대 자살 충동자에 관한 상담 자료를 모두 찾아와요. 자살 시도자의 촉매 원인이나 기타 예후, 시도자의 정신질환과 우울증과의 관련성 등에 관한 통계 자료도 함께."

3 DAY 2 – 오전 8:30. 가족들

땅값이 비싸기로 유명한 소호 타운이라 주거용 맨션도 40층이 넘는 고층 건물이었다. 아일랜과 뉴원, 비숍 팀장은 경호실을 나와 '프리미엄'이란 패널이 붙은 황금색 엘리베이터에 올랐다. 그것은 38층에서 42층까지 운행되는 전용 엘리베이터라 했다.

그사이 모라와 통화를 끝낸 비숍이 상대의 동향을 전했다. "저쪽은 소호 병원으로 간다는군. 주치의를 만날 예정이라는데. 가족들의 보충 인터뷰는 잡지 않았다고 해. 될 수 있는 한 유족은 괴롭히고 싶지 않다고 했다니, 두 사람도 조심하는 게 좋겠어."

물론 솔리와 존스는 더 이상 가족을 만날 필요가 없을 것이다. 몇 번을 만나도 약속한 답만 들을 테니. 그러나 이번에도 이쪽을 악당으로 취급하는 듯한 교묘한 말솜씨에 뉴원은 조금 놀란다.

과연 38층부터는 한 집이 한 층을 전용으로 쓰는 타입인 듯.

38층에 도착한 그들을 맞아 준 것은 각종 식물로 꾸며진 개인용 가든과 철제로 만든 방화문 타입의 현관이다. 특히 앞쪽에 자리 잡은 현관은 단독주택의 대문과 맞먹을 정도로 크기가 컸다.

아일랜은 엘리베이터에서 내리자마자 이끼 식물 앞에 쭈그리고 앉아 탄성을 질렀다. 이리저리 둘러보며 꽃과 화분을 감상하는데. 마침 현관을 열고 나온 호프 부인이 세 사람을 알아보고 인사를 건넸다. 부인은 중년 여인과 함께 밖으로 나온 참이었다.

네 사람이 인사를 나누는 동안, 낯선 중년 여인은 냉랭한 얼굴로 엘리베이터에 올라, 승강기 문이 닫힘과 동시에 사라졌다. 그러자 호프 부인이 조사원들을 돌아보며 한숨을 내쉬었다.

"후, 원래 가정부였던 올랭 부인은 남편이 내보냈거든요. 워낙 계산이 철저한 성품이라... 호텔에서 쉬는 동안 월급을 줄 수 없다고요... 그녀와 친했던 터라 다시 연락해 봤는데, 벌써 일을 구했다고 하는 거예요. 테일라 양도 오지 않겠다고 하고... 그래서 아직 가정부를 못 구했어요... 오늘 아침 겨우 한 사람이 면접을 보러 왔는데, 마고 님은 면전에서 퇴짜를 놓고... 정말 곤란하지 뭐예요." 사정을 전한 부인은 세 사람을 집 안으로 안내했다.

앞장서 현관 안으로 들어간 비숍은 실내가 멋지다고 칭찬을 했다. 그러자 호프 부인이 그 말에 호응하듯 손을 들어 집 안 구조를 간단히 소개해 준다. 입구에는 대리석이 깔린 복도가 길게 뻗었는데, 가까운 앞쪽에 마주보고 있는 방이 카달과 쌍둥이의 방이며, 복도 끝에 거실과 주방, 다이닝 룸이 있고, 맨 안쪽에 마고 노부인과 부부의 침실이 있다고 한다.

비숍은 고개를 끄덕여 주고, 이어 아이들을 만나도 괜찮겠냐고 물었다. 부인은 뜻밖의 질문이라는 듯 눈을 깜빡일 뿐. "그 애들 일은 저에게 물어보실 필요 없어요."라 답한다.

그러나 팀장은 가족 모두에게 따로 질문할 것이 있으며, 그래서 아침 일찍 서둘러 온 것이라 말했다. "그리고 어쨌든, 지금은 집안일을 부인에게 제일 먼저 알려 드려야 할 것 같아서 말씀드리는 겁니다."하고 친절하게 이유도 덧붙였다.

하지만 호프 부인은 "아니에요, 뭐랄까... 전 상관없어요. 집안일은 마고 님께 말씀드리는 게 좋을 거예요."하고 역시 고개만 갸웃할 뿐.

알겠다고 답한 세 사람은 호프 부인의 뒤를 따랐다.

거실에는 이미 마고 노부인과 카달 양이 소파에 앉아 홍차를 마시고 있었다. 세 사람은 먼저 인사를 하고. 비숍과 아일랜이 인터뷰를 준비하는 사이, 미리 약속한 듯 뉴원은 베란다 밖으로 나가 주변을 살폈다.

그사이 언제 나왔는지 폴과 셸이 나타나, 건너편 다이닝 룸에 슬그머니 자리를 잡고 앉는데. 아이들은 냉장고에서 우유를 꺼내 마시는 척했지만. 식탁에 나란히 앉아 소파를 힐끔거리는 폼이 인터뷰를 엿들을 생각인 듯했다.

베란다로 나간 뉴원은 주변을 꼼꼼히 둘러본다. 애초 지어질 때 썼던 지지기 고급이라 실내는 우아하고 고풍스러운 분위기를 풍기고 있으나. 이곳은 버려진 듯 퇴락한 느낌이다.

처음엔 미니 카페로 꾸며 놓은 듯. 야외 테이블과 책장, 화분 등이 완벽하게 세트로 갖추어져 있다. 그런데 얼마 동안 손길이 닿지 않은 것일까. 먼지가 잔뜩 끼어 있는 것이다. 나무마다 잎사귀에 흰 먼지도 뿌옇게 앉았는데. 가만 보니 유독 베란다 앞쪽에 키 큰 화분이 나란히 놓여 있다. 뉴원이 그쪽으로 다가가 나무 사이로 고개를 내밀어 보니, 아찔하고 삭막한 풍경이 눈앞에 펼쳐진다. 베란다 바깥은, 중정처럼 둥근 공원을 가운데 두고, 똑같이 생긴 네 개의 고층 빌딩이 둘러서 있다. 그런데 건물 사이의 거리가 지나치게 가까운 탓에, 이웃의 눈을 가리고 사생활을 보호하기 위해 키 큰 나무를 앞쪽에 둔 것 같았다.

그때 갑자기 소파 테이블에 놓아둔 폰에서 삐- 하고 호출음이 울렸다. 그리고 잠시 통화를 하던 호프 부인이 베란다로 와 뉴원을 안으로 불러들이는 것이다. 수상한 사람이 서성대고 있다는 신고를 받았다고 하며.

"죄송합니다. 제가 너무 눈에 띄는 바람에." 뉴원이 안으로 들어오며 얼른 고개를 숙였다.

그러자 마고 노부인이 손을 저었다. "종종 이런 일이 있어 우린 신경 쓰지 않아. 얼마 전, 패럴도 한밤에 베란다에서 서성대다가 신고를 당했다니까."

그때 폴이 냉큼 엉덩이를 들고 말했다. "그게 전부 다른 집이 너무 가까워서 그래요. 여기선 케첩을 살 필요도 없는 걸요."

아일랜이 돌아보며 무슨 말이냐 묻자, 폴은 식탁을 짚은 채 키득거렸다. "발코니에서 케첩을 빌릴 수 있으니까요. 옆집도 위아래도 저렇게 가까워서. 그래서 케첩이 없을 땐 베란다로 나가 빌려 달라고 외치면 어디서든 케첩 통이 날아온다고 해요."

그러자 마고 노부인이 아이에게 호통을 쳤다. "폴, 예의 없이 무슨 짓이야. 어른들이 대화를 나누고 있는데 끼어들기나 하고. 방송 수업은 끝난 거냐?"

폴은 이른 아침이라 수업이 시작되지 않았다고 답했으나, 노부인은 더욱 성을 냈다. "호텔에서 지낼 때 빠진 수업도 많지 않아. 그때 받은 과제들도 미뤄 놓고. 어서 방으로 돌아가지 못해."

할머니의 명령에 폴은 기가 죽었다. 함께 쫓겨나게 된 셀도 잔뜩 화가 난 듯 형을 노려본다. 그러나 결국 아이들은 식탁을 떠나야 했고. 자리에서 일어나 발을 질질 끌며 방으로 향하는 아이들에게 아일랜이 재빨리 외쳤다. "폴과 셀 군에게도 질문할 게 있으니, 방에서 기다려 주세요."

아이들은 뒤돌아 고개를 끄덕이고 복도 끝으로 사라졌다.

어쨌든 폴 덕분에 아일랜은 자연스럽게 첫 질문을 던질 수 있었다. "그래서 호텔로 가신 건가요? 이곳에선 사람들 눈을 피할 수 없으니 아무래도 조용히 쉬기 어려웠을 테죠. 온 가족이 자그마치 한 달이나 호텔에 묵게 된 이유를 자세히 듣고 싶군요."

그러자 카달이 답했다. "아마 그럴 거예요. 아시는 대로 아버지가 휴양을 하러 가겠다고 말씀하셨으니까요. 그분은 10년이나 쉬지 않고 일하셨거든요. 본인도 열성적이었던 데다 분노를 촉발하는 시간이 하루가 밀다 하고 터시기도 했고. 그래서 캐스터로 일하시는 동안엔 쉴 틈이 전혀 없었어요. 휴가를 가서도 픽셔를 써서 올리셔야 했으니까요." 그리고 말을 계속했다. "그래서 석 달 전쯤, 교통사고도 날 뻔했어요. 터널 안에서 현기증이 났다는데 하필 브레이크가 듣지 않았다고... 다행히 속도가 빠르지 않아 범퍼만 조금 찌그러지고 말았지만. 그 사고 후에 아버지는 병가를 내셨어요. 우리는 모두 사고 후유증으로 얼마간 쉬시는가 보다 생각했고요... 그런데 한 달이 지날 즈음, 갑자기 일을 그만두신다는 거예요. 그리고 가족들에게 조용한 호텔에서 푹 쉬다 오자고 말씀을 꺼내셨어요."

"패럴은 지독하게 힘들었던 거야." 마고 노부인이 한마디 덧붙이며, 괴로운 듯 눈을 감았다.

그러나 이야기를 듣던 뉴원과 아일랜은 놀란 듯, 서로 눈빛을 교환했다. 그리고 아일랜이 방금 들은 이야기의 의미를 가족들에게 알려 주었다. "아주 중요한 정보를 알게 됐군요. 석 달 전 교통사고라니. 그게 트리거인 것 같아요. 사실 아무리 SD사건이라 하더라도, 즉 머리로는 죽음을 결심했다 하더라도 직접 행동으로 옮길 때는 결정적인 방아쇠 같은 요인이 있거든요. 그걸 찾고 있었는데. 방금 카달 양의 이야기가 답인 것 같네요. 아, 물론 별다른 계기 없이 결심만 거듭하다 조용히 실행에 옮기는 사람도 있지만요."

이어, 뉴원도 설명을 덧붙였다. "어쨌든 60%이상 확률로 SD사건은 행동 촉발의 계기나 전조가 있다고 합니다. 패럴 씨는 교통사고가 바로 그것인 듯하고요. 그때 문득 죽음에 대한 결심이 서셨거나..." 그리고 한숨을 쉬며, 생각을 정리하고 마저 이야기를 끝냈다. "혹시 그 사고 자체가 패럴 씨의 1차 실행일 수도 있을 듯하고요. 거기서 실패하는 바람에, 조용한 호텔을 찾아, 완벽히 준비를 끝내고 결행을 하신 것인지도 모르겠군요."

뜻밖에, 뉴윈의 입에서 SD사건임을 확인하는 듯한 말이 나오자 비숍은 당황스러웠다. 그러나 한편으로, 두 사람이 정말 모든 가능성을 열어 두고 있다는 사실을 확인한 듯해 안심이 되는 듯도 했다. 잠시 후 그는 당황했던 기색을 감추고 여인들에게 거듭 확인을 청했다. "패럴 씨가 여행을 가자고 이야기를 꺼냈던 상황에 대해 좀 자세히 말씀해 주시죠."

비숍의 청에 이번엔 마고 노부인이 입을 열었다. "벌써 열흘이 넘었군. 특별한 계기는 기억나지 않아. 애들 말이 그날이 목요일이었다는데. 패럴이 저녁 식사 전에 갑자기 우리를 불렀어. 그리고 바로 여기 앉아 말했지. 그동안 너무 일만 열심히 한 것 같아 이제는 가족들과 함께 쉬고 싶다고 말이야. 캐스터 일을 그만두었으니 호텔에서 조용히 지내다 오자며, 예정으로는 한 달이라고 했어. 난 정말 간절히 쉬고 싶은가 보다 생각했을 뿐이고."

"다른 가족들은 반응이 어땠죠?"

"모두 기뻐했어요. 그러다 한 달이라는 말에 곧바로 다시 당황했고요." 카달이 침울하게 답하는데. 호프 부인은 여전히 입을 다문 채 고개만 끄덕이는 것이다. 때문에 아일랜이 그녀를 따로 지목해 물었다. "호프 부인, 혹시 패럴 씨가 일을 그만두고 앞으로 다른 일을 할 계획이라고 말하지 않았나요?"

"네. 다른 일을 할 거라고 했어요. 아무 걱정하지 말라고요."

부인은 짧게 한마디 덧붙였다. "어떤 일인지 말하지 않았지만... 전 그 말을 믿었어요."

"아직 50대라 다시 일할 수는 있겠지만. 불러주는 데가 있을지 걱정스럽긴 했어." 마고 노부인도 한마디 했다.

"저기, 아무리 생각해도 이해가 되지 않는데. 패럴 씨는 왜 호텔에 여러분을 데려갔을까요? 그런 결행을 할 장소에," 아일랜의 말이 끝나기도 전에 마고가 답했다. "그 여행은 패럴에게나 우리에게나 마지막 선물이었던 셈이야. 패럴도 우리들에게 행복한 시간을 선물한 다음 떠나고 싶었겠지."

"하지만 마고 님. 그렇다면 패럴 씨가 가족들에게 멋진 선물을 해 준 다음, 곧바로 참혹한 슬픔을 안겨 주고 싶었다는 말이 되는데요. 제가 이상하게 생각하는 건, 왜 가족들을 집으로 돌려보낸 후 실행하지 않았는가 하는 거예요. 한 달이나 묵는다면 가족들을 언제든 돌려보낼 수 있잖아요. 어차피 자신이 죽게 되면, 여러분이 더 이상 호텔에 머물 수도 없을 테고. 혼자 조용히 생을 마감할 수 있었을 텐데. 왜 온 가족이, 아이들까지 있는 상황에서, 갑자기 그런 행동을 한 건지 이해가 되지 않아요. 호텔에서 지낸 지 겨우 8일 만에 말이죠."

그러자 마고 노부인은, "글쎄. 어쨌든 가족들의 행복한 모습을 끝까지 보고 싶었던 거라 생각해... 마지막으로 우리들의 행복한 모습을 기억에 남기고 떠나고 싶었던 게 아니었을까."라고 대꾸했다. 그녀는 자신의 뜻을 굽힐 생각이 없어 보였다.

"저기, 호텔 숙박비는 어떻게 마련했습니까? 비용이 꽤 들었을 텐데요." 비숍이 다시 나섰다.

"그건 퇴직금과 특별 수당이라고 했어. 나도 이미 재산을 증여해 줬으니 그 정도 여윳돈은 충분했고. 어제 수색 대원이 금고를 죄다 뒤졌으니 잘 알 텐데 그걸 묻는군... 무엇보다 그런 결심을 했다면 돈은 문제가 아니겠지." 노부인의 답은 완고했다.

결국 아일랜은 호프 부인에게 질문을 던졌다. "부인은 패럴 씨가 시킨 일을 자주 카달 양에게 미뤘더군요. 이유가 뭐죠?"

"대부분 심부름에다 귀찮은 일이었거든요. 물론 남편의 배려가 담긴 것도 있지만... 호텔에서 가족들의 아침 식사를 챙기는 일 같은 거요. 하지만 그런 걸 묻는다고 사이가 좋아질 것 같지도 않고, 크게 중요한 일도 아닌 것 같아, 부탁을 했어요."

"세상에. 패럴이 생각이 얼마나 깊은데. 그렇게 괴로워하고 있던 남편의 부탁을... 그 애가 원하는 건 뭐든 해 주지 그랬어." 마고 노부인이 못내 섭섭한 듯 호통을 치자, 호프 부인은 꿈쩍 놀란 눈을 했다. "죄송해요."

아일랜이 재차 질문했다. "그럼 하나 더 묻겠어요. 사건 당일 청소부 페이 씨가 이상한 말을 들었다고 하던데. 부인이 거울을 보며 비극의 주인공이 되었다는 말을 했다구요. 카달 양도 부인이 비극이란 말을 하며 흥분한 듯 보였다고 했구요. 그건 무슨 의미죠?"

그러자 호프 부인은 놀란 듯 카달을 쳐다봤다. "내가 그런 말을 했어?" 카달이 고개를 끄덕이자, 한동안 생각에 잠겨 있던 호프 부인이 다시 입을 열었다. "몰랐어요... 아마 그건 그걸 생각하다 나온 말일 거예요... 전날 남편을 찾아 카페로 내려갔다, 그가 전 부인과 함께 있는 모습을 봤거든요. 쌍둥이들의 어머니요... 물론 그이는 화를 내고 있었지만. 도라 부인에게 애들을 만나면 어떡하냐, 당장 돌아가라고 화를 냈지만... 폴과 셀은 옆에서 잔뜩 떨고 있었고요... 그걸 보며 충격을 받았던 것 같아요... 두 사람 사이엔 아이들이 있으니... 제가 가질 수 없는 아이들이 있으니 그들이 진짜 가족처럼 느껴졌기 때문에요."

"네? 그럼, 트윈 풀 호텔에 전 부인이 묵고 있었다는 말인가요. 폴과 셀의 어머니가 있었다구요?" 아일랜이 놀라 되물었다.

"그런 일이 있었어요?" 카달도 호프 부인을 쳐다보며 물었고, 노부인도 놀란 듯 눈을 크게 뜨고 있었다.

"네. 아이들과 도라 부인, 남편이 함께 있는 모습을 봤어요. 그래서 제가 도망치듯 물러났고요... 남편이 아무리 화를 내도, 그들이 원래 가족이었다는 걸... 제가 잘못 끼어든 불청객이었다는 걸 깨달은 듯해서요... 좋아했던 드라마가 떠오르고 그 주인공들이 떠올라... 비슷한 처지가 되었다는 생각에... 그런 말을 중얼거린 것 같아요." 호프 부인은 고개를 떨구었다.

조사를 맡은 세 사람은 부인의 말이 매우 중요한 증언임을 직감했다. 드디어 그에게 원한을 가질 만한 인물이 등장했기 때문이다. 혹은 그녀가, 죽은 남자의 심경에 급격한 변화를 일으킨 원인일 수도 있는 것이다.

아일랜은 호프 부인에게 그 상황에 대해 몇 가지 더 묻고 답을 들었다. 그리고 잠시 후, 이번엔 카달에게 보충 질문을 했다.

"먼저, 서재 금고에 관해 묻고 싶은데요. 어제 금고를 조사한 대원이 말하길 금고 겉면에 카달 양의 지문만 있다고 하던데 어떻게 된 거죠?"

그녀는 호프 부인을 슬쩍 곁눈질하고. "그건, 제가 마지막에 금고를 만졌기 때문일 거예요." 그 상황에 대해 자세히 답했다.

"하루 전날, 갑자기 호텔로 간다는 이야기를 들은 데다 한 달이나 지낸다고 하니, 가족들 모두 짐을 싸느라 정신없었어요. 이튿날 주차장에서 마지막으로 짐을 점검하다 모두 빠진 게 있다며 맨션을 여러 번 오가야 했고요. 저도 수영복을 하나 더 챙기려고 엘리베이터에 올랐는데 새어머니가 저더러 심부름을 대신해 달라고 하는 거예요. 금고에서 아버지의 타이 핀 세트를 갖다 달라고. 자기는 귀걸이를 더 챙기고 싶다고 하는 바람에, 말씀드렸다시피 새어머니는 저에게 일을 잘 미뤘거든요. 그래서 핀 세트를 찾아 현관 앞에서 새어머니에게 건넸어요."

"그래서 금고를 마지막으로 열었단 말이군요. 그때 혹시 펜닐이 담겨 있던 약 상자를 살펴봤나요?"

그녀가 고개를 끄덕였다. "살피고 말고 할 것도 없어요. 그 상자는 뚜껑 없이 맨 위 칸에 놓여 있으니까. 비어 있는 걸 봤죠."

"약이 없다는 게 이상하지 않았나요?"

"전혀요. 처음엔 신경 쓰지 않았어요. 당연히 정보원에게 돌려줬다고 생각했거든요. 하지만 지금은..." 그녀의 말은 슬픔에 젖어 금세 사그라들었다.

"그럼, 하나 더 묻겠어요."

"무슨 질문이죠?"

"본즈 씨 말이에요. 그가 호텔에서 함께 지냈다는데. 가족들 몰래 빈방에 숨어 있었다는데, 사실인가요?" 아일랜이 묻자.

"무슨 말씀이세요." 카달의 어조가 높아졌다.

"페이 씨에게 들었어요. 그녀가 청소를 하다 비어 있던 룸을 잘못 열었는데 본즈 씨가 자고 있었다구요. 그후 여러 번 살펴보고서 틀림없이 함께 묵는 걸 확인했다고 하던 걸요."

"세상에. 남의 사생활을 엿보기나 하고. 가만있지 않겠어요." 카달은 진심으로 화가 난 듯 거칠게 말을 이었다. "그런 사적인 질문까지 답해야 하나요. 본즈는 약혼자예요. 함께 있든 말든 무슨 상관이죠? 룸을 통째로 빌렸는데 무슨 문제란 말이에요."

그러자 마고 노부인이 끼어들었다. "카달이 몸이 안 좋아서. 함께 있어야 했던 것뿐이야."

그 말에 카달의 얼굴이 조금 붉어졌다.

"그럼, 왜 진작 말하지 않았죠?"

"아버지 일과는 상관없고 소문만 나빠질 테니까요."

"저기, 아버님이 결혼을 반대하신다고 했는데. 그런 짓을 하면 결혼을 허락받기는커녕 더욱 싫어하지 않으셨을까요?"

"상관없어요. 우린 반드시 결혼할 생각이니까요."

"그렇게 확신하는 이유를 여쭤봐도 될까요? 만약 곤란하다면 답은 픽션에 싣지 않겠어요. 단지 가족분들의 상황을 명확히 알지 못하면 패럴 씨의 사망 원인을 정확히 알 수 없어 드리는 질문이구요."

"제 결혼이 아버지와 무슨 상관이 있단 말씀이세요?"

"패럴 씨가 결혼을 반대했으니 본즈 씨가 화가 났을 수도 있다는 거죠. 두 사람 사이에 어떤 문제가 생겼을 수 있지 않나요."

아일랜이 물러서지 않자, 카달이 크게 화를 냈다.

"아버지에게 화난 사람을 찾아야 한다면, 제롬 고모부가 가장 문제일 걸요. 고모부는 아버지에게 화가 난 정도가 아니라 증오하고 있으니까요."

그 말에 조사원들은 잠시 멈칫했다. 그 틈에 마고 노부인이 몹시 언짢은 기색으로 손을 내저었다. "도저히 못 참겠군. 카달을 괴롭히지 말아. 몸이 안 좋다고 하지 않아."

잠시 시간이 흐르고. 얼마 후, 비숍이 차분히 자리를 정리했다.

"그럼, 본즈 씨와 보충 인터뷰를 하겠습니다. 연락처를 알려 주시죠."

카달은 곧바로 연락처를 적어 주었다.

그리고 아일랜은 마지막 질문이라며, 서재에 있던 재에 관해 물었다. 그러나 그것은 전혀 뜻밖의 질문인 듯. 여인들은 고개를 갸웃하며 서로를 쳐다보고 다시 머리를 가로저었다.

"그런 걸 왜 묻는지 모르겠군요. 아버지는 서재에서 글을 쓰셨어요. 말씀드렸다시피 호텔에서 그림도 그리고 글도 쓰고, 조금도 쉬지 않으셨다고요. 그 원고를 태운 거겠죠." 카달의 답에 다른 여인들은 인형처럼 고개만 끄덕였다.

잠시 후, 조사원들은 인터뷰가 끝났다며 자리에서 일어났다.

그런데 갑자기 아일랜이 노부인에게 옷장을 보고 싶다고 청하는 것이다. 그 말은 뉴윈을 제외하고 모두를 놀라게 한 듯. 심지어 노부인조차도 왜 그런 부탁을 하냐며. "너무 무례한 청이잖아."하고 언성을 높였다.

때문에 아일랜은 노부인이 약속했던 어제 상황에 대해 설명을 해야 했다. 그제야 노부인은 어렴풋이 기억나는 것 같다며 고개를 끄덕였다. 그리고 거실 뒤편, 자신의 침실 왼편에 따로 마련된 드레스 룸으로 일행을 안내했다.

룸은 성인 네 명이 들어가고도 남을 만큼 충분히 넓었으며, 실제 걸려 있는 이브닝 드레스는 흰색과 검은색이 전부였다. 또한 드레스 아래에 놓인 비단 주머니에는, 긴 장갑과 레이스 스카프 같은 소품이 흑백으로 맞춰져 있는 것이다.

아일랜이 탄성을 질렀다. "정말 세트로 컬러를 맞추셨군요. 그날 마고님이 장갑까지 검은색이었던 게 인상에 남았거든요."

그 말에 노부인이 문득 한숨을 내쉬었다. "후, 나도 놀랐어. 아무 생각 없이 그냥 꺼내 입었는데. 컷-아웃 영상을 보니 나 혼자 검은색으로 차려 입고 있어서 말이야. 마치 아들의 일을 예견한 것처럼 온통 검은 옷이라... 장례식 차림처럼 보이지 뭔가."

그것은 사전에 뉴윈과 의논했던, 아일랜이 지적하려고 마음먹은 말이었다. 어째서 아들의 죽음을 알고 있었던 듯 검은색 드레스를 입었느냐. 정확한 답은 듣지 못해도 그것을 지적하며 노부인의 반응을 살피려 했는데. 우연인지 의도한 건지, 노부인이 선수치듯 먼저 그것을 털어놓는 게 아닌가.

그 바람에 아일랜은 잠시 머뭇거렸고, 뉴원이 곧바로 다른 질문을 던졌다. "그런데 마고 님, 드레스는 디너 파티를 위해 챙기셨다고 들었는데. 저녁이 아닌 아침에 이브닝 드레스를 입으신 이유가 궁금합니다."

그러자 노부인의 얼굴이 혼란에 빠진 듯 일그러졌다. 그녀는 잠시 생각을 하다 고개를 내저었다. "모르겠어... 그때는 그게 어울린다고 생각했던 것 같아. 날이 흐렸던 데다 룸은 커튼을 쳐 놓았고 어두웠으니까... 아무튼 별다른 이유는 없는 것 같아."

그 말에 뉴원은 고개를 끄덕이며 감사하다는 인사를 전했다.

아일랜도 감사 인사를 전했다. "인터뷰에 응해 주시고 옷장까지 보여 주셔서 감사해요. 그럼, 폴과 셀을 만나러 가 볼게요."

그런데 그 말을 들은 노부인이 갑자기 기다리라며 손짓을 했다. 그러나 얼마 후, 길게 한숨을 내쉬며 손으로 이마를 짚었다.

"애들한테 함께 갈까 했는데, 머리가 아프군. 이젠 좀 쉬어야겠어... 참, 이제 인터뷰는 완전히 끝났겠지? 설마 보충에 보충 인터뷰라는 건 없을 테니까 말이야."라며 확답을 요구했다.

그러자 아일랜이 죄송하다며 머리를 숙였다. "매뉴얼에는 보충 인터뷰는 2회까지 가능해요."

그 말에 노부인이 굳은 표정으로 조용히 부탁했다. "카달은 몸이 안 좋아. 제발 더 이상 괴롭히지 말아 줬으면 해."

그러자 뉴원이 나섰다. "혹시 카달 양이 몸이 안 좋다고 말씀하신 건, 그녀가 호텔 수영장도 못 가고 바다 수영도 하지 못했던 것과 관련이 있을까요? ... 임신 말입니다."

그제야 노부인은 어색하게 고개를 끄덕였다. "그래. 아무래도 가족이고 같은 여자라 눈치챌 수밖에 없었지. 부풀기 시작한 배를 가운으로 가리고 다녔으니까. 결혼식을 올리지 않았으니 부끄러운 일이라 나도 모른 척해 주겠다고 약속했어. 사실 애들은 패럴에게 그 사실을 알릴 때를 알아보는 중이었어. 그다음 결혼식에 관한 여러 가지를 의논하려 했는데, 그만." 노부인은 차마 말을 잇지 못했다.

이윽고 세 사람은 복도로 나와 감사하다는 인사를 했다. 노부인은 머리가 아프다며 서둘러 침실로 들어가더니, 문을 단단히 걸어 잠그는 듯했다.

다음으로 조사원들은 아이들 방으로 향했다.

아일랜은 어른들이 아무도 따라오지 않는 게 무척 다행스러웠다. 지금까지는 뉴원과 의논한 대로 그럭저럭 해낸 듯한데. 방금 뉴원이 귀에 속삭이듯 전한 부탁은 매우 까다로웠던 것이다. 과연 그런 질문들로 아이들을 추궁해 몰아칠 수 있을까... 긴장하는 바람에 목구멍이 간지러운 듯했다.

노크를 하고 들어가니, 널찍한 방은 양쪽으로 나뉘어 각자 성향대로 꾸며져 있다. 양쪽 공간의 주인을 알 수 있을 듯 성격이 그대로 드러나. 왼편은 책장에 책이 가지런히 꽂혀 있고 깔끔한 데 반해, 오른쪽은 벽에 미니 농구대와 포스터가 붙어 있고 바닥에는 게임기가 어지럽게 흩어져 있다.

쌍둥이 또한 각자 책상 앞에 나란히 앉아 있는데. 폴은 동생의 눈치를 살피는 듯하고, 셸은 팔짱을 낀 채 담담한 모습이다.

아일랜은 룸을 잠시 돌아보고, 쉬운 것부터 폴에게 물었다.

"폴, 아버지께서 트윈 풀 호텔에 간다는 이야기를 하실 때, 당시 상황에 대해 말해 주겠니? 너희들은 어떤 생각을 했고, 다른 가족들은 어땠는지, 반응 등을 말해 주면 좋겠어."

"글쎄요. 그땐 아버지가 기분이 좋으신 줄 알았어요. 목요일 저녁에 갑자기 가족들을 거실로 부르시고는. 할머니가 마지막으로 나타나자, 마치 깜짝 선물인 것처럼 내일부터 호텔 스위트 룸에서 쉴 거라고 말씀하셨거든요. 바닷가에 있는 조용한 호텔에서 푹 쉰다고 하셨는데... 생각해 보면 그 말은 쉬어야 할 만큼 아버지의 건강이 나빴다는 뜻이잖아요. 그런데도 셸과 저는 그때는 그런 생각을 못 하고 마냥 기뻐하기만 했어요."

그랬구나, 아일랜은 맞장구를 치며 가벼운 손짓으로 이야기를 계속하라 권했다.

"어쨌든 아버지도 웃으며 말씀하셨고 다들 기뻐했는데. 그다음 갑자기 한 달이나 묵는다고 하시는 거예요. 그 말에 모두 놀랐어요. 우리는 친구들을 한 달이나 못 만나는 거냐 묻고, 카달 누나는 가방을 몇 개나 싸야 하는지 묻고, 호프 아줌마와 할머니는 몹시 낭황하신 듯했어요... 아버지는 호텔에 준비가 되어 있으니 옷만 챙겨도 된다고 하셨는데. 또 친구들도 얼마든지 만날 수 있다고 하셨고요. 그다음엔 모두 정신없이 짐을 쌌어요. 전 방에 있는 게임 보드를 챙기느니, 아무튼 그날 밤은 잠을 못 잔 것 같아요."

"틀림없이 쉬러 간다고 말씀하셨단 말이지? 다른 가족들도 기뻐하거나 놀랐을 뿐이고." 답을 확인한 아일랜은, 조금 전 뉴윈으로부터 들은 이야기를 슬쩍 꺼냈다.

"저기 어제 들은 이야기 중에 이상한 게 있어서 말이야. 그걸 다시 확인하고 싶은데. 아무리 해안가나 절벽이 위험해도 룸에만 있으라고 말씀하셨다는 게 이해가 안 됐어. 파식 절벽처럼 위험한 곳에만 가지 말라고 하시면 될 걸. 아예 룸 밖으로 나갈 수 없었다는 게... 혹시 어떤 특정한 장소가 위험한 게 아니라, 너희들을 밖으로 못 나가게 하신 다른 이유가 있는 게 아닐까, 궁금했거든."

아이들은 서로 얼굴을 빤히 볼 뿐. 그리고 폴이 거칠게 답했다.

"몰라요. 그 일에 대해선 말하고 싶지 않아요. 이상한 질문엔 묵비권을 쓰라고 픽셔에서 배웠어요."

"그럼, 우리 생각을 들어 봐. 아버지가 룸에서 못 나가게 하셨지만 너희들은 다음 날 아침 소동을 피웠잖아. 그 바람에 마고 님이 진절머리를 내며 너희들에게 당장 나가라고 소리쳤다고 하시던 걸. 그 이야기를 듣고, 혹시 너희들이 그날 아침 소동을 일부러 일으킨 게 아닐까, 룸 밖으로 쫓겨나고 싶었던 게 아닐까, 하는 생각이 들었어,"

순간, 폴의 목이 뻣뻣하게 굳었다. 셀의 눈도 조금 커진 듯.

아일랜은 그 기색을 살피며 말을 계속했다. "혹시 룸 밖으로 쫓겨나고 싶었던 이유가 있는 게 아닐까 생각했는데,"

그러자 셀이 "그런 건 없었어요."라며 도리질했지만, 아일랜은 말을 멈추지 않았다. "밖으로 나가 해야 할 일이 있다거나, 누구를 꼭 만나야 했다든가 말이야."

그 말에 아이들의 입매가 단단히 굳어졌다. 아일랜은 아이들에게 정직하게 말하기로 했다. "사실 너희들에게 그걸 물어보고 싶었는데. 방금 뜻밖의 이야기를 들었어. 그게 답이 아닐까 해... 호프 부인이 말하길, 너희들의 어머니인 도라 부인이 호텔로 찾아왔다고 하던데. 너희들은 어머니를 만나기 위해 소동을 일으킨 거지?"

쌍둥이는 크게 놀라 벌린 입을 다물지도 못했다. 그러나 답은 하지 않았다. 아일랜이 은근히 재촉했다. "그냥 고개만 끄덕여도 돼. 호텔에 어머니가 와 있었던 거지?"

그러나 셀은 고개를 젓고, 폴은 그런 동생을 바라보고 있었다.

"답을 하지 않으면 조사가 더 복잡하게 돼." 아일랜이 다시 한 번 재촉하자 결국 폴이 참지 못하고 성급하게 소리를 질러 댔다.

"어머니도 우리도 아버지 일과 상관없어. 우린 단지 어머니가 보고 싶었을 뿐이야. 아버지는 우리 기분은 생각도 안 하고 어머니를 쫓아냈단 말이야. 우리한테 한마디 말도 없이 어머니와 헤어졌어. 그리고 호텔에서도 만나지 말라 하고. 그런 게 어딨어."

"역시 어머니를 몰래 만나다 아버지에게 들켰구나. 저기, 트윈 풀 호텔은 개인 별장이었기 때문에 객실 수도 적고 부지도 좁은 편이야. 아마 누구를 몰래 만나기는 어려울 걸." 아일랜이 다독이듯 말했다. "어쨌든 어머니를 만나서 좋았을 텐데. 아버지에게 들켜 혼이 나다니... 어머니도 너희도 당황스러웠겠구나."

그 말에 셀도 분노를 참지 못하고 울먹였다. "아버지는 어머니에게 엄청 화를 냈어요. 호텔에 있다고 연락한 건 우리였는데. 우리가 불렀는데. 여기까지 쫓아오면 어떡하냐고 화를 냈단 말이에요." 그리고 침을 튀기며 주먹 쥔 손을 부르르 떨었다. "호프 부인처럼 이상한 여자한테는 잘해 주고. 그 아줌마는 드라마에만 빠져 있는데. 그런 여자한테는 상냥하게 대하고. 어머니에겐 화를 내고 우릴 만나지도 못하게 하고. 아버지가 진짜 미웠어요. 세상에서 제일 미웠다고요!"

폴이 먼저 폭발했으나 마음에 쌓인 분노는 셀이 훨씬 강한 듯. 동생이 말을 쏟아 냈다. 그리고 경련이 인 듯 온몸을 떨어 댔다.

그러나 그다음 질문이, 아일랜의 다음 말이, 분위기를 순식간에 바꿔 놓았다. "그럼 마지막으로 묻고 싶은데. 너희들이 지금까지 어머니에 대해 한마디도 하지 않은 이유가 뭐지? 단지 어머니를 보고 싶어 만난 것뿐이라면 굳이 입을 다물 필요가 없잖아. 어머니가 보고 싶어 몰래 만났다, 그걸 아버지에게 들켜 혼이 났다, 그래서 룸 밖으로 나갈 수 없었다. 얼마든지 말할 수 있는 평범한 일인데. 왜 일절 말하지 않고 빙빙 둘러댔는지 이유가 궁금해. 팬이라면서 좋아하는 존스 캐스터에게도 입을 다물고 말이야... 어머니 이야기를 꼭 감추고 싶었던 것 같은데, 그 이유를 알고 싶어."

그 말에 아이들의 분노가 순식간에 식는다. 그리고 한기를 느끼는지 목을 움츠리더니 아랫입술을 꾹꾹 악물기만 할 뿐.

그 모습을 보며 아일랜은 다시 한번 잔인한 말을 꺼냈다. "또 입을 다물 거야? 그럼 우리 생각을 알려 줄게. 그건 뭔가를 의심하기 때문이 아닐까 하는데. 아버지가 돌아가신 상황에서, 어머니를 의심할 만한 어떤 일이 있었던 게 아닌가 싶다는 말이지."

아이들은 동시에 숨을 들이마셨다. 아일랜은 연이어 쐐기를 박았다. "아버지는 정말, 스스로 목숨을 끊으신 게 맞을까?"

그 말에 방안의 공기는 팽팽해지고. 아무도 입을 열지 않았다. 폴과 셀은 완전히 굳은 채로 기계처럼 머리만 내저을 뿐. 그리고 잠시 후, 고개를 푹 수그렸다. 이제는 정말 묵비권을 행사하듯.

당연히 인터뷰를 더 진행할 수 없어, 세 사람은 자리에서 일어나야 했다. 그리고 밖으로 나가는데. 마지막으로 문을 나서던 아일랜이 뒤를 돌아봤다. "너희들이 뭘 걱정하는지 알겠어. 이제 너희들에게 다시 질문할 일은 없을 거야. 도라 부인을 직접 만나 물어볼 생각이니까."

그러자 폴이 큰 소리로 외쳤다. "어머니는 아무 상관없어. 그리고 절대로 어머니를 만날 수 없을 걸. 우린 어머니의 연락처를 알려 주지 않을 테니까. 절대로 알려 주지 않을 거야."

아이들의 말은 짧고 얼굴엔 굳은 의지가 어렸다.

쌍둥이의 방 맞은편은 카달의 방이었다. 뉴윈이 사과를 전하고 싶다며 노크를 했다. 카달이 문을 열어 주는데. 뒤편에 보이는 방은 깔끔하게 정돈이 잘 돼 있다. 여성스러운 화사한 장식은 없고. 책이 가득 꽂힌 책장과 책상이 보인다. 법률과 행성 업무에 관한 서적이 가득한 실내는 행정 사무실 같기도 하다.

뉴원이, 조금 전 실례를 한 것 같다며 사과를 전하고, 아일랜도 그녀에게 미안하다고 말했다. 그녀는 고개를 끄덕이며 괜찮다고 답했다. 그리고 본즈를 만나러 간다는 이야기를 전하며, "나중에 다시 뵙겠군요."하고 세 사람에게 인사를 건넸다.

그사이 거실 쪽에서 호프 부인이 나타나 배웅하듯 다가왔다. 그리고 "이제 다 끝난 건가요? 다시 질문 받을 일은 없겠죠?"라며 어색하게 묻는 것이다.

그 말에 아일랜이 미소를 띠었다 "글쎄요. 지금까지 풀리지 않은 의혹들은 라이브 픽션에서 묻게 될 거예요. 그러므로 부인, 나중에 곤란한 모습을 보이고 싶지 않다면, 언제든 이쪽으로 연락을 주세요. 하고 싶은 말씀이 있다면 말이에요."

그러자 호프 부인의 눈빛에 두려움이 감도는 듯. "저기, 다른 가족들은 답을 잘하겠지만... 전 봐주시면 안 될까요... 왠지 자꾸 말을 하면 꼬이는 것 같아서요... 라이브라니... 여러 사람 앞에서 이야기를 하는 건 너무 무서워요."

그러나 아일랜은 답을 피했다. "그러니까 하고 싶은 말씀이 있다면 먼저 알려 주시는 게 좋겠죠? 그리고 전에 가정부로 일했다던 올랭 부인의 연락처를 알고 싶은데, 알려 주시겠어요?"

그 부탁에 호프 부인은 안으로 들어가 메모를 써 왔다.

그녀가 메모를 건네자 뉴원이 다시 물었다. "부인, 혹시 패럴 씨의 유언장에 대해 알아보려면 어디로 가야 할까요?"

"그건 막스 엔드 사무소에 가시면 될 거예요... 집안의 법률 문제나 자산 관리는 모두 거기서 처리해 주거든요. 종합 사무소라,

소송이나 금융 문제, 투자 자문도 도맡아 해 준다고 알고 있어요. 여기 소호 타운에 있어요."

세 사람은 다시 인사를 하고 나와 엘리베이터에 올랐다.

4 DAY 2 - 오전 11:00. 막스 대표

자택을 나와 사무실로 가기 전, 비숍은 다시 모라와 통화했다. 그러자 메이저 팀 역시 유언장에 관한 걸 듣겠다며, 사무실로 온다고 한다. 그리고 얼마 후, 그들은 지하 주차장에서 만나 함께 사무실을 찾았다.

고층 빌딩은 여러 개의 법률 사무소와 보험회사 본부, 금융 사무소가 입주해 있으며, 엘리베이터와 통로마다 사람들로 그득했다. 그중 20층 엘리베이터 바로 옆에 위치한 막스 엔드 사무소는 규모가 매우 컸다. 실내는 법률 사무소를 주축으로 예금과 보험, 증권을 비롯 각종 투자 부스까지 함께 자리 잡고 있어. 호프 부인의 말처럼 한자리에서 법률과 자산에 관한 서비스를 모두 제공받을 수 있을 듯했다.

잠시 후, 막스 대표가 나타나 개인 부스로 사람들을 이끌었다. 그는 곱슬머리에 피부가 누런 60대 남자로, 자리를 잡고 앉자마자 곧바로 자랑을 늘어놓기 시작했다. "잘 오셨습니다. 보다시피 이곳은 개인보다는 가문이나 집안 전체의 법률 자문을 맡아 처리하는 종합 사무소입니다. 뭐, 가족 분제라는 게 대부분 돈에 관련된 것이라 금융을 비롯한 자산의 운용과 투자 관리도 겸하고 있고요. 덕분에 고객분들은 무엇보다 소중한 시간을 아낄 수 있으니. 한마디로 눈코 뜰 새 없이 바쁜 현대인에게 최적의 서비스를 제공하는 곳이라 할 수 있죠." 늘 내용을 외우고 다니는 듯 대표는 캐스터들의 카메라를 골고루 응시하며 자랑을 마쳤다.

그리고 다시 비서를 호출해 몇 가지 서류를 준비시키는데. 이미 조사에 필요한 서류를 알아본 듯, 조사 팀에게 묻지 않고 서류 목록을 불러 주었으며. 늘씬한 비서 역시 5분여 만에 자료를 들고 나타나 테이블 위에 가지런히 줄을 맞춰 놓고 나갔다.

그것은 패럴 코브의 유언장과 사망 보험 증서를 비롯, 각종 금융 자산에 관한 자료 사본이었다.

모두 차를 사양하고 아일랜만 레몬티를 대접받았으며. 곧바로 사람들은 서류를 나눠 들고 내용을 살피느라 분주해졌다.

그들을 지켜보던 막스 대표가 의아한 듯 입을 열었다. "무엇을 조사하는지 모르겠군요. SD사건으로 결론이 났을 텐데요."

반가운 듯 존스가 대꾸했다. "맞습니다. 바로 그 점을 확실하게 하기 위해 조사를 하는 겁니다."

이윽고 제일 먼저 서류를 살펴본 아일랜이 입을 열었다. "유산도 상당하지만 거액의 사망 보험에도 들어 있군요. 60억 골드 머니나 되는데. 자살이라 보험금은 지급되지 않는 건가요?"

그런데 뜻밖에 대표가 고개를 저었다 "그걸 모르는 분이 많더군요. 사망 보험의 경우, 자살하면 보험금이 사라진다고 생각하시는데. 케이스 바이 케이스입니다. 즉, 수익 조건이나, 수익자

요건, 면책 기간이 보험 상품 약관에 따라 다르다는 말이죠. 패럴 씨와 호프 부인이 든 보험은 면책 기간이 2년으로 정해져 있는 상품이라. 가입한 지 2년이 지나면 자살이라 해도 80% 이상 보험금을 지급받을 수 있습니다. 두 분은 신혼여행에서 돌아온 직후 곧바로 저희를 찾아왔으며, 여기서 유언장을 작성하고 사망 보험에 가입했습니다."

그러자 대표의 말이 끝나기도 전에 존스가 탄성을 지르며 끼어들었다. "그럼, 사망 보험의 면책 기간이 끝났다는 말이군요. 이게 트리거였어요. 패럴 씨가 목숨을 끊겠다는 생각을 하고, 그것을 실행에 옮긴 결정적 이유를 찾고 있었는데. 이제 찾은 것 같습니다. 유족에게 사망 보험금이 지급될 테니, 그는 걱정 없이 눈을 감았을 겁니다."

대표가 고개를 끄덕였다. "네, 공교롭게 시기가 맞습니다. 안 그래도 이 상품은 면책 기간이 너무 짧아 약관을 바꿔야 한다는 의견이 있는데. 어쨌든 석 달 전 그분의 면책 기간이 끝이 났죠."

"그럼, 사망 보험금을 포함한 패럴 씨의 유산은 어떻게 상속되는지 유언장의 내용을 간략히 설명해 주세요." 아일랜이 다시 카메라를 가리키며 청했다.

대표는 알았다며 카메라를 보고 간단히 설명을 시작했다. "네. 말씀드렸다시피 유언장도 사망 보험과 마찬가지로 세 번째 결혼 직후 작성됐습니다. 패럴 씨가 이곳에서 직접 작성했고요. 일단 사망 보험금의 수익자로 지정된 사람은 마고 님입니다. 패럴 씨와 호프 부인 둘 다 마고 님을 수익자로 지정했어요. 그리고 패럴 씨 유언장의 내용도 한마디로 요약하자면, 재산의 전권을 마고 님이 가지게 되는 겁니다."

"네? 마고 님이요?"

모두 놀란 듯 어리둥절한 얼굴이었다.

"그럼, 다른 가족들은 한 푼도 받지 못하나요?" 솔리가 재차 확인했다.

"네. 물론 시티마다 상속법이 다르고, 사망 시 유산에 관한 처리 법률도 다르기는 합니다만. 가족 구성원 모두에게 일정한 비율로 유산을 공평하게 분배하는 시티도 있지만, 이곳 서던 시티는 유언장의 내용대로 집행하는 게 제 1 원칙입니다. 따라서 모든 재산은 마고 님께 돌아가게 됩니다."

"마고 님이라니. 생각도 못했군요. 나이가 제일 많은 어른 아닙니까. 패럴 씨의 결정이 너무 뜻밖인데요." 비숍이 탄식하며 고개를 갸웃했다.

그러나 막스 대표는 고개를 저었다. "마고 님도 저희 고객이고, 제 기억이 맞다면 그분은 연세에 비해 건강한 편이었을 겁니다. 인지 기능에 장애가 있다면 다른 가족이 심의를 신청해 유언장을 수정할 수도 있지만, 그럴 일은 없을 것 같은데요. 게다가 전 패럴 씨의 결정이 충분히 이해가 됩니다. 무엇보다 세 번이나 결혼을 하고 보니 자신의 변덕에 대해 잘 알았던 게 아닐까 싶은데요. 그러니 어떤 경우라도 어머님을 의지하는 게 낫다고 판단했겠죠. 집안의 어른이자 가장 안심하고 믿을 수 있는 분이 마고 님이니까요. 호프 부인도 마고 님의 말이라면 무조건 따른다고 했습니다." 그리고 재차 말을 강조했다. "때문에 생각해 볼수록, 유언장의 내용이 합리적이라 생각될 뿐입니다. 카달 양은 결혼을 앞두고 있고 폴과 셀은 지나치게 어리니까요. 어설프게 유산을 분배하는 것보다 노부인께 전권을 주는 게 낫죠. 게다가 마고 님이 먼저 재산을 패럴 씨에게 증여해 놓았습니다. 결국 순서만 다를 뿐, 패럴 씨와 마고 님, 두 사람이 재산의 전권을 가지게 된다고 보면 됩니다."

사람들은 잠시 생각에 빠졌다.

이윽고 존스가 턱을 문지르며 입을 열었다. "그 말이 맞습니다. 조사를 하면 할수록 패럴 씨가 자살을 준비한 정황만 나오는데. 대표님의 이야기가 가장 결정적인 것 같습니다. 보험 수익자와 유산 상속의 주인공이 마고 님이라니... 정말, 패럴 씨는 생을 마칠 결심이 단단했던 것 같군요. 마고 님의 연세가 많은 건 따질 필요도 없을 테죠. 자신이 먼저 죽을 생각이었으니까요."

그 말에 대표는 연신 고개를 끄덕이며 침통한 표정이었다.

그러자 존스가 한마디 더 물었다. "혹시 패럴 씨의 건강에 대해 이야기를 들은 적이 있습니까? 조금 전 그분의 주치의를 만났는데. 우울증이 꽤 심했다고 하던데요. 오전에 들었던 이야기가 좀 충격적이어서 말입니다."

대표는 고개를 가로저었다. "그분의 자산을 관리하고 여러 법률적인 일을 처리하기는 하지만. 패럴 씨와 사적인 친분은 없습니다. 사무를 볼 때도 주로 메일을 이용했고요. 마지막으로 만난 게 2년 전이었습니다."

"그럼, 마고 님의 유언장은 없나요?" 아일랜이 다시 물었다.

"네. 그분은 진작에 재산을 증여해 놓았기 때문에, 따로 유언장을 만들지는 않으셨습니다. 하지만 이렇게 된 이상, 장례식이 끝나고 나면 노부인께 유언장을 만들어 놓는 게 좋겠다고 조언해 드릴 생각입니다."

그 후로 사람들은 패럴의 유산에 관한 질문을 몇 가지 더 하고 답을 들었다. 그리고 중요한 내용은 모두 들은 듯한 때, 막스 대표가 바쁘다며 양해를 구하자, 모두 자리에서 일어났다.

그런데 부스를 나서기 전, 그때까지 입을 다물고 있던 뉴윈이 처음으로 입을 열었다. "혹, 패럴 씨의 결혼과 이혼 수속도 이곳에서 처리했습니까?"

"네. 첫 부인과 사별이나 두 번째 부인과의 이혼, 호프 부인과의 세 번째 결혼도 저희가 법률적으로 처리했습니다."

"도라 부인과 이혼한 사유는 무엇인가요?"

"상관없는 질문인 것 같은데요." 존스가 딴지를 걸었다.

그러나 대표는 선선히 답했다. "부부의 속사정은 저희도 모르지만, 일단 성격 차이로 알고 있습니다. 깔끔하고 원만하게 진행된 합의 이혼이었다고 기억합니다."

그러자 뉴윈이 다시 부탁했다. "그럼, 결혼과 이혼에 따른 각종 소송에 관한 서류와 유언장, 그리고 보험 증서 약관 등의 사본을 조수대 자료실로 전송해 주셨으면 합니다. 개인 정보는 삭제하고 보내 주시면 됩니다."

대표는 알겠다고 하더니, 잠시 기다리라고 했다. "방금 보신 서류를 그대로 가져가시면 됩니다. 전부 사본이니까요. 그리고 제 기억이 맞다면 이혼에 관한 서류는 확정 증명서만 찾으면 될 겁니다. 지금 바로 찾아 드리도록 하죠. 혹시 모르니 조사 팀에서도 개인 정보를 확인해 주시고. 픽셔로 발표할 때도 중요한 정보는 유출되지 않도록 조심해 사용하시길 부탁드립니다."
 잠시 후, 자료를 모두 건네받은 조사 팀은 인사를 하고, 사무실을 나섰다.

 주차장에 이르자 아일랜이 솔리를 불렀다. 그리고 약속대로 가족들에게서 나온 새로운 증언들을 전했다. 이야기를 들은 솔리는 고맙다고 답했으나 존스에게 전할 필요는 없다고 생각한다. 대신 어디로 가느냐고 행선지를 물었다.
 아일랜은, "우리는 패럴 씨가 내보낸 가정부를 찾아가 볼 생각이에요." 하고 답했다.
 "그래요? 우리는 펜닐에 대해 조사할 예정이에요." 솔리도 다음 일정을 알려 주고, 인사를 한 다음 존스의 차에 올랐다.
 그사이 비숍은 모라를 만나, 메이저 팀의 동향에 대해 몇 마디 묻고 답을 듣고 있었다.
 솔리는 강렬하게 인상이 남은 분홍색 차로 향하는 아일랜의 뒷모습을 보며 입을 열었다. "생각보다 아일랜 씨가 질문을 능숙하게 해서 놀랐어. 오늘 보니 뉴원 씨는 진짜 조수처럼 보이던 걸. 아무튼 저쪽 팀은 패럴 씨 댁에서 일했던 가정부를 만나러 간다고 해."

존스는 시동을 걸며 코웃음을 쳤다. "가정부라니. 역시 엉뚱한 삽질만 하고 있잖아. 도대체 가정부가 무슨 상관이야. 패럴 씨가 독약을 직접 입수했다는 게 팩트인데. 그 정보원을 만나 직접 약을 건넸다는 증언을 확보하면 우리 패는 천하무적이야."

그사이 비숍과 이야기를 마친 모라가 차로 다가오자, 존스는 재빨리 입을 다물었다.

이윽고 조사원들이 탄 차량이 주차장을 차례로 빠져나오고. 두 대의 자동차는 각기 다른 방향을 향해 달려간다.

5 DAY 2 - 오후 12:40. 가정부 올랭

아일랜 팀은 호프 부인에게 받은 주소지로 찾아갔다. 올랭 부인의 집은 소호 타운 중심가에서 멀지 않으나, 동네 분위기는 완전히 다른 듯. 골목 어귀에 쓰레기가 쌓였고, 가로등 아래 쥐의 사체가 보이는 등, 지저분하기 짝이 없다. 그리고 똑같이 생긴 공립 주택이 블록처럼 늘어서 있다.

가정부는 마치 기다리고 있었던 듯. 아일랜이 벨을 누르자 곧바로 문을 열어 주었다. 그러나 집 안으로 안내하는 대신 현관 앞에서 인터뷰를 하겠다고 한다.

"안 그래도 호프 부인에게 연락을 받았어요. 남편이 있으니 빨리 끝내 주세요. 집과 제 얼굴도 마크 처리해 주시고요."

고개를 끄덕인 아일랜은, 제일 먼저 패럴의 성품에 대해 물었다. 그가 어떤 사람이었는지.

그러자 여인은 불그스름한 눈썹을 찌푸렸다. "정말 곤란한 질문이네요. 만약 패럴 씨가 살아 있었다면, 제 말 한마디 한마디를 꼬투리 잡아 명예 훼손으로 고소했을 거예요. 그분은 말꼬리를 잡는 데 선수라 아무도 이길 수 없으니까요. 하지만 이제는 돌아가셨으니, 굳이 말해 본다면... 패럴 씨는 아주 꼼꼼하고 철저한 분이었어요. 석 달 전 병가로 쉴 때, 매일 찻잔을 뒤집어 바닥까지 검사할 정도로요. 그분이 그만두라고 하지 않았으면, 제 쪽에서 감시를 견디지 못하고 일을 그만뒀을지 몰라요."

"최근 달라지거나 이상한 점은 없었나요?"

"글쎄요. 그 집에서 일한 지가 10년이 넘었거든요. 이상한 점은 딱히 없는 것 같아요. 예전보다 너그럽고 부드러워진 것 같지만. 도라 부인과 있을 때는 정말 성격이 까칠했거든요. 부인이 잘 견디길래 이혼할 줄 몰랐는데. 그런데 이혼한 지 한 달 만에 다시 결혼식을 올리고는. 더욱이 호프 부인 앞에서는 사람이 완전히 달라져서, 그 착한 부인이 쫓겨난 이유를 짐작할 수 있었어요. 호프 부인에게는 얼마나 다정하던지... 결국 도라 부인만 불쌍하게 됐죠, 뭐. 아이들을 뺏긴 채 쫓겨나듯 나가야 했으니. 때문에 전 세 번째 결혼도 왠지 끝이 좋지 않을 거란 생각이 들었어요." 그리고 그녀는 이건 악담이 아니라고, 강조하듯 말했다.

"정확히 일을 그만두게 된 이유를 알고 싶군요."

"돈 때문이죠. 패럴 씨가 직접 말했어요. 가족과 함께 장기로 호텔에 묵을 예정이라 월급을 줄 수 없다고요. 저도 한 달 정도는 휴가 받은 셈치고 기다리겠다고 했는데 필요 없다고 거절하더군요. 그땐 얼마나 냉정하던지. 하지만 지금은 그게 배려인 것 같아 마음이 풀렸어요. 어쨌든 끔찍한 사건을 직접 겪지 않아도 됐으니까요."

"패럴 씨가 호프 부인과 어떻게 만났는지 혹시 아는 이야기가 있습니까?" 뜻밖에 비숍이 질문을 했다.

"그건 호프 부인에게 물어야 하지 않나요? 뭐, 제가 듣기론 아주 드라마틱했다고 해요. 부인에게 직접 들었는데. 그녀는 한적한 지방의 큰 저택에서 조용히 홀로 지내고 있었는데. 패럴 씨가 취재차 지방에 내려왔다 그녀를 보고 한눈에 반했다나 봐요. 그녀에게 곧바로 프러포즈를 하고 한 달 만에 결혼식을 올렸다는데. 참, 아시는지 모르겠지만 호프 부인은 드라마를 좋아하거든요. 그런데 드라마틱한 구애를 받는 정말 기뻤다고 하더군요. 자신이 꼭 드라마의 주인공이 된 것 같다고 자랑하곤 했어요. 이야기를 나눠 보니 나이답지 않게 순진한 면이 있어. 패럴 씨도 그 순진함에 반한 건지 모르겠어요. 물론 드라마에 빠진 건 탐탁치 않아 했지만 아주 잘해 줬죠."

"호프 부인과 친했나요?"

"그렇다고 할 수 있겠죠. 아무래도 가족과는 겉돌았으니. 그나마 저와 대화를 나눴을 거예요. 안 그래도 호프 부인이 다시 와 달라고 할 때 그녀를 생각해 돌아갈까 했지만. 왠지 꺼림칙해서 거절하고 말았어요. 이미 파트 타이머로 일도 다니고 있고요."

처음의 곤란하다는 손짓과 달리 막상 질문을 하면 그녀는 답을 곧잘 해 주었다. 인터뷰를 끝낸 세 사람은 고맙다고 인사를 전했다. 그리고 다음 증인을 만나러 갔다.

6 DAY 2 - 오후 12:20. 보조 캐스터 워크

솔리와 존스는 소호 타운 중심가에 있는 모닝이스트사의 본사 빌딩으로 들어섰다. 그 뒤를 모라가 따랐다. 세 사람은 패럴이 입수했다는 펜닐에 대해 알아보기 위해 그가 소속되어 있던 회사를 찾아온 것이었다.

"우리가 만날 사람들은 모두 소호 타운에 있어 다행이야. 덕분에 저쪽 팀과 달리 시간이 많이 절약되겠어. 정말 운이 좋은 걸."

일이 잘 풀린다며 존스는 두 사람을 돌아보고 만면에 미소를 띠는데, 사실, 그 말을 한 진짜 속셈은 다른 데 있다. 오늘도 모라를 일찌감치 떼어 낼 생각이라. 이쪽은 열심히 조사했으나 시간을 아꼈다는 인상을 주고 싶은 것이다.

그들은 1층 접견실로 들어가, 패럴의 보조 캐스터였다는 남자를 기다렸다. 잠시 후, 차에서 스피커폰으로 함께 들었던 귀에 익은 목소리가 인사를 건네 온다. 성대가 상한 듯 거친 목소리가 인상적이었던 남자는 깔끔한 슈트 차림이 더욱 인상적인 듯.

패럴의 마지막 보조 캐스터였다는 남자는, 워크 홉, 이라고 이름을 밝히며 빈자리에 앉았다. 20대 초반으로 보이는 그는 아이브로우를 칠한 듯 눈가가 진한 탓에 인상이 강렬했다.

그는 자리에 앉자마자 먼저 자신의 근황을 전하는데. 뜻밖에 패럴의 뒤를 이어 메이저 캐스터가 되었다는 것이다. 그 목소리는 인사를 할 때보다 조금 더 힘이 들어가 있었다.

"뭐, 패럴 씨의 구독자분들이 도와주신 덕분이죠. 그분들께 깊이 감사하고 있습니다. 안 그래도 이 유명한 대결을 흥미진진하게 관전하던 참이라. 어느 팀이든 찾아오지 않을까 오랜만에 정장도 꺼내 입고 기다렸는데. 이렇게 메이저 팀이 와 주셔서 정말 영광입니다."

솔리는 목례를 한 후, 입을 열었다. "저기 패럴 씨의 마지막 보조 캐스터였다고요? 어떻게 메이저가 되신 건지 궁금해요."

그것은 그가 패럴의 자리를 노리고 무슨 짓을 한 게 아닐까 의심하며 던진 질문이었지만. 남자의 얼굴은 대번에 환해졌다.

"패럴 씨는 보조 캐스터를 여러 번 바꾸었는데. 마지막이라 운이 좋았던 거죠. 사실 패럴 씨가 일을 그만둘 거라고는 생각지 못해. 처음엔 퇴직 이야기를 듣고 무척 실망했습니다. 그분은 책을 낼 거라고 말씀하셨는데, 본인은 계획이 있는 듯했지만 전 일이 끊긴 꼴이 됐으니까요… 그런데 가만 살펴보니, 독자들의 분노가 최고치를 찍었던 살인 사건을 따로 정리하시는 겁니다. 각 사건의 최종 법 감정 결과와 여러 뒷이야기를 정리하시는 듯해서 저도 따로 자료를 정리했습니다… 보조 캐스터는 눈치가 빨라야 하거든요. 나중에 정리된 자료를 건네면, 준비성과 꼼꼼함을 어필할 수도 있고 다른 자리에 추천 받기도 쉬울 것 같아. 열심히 자료를 정리했는데, 그만 그분이 돌아가신 겁니다. 그러고 나니 모은 자료가 아깝더군요... 그래서 제가 각 사건의 후속편을 써 보기로 했죠. 패럴 씨가 썼음 직한 스토리를 상상해 써 봤는데, 그게 반응이 터진 겁니다. 덕분에 시리즈가 되고 메이저 캐스터도 될 수 있었던 거고요... 어쨌든 전부 패럴 씨 덕분입니다. 게다가 지금은 두 분이 패럴 씨에 대한 화제를 일으켜 주셔서 감사할 따름입니다. 구독자가 다시 늘고 있거든요."

그 이야기에는 자신의 눈치 빠른 대응으로 성공을 쟁취한 것에 대한 기쁨만 담겨 있을 뿐. 죽은 이에 대한 슬픔이나 애도는 크게 느껴지지 않았다.

"그럼 몇 가지 더 묻겠어요." 솔리가 또다시 나섰다.

"하지만 패럴 씨와 함께 일한 기간이 2년 남짓밖에 되지 않아. 제대로 답변하지 못하는 부분도 있을 겁니다."

"알겠어요. 그럼 먼저 패럴 씨의 마지막 픽셔에 대해 간단히 설명해 주세요. 특히 펜닐에 관해서요."

"네, 그것은 요즘 심각한 사회 문제로 대두된 약물 중독과 마약 중독을 다룬 기획 픽셔였습니다. '도피와 악몽'이라는 타이틀로 매달 2회씩 24회 시리즈로 써 낸 픽셔였고. 24화 전체는 시간 순의 통시적 관점에서, 즉, 약의 기원에서 시작해 사회와 함께 진화한 여러 가지 중독성 약물과 마약의 종류를 설명해 나가는 글이었습니다. 1화는 그리스 의사 갈렌이 만들었다는 감각 상실을 일으키는 최초의 마약이 나오고, 그걸 시작으로 CNS 중추 신경 흥분제, 중추 신경 억제제, 환각제, 3개의 카테고리에 속하는 마약 24종을 다루었죠. 각 약물의 특성과 중독 증세, 그리고 유통 과정을 집중적으로 파헤쳤으며, 중독자들의 사례와 심각한 폐해에 대해서도 함께 다룬 픽셔였습니다."

"거기 펜닐이 등장했군요."

"네. 마지막으로 다룬 게 펜닐이었습니다. 조사해서 아시겠지만 그 약은 진통제로 의약처에서 허가를 받은 터라, 불법 마약보다 합법적인 루트로 유통되고 있습니다. 때문에 암암리에 엄청나게 퍼져 있다고 들어, 그 효과와 위험성을 픽셔에서 다뤘죠. 사실, 마약과 약물의 경계는 모호하다고 보는 게 맞을 겁니다."

"픽셔에는 펜닐의 시각 자료가 있던데. 그 아래 정보 제공자가 이니셜과 기본 정보만 나와 있더군요. 혹, 패럴 씨가 펜닐을 입수한 경로를 알고 있나요?"

"아, 그건 개인 정보원이 제공한 겁니다. 현직 약사라고 들었는데 그분이 픽셔에 나오는 약들 중, 합법적으로 구할 수 있는 건 구해 주었다고 하던데요."

"그분에 대한 정보를 얻을 수 있을까요?"

워크는 잠시 망설이는 듯 입을 다물었다. 그러나 얼마 후, 결심한 듯 고개를 끄덕였다. "네. 하지만 패럴 씨가 알려 준 건 아닙니다. 보조 캐스터로서 저도 정보에 접근할 수 있거든요. 그래서 따로 연락처를 알아내 가지고 있던 거죠. 솔리 양과 존스 씨라면 기꺼이 알려 드려야겠죠."

남자는 핸드폰에서 연락처를 찾아 적어 주었다. 그리고 다시 입을 열었다. "물론 알고 계시겠지만, 안 그래도 시점이 묘하게 이어진다고 생각했습니다. 패럴 씨가 마지막 픽셔를 쓴 직후 병가를 내고, 다시 한 달 후 일을 그만둔 다음, 호텔에서 운명을 달리하신 일련의 일들이요. 굳이 입수할 필요도 없는 펜닐을 직접 입수할 때부터 의아하게 생각하고 있었는데... 약에 관련된 영상은 얼마든지 온라인에서 구할 수 있음에도 불구하고, 직접 약을 입수해 시각 자료를 만드신 게 마음에 걸렸거든요. 때문에 패럴 씨의 비보를 듣자마자 크게 놀라기는 했어도, 어쩐지 수긍이 되는 겁니다. 책을 쓴다는 것도 눈을 가리기 위한 핑계였을 뿐. 약을 구할 때부터 그분은 이미 그런 결심을 한 것인지 모르죠."

그 말은 메이저 팀의 견해와 완전히 일치하는 터라 존스는 그의 손을 굳게 맞잡았다. "이렇게 함께 일한 분이 중요한 증언을 해 주시니 진실이 명백히 밝혀질 겁니다. 라이브를 할 때 꼭 이 증언을 올리겠습니다."

솔리 역시 감사하다고 인사를 했다.

"솔직히 이 시대엔 누가 어떤 방식으로 자살해도 이상하지가 않죠. 명확한 원인 없이도 얼마든지 자살할 수 있는 데다, 충동이라는 강력한 동기가 있으니까요. 무엇보다 이쪽 일은 몹시 힘든 일 아닙니까. 끊임없이 기대와 좌절이 반복되는 어려운 일이죠. 패럴 씨는 지나친 격무와 스트레스에 시달렸습니다." 한숨을 쉰 워크는 재차 존스의 마음에 들 만한 말을 하고, 다음에 콜라보를 하면 좋겠다고 청했다.

솔리는, 시간이 나면 꼭 워크 씨의 픽셔를 읽어 보겠노라, 약속하며 답에 응했다.

보조 캐스터와 헤어진 세 사람은 다음 참고인을 찾아갔다.

7 DAY 2 - 오후 1:00. 정보원 약사

정보원이었던 약사는 존스와 솔리를 보자, 자신을 찾아온 이유를 짐작한 듯, 펜닐을 제공했냐는 질문에 매우 조심스러운 투로 입을 열었다.

"네. 제가 제공했습니다. 정부 공인 약사라 약을 구하는 건 어렵지 않으니까요. 펜닐 또한 합법적으로 유통되고 처방되고 있고요. 사실, 그게 아편 염기로 만들어진 것만 봐도 마약으로 분류될 수 있는 위험한 약인데. 의약처에서 경고 차원으로 끝냈으니, 뭐. 어쨌든 그 약을 자료로 제공하는 건 불법이 아닙니다."

키가 작은 약사는 옅은 눈썹을 찡그리며 괴로운 표정을 지었다.

"얼마 동안 정보원으로 일하셨죠?"

"5년 정도 될 겁니다. 저 말고 다른 정보원도 여럿 있는 걸로 알고 있습니다. 패럴 씨는 아무래도 분노 섹션 캐스터라. 여러 범죄를 다루었고, 무기나 약물에 관한 공부도 했다고 하니까요."

"혹시 정보원으로서 따로 거래가 있는지 궁금하군요. 주고받는 게 있는지 말이에요."

"거래라니, 듣기 불편하군요. 직접적인 거래가 있다기보다 간접적인 홍보에 도움이 되죠. 메이저 캐스터의 정보원이면 영향력이 크거든요. 그래서 저도 그분의 요구를 들어주었고요. 구해 달라는 약은 전부 구해 주었는데. 일단 약을 건네줄 때와 돌려받을 때, 항상 기록을 영상으로 남겼습니다."

"돌려받는다고요?" 질문을 주도하던 솔리가 놀란 듯 물었다.

"네. 독극물은 당연히 무단 유출이 안 됩니다. 자료로 필요하다면 건네주었다가 다시 돌려받았습니다." 그 말을 하며 약사는 비로소 어깨가 펴진 듯. "그러고 보니 전 정말 불법적인 일은 하지 않았습니다. 갑자기 여러분이 찾아와서 놀랐을 뿐입니다."

"그럼 펜닐도 그렇게 처리했나요?"

"네. 그게 마지막 약이라 똑똑히 기억하고 있습니다. 늘 그렇듯 이번에도 픽셔에 쓸 자료라며 저에게 구해 달라 부탁하셔서. 그래서 실험용으로 유통되는 정제 분말을 구해 드렸죠. 그런데 돌려받지 못했습니다. 그분은 꼼꼼한 편이라 항상 약속한 즈음에 약을 돌려받았는데. 늦어도 한두 달 안에는 회수할 수 있었거든요. 그런데 이번에는 석 달이 넘도록 돌려받지 못해, 연락을 해 봤습니다. 그랬더니 호텔에서 쉬는 중이라 깜빡 잊었다고 집으로 돌아가면 갖다주겠다고 하시는 겁니다. 그래서 기다리고 있었죠... 그분은 메이저 캐스터인 데다 5년이나 함께 일한 터라 전혀 의심하지 않았습니다. 철석같이 말만 믿고 기다렸는데... 설마 그런 결심을 하신 줄은 상상하지 못했습니다." 키가 작은 약사는 말을 잇지 못했다.

"그럼, 펜닐을 건네는 영상이 있겠군요. 패럴 씨가 직접 약을 입수하는 영상 말이에요. 그 복사본을 얻고 싶어요." 솔리가 정중히 부탁했다.

그사이 존스는 다시 한번 약사의 진술을 확인했다. "그러니까 그 약을 구해 달라고 요구한 사람도 패럴 씨고, 놀려받으려 할 때 핑계를 대며 미룬 것도 패럴 씨 본인이란 말씀이죠?"

"네." 약사는 고개를 끄덕였다. 그리고 다시 두려운 표정으로 세 사람을 쳐다보았다. "그가 그 약을 그렇게 쓸 생각이었다는 걸, 비보를 접하고 곧바로 깨달았습니다. 어떻게 하든 약을 돌려받아야 했다고 후회했죠... 애초 약을 구해 주는 게 아니었다고 자책도 했고요."

"아닙니다. 자책하지 마세요. 패럴 씨야말로 어떡하든 그 약을 구했을 겁니다. 다른 사람이 대신 구해 줄 수도 있죠." 존스는 자신들에게 유리한 증언을 해 준 약사를 위로했다. "이토록 분명한 사실을 왜곡하려는 사람들이 있으니 힘내시고. 이 사건이 어떻게 해결되는지 끝까지 지켜봐 주시길 부탁드리겠습니다."

"약은 어떤 용기에 담겨 있었죠? 가족들의 증언과 비교해 보려고요. 혹시 패럴 씨가 다른 사람으로부터 또 다른 펜닐을 입수했을 수도 있지 않을까 싶어서요." 솔리가 날카롭게 캐물었다.

"그건 작은 유리병에 담겨 있었습니다. 일반적으로 주사액이 담긴 5ml 병보다 가늘고 투명한, 마치 앰플 병처럼 보이는 용기입니다. 영상을 찾아 드릴 테니 직접 보시죠." 그리고 약사는 영상 자료를 찾아 복사해 주었다.

약국을 나서는 존스는 그야말로 의기양양한 얼굴이었다. "이제 됐어. 패럴 씨가 직접 약을 건네받는 영상이라니. 게임 끝이라니까." 그는 흥분한 어조를 감추지 못했다.

8 DAY 2 - 오후 1:40. 게일. 로스 교수. 카달과 본즈

아일랜 팀은 게일을 찾아 소호 타운 외곽에 있는 대학교를 찾아왔다. 마침 게일의 점심시간에 맞출 수 있었다는 것은 운이 좋았으나. 캠퍼스는 도심에서 떨어져 있으며, 막상 도착해 보니 교정도 넓어 약속 장소인 학생 식당을 찾는 데 시간이 꽤 걸렸다.

세 사람은 센토 대학 A-1 학부 건물의 구내식당에 도착해 게일을 기다렸다. 그런데 한쪽 구석에 식탁을 차지하고 조용히 앉아 있을 뿐인데. 왠지 식판을 들고 지나가는 학생들의 시선이 자꾸 이쪽에 머물렀다 가는 게 아닌가.

바보가 아닌 다음에야 주목받는 것을 모를 수 없는 터라, 아일랜이 어색한 웃음을 터뜨렸다. "하... 하하... 왜 모두들 저희를 노려보며 지나가는 걸까요... 학생들의 눈초리가 따가운 건... 하하, 제 착각이겠죠?" 말을 더듬은 이유는 호기심 어린 시선보다 미간에 주름을 잡은 채 험악한 인상을 쓰며 지나가는 학생들이 훨씬 많았기 때문이다.

"글쎄요. 제 생각입니다만, 어젯밤 픽셔가 쏟아져 나왔으니 착각이 아닐 수도 있을 듯한데요. 맨션 경호원도 그렇고 모두 이 경쟁을 알고 있는 듯한 눈치였으니까요. 티를 내지는 않았지만."

"설마. 아하하... 그렇다면 모, 모두 존스 씨의 팬이란 말인가요... 여기서 쫓겨나지는 않겠죠?"

"모르겠습니다. 학생들의 시성과 이성을 믿어 볼 수밖에요."

그러자 비숍도 허리를 쭉 펴며 "나도 있으니 안심하지."하고 한마디 거들었다.
 그 말에 겨우 마음이 놓이는데. 다음 순간 아일랜은 어쩌면 지금까지 조사가 순조롭게 진행된 것도 비숍 팀장이 든든하게 뒤를 받쳐 주었기 때문인지 모른다는 생각이 든다.
 순간 고마움이 북받쳐 그는 팀장의 손을 덥석 맞잡았다. "정말 고마워요, 팀장님. 그러고 보니 지금까지 증인들이 증언을 순순히 해 준 것도 비숍 팀장님이 계셨기 때문인 것 같아요. 사실 어제 팀장님이 저희를 따라오신다고 할 때 너무너무 기뻤거든요. 속으로 잘됐다고 함성을 질렀어요. 팀장님이 저희 팀과 함께 하시는 이유는, 순전히 저희가 믿음직스럽고 추리가 훌륭하며 반드시 진실을 찾아낼 팀이라는 촉이 있으셨기 때문 아니겠어요."
 "흠흠." 당황한 비숍은 손을 슬쩍 빼며 헛기침을 했다.
 아일랜은 팀장이 부끄러워하는 줄 알고 기쁨의 웃음을 터뜨렸다. "저번 어릿광대 사건도 그렇고 이번도 그렇고. 제가 유독 조수대 팀장님의 사랑을 받는 것 같아요. 팀장님들을 잡아 끄는 엄청난 매력이 있는 걸까요? 호홍."
 다행히 그 곤란한 상황에서 구해 줄 사람이 나타났다. 비숍은 아일랜의 눈길을 피해 고개를 들어 두리번거리다, 게일 로먼을 발견하고 반갑게 손을 흔들었다. 잘생긴 청년은 학생 무리에서도 단번에 돋보였다. 그러나 가까이 다가온 게일은 비숍 팀장보다 더 곤란한 표정이었다. "전 주요 참고인도 아닌데 학교까지 찾아오시고... 정말 힘들군요. 빨리 인터뷰를 끝내 주시죠."
 서두르는 그에게 자리를 권하고, 아일랜은 재빨리 질문을 던졌다. "알겠어요. 질문은 하나예요. 호텔 청소업체에서 들은 이야기인데. 당시, 서쪽 서재에 파쇄기와 화목 난로를 사용한 흔적이 있다고 하던데, 어떤 걸 태운 거죠?"

그러자 게일은 이마에 주름을 잔뜩 잡고 눈동자를 황급히 굴렸다. 그리고 이내 고개를 내저었다. "전 그에 대해서는 모릅니다. 침실에서는 그림을 그리시고, 서재에서는 뭔가 글을 쓰시는 것 같았지만 짐작일 뿐. 특히 서재에서 하시는 일과 관련해 특별한 지시를 받은 건 없습니다. 그렇다고 제가 먼저, 무슨 일을 하시는가 물어볼 수도 없고. 전 모델로 아르바이트를 했을 뿐이니까요. 가족분들이 알고 있지 않을까요?"

"패럴 씨 댁에서 오는 길이에요. 물어봤는데 가족분들은 전부 모른다고 답했어요. 그분들은 패럴 씨 건강이 좋지 않았다는 얘기만 거듭할 뿐이라. 그래도 나름 직함이 비서였으니, 게일 씨가 알지 않을까 싶었어요. 자료를 찾아 주었다고 했잖아요."

"정말 그 일에 대해 모른다고 할 수 있나? 조수대 팀장으로서 48시간 동안 어떤 조치도 취할 수 있다는 걸 알려 주도록 하지. 숙소를 강제로 수색할 수도 있어." 비숍이 점잖게 한마디 했다.

그 말에 그의 얼굴이 더욱 일그러졌다. 그리고 고개를 세차게 흔들었다. "아무리 강압적으로 말씀하셔도 아무것도 모르는 걸요. 자료는 단지, 법률과 범죄, 형법상 범죄 행위와 그 처벌에 관한 전문 용어의 뜻을 찾는 것뿐이었습니다."

완강하게 답하는 보습을 보니 너 이상 채근할 수 없을 듯. 하는 수 없이 아일랜이 다른 요청을 전하며, 자리를 정리했다.

"알겠어요. 그럼 게일 씨를 소개해 주었다는 교수님을 뵙고 싶어요. 안내해 주세요."

회화부 주임인 로스 교수는 수업을 진행하는 공방 외 따로 개인 아틀리에를 가지고 있었다. 100호가 넘음 직한 대형 그림 앞에서 조사 팀을 맞은 그는 정중한 태도로 질문에 답했다.
"맞습니다. 저는 미디어그룹과 활발히 교류하고 있습니다. 이 시대 예술이란 상업성도 창작의 중요한 구성 요소라 생각하니까요. 그래서 여러 캐스터와 친분을 유지하고 있죠. 패럴 씨도 그중 한 분이었고요. 아마, 그의 부탁을 들은 건 두 달 전쯤이었을 겁니다. 그림을 그리기 시작했다는 말에 제가 격려를 해 주고. 모델로 쓸 만한 학생이 필요하니 용모가 단정한 학생을 추천해 달라길래 두 명을 소개했습니다. 아니나 다를까 게일 군이 뽑힌 모양이었습니다만."
"혹시 그가 우울해 보인다든가 이상한 조짐을 보이지 않았나요?" 아일랜이 메이저 팀의 입장인 듯한 질문을 던졌다.
"안 그래도 여러모로 생각해 봤는데. 그분은 매우 날카롭고 꼼꼼한 성격이었습니다. 그런데 그림을 그리기 시작했다고 해서 좀 놀랐습니다. 그게 아마 이상한 조짐이라면 조짐일 겁니다... 우울감이나 스트레스를 극복하기 위한 방편으로, 부정적 감정을 정화하는 데 그림을 그리는 게 도움이 되거든요."
비숍은 그 답이 존스 팀에게 필요한 것이라는 생각이 들었다.
"그럼 패럴 씨에게 소개했던 다른 학생도 만날 수 있을까요?"

뉴윈의 요청에 교수는 알겠다며 곧바로 학생을 호출했다.

청년은 10여 분 후 작업실에 나타났다. 칸타 군은 선이 굵고 남자답게 생긴 학생이었으며 질문에 시원시원하게 답했는데. 태도와 달리 어조는 몹시 기분 나쁘다는 투였다.

"글쎄요. 면접을 보고 말고도 없었습니다. 메이저 캐스터를 돕는 일이라 꼭 해 보고 싶었는데. 영상 메일을 보내고, 그날 오후에 곧바로 거절하는 답장을 받았거든요."

세 사람은 학생을 돌려보내고, 교수에게 고맙다는 인사를 했다. 작업실에서 학생을 만날 수 있도록 배려해 준 덕분에 한자리에서 용건을 끝낸 듯했기 때문이다.

대학 캠퍼스를 빠져나온 세 사람은 다음으로 본즈를 찾아 공립 도서관으로 가 보기로 했다. 도서관 또한 타운 외곽에 있으며 센토 대학에서 불과 3km밖에 떨어지지 않은 곳에 있었다.

조사 팀이 연락을 하고 찾아갔더니, 이번에는 카달이 약혼자 곁을 지키듯 함께하고 있었다. 아일랜과 뉴윈은 오히려 잘됐다는 듯, 눈빛을 교환했다.

카달에게 이야기를 전해 들은 모양인지, 본즈는 건물 뒤편의 작은 공원으로 조사 팀을 이끈다. 마침 이쪽도 사람들의 눈길에서 벗어나고 싶던 터라 조사원들은 말없이 뒤를 따랐다.

건물 뒤편에 둥글게 놓인 벤치에 모두 둘러앉은 다음. 아일랜이 대표로 입을 열었다. "본즈 씨도 호텔에 함께 묵고 있었다는 말을 들었어요." 단도직입적으로 묻는 말에 그가 선선히 고개를 끄덕였다. "네. 이제는 솔직히 말씀드리겠습니다. 처음 이틀을 빼고 사흘 후부터는 비어 있는 룸에 머물렀습니다. 카달 곁에 항상 있고 싶었으니까요."

그러자 아일랜이 요점을 파고들었다. "솔직하게 답해 주신다니 감사해요. 그럼 다른 질문도 솔직하게 답해 주시죠. 패럴 씨가 반대하는 상황에서 두 분이 결혼을 자신한 이유를 알고 싶어요. 그것만 알면 다른 질문은 하지 않겠어요."

그러나 이 질문에 두 사람은 또 한 번 입을 다물었다. 솔직하게 답하겠다는 약속을 잊은 듯. 한 쌍의 연인은 묵비권을 행사하려는 듯 조용히 있을 뿐이다.

그 바람에 아일랜은 하릴없이 뉴원을 쳐다보았다. 이것은 중요한 증언이라 당사자의 육성을 수집해야 하는데. 둘 다 입을 다물고 있으니 어떡하냐, 눈을 끔뻑거리며 신호를 보냈다. 상대가 답을 하지 않는데 입을 열게 할 도리가 없다.

그러자 뉴원이 짧게 한숨을 쉬고 허리를 쭉 세웠다. 그리고 말 없이 앉아 있는 연인에게 조심스레 입을 열었다. "말씀하기 어려우신가 본데, 이유를 이미 짐작하고 있습니다. 폴 군이 호텔에서 가족들이 이상했다는 이야기를 해 줬기 때문입니다. 그때 카달 양에 대한 얘기도 했거든요."

카달과 본즈는 눈을 크게 뜨며 뉴원을 쳐다봤다.

"카달 양은 수영을 매우 좋아하는데, 이상하게 트윈 풀 호텔에서는 호텔 수영장도 가지 않고 바다 수영도 하지 않았다고 말입니다. 그것과 관련이 있지 않을까 싶은데요."

그 말에 두 사람은 놀란 기색이 더욱 짙어진다. 뉴윈은 말을 이었다. "조안 씨가 어른들은 몸에 모래가 묻는 걸 싫어한다고 했다는데, 그럼 호텔 수영장은 괜찮죠. 그런데 수영을 몹시 좋아한다던 카달 양이 스위트 룸의 미니 풀만 이용했다면 다른 이유가 있지 않을까 생각했습니다. 호텔 수영장은 염소 소독제를 사용하는 데다 개인 풀보다는 물이 오염됐을 지도 모르니 그걸 염려하신 건가요."

"어떻게 알고 계시는지 모르겠군요." 본즈가 낮게 답했다.

"물론 여성이라면 수영장을 이용하지 못할 이유가 따로 있기도 합니다만. 오랜 기간 호텔에 묵는 동안 한 번도 이용하지 않았다면 이상한 일이죠." 그리고 뉴윈은 문득 생각에 빠진 듯 미간을 찌푸린 채 잠시 입을 다물었다, 금세 다시 입을 열었다.

"저희는 어제 트윈 풀에 묵었습니다. 전 오늘 새벽 여러 가지 조사를 했고요. 그중 하나가 호텔 수영장을 이용한 고객을 조사한 일이었습니다. 수영장을 관리하는 직원에게 이용객의 명단을 얻어 살펴봤더니, 지난 열흘 동안 호프 부인이나 조안 씨는 몇 번 이용했어도 카달 양은 정말 한 번도 없더군요. 그래서 아예 수영장을 이용할 수 없었던 게 아닐까 생각했습니다. 그리고 오늘 보충 인터뷰에서 마고 님께 건강이 좋지 않다는 이야기를, 그 이유를 정확히 들었고요. 단지, 본인의 진술 영상이 필요해서 묻는 것뿐입니다. 부디 아일랜 씨의 질문에 답해 주시죠."

본즈와 카달은 조용히 얼굴을 붉혔다. 결국 본즈가 입을 열었다. "마고 님이 말씀하셨다니, 알겠습니다. 답하도록 하죠. 카달은 임신을 했습니다. 그래서 저도 몰래 숨어 있었고요. 그녀의 곁을 한시도 떠나고 싶지 않았으니까요. 그리고 패럴 씨에게 이 사실을 말씀드리면 당연히 결혼을 허락받을 수 있을 거라 생각해 기회를 보는 중이었습니다. 그분은 체면을 중시하는 분이니까요." 그는 포기한 듯 고개를 내저었다. "이제 답이 됐나요?"

비숍은 그제야 새벽에 뉴윈이 룸에 없었다는 사실을 떠올렸다. 청년은 혼자 조사를 하고 있었던 것이다. 사람들의 진술을 하나하나 따지고, 의아한 점과 실제 사실을 대조해 보기 위해.

잠시 후, 다시 아일랜이 서재의 재에 관해 물었다. 그러나 본즈는 더욱 뜻밖의 질문이라는 듯 고개를 가로저었다. "서재에 여러 번 들어갔지만, 파쇄기나 난로의 쓰레기통을 살핀 적은 없습니다. 책을 골라 읽었을 뿐인 걸요."

그것으로 두 사람의 인터뷰도 끝이 났다.

9 DAY 2 - 오후 3:00. 맨션 경호원. 이웃 주민. 가족들

솔리와 존스는 예정에 없던 패럴의 맨션을 방문해야 했다. 맨션 경호실에서 연락이 왔기 때문이다. 두 사람은 경호원을 만나 용건을 들어 보고, 온 김에 가족들도 만나기로 했다. 모라는 조용히 뒤를 따를 뿐이었다.

세 사람이 경호실에 도착하자, 우락부락하게 생긴 경호원이 솔리에게 반갑게 악수를 청했다. 그는 팬이라며 손을 잡고 흔들더니. "오전에 상대 팀이 다녀갔습니다. 그들이 돌아간 후에, 문득 뭔가가 떠올랐는데. 이 이야기를 꼭 솔리 양에게 전해야겠다는 생각이 드는 겁니다. 그래서 연락을 드린 거죠." 그리고 말을 계속했다. "얼마 전, 그러니까 두 달 전 패럴 씨가 신고를 당한 적이 있습니다. 한밤에 누가 베란다에서 서성대고 있다고 신고가 들어왔는데 그게 바로 패럴 씨 댁이었습니다. 신고를 받고 얼른 호출했더니 패럴 씨가 연락을 받더군요. 그래서 신고 내용을 알려 드렸더니, 그분이 미안하다며 본인이었다고 말씀하시는 겁니다. 잠이 오지 않아 베란다에서 서성댔다고 말입니다."

경호원은 다시 침을 꿀꺽 삼켰다. "그런데 이제 생각해 보니, 그게 딱 그... 조짐이지 않습니까?" 그리고 무서운 생각을 떠올린 양 부르르 몸을 떨었다.

그 말에 존스의 입가에 감출 수 없는 미소가 떠오르고. 솔리는 그런 존스를 곁눈질하며 다른 것을 청했다. "혹시, 신고했다는 주민을 만날 수 있을까요? 상황을 자세히 듣고 싶은데요."

경호원은 곤란한 듯 콧등을 찡그렸으나 솔리의 말을 들어주고 싶은 듯 일단 연락해 보겠다고 한다. 그리고 호출기 앞으로 가더니 누군가를 불러내 잠시 대화를 나누고. 미소 띤 얼굴로 뒤를 돌아봤다. "그분이 직접 내려오신다고 하네요. 사실 주민분들도 이 사건에 관심이 많거든요."

잠시 후, 경호실로 내려온 40대 여인은 기가 세 보이는 타입이었다. 그녀는 자신의 행위가 정당한 조치였다는 점을 먼저 강조하고. "사실 여기 맨션에 지극히 개인적으로 생활하는 주민도 있지만, 저처럼 공동체에 관심을 두는 사람도 있답니다. 그렇게 마음이 맞는 주민들끼리 모여 모임을 만들었죠."라며 설명을 시작했다. 틀림없이 페이즐리 스카프를 두른 이 여인이 그 모임을 주도할 듯. 그녀는 자랑스러운 투로 말을 이었다. "우리는 이곳에서 골치 아픈 일이 일어나지 않도록 노력하고 있어요. 사생활을 침해하는 건 아니고. 누가 쓰레기를 투기하지 않는지, 화단을 훼손하지는 않는지, 여러 가지를 감시하고 있죠. 뭐, 따로 시간을 내는 건 아니고 일상 속에서 주의를 기울이는 정도로요. 게다가 맨션이 지어진 지 오래다 보니 언제든 사고가 날 수도 있잖아요. 이상한 마음을 먹은 사람도 있을 수 있고. 그렇게 열심히 감시한 덕분에, 한 사람의 죽음을 막을 수 있었다고 생각해요."

솔리는 훌륭하다 칭찬을 건네고, 당시 상황에 대해 자세히 이야기해 줄 것을 요구했다. 그러자 여인은 곧바로 답했다. "8월이니 두 달 전쯤이었을 거예요. 전 한밤에 곧잘 베란다에서 감시를 하거든요. 한여름이라 무덥기도 하고 불면증도 있어서. 그런데 새벽 2시가 넘은 시간에 맞은편 베란다에서 은은하게 불빛이 새어 나오는 거예요. 그리고 창호에 그림자가 어른거리다 베란다 문이 열리고 누군가 머리를 쏙 내미는데. 얼마나 위험해 보이던지. 섬뜩한 생각이 들어 당장 경호실에 신고를 했죠."

그러자 존스가 무릎을 탁하고 쳤다. "정말, 빠르게 조치를 잘 하셨습니다. 그때부터 위험한 조짐이 있었군요. 실로 부인이 한 분의 목숨을 구한 것과 다름없는 상황이었습니다."

"그러게 말이에요. 하지만 제가 그분을 구해 준 게 아무 소용

없게 됐지 뭐예요. 결국은... 정말 안타까운 일이에요."

여인을 돌려보내고, 경호원에게 인사를 전한 다음, 세 사람은 패럴의 맨션으로 올라갔다.

가족들을 만나 먼저, 아일랜이 했던 질문과 답을 꼼꼼히 확인했는데. 역시 그들의 조사 방향을 알 수 있을 듯. 어쨌든 존스와 솔리도 가족을 만난 김에 보충 인터뷰를 하겠다고 청했다.

마고 노부인과 호프 부인에게 사건의 진실에 대해 생각하고 있는 바를 알려 달라고 하자, 두 사람은 약속을 잘 지켰다. 패럴의 죽음에 대해 다시 한번 확증적 증언을 해 준 것이다. 즉, 그는 건강이 나빠 극단적 선택을 한 것 같다고 증언을 마쳤다.

"그게 분명한 사실이야. 한밤에 잠도 못 자고 베란다에서 서성대기도 하고. 무슨 괴로운 일이 있는지 걱정이 많은 듯했어." 조사 팀이 경호실에서 들었던 이야기를 전하자, 노부인은 그것까지 더해 진술을 마무리해 주기까지 했다. 그리고 마지막으로 솔리의 손을 덥석 잡고는 간절한 어조로 부탁을 전했다. "한시바삐 조사를 끝내 줬으면 좋겠어. 장례식을 제대로 올리고 싶으니까."

솔리는 고개를 끄덕이며 노부인에게 위로의 말을 건넸다. "최선을 다해 조사하고 있어요. 꼭 진실을 밝혀 가족분들께 알려 드리도록 하겠어요. 마침 회사에서 연락을 받았는데. 내일 오후 5시에 라이브로 픽셔를 발표할 거라고 해요. 아마 발표 시간은 한 시간 정도 걸릴 테고. 그 후엔 곧바로 장례식을 치를 수 있을 거예요."

그 말에 호프 부인과 노부인이 알았다는 듯 고개를 끄덕였다.

그리고 당신들만 믿고 있다며 수고하라는 격려의 말을 전했다. 유족의 격려를 받는 솔리의 모습을 존스가 카메라에 담았다.

10　DAY 2 - 오후 5:00. 필적 감정사

메이저 팀의 다음 일정 또한 비슷한 패턴이 되고 말았던 바. 솔리와 존스는 필적 감정사로부터 연락을 받아, 그녀의 사무실을 방문해야 했다.

먼저 연락해 온 여인은 문서 감정 분야에서 일하는 필적 감정사라 하는데, 사우비치 타운에 있는 사무실에 들러 줄 것을 청해왔다. 패럴 씨 유서의 감정 결과를 알고 있다며, 솔리가 감사와 함께 사양의 뜻을 전했으나 감정사는 뜻을 굽히지 않았다.

"전문가인 제가 직접 증언하는 게 신뢰도가 높을 것 같은데요. 또한 라이브에서는 녹음 자료보다 생생한 증언 영상이 보기에도 좋을 테고요."

직업적 특성 탓인지 말투는 딱딱했지만 도와주려는 의도가 확실한 듯. 때문에 솔리도 더 이상 사양할 수는 없었다.

세 사람은 사우비치 조수대에서 두 블록 떨어진 곳에 있는 사무실을 찾았다. 그들을 기다리고 있던 감정사는 50대 여인으로 사우비치 타운의 사체 통합 관리소와 협업 중이라 한다. 그녀는 단정한 자세로 두 대의 카메라를 확인한 다음 자세한 사정을 털어놓았다.

"조사가 시작되었으니 당연히 감정 결과는 알고 계실 거라 생각했어요. 하지만 라이브로 발표한다는 말에, 두 분이 보고서를 읽어 주듯 전하는 것보다, 필적 감정을 진행했던 제가 직접 말씀드리는 게 보시는 분들이 이해하기 쉬울 것 같다는 생각이 들어, 번거로우시겠지만 방문해 달라고 부탁드린 거예요."

"도움을 주셔서 감사해요." 솔리가 인사를 전하자, 그녀는 솔리의 팬이라고 말하며 반가운 표정을 지었다. 그리고 손을 들어 한 곳을 가리키는데, 바로 작업 테이블이었다. 거기에는 현미경과 함께 감정 당시 확보했던 패럴의 자필 노트와 자필 메모가 가지런히 놓여 있었다.

"패럴 씨 유서는 공문서 자료보다 개인 관련 자료로 필체를 대조해야 할 것 같았어요. 유서는 지극히 개인적이고 사적인 글이니까요. 게다가 사람들의 필체가 공문서 자료와 개인 자료가 다른 경우가 종종 있거든요. 아무래도 공문서에는 획이 좀 더 또렷하게 나타나기도 하고, 사문서는 감정 상태가 좀 더 많이 반영되기도 하고요. 물론 여기 준비된 것은 전부 사본이에요. 원본은 사체 통합 관리소의 자료실에 보관 중이죠."

감정사가 서두인 듯 말을 꺼내자, 존스는 어느새 카메라를 착용하고 자연스럽게 설명이 이어지도록 계속하라는 손짓을 했다.

그것을 본 감정사는 숨을 고르고 증언을 이어 갔다. 패럴의 유서 사본과 메모 사본을 들고 본격적으로 설명을 시작하는데. 때문에 캐스터들은 기록만 하면 끝날 듯했으니. 막상 설명이 시작되자 감정사는 크게 긴장한 듯, 지나치게 전문 용어를 많이 쓰는 것이다. 그 바람에 존스가 쉽게 설명해 달라고 재차 부탁했다.

감정사는 얼굴을 붉히며 쑥스러운 듯 헛기침을 했다. "흠, 의욕이 앞섰네요. 사실 카메라 앞에서 직접 증언한 적은 많지 않거든요." 말한 다음, 숨을 몇 번 고르고 다시 설명을 시작했다.

두 번째 증언은 한결 차분한 어조와 쉬운 내용으로 이어졌다.

"증언을 위해 사본을 준비했지만, 필적 감정은 반드시 원본으로 하는 게 원칙이며. 저 또한 필적 감정 당시, 유서의 원본과 개인 자료의 원본을 현미경으로 정밀 비교했다는 점을 먼저 밝히겠습니다. 또한, 유서를 비롯 자료의 원본은 감정을 끝내고, 사체 통합 관리소로 보냈다는 사실도 아울러 말씀드리겠습니다. 그럼, 감정 결과를 말씀드리겠습니다. 패럴 씨는 필체가 독특해 비교 감정이 비교적 용이했습니다. 저는 현미경의 배율을 통상 1백 배로 확대해 육안으로 관찰하는데. 비교 대상물을 대조해 보니, 획순과 글씨체의 방향, 직선의 길이 비율과 곡선 획의 굴곡 형태 등이 개인 자료와 80% 이상 동일했습니다. 따라서 필적 감정 후, 희소성이 높고 항상성이 있다는 특징이 명확했으므로, 세 가지 판정 기준 중, '같다' 라는 판정을 내려 사체 통합 관리소에 통보했으며. 이 유서는 패럴 씨 본인이 쓴 것이 확실하다고 말씀드릴 수 있습니다."

다행히 감정사가 한결 쉬운 내용으로 진술해 주었으므로 캐스터들은 두 번째 기록으로 마치면 될 듯했다. 이윽고 솔리가 자리에서 일어서며 다시 한번 고개를 숙였다.

"정말 감사해요. 이렇게 발벗고 나서 주신 덕분에 큰 도움이 됐어요. 저희들의 조사에 얼마나 많은 분들이 도움을 주시는지 모르겠어요. 많은 분들의 기대에 부응하기 위해 끝까지 마무리를 잘해야 할 텐데. 책임이 무겁네요."

그 말에 감정사는 몹시 뿌듯한 표정으로 고개를 끄덕이고 조사 팀을 문까지 배웅해 주었다.

세 사람이 차에 오르자. 문득 뒷좌석에 앉은 모라가 감탄을 금치 못한다. "이렇게 조사가 쉽게 진행되는 건 처음 봤어요. 사실 저희들이 조사하러 가면, 마지못해 응하거나 거절당하는 경우도 많거든요. 그런데 서로 돕겠다고 청해 오다니. 정말 놀라워요."
그리고 곤란했던 상황이 떠오르는지 눈가를 크게 찌푸렸다.

11 DAY 2 - 오후 5:00. 호텔 직원들

비숍은 뒷좌석에 앉아 창밖을 바라보며 의미심장한 미소를 띤다. "그래서 지금은 어디로 가는 거지? 다음 증인이 궁금하군."
아일랜은 운전대를 잡고 있어 뉴윈이 답했다. "트윈 풀 호텔입니다. 호텔 직원들에게 확인할 게 있어서요. 그리고 지배인에게 부탁해 연락처를 알아낼 사람도 있고요. 솔리 양의 자료 영상에 잠깐 등장했던 분인데, 그녀가 로비에서 라이브를 시작할 때 체그이웃을 하던 고객입니다."
뉴윈의 말에 비숍의 눈이 휘둥그레졌다. "체크아웃을 하던 고객이라니. 예상과 완전히 다르군. 더 중요한 사람이 있지 않은가. 도라 부인 말일세. 막스 대표에게 연락해 도라 부인의 연락처를 물어보고 그리로 찾아갈 줄 알았는데. 아니란 말인가?"

그러자 뉴윈이 옅은 미소를 띠었다. "아닙니다. 팀장님과 같은 생각입니다. 저희도 지금부터 도라 부인을 만나 볼 생각입니다. 단지 부인의 연락처를 알아내려면 호텔이 더 나을 것 같아서요."

팀장은 바보가 된 기분이었다. "무슨 말인지 모르겠군. 당연히 막스 대표나 가족에게 연락처를 물어보는 게 확실하지 않나."

그러자 뉴윈이 답했다. "아마 아닐 겁니다. 폴이 작정한 듯 말했으니까요. 어머니의 연락처를 알려 주지 않겠노라, 절대 만날 수 없을 거라 말했으니, 도라 부인은 연락처가 바뀌었을 가능성이 높습니다. 그렇다면 새 연락처는, 2년 전 이혼 수속을 마쳤던 법률 사무소보다 호텔이 가지고 있을 확률이 높을 테고요. 호텔에서는 예약 확정 문자를 보내야 하니, 트윈 풀 호텔에서 도라 부인의 새 핸드폰 번호를 알아낼 생각입니다."

그 말에 비숍은 입을 벌린 채 한동안 아무 말도 하지 못했다.

뉴윈은 말을 이었다. "대신 도라 부인의 이름을 직접 꺼내는 것보다, 사건이 있던 날 호텔을 나간 고객들에게 참고 증언을 얻으러 가는 거라 말하는 게, 연락처를 얻기 쉬울 것 같았습니다. 솔리 양의 라이브 픽셔에 등장했던, 체크아웃을 하던 고객이라고 물어야 지배인이 개인 연락처를 알려 줄 거란 생각이 들었습니다만."

"하지만 그날 도라 부인이 오전에 체크아웃 했다는 걸 어떻게 알았지? 또한 솔리 양의 라이브 영상에 나온 여인이 도라 부인이라는 걸 어떻게 알 수 있었는지 모르겠군."

비숍이 차근차근 따지자, 뉴윈도 차분이 답했다.

"패럴 씨는 전날, 부인에게 당장 돌아가라고 했죠. 그런데 아이들이 어머니를 만나기 위해 소동을 피운 건 이튿날 아침입니다. 아이들이 아침에 무리한 소동을 일으켰다는 건, 도라 부인이 아침에 떠날 것을 알았기 때문 아닐까요. 무엇보다 카달 양이 그날 아침 로비에서 라이브 영상을 시작할 때, 검고 풍성한 긴 머리를 가진 중년 여인이 체크아웃을 하고 있었습니다. 그 모습이 왠지 마음에 걸렸는데. 오늘 새벽 그 영상을 찾아 다시 그녀를 확인해 보니, 전체 스타일은 호프 부인이나 카달과 비슷한 데다, 옆 얼굴은 폴과 셀을 닮은 듯하더군요."

비숍 팀장은 또 한 번 입이 벌어지는 듯했다. 저도 모르게 고개를 끄덕이고 말았는데. 아일랜은 룸 미러로 그런 팀장을 구경하듯 바라보고 있었다.

30분 후, 그들은 트윈 풀에 도착했다.

먼저 카페를 찾아가, 직원들에게 패럴 씨와 어떤 여인이 다툰 모습을 본 적이 없는지 물었다. 그리고 마침 그 장면을 가까이에서 지켜보았다는 직원을 만날 수 있었다. 젊은 여직원에게 당시 상황을 말해 달라 부탁했더니, 그녀는 잠시 기억을 떠올린 다음, 이야기를 전해 주었다.

"패럴 씨가 그렇게 정색한 모습은 처음 봤어요. 무섭게 화를 내는 건 아니었고 낮고 매섭게 윽박지르듯 말을 내뱉았는데. 전 바로 옆 테이블을 치우고 있어서 몇 마디 들은 것뿐이에요. 그분은 차가운 목소리로 '참지 못하고 여기까지 쫓아오면 어떡하느냐, 아이들을 만나면 안 된다'고 혼내듯 말씀하셨어요. 그러자 그 부인은 잘못했다고 곧바로 사과했고, 아이들은 의자를 박차고 일어나 화난 얼굴로 패럴 씨를 노려보았고요... 테이블을 금세 치웠기 때문에 그다음은 듣지 못했지만... 참, 그때 호프 부인이 카페로 들어서는 중이었을 거예요. 주방으로 들어가다 계단 쪽에 서 있던 그녀를 봤는데. 호프 부인은 무척 놀란 듯 멍한 얼굴로 패럴 씨를 바라보다, 잠시 후 서둘러 계단을 올라갔어요."

말을 마친 직원은 혹시, 사자 명예 훼손이 걸리는 게 아닌가 걱정스레 물었다. 세 사람은 아니라며 여직원을 안심시켰다.

그리고 리셉션으로 향하는데, 뜻밖의 상황이 벌어졌다. 몇몇 직원이 다가와 자신들의 증언에 이야기를 덧붙이고 싶다고 청해온 것이다. 굳이 무슨 증언을 덧붙이고 싶은가 물었더니, 그중 연장자로 보이는 사람이 대표로 답했다.

"저희들은 패럴 씨가 차분하고 온화한 성품의 사람이었으며, 항상 미소를 띠고 계셨고, 부인과 사이가 좋아 보였다고 답했죠. 그런데 이제 보니, 그 미소가 삶을 끝낼 결심을 한 듯한 미소 같더란 말입니다. 어딘지 초연하고 무엇인가 초월한 듯한 미소였던 것 같아서... 그 말을 꼭 덧붙이고 싶습니다."

"세상에 미련 따위 없는 듯 초탈해 보였죠."라고 옆에 선 직원도 한마디 하는데. 그들은 모두 메이저 팀의 구독자인 듯. 아니면 지인이나 가족들의 부탁이라도 받은 양, 증언을 꼭 첨부하고 싶다고 부탁하는 것이다.

결국 직원들이 원하는 대로 보충 인터뷰를 마치고, 세 사람은 총지배인을 만났다. 아니나 다를까, 고객의 연락처를 묻는 말에 지배인은 대번에 난색을 표했다.

"설사, 3대 중범죄 사건이 터졌다 하더라도 같은 시기에 호텔에 투숙했다는 것만으로 참고인이 될 수는 없습니다. 저희 호텔은 고객 한 분 한 분에게 정성을 다하며, 그동안 한 번도 개인 정보 유출 같은 불미스러운 고소에 휘말린 적도 없습니다. 때문에 죄송하지만, 고객의 전화번호를 알려 드릴 수는 없습니다."

그러자 아일랜이 반박하고 나섰다. "물론 저도 SD사건의 조사 규정을 다 알진 못하지만. 어쨌든 조사가 개시되었으니 범죄 사건과 똑같이 진행할 수 있어요. 48시간 동안 관련 현장과 참고인은 전부 조사할 수 있단 말이죠. 모든 투숙객의 정보를 알려 달라는 것도 아니고, 사건이 터진 날 공교롭게 호텔을 떠난 분들만 조사하겠다는 거니까. 그것도 솔리 양의 카메라에 찍힌 두세 분만요. 질문도 그분들을 곤란하게 할 만한 건 없으며, 틀림없이 호텔 측에 피해가 없도록 하겠어요. 고객들이 고소하더라도 저희들을 상대로 할 거라 걱정할 필요는 없다구요." 그러나 아일랜의 부탁에도 지배인은 팔짱만 낀 채 꿈쩍하지 않았다.

그때 뒤편에 서 있던 비숍 팀장이 들으라는 듯 입을 연다. "그러고 보니 이곳도 꽤나 넓은 걸. 겨우 수색대원 넷으로 끝낼 만큼은 아닌 듯해... 쯧쯧, 내가 너무 안일했어. 하필 호텔 측에서 대대적으로 청소를 해 버린 바람에 찾은 것도 없는데, 수색을 덜렁 끝내 버렸으니 말이야. 그럼, 아일랜 캐스터. 이제 인터뷰할 사람도 없는 것 같으니 난 재수색을 해도 되겠나? 당장 사우비치 조수대에 연락해 대원들을 이곳으로 출동시켜야겠군. 내가 직접 지휘하며 구석구석 살펴봐야겠어."

팀장은 틀림없이 아일랜을 보고 말했지만 말소리는 지배인의 귀로 똑똑히 들어간 듯. 그 바람에 지배인은 안절부절못하다 결국 두 손을 들어 보였다. "아, 알겠습니다. 이건 뭐, 숫제 거의 협박이지 않습니까. 물론 저희도 강제 수색으로 고소할 수 있지만. 고객분들께 피해를 끼친 다음, 재판에서 이겨 봐야 아무 소용이 없죠. 알아들었으니 알려 드리겠습니다." 그리고 곧바로 예약 파일에서 연락처 두 개를 찾아 주었다. 대신 호텔에서 알아냈다는 말은 하지 말아 달라 부탁했다.

12   DAY 2 - 오후 6:30. 소호 병원 원장

메이저 팀은 다시 소호 병원을 찾았다. 겔라 원장이 몇 가지 연관 있는 자료를 더 찾았다고 전해 왔기 때문이다. 그것은 중장년층 남성의 정신 상담과 심리 치료에 관한 기록으로. 실제 상담자들의 육성이 녹음된 자료라 한다.

원장실로 들어선 세 사람은, 겔라 원장의 권유로 먼저 자료를 들어보는데. 왜 그 자료가 도움이 될 거라 장담했는지 알 만했다. 환자들은 삶에 큰 고통을 느끼는 이들이었으며, 고통을 해결하는 방법으로 자살에 대한 충동을 느끼고 있었기 때문이다.

 그들은 삶의 허무함과 피로감, 고통을 참을 수 없다고 호소하고 있는데, 말의 내용보다 목소리가 더욱 충격적이었던 까닭은, 음성에서조차 생기가 느껴지지 않는 듯했기 때문이다.

 자료를 건네받은 세 사람은 원장에게 다시 한번 깊은 감사를 전했다.

 원장은 "진실을 밝히는 데 도움이 되었으면 좋겠군요. 단, 환자들의 음성은 변조해서 사용해 주세요."라 부탁하고 조사원들을 배웅했다.

 그러나 1층 출입문을 나서자, 모라가 회의적이라며 고개를 갸웃했다. "정작 패럴 씨가 아닌 다른 환자들의 육성이어서 자료로서 가치가 있을지 모르겠어요."

 그러자 존스는 정반대로 고개를 끄덕였다. "가치는 충분합니다. 이렇게 생생한 육성은 신뢰도를 높일 수 있는 좋은 자료가 되거든요. 안 그래도 오전엔 정신의학과 교수가 여러 사례를 입으로 읊어 주는 바람에 부족하다 생각했는데… 우리는 스스로 생을 마감한, 즉 자살을 선택한 사람의 깊고 진한 감정을 따라가는 중 아닙니까. 이런 경우, 무감각한 숫자와 통계만 늘어놓는 것보다, 이런 게 훨씬 좋은 자료가 됩니다. 실제 음성을 들어 보니, 패럴 씨와 비슷한 처지에 있던 분들의 디테일한 상황이 담겨 있어, 그토록 무서운 중농을 일으킨 심성을 이해하는 데 도움이 될뿐더러. 그들이 겪는 불안함과 위태로운 감정에서 패럴 씨가 자연스럽게 연상되기도 했으니까요. 틀림없이 라이브 픽셔를 보는 이들에게 패럴 씨의 고통과 선택을 이해시켜 줄 겁니다."

그 말에 잠시 생각에 잠겼던 모라가 결국 동의하듯 고개를 끄덕였다. "듣고 보니 그런 것 같군요. 음성 자료가 꼭 필요할 것 같아요. 그런데 확실히 존스 씨는 사람의 마음을 움직이는 법에 대해 잘 아는 것 같네요."

모라가 수긍하자 그때까지 가만히 대화를 듣고 있던 솔리가 나섰다. 그녀는 일정을 정리하듯 문득 입을 열었다. "그럼, 이제 저희들은 자료를 정리할 생각이에요. 영상의 마크 처리도 하고 녹음 자료의 음성도 변조해야 해서, 존스 씨와 전 할 일이 많은데... 부팀장님은 어떻게 하시겠어요?"

그것은 질문이 아니라, 자신들은 할 일이 있으니 모라는 돌아가도 좋다는 의미였다. 두 사람은 진작에 말을 맞춰 놓았는데. 적당한 때를 보아 모라를 돌려보내기로 한 것이다. 모라 부팀장은 일을 꾸미거나 의논하기에 거슬리는 존재였으며, 자신이 배제되는 것에 눈치가 빠르고 예민하게 굴어 더욱 곤란한 인물이었다. 점심 식사도 셋이 함께 하는 바람에 두 사람은 온종일 제대로 된 대화를 나눌 수 없었다.

때문에 솔리와 존스는 적당한 때를 보아, 해가 질 무렵엔 그녀를 돌려보내기로 했다. 물론 그러자면 조사를 마쳤다고 밖에 말할 수 없었다.

솔리가 먼저 운을 떼자, 존스가 얼른 맞장구를 쳤다. "뭘, 물어보고 그래. 부팀장님은 이제 보내 드려야지." 솔리에게 대꾸하고 모라에게 정중하게 고개를 숙였다. "정말 수고하셨어요, 부팀장님. 오늘 조사도 끝난 듯하니 돌아가셔도 됩니다."

두 사람의 말에 모라도 반가운 듯 옷깃을 여민다. "두 분도 수고하셨어요. 그럼, 오늘 조사는 끝난 게 확실하겠죠? 혹시 두 분이 따로 조사를 더 하지는 않을 거라 믿겠어요." 그리고 비숍 팀장이 당부한 대로 쐐기를 박았다. "당연히 내일 픽셔에도 제가 보지 못한 자료가 나오는 일도 없을 테고요."

존스는 "그럼요. 오늘은 끝났습니다. 솔리 양과 자료를 점검하고, 픽셔 내용을 정리하는 것만으로도 눈코 뜰 새 없이 바쁠 텐데요, 뭘. 혹시라도 다른 조사를 하게 되면 부팀장님께 반드시 연락드릴 테니 아무 걱정 마세요. 한밤이나 새벽이라도 꼭 연락드리겠습니다."하고 능청스럽게 말을 마쳤다.

"정말, 부팀장님이 얼마나 힘이 되는데요. 부팀장님 없이 무언가를 조사할 일은 절대 없을 거예요." 솔리도 미소를 지으며 인사를 전했다.

그리고 존스가 다시 한번 마무리를 지었다. "저희는 컷-아웃 영상과 가족분들의 증언, 오늘 수집한 증언으로도 충분합니다. 이 사건은 처음부터 분명한 사건이었으니까요. 혹, 부팀장님도 새로운 정보가 들어오면 알려 주시기를 부탁드리겠습니다. 그럼, 내일 아침 연락드리도록 하죠. 저희 팀, 픽셔가 완성되는 대로 부팀장님께 먼저 보여 드리고 싶으니까요."

두 사람이 척척 발을 맞추고 머리 숙여 인사를 선하사, 보라노 조수대로 돌아가기로 한다. 그러고 보니 자신의 자동차도 마침 소호 병원 직원 주차장에 있다. 오늘 오전 병원으로 올 때 타고 왔다가, 이후에는 존스의 차로 함께 움직였기 때문이다. 모든 것이 순조롭게 맞아떨어지는 듯. 그녀는 가벼운 걸음으로 직원 주차장으로 향한다.

그런 부팀장의 뒷모습을 확인한 다음, 두 사람은 존스의 차로 돌아가 안에서 이야기를 나누었다.

"어떤 자료부터 점검할 거야?" 솔리가 물었다.

"당연히 병원 자료지. 우리 주장의 핵심 근거는 전부 병원 자료에 있으니까. 아무튼 겔라 원장이 이렇게 적극적으로 나서 줄 줄 몰랐는데. 오전에도 SD사건에 관한 차트와 자료를 잔뜩 받았잖아. 패럴 씨의 검진 자료와 처방전도 입수했고. 그것만으로도 확실한 증거가 될 텐데, 실제 상담 자료라니... 큭큭. 환자들의 생생한 육성을 듣게 되면 곧바로 패럴 씨가 연상될 거야. 동영상에 나왔던, 쓰러져 있던 그의 모습과 청각 정보가 오버랩되는 거지. 음성 정보는 이해도 쉽고 왜곡도 쉬우니까."

"난 퇴직하고 심리 치료를 받는 사람이 그렇게 많은 지 처음 알았어... 그럼, 일단 음성 파일을 다시 들어 보고, 패럴 씨와 비슷한 사례를 추린 다음. 음성을 변조하고 직업이나 주소처럼 인물을 특정할 수 있는 개인 정보를 지우면 될까."

"그래. 할 일이 많아. 자료를 손보고 발표할 내용도 정리해야 하니까. 아무튼 이 정도면 우리도 더할 수 없을 만큼 최선을 다했어. 이렇게 분명한 사건을, 이렇게 열심히 조사할 필요가 있나 싶을 정도로 해냈으니, 원." 존스는 승리를 확신한 듯 두툼한 턱을 쳐들었다. "아무리 다른 구멍을 파고 들어가도 우리가 가진 증거와 인터뷰를 내밀면 SD사건으로 인정해야 할 걸. 바보가 아닌 다음에야 다른 주장은 할 수 없을 정도로 분명한 사건이잖아. 처음부터 눈앞에 또렷이 보이는 게 진실이라니까. 그것만 살피면 되지, 괜히 주변을 두리번거리거나 다른 곳을 들추는 건 진실을 더럽히는 행위일 뿐. 그리고 그런 짓을 하는 이들이야말로 진실을 호도하는 부류인 거고." 그는 냉소를 띤 채 말을 계속했다.

"게다가 우리는 위조 가능한 진술 증언이 아니라, 위조가 불가능한 직접 증거가 세 개나 있어. 하나나 둘이 아니고 세 개나 된다고. 필적 감정과 지문 감식이 끝난 유서, 패럴 씨의 지문만 남은 물병, 그리고 마고 님을 수령인으로 지정한 유언장도 있으니까. 세상에 누가 어머니를 유산 상속인으로 지정하느냐 말이야. 그거야말로 자신이 어머니보다 일찍 죽을 걸 알았다, 죽을 결심을 했다는 의미잖아. 거기다 약을 입수하는 영상은 또 어떻고."

존스는 이제 게임은 끝났다고 말했고, 솔리도 딱히 반박할 말은 없었다. 마음속 의구심도 거의 사그라들어 99%는 사라지고 없는 듯. 그러나 왠지 손톱 밑에 가시가 숨은 듯한 기분은 떨칠 수 없었다. 단 1%의 가시가...

하지만 자신을 가만히 주시하고 있는 존스의 눈길을 알아차린 그녀는 얼른 고개를 끄덕였다. "정말 호버 편집장님이 말씀한 그대로였어."하고 맞장구도 쳤다.

13 DAY 2 - 오후 6:30. 신혼부부. 도라 부인

아일랜과 뉴윈은 먼저 금발의 신혼부부를 찾아갔다. 비숍은 그 결정이 뜻밖이었다. 단지 도라 부인의 연락처만 묻기 어려워, 다른 투숙객도 함께 물은 줄 알았는데. 실제 금발 부부를 만나겠다고 하는 바람에 조금 놀랐다.

그러자 뉴윈이 그 이유에 대해 설명했다. "패럴 씨의 인상에 대해 호텔 직원이 아닌 다른 삼자의 견해도 듣고 싶습니다. 또한 트윈 풀 호텔에 대해 따로 묻고 싶은 것도 있고요."

그들은 주소에 적힌 대로 집을 찾아갔다. 사우비치 타운의 고급 주택가에 신혼집을 차린 부부는, 널찍한 마당에서 조사원들을 맞아 주었다. 얼핏 남매처럼 보이는 부부 중, 옅은 금발의 여인이 반갑게 인사를 건네고 야외 테이블로 사람들을 안내했다.

"캐리가 난리 나겠어요. 언니가 자기를 배신했다고 말이에요. 동생은 솔리 양을 응원하는 중이거든요."

부인은 자리에 앉으며 난처한 미소를 띠는데, 남편은 옆에서 얼굴을 잔뜩 찌푸린다. "이건 좀 지나치다 싶은데요. 우린 단지 호텔에 묵었을 뿐이고, 그 사건과 아무 관계없습니다. 빨리 용건을 끝내 주셨으면 합니다. 고소당하기 싫다면 말이죠."

신랑이 날 선 말을 던지자 세 사람은 민망하게 웃었다. 뉴윈이 먼저 죄송하다 말하고, 부부에게 호텔에 묵은 날짜를 확인했다.

"네, 그렇게 3일 묵었어요. 신혼여행이었거든요. 제가 여러모로 예민해서 조용한 호텔을 찾느라 신랑이 엄청 고생했을 거예요. 어쨌든 겨우 트윈 풀을 찾아낼 수 있었죠."

그 말에 이번에도 뉴윈이 질문을 던졌다. "안 그래도 그게 궁금했습니다. 제가 아일랜 씨에게 듣기로, 트윈 풀은 일반에 알려진 곳이 아니라고 하던데, 어떻게 호텔을 찾아내신 겁니까?"

그러자 부인이 남편을 쳐다보았고, 남자의 얼굴은 확 굳는 듯했다. "맞습니다. 저도 매우 프라이빗한 곳으로 들었습니다. 아는 분이 알려 주었는데 그분도 누군가에게 들었다고 한 것 같군요. 극히 소수의 사람들만 알고 있는 곳이라고… 하지만 요즘엔 조용히 숨은 곳이란 아예 없지 않습니까? 호텔도 아주 유명하다, 덜 유명하다 차이일 뿐이고. 아무튼 호텔을 알아낸 경로는 사건과 직접적인 관련이 없으니 그 이상은 말하고 싶지 않군요."

그러자 뉴윈은 전날 호텔에서 이상한 일은 없었느냐 물었다.

그 말에 부인이 기억을 떠올리는 듯하더니, 입을 열었다. "전날은 아니지만 어쨌든 이상한 점은 있었어요. 저희는 5층 1호실에 묵었는데, 낮에 바람이 좀 잠잠하다 싶은 때 꼭 휘발유 냄새 같은 게 났거든요. 발코니에서 바다를 실컷 구경하고 싶었는데. 냄새 때문에 그렇게 할 수 없어 결국 룸을 바꿔야 했어요."

"전 솔직히 몰랐는데, 아내가 냄새나 소리에 예민해서 말입니다. 어쨌든 컴플레인을 걸었더니 당장 좋은 룸으로 업그레이드해 줘 불만은 없습니다." 남편도 답했다.

"아, 그건 패럴 씨의 취미 때문일 거예요. 발코니에서 유화를 그렸다는데. 붓을 씻는 시너 통이 있더군요." 아일랜이 나서 친절하게 답해 주었다. 그리고 패럴을 언제 처음 봤느냐고 물었다.

"아마 묵은 지 이틀째였을 겁니다. 조식을 먹으러 레스토랑에 내려갔을 때 봤습니다. 옆 테이블에 있던 중년 부인이 크게 떠드는 바람에. 그녀는 스위트 룸에 며칠이나 묵고 있지만 모든 게 만족스럽다고, 오빠 덕분이라며 맞은편 남자를 바라보더군요. 그러자 그녀의 남편인 듯한 다른 남자분이 그를 패럴 씨라 불렀습니다."

남편의 답에 아일랜이 마지막 질문이라며 공손히 청했다. "혹시 그 외 패럴 씨를 본 적이 있는지, 패럴 씨의 인상이 어땠는지 말씀해 주셨으면 해요."

"네. 사흘 동안 여러 번 마주쳤습니다. 호텔이 넓지는 않았으니까요. 오후에 부인과 함께 카페의 야외 테라스에 있는 걸 봤는데, 무척 다정해 보였습니다. 패럴 씨는 차분하고 조용한 성품에 다정다감한 사람인 것 같았습니다."

남편의 말에 이어 부인도 답했다. "여유롭고 신사적인 분이었어요. 항상 미소를 띠고 있으며 친절한 제스처를 취했죠. 아무리 생각해 봐도 그런 끔찍한 선택을 할 듯한 모습은 아니었어요."

그러더니 그녀는 후, 한숨을 내쉬는 것이다. "하지만 그런 얘기를 캐리에게 했더니, 동생은 오히려 그런 결심을 했기 때문에 차분해 보였다고 하던 걸. 그 애는 메이저 팀의 주장이 옳다고 이미 철석같이 믿고 있어요... 참, 어제부터 여러 픽셔가 나온 건 알고 있으시죠? 두 팀이 경쟁하는 것과 그 주장에 관해서도."

그러자 뉴원도 짧게 한숨을 내쉬었다. "네. 덕분에 곤란할 뿐입니다. 정작 저희들은 저희 주장을 말한 적이 없는데, 저희들이 어떤 주장을 할 것인지, 다른 분들이 떠들고 있으니까요."

저런. 쯧쯧. 부부가 동시에 혀를 찼다.

"게다가 더욱 곤란한 점은 이것이죠. 방금 부인께서 말씀하셨던 것 말입니다. 똑같은 모습을 봐도 정반대의 해석이 가능하니. 패럴 씨의 여유로운 모습도, 누군가는 평범한 성품으로 보는가 하면, 또 다른 이는 죽음을 결심한 모습으로 해석하는 겁니다. 후... 한 인간의 죽음에 숨어 있는 진실을 찾아내는 일은, 참으로 어려운 일인 듯합니다." 회색 청년은 크게 한숨을 내쉬었다.

이윽고 두 사람은 인터뷰에 응해 줘 감사하다고 차례로 인사를 전했다. 비숍도 인사를 했다. 그리고 자리에서 일어서는데. 뜻밖에 인터뷰가 짧게 끝난 듯하자 남편의 얼굴도 풀리는 듯. 조사 팀은 처음과 다르게, 남편의 배웅을 함께 받으며 대문을 나설 수 있었다.

다시 차에 오른 이들은 드디어 도라 부인을 찾아갔다. 미리 연락은 하지 않았다. 패럴의 두 번째 부인이었던 그녀는 사우비치 타운의 외곽에 있는 한 모텔에 묵고 있었다.

네온사인이 화려한 시멘트 건물 뒤편에 차를 대고. 그들은 함께 차에서 내려 2층으로 올라갔다. 비숍이 호실을 확인하고 벨을 누르자 잠시 후, 문이 열렸다. 검고 풍성한 머리를 가진 중년 여인이 한 뼘 남짓 문을 열고, 얼굴을 조금 내보이며 "무슨 일이시죠?"라고 묻는다. 그녀는 볼에 살이 있고 낯빛이 어두우며 눈동자가 몹시 흔들리고 있었다.

그리고 금세 세 사람을 알아본 듯. 눈썹과 미간을 찌푸리더니 문틈을 막고 선 채 고개를 가로젓는 것이다. "여자 혼자 지내는 곳이라... 죄송해요."

그 바람에 세 사람은 안으로 들어가지 못하고, 이대로 복도에 서서 이야기를 들어야 하나 싶다. 비숍이 신분과 찾아온 용건을 밝혔으나 그녀는 곤란하다고만 대꾸할 뿐. 그런데 그때 계단 쪽에서 한 쌍의 연인이 나타났다. 그중 남자가 험악한 인상을 쓰며 이쪽을 노려보더니, 마치 대치하듯 계단 끝에 서서 움직이지 않는 것이다. 때문에 결국 부인이 물러서야 했다.

그녀는 한숨을 내쉬며 문을 열어 주었다. 얼른 들어오라 말한 다음, 테이블로 가 액자 두개를 엎어 놓고. 다시 몸을 돌려 사람들을 마주 본다.

여인이 장기로 묵고 있다는 모텔은 찬 기운이 서늘하게 감도는 듯. 욕실과 침실, 거실 하나가 전부지만, 실내는 생각보다 넓고 휑해 보였다. 구석에 풀지 않은 상자가 서너 개 쌓여 있고. 꺼내 놓은 것은 탁상용 액자와 옷걸이에 걸린 옷가지뿐인 듯.

주위를 둘러보던 아일랜이 짐을 가리키며 물었다. "혹시 이곳을 떠나실 생각인가요?"

"아뇨. 여기 올 때 가져온 짐이에요. 풀지 않고 그대로 둔 것뿐이고요." 차분히 답한 그녀는 곧바로 따져 물었다. "어젯밤 픽셔를 봤어요... 그 사건을 조사하는 분이 왜 저를 찾아오셨는지 모르겠군요. 제가 무슨 관계가 있다고. 제가 참고인이 된 이유를 모르겠어요." 그리고 어떻게 연락처를 알아냈냐 묻는 것이다.

비숍이 호텔에서 알아냈다고 답하자, 그녀는 움츠렸던 목을 조금 뺐다. 비로소 목소리에 힘이 들어가는데. 조사원들이 찾아온 게 단지 호텔에 묵었던 손님을 찾아온 것이라 생각한 듯. 개인 정보를 유출한 책임을 호텔에 묻겠다고 한다.

때문에 비숍이 손을 내저으며 분명하게 사정을 밝혔다. "아, 부인은 사건 당일 묵었던 고객이라 찾아온 게 아닙니다. 패럴 씨와 관계있는 분이라 찾아온 거죠. 물론 호텔 측에는 사실을 알리지 않았습니다. 저희도 나름 개인 정보를 유출하지 않기 위해 노력하고 있으니까요."

"네? 그 사람과 관계가 있다고요?" 그녀는 어쩔 줄 모르는 듯 다시 목소리가 떨렸다. 그러나 얼른 어깨 숄을 여미며 시치미를 뗀다. "그는... 아무 상관없는 사람이에요... 모른다고요."

할 수 없이 뉴윈이 죄송하다며 입을 열었다. "부인. 법감원에 제출한 솔리 양의 영상에 부인이 잠깐 나왔습니다. 호프 부인과 카달 양과 인터뷰를 하고 나니, 로비에 서 있던 검고 풍성한 머리의 부인이 떠오르더군요. 폴과 셀 역시 부인과 닮은 듯했고요. 혹시 저기 엎어 놓은 액자에는 아이들 사진이나 가족사진이 있는 게 아닌가요." 상대의 완강한 태도를 무너뜨리기 위해 그가 슬쩍 테이블을 가리켰다.

그사이 아일랜이 재빨리 일어나 액자를 들어보니, 역시 폴과 셀의 사진이 들어 있었다.

이세 그녀는 얼굴이 새하얗게 질리고 숨이 막힌 듯. "그런... 어쨌든 이건 SD사건이고... 전 현재 가족이 아니므로 참고인이 될 수 없어요... 인터뷰는 하고 싶지도 않고 할 이유도 없어요." 하고 더듬더듬 말했다.

그러자 다시 뉴윈이 나섰다. "네, 알고 있습니다. 그래서 이렇게 조심스럽게 말씀드리는 겁니다. 하지만 부인이 답하지 않는다면 폴과 셀이 곤란해질지 모릅니다. 저희는 이 사건이 자살 사건이 아닐지도 모른다고 의심하고 있거든요." 그 말에 여인이 짧게 숨을 멈추고, 뉴윈은 그녀를 보며 말을 계속했다.

"직접 만나 보니 폴은 활달하고, 셀은 차분하고 생각이 깊어 보였습니다. 그런데 둘 다 부인에 대한 이야기를 한 마디도 하지 않는 겁니다. 심지어 부인을 만나기 위해 소동을 피운 것도 의도적으로 감추었는데, 저희들이 직접 부인을 언급하며 캐물었으나 굳게 입을 다물더군요. 무언가를 감추듯 말입니다. 필사적으로 부인을 숨기려 했는데, 왜 그랬을까요?"

그 말에 여인의 숨이 조금 거칠어졌다. 결코 동요를 감출 수 없는 듯.

이번엔 아일랜이 그 틈을 파고들었다. "저희들은 부인이 전날 패럴 씨와 다툰 일도 알고 있어요. 단지 그 상황에 대해 당사자의 증언을 듣고 싶은 것뿐이에요."

그녀는 눈이 전등만큼 커지고 도망갈 곳을 찾듯 고개를 두리번거렸으나, 사방을 둘러보고 이내 머리를 떨구었다. 그리고 한참 만에 숄을 만지작거리며 겨우 입을 열었다.

"... 아마 아이들이 두려워하는 건, 제가 남편과 좀 더 남아 있었기 때문일 거예요. 남편은 아이들을 먼저 룸으로 돌려보내고,

저와 함께 얼마간 더 있었거든요... 그런데 다음 날 그이가 그런 선택을 해서. 아이들은 혼란하고 두려웠을 거예요." 그녀는 한숨을 내쉬었다. "후... 전 아이들이 보고 싶었을 뿐이에요. 아이들도 저를 보고 싶어 했고. 그래서 호텔에서 아이들을 만났죠. 그러다 그이에게 들켜 혼이 나고, 약속대로 이튿날 호텔을 나왔어요. 공교롭게 캐스터의 영상에 찍혔던 모양이지만. 단지 그것뿐이에요."

그러자 비숍이 차분히 물었다. "아주 중요한 질문입니다, 도라 부인. 정확히 답해 주셔야 합니다. 패럴 씨의 죽음에 관해 여러 가능성을 조사하고 있으니까요. 언제 아이들로부터 연락을 받았는지, 왜 하필 그 무렵 호텔에 묵고 있었는지 말씀해 주시죠. 패럴 씨는 한 달이나 묵을 계획이었는데. 왜 그 전이나, 나중이 아니라 사건 전후에 묵고 있었는지 말입니다."

부인의 눈 밑에 그늘이 짙어진 듯. 그러나 잠시 후, 한숨을 쉬고 그녀는 다시 입을 열었다. "아이들은 호텔에 묵는 첫날, 저에게 연락했어요. 트윈 풀 호텔에 한 달이나 묵는다며, 저를 보고 싶다고 했죠... 당장 달려가지 않았던 건 시간이 좀 필요했기 때문이에요. 다른 가족들의 눈을 피해야 하니, 아이들에게 가족들이 호텔에서 어떻게 지내는지 알려 달라고 했어요. 일주일이 지나자 셸이 가족들의 일과를 알아냈다며 전해 주었고, 호텔이 작아 매일 똑같이 지낸다고 하면서요. 그래서 그때 찾아간 것뿐이에요. 물론 호텔에 도착하자마자 위험하다는 생각은 들었어요. 그렇게 작은 곳인 줄 몰랐거든요. 잘못하면 들키겠다 싶었는데.

결국 그이에게 들키고 말았죠... 4시까지는 그림을 그릴 거라 생각했는데. 그가 생각보다 일찍 카페로 내려온 바람에, 아이들과 함께 있는 모습을 보이고 말았어요... 그이는 저를 보자마자 크게 화를 냈고. 아이들을 만나면 안 된다, 당장 떠나라고 했어요."
그리고 그녀는 한마디 덧붙였다. "그 모습을 호프 부인이 봤다는 이야기를 듣고 불안하긴 했지만. 여러분이 찾아올까 두려웠거든요... 하지만 연락처를 알려 주지 않을 거라 했던 아이들의 말을 믿었기에, 이렇게 찾아오실 줄은 정말 몰랐어요."

마지막 말에서 그녀가 이미 아이들과 연락했음을 알 수 있었다. 아이들이 어머니에게 여러 이야기를 전한 듯.

이윽고 도라 부인은 답을 마무리했다. "어쨌든 곧바로 떠나겠다고 남편에게 말했는데. 아이들이 마음에 걸려, 이튿날 아침 인사는 하고 가겠다고 아이들과 약속했어요. 사실, 저희들이 헤어질 때 폴과 셸이 상처를 많이 받았거든요."

"폴과 셸은 아버지를 어떻게 생각했을까요? 그맘때 아이들은 매우 무모하고 잔인해지기도 하는데" 뉴원의 차분한 물음에 부인은 고개를 저었다. "이미 끝난 일이에요. 아이들은 화를 냈지만. 어쨌든 아버지를 존경하고 좋아했어요. 물론 어른들의 사정을 납득하기는 쉽지 않았을 테지만요."

"그 사정이란 게, 패럴 씨와 헤어진 이유가 궁금하군요, 부인."

"글쎄요. 이미 호프 부인을 만났을 텐데. 잔인한 질문이네요."

"혹시 패럴 씨를 원망하고 있나요?" 비숍이 연이어 물었다.

"......, 아뇨." 잠시 망설이던 여인은 고개를 저을 뿐.

"패럴 씨의 사망 소식을 언제 알았죠?" 아일랜이 물었다.

"호텔에서 돌아온 날 오후에 픽셔를 통해 알게 됐어요. 솔리양의 라이브 영상도 봤고요. 쓰러져 있는 그이를 보고 뭔가 잘못된 것 같다고 느꼈지만, 제가 할 수 있는 일은 하나도 없었어요. 장례식에 참석할 수도 없는 처지인 걸요" 그녀는 말을 마치고 고개를 떨구었다.

그리고 다시 시간이 흘렀다. 아일랜이 마지막 질문을 던졌다.

"저기 그날 패럴 씨에게서 이상한 점을 못 느끼셨나요?"

그러자 그녀가 곧장 고개를 들었다. 눈을 크게 뜨고, 뭔가를 말하려는 듯 침을 꿀꺽 삼켰다. 숨마저 조금 가빠지는데. 잔뜩 긴장한 그녀의 모습에 세 사람도 덩달아 긴장되는 듯. 그러나 그녀는 뜸만 들이다, 끝내 고개를 꺾었다. 그리고 "네."라는 짧은 답만 했을 뿐. 그것으로 답을 끝낸 여인은 고개를 모로 돌렸다.

다시 침묵만 흘렀다. 아일랜은 뉴윈에게 질문이 없냐 물었고, 청년은 고개를 가로저었다. 그러자 비숍이 고개를 갸웃하며, 끝까지 추궁해야 하지 않느냐고 속삭였다. 그러나 뉴윈은 "이미 중요한 진술은 다 나온 듯합니다. 의아한 점들은 먼저 정리를 해야 할 듯하고. 또한 남은 질문은 매우 중요한 것들이라, 적당한 장소와 적당한 때에 추궁하며 몰아붙여야 할 것 같은데요."라 답했을 뿐이다.

결국 세 사람은 더 이상 질문을 않기로 하고. 인사를 건넨 다음 모텔을 빠져나왔다.

14   DAY 2 - 오후 8:40

"이제 인터뷰는 끝났나?" 분홍색 차에 오르며 비숍이 물었다.
"네. 시간이 너무 늦어 나머지 사람들은 내일 만나는 게 좋을 것 같아요. 정리해야 할 것도 많구요."
"그럼 제롬 씨 말고 또 만날 사람이 있다는 말인가?" 뒷좌석에 앉은 팀장이 의아한 듯 목소리를 높였다. 그러자 아일랜이 뉴원을 쳐다보며 답했다. "네. 저희들은 패럴 씨의 동료와 이웃들도 만나 볼 생각이에요. 가족 말고, 패럴 씨를 알고 있던 다른 사람들을 만나 이야기를 들어 보고 싶거든요."
"패럴 씨를 보조했던 캐스터와 또, 패럴 씨를 신고했다는 이웃도 만나 볼 생각입니다. 48시간이 되기 전에 한 사람이라도 더 인터뷰를 할 생각이라 내일도 아침부터 부지런히 움직일 예정입니다." 뉴원도 한마디 거들었다.
두 사람을 번갈아 바라보던 비숍이 문득 고개를 끄덕였다.
"아하, 이제야 자네 팀의 전략을 알겠군. 저쪽은 SD사건으로 확정하고 조사하는 듯한데. 뭐, 가족 같은 제 1 참고인들이 일관된 진술을 하고 있으니 당연한 방향이겠지만 말이야. 그런데 자네들은 여러 가능성을 열어 놓은 듯하더니, 조사 방향도 다른 모양이지? 그래, 외부에서부터 뚫고 들어가 볼 생각인가?"
그것이 정답이었다. 어젯밤, 뉴원이 카페에서 아일랜에게 일러 준 방법이 바로 그것이었다. 아일랜은 고개만 끄덕이고, 답은 뉴원이 했다.

"네. 맞습니다. 한 사람의 사망 사건에 있어, 가족과 캐스터가 똘똘 뭉쳐 같은 진술만 반복한다면 그게 진실이 될 거라 생각하지만, 그건 착각입니다. 패럴 씨는 가족과 가정에 국한된 인물이 아니니까요. 테일라 양이나 페이 씨, 호텔 직원, 심지어 호텔에 묵었던 신혼부부까지, 그에 대한 이야기를 해 주었으며. 가족과 입을 맞추지 못한 외부인들은 얼마든지 있습니다. 때문에 저희는 밖에서, 제 3자를 통해 사건에 접근해 보기로 한 겁니다. 어떤 문제도 다방면의 접근과 관찰이 중요하니까요. 그것으로 저희 관점을 정립하고 검증하기로 했습니다."

비숍은 고개를 끄덕이며 되물었다. "그래서 결과는 어떤가?"

"아주 만족할 만해요. 그나저나 팀장님은 이제 어디로 가실 거죠? 모셔다 드릴게요" 아일랜이 핸들을 고쳐 잡으며 물었다.

비숍은 사우비치 조수대로 가 달라 부탁했다. "모라 부팀장을 만나기로 했네. 양 팀의 조사 과정을 검토할 생각이거든. 처음에 경고했듯이 증언의 수집이 공정하게 이루어졌는지, 두 팀의 조사 내용에 대해서도 한 번 따져 볼 참이야. 양측의 주장이 어디로 귀결될 지는 알고 있으니까. 거기에 이르는 과정이 적법했는지, 혹은, 증언이나 증거물을 수집하는 과정에서 자신의 주장과 반대되는 근거를 뭉개지는 않았는지 살펴봐야 하지 않겠나. 우리도 그림자처럼 따라다니기만 한 것은 아니었으니까." 은근한 어조로 전한 이야기에는 당신들을 감시하는 눈이 있었다는 것을 경고히는 듯.

그러나 아일랜은 경고를 알아듣지 못하고, 훌륭하다는 감탄만 연발했다. 그리고 뜻밖의 청을 꺼내는 것이다. "그럼, 팀장님. 부탁을 좀 드릴까 하는데요. 오늘 밤은 조수대 자료실로 전송된 자료들을 정리하고, 인터뷰도 다시 들어 보고, 패럴 씨의 픽셔도 읽어 봐야 하거든요. 특히 마지막 픽셔와 패럴 씨의 컴퓨터에 있던 자료 파일을 꼼꼼히 조사해 볼 생각이라,"

그 말에 비숍이 "그럼, 오늘도 밤을 새겠군." 하고 대꾸했다.

"밤을 새는 건 각오하고 있어요. 어차피 하루 지나면 실컷 잘 수 있을 터라. 아마 경쟁에서 지면 며칠이라도 잘 수 있을 걸요. 이번 경쟁에서 지는 팀은 그룹에서 쫓겨나게 되거든요."

"그래? 그런 사정은 조금도 눈치채지 못했는데. 별로 초조함이나 불안감 같은 게 느껴지지 않아서 말이야... 아무튼 캐스터란 직업도 현실은 살벌하군. 보기엔 다들 제멋대로 글만 내지르는 것 같더니만." 비숍은 고개를 절레절레 내저었다.

"저도 방금 팀장님께 말씀드리며 새삼 떠올린 사실이에요. 지금까지 쫓겨난다는 생각은 까맣게 잊고 있었지 뭐예요. 사건만 생각하느라." 아일랜은 머쓱하게 웃었다. "참, 그래서 드리는 부탁인데. 오늘 밤은 사우비치 조수대에서 조사를 정리할 수 있을까 해서요. 조수대에서 밤을 보내야 할 것 같아요."

"그리고 또 하나 부탁드릴 게 있습니다. 사우비치 구조대의 출동 자료도 보고 싶습니다." 뉴윈도 한마디 전했다.

구조대 자료라니. 비숍이 궁금하다고 이유를 묻자, 청년은 나중에 말씀드리겠다고 답했다. 자신이 생각한 것을 확인한 다음.

그 말에 팀장은 흔쾌히 승낙했다. 자신들도 밤을 새는 건 다반

사라며 격려해 주고 팀장실을 내주겠다고 한다. 그 말을 들은 두 사람은 다시 감사 인사를 전했다.

15 DAY 2 - 오후 9:00

세 사람은 사우비치 조수대로 돌아와 5층 팀장실로 들어섰다. 먼저 비숍이 작업 공간과 사무 기기 사용법 등을 설명했고, 아일랜과 뉴윈은 설명을 들은 다음, 책상에 자리를 잡고 앉았다. 두 사람이 자료실에 올라온 영상과 인터뷰를 검토하기 시작하자, 비숍도 부팀장을 만나기 위해 1층 구조대로 내려갔다.

그리고 세 시간 가까운 시간이 흘러갔다. 1차 검토를 끝낸 두 사람은 픽셔에 쓰일 증거 자료를 만들기 시작한다. 개인 정보를 가리거나 마크 처리를 한 후, 자신들이 원하는 순서로 재구성하는 것이다.

"증언은 저희들이 만난 순이 아니라, 사건과 관련된 시간 순으로 정렬하는 게 좋겠습니다. 일단 두 달 전부터 시작하는 게 맞을 것 같은데요." 뉴윈의 제안에 아일랜이 고개를 끄덕였다.

그 후로, 두 사람은 인터뷰에서 필요한 부분을 마크 처리하고, 증언의 순서를 재편집하며 시간을 보냈다. 그것은 많은 시간이 걸리는 작업이었다. 사실 두 사람에게는 불리한 증거가 많아, 그것을 뒤집을 수 있는 인터뷰가 매우 중요했으며, 사람의 말이란 여러 가지로 해석될 여지가 많기에, 신중에 신중을 거듭하며 편집했기 때문이다.

길고 긴 작업이 끝나자 두 사람은 다시, 사체 통합 관리소에서 보내온 증거들을 점검한다. 유서의 필적 감정과 지문 감식, 출동 당시 현장과 사체 주변에서 채취한 미세 증거물 보고서 등을 정리하는데. 거기 빠진 게 있어 뉴원이 사체 통합 관리소에 증거물을 하나 더 조사해 달라는 의뢰 메일을 보냈다.

"지금 조사를 의뢰하면 언제 결과가 나올까요?"

"아마, 서너 시간 후에는 나올 겁니다. '긴급'으로 걸어 놨으니까요. 이게 저희 팀의 유일한 증거가 될 것 같군요."

"과연 우리가 원하는 증거가 나올까요?"

"아일랜 씨는 원하는 증거가 있나 보군요."

"네. 당연히 우리가 의심하고 있는 사람에 관한 증거가 나오면 좋죠. 그게 아니면 우리가 세운 가설이 무너지는 걸요."

"그렇진 않습니다. 과정은 같을 겁니다. 단지 실행자만 바뀔 뿐. 이번 사건은 기회를 이용한 자의 것이니까요."

그리고 다시 그들은 패럴의 마지막 픽셔와 첸 대원이 확보했던 자료 파일을 정리해 읽기 시작했다.

그 후로 시간은 더욱 쏜살같이 흘러. 어느새 새벽이 다가온 듯. 두 사람은 몰려오는 잠을 쫓기 위해, 의자에 앉지 못하고 일어서서 돌아다니거나 벽에 기댄 채로 패럴의 픽셔를 읽고 있었다.

그런데 갑자기 비숍 팀장이 다급한 얼굴로 나타나더니. 관내 호텔에 사고가 났다며 뜻밖의 소식을 전해 주는 것이다.

"일반 사고라 구조대원들이 출동했는데. 장소가 묘하게도 트원 풀 호텔이라고 하는군. 그래서 당장 가 볼 생각인데 자네들은 어떻게 할 건가?"

두 사람은 놀란 시선을 마주치고 얼른 신발을 고쳐 신었다. 그리고 팀장의 뒤를 따라나서며, 소식을 알려 줘 감사하다는 인사를 전했다.

세 사람은 10분 후 호텔에 도착했다. 구조대원을 겸하고 있다는 모라 부팀장이 주차장에서 대기하는 중이었다. 그녀가 그들에게 사건을 간략히 설명해 주었다.

"501호에 묵고 있던 노부부 중 부인이 발코니에서 미끄러져 추락했다고 해요. 아래쪽이 바위 지대라 머리를 다친 것 같은데. 고령이라 위험한 상황이 된 듯하고요."

로비에서 네 사람을 맞은 지배인은 순간 지긋지긋하다는 표정이었으나, 손을 앞으로 모은 채 공손한 어조를 유지했다. "조수대가 출동할 만한 사건이 아닙니다. 고객이 실수로 미끄러진 것뿐이니까요. 이미 구조대와 구급차가 환자를 싣고 갔습니다."

"일단 현장을 살펴보겠어요." 모라가 대표인 듯 앞으로 나서며 짧고 단호하게 대꾸했다. 그리고 세 사람을 501호로 안내해 갔다.

그런데 지배인도 뒤를 따르는 것이다. 손님이 묵는 객실에 조사대만 들일 수 없다고 이유를 대며. 그러나 본심은 따로 있는 듯. 총지배인은 변명하듯 말을 주절거렸다. "단지 사고일 뿐입니다. 오늘은 구름이 잔뜩 끼어 어두웠으니까요. 일출을 보러 나갔던 부인이 발코니에서 발이 미끄러진 것뿐이죠."

"그 고객은 언제부터 묵고 있었나요?"

"어제부터 묵고 계십니다."

"이런 사고가 종종 있었나요?" 뉴원의 질문에 지배인은 침을 삼키더니, 목소리를 낮췄다. "네. 낙상 사고가 여러 번 있었습니다. 오래된 건물이라 낡은 곳이 많거든요. 그래서 발코니를 비롯해 위험한 곳에는 경고 팻말을 붙여 놓았습니다."

"경고 팻말만으로 사고를 막을 수는 없지. 호텔 측에서 근본적인 대책을 세워야 하지 않소."

비숍이 엄중하게 따지자 지배인은 입을 다물었다.

먼저 조사원들은 501호 룸의 발코니로 나갔다. 난간을 살펴보니, 페인트칠을 새로 했을 뿐. 철제 난간은 1m 정도로 높이가 낮고, 힘을 주어 흔들면 덜컹거릴 정도로 낡은 듯했다. 그러나 다른 흔적은 없는 데다 남편이 병원에 따라간 터라, 자세한 조사는 어려웠다. 때문에 그들은 곧 룸을 나와야 했다.

다음으로 그들은 1층으로 내려와 바깥쪽, 추락 지점을 살피기로 했다. 모두 서둘러 현장으로 향하는데. 현무암 지대로 내려가는 돌계단에 이르자 아일랜은 발을 떼지 못하고 우물쭈물할 뿐. 그러다 곧바로 주머니에서 약을 찾아 먹은 다음, 허옇게 질린 얼굴로 사람들의 뒤를 쫓았다.

비숍은 저만치 뒤에 처진 아일랜이 의아했으나, 서둘러 발을 옮긴다. 좁은 흙길을 지나 바위 지대로 향하는데. 삼각봉이 세워진 바위를 발견하고, 성큼성큼 다가가 손전등을 켜고 주변을 살피기 시작했다. 곧이어 뉴원과 모라도 도착해, 조사에 열중한다.

그러다 문득 비숍이 아일랜을 찾느라 둘러보니, 그는 옆 바위에서 얼쩡대고 있는 것이다. 그제야 비숍이 뉴원에게 물었다.

"아일랜 씨는 왜 엉뚱한 바위에서 저러고 있나?"

"아일랜 씨는 피를 볼 수 없다고 들었습니다." 뉴원이 답했다.

"아, 그런 병을 들어본 것 같군. 그쪽은 괜찮고?"

"네. 전 괜찮습니다."

그리고 그들은 다시 조사에 집중했다. 현장에는 손바닥 넓이의 핏자국과 부서진 유리잔 파편이 흩어져 있다. 파편에는 우유처럼 보이는 뿌연 액체가 묻어 있을 뿐. 그 외 수상한 것은 없다. 노부인이 우유를 들고 발코니로 나왔으며, 새벽 공기를 쐬다 추락한 것으로 보이는 증거들이다.

잠시 후, 뉴원이 허리를 펴며 팀장에게 말했다. "사고의 원인이 불분명하군요. 본인의 실수인지, 다른 위력이 있었는지, 또한 호텔 측의 과실도 있는 듯하지만, 명백히 과실을 따져 묻기는 쉽지 않을 듯합니다... 하지만 제가 이전부터 의아하게 여긴 점이 있는데, 이 사건도 그 의문을 뒷받침해 주는 것 같은데요."

"그게 뭔가?" 비숍이 되물었다.

"그동안 이곳에서 일어난 사건이, 왜 조수대로 신고가 들어가지 않았는가 하는 겁니다."

"그게 무슨 말이죠?" 이번엔 모라 부팀장이 고개를 갸웃했다.

뉴원은 고개를 끄덕이고, 설명을 시작했다. "조사 첫날, 팀장님과 부팀장님이 스위트 룸 복도에서 나눈 이야기를 들었습니다. 두 분 다 트윈 풀 호텔에 처음 오신 것 같더군요. 그런데 방금 지배인도 사고가 여러 번 있었다고 말하지 않았습니까. 청소업체 사장의 증언도 같고요. 그는 그동안 스위트 룸에 여러 번 출동했는데, 이번엔 끔찍한 흔적이 없어 다행이라 말했죠. 그렇다면 스위트 룸에 끔찍한 흔적이 남은 일들이 여러 번 있었다는 말인데. 그럼에도 불구하고, 조사수색대의 팀장이나 부팀장님이 한 번도 호텔에 오지 않았다는 것은, 그 모든 일이, 범죄 사건이 아닌 단순 사고로 처리됐다는 뜻 아닐까요."

이야기를 듣는 비숍과 모라의 얼굴이 조금씩 굳어졌다.

"그래서 구조대 출동 기록을 보겠다고 부탁드린 겁니다. 이 호텔에서 일어난 일들이 어떻게 처리되었기에, 모두 구조대로 연락이 갈 뿐, 조수대로 사건 신고가 접수되지 않았는지 궁금해서요. 몇 건의 사망 사건이나 상해 사건이 있었음에도, 왜 그 모든 사건이 단순 사고로 처리되고 범죄 사건으로 신고되지 않았는지 궁금했습니다. 물론 실제로 전부 자연스러운 사고일 수도 있지만. 어쨌든 분명한 것은, 이 호텔에서 숙박객들이 여러 번 사고를 당했으며, 그들과 함께 묵던 사람들이 사고를 주장했다는 사실입니다. 가족이든 연인이든 친구든, 호텔에 함께 묵고 있던 이들이 있었을 텐데. 왜 그들은 하나같이 사고로 신고하고, 사고라 주장했는지. 혹 그 속에 숨겨진 다른 진실은 없는 걸까, 의심스러웠습니다."

그리고 뉴윈은 한마디 덧붙였다. "물론 이것은 전부 제 생각일 뿐입니다. 전 사고나 과실치사로 처리된 사망 사건을 의심해 보는 게 취미라서요." 그는 일부러 말을 가볍게 마무리했으나, 비숍과 모라는 끝까지 말이 없었다.

호텔로 출동해 30여 분간 조사를 마친 이들은 다 함께 조수대로 돌아왔다. 그리고 아일랜과 뉴윈은 하던 일을 다시 이어 갔다. 팀장실에서 패럴의 픽셔와 첸 대원이 수집한 자료를 마저 검토한 것이다.

그사이 비숍과 모라는 사우비치 타운의 구조대 출동 기록과 병원 기록 등을 조사했는데. 그 결과 트윈 풀 호텔에서 추락 사고와 상해 사고로 인한 환자가 매년 한두 명씩 발생했으며, 지난 8년간 사망 사건도 15건이나 있었다는 것을 알아냈다. 그 놀라운 수치에 비숍은 궁금증을 참지 못하고, 조사 기록을 들고 뉴윈을 찾아갔다.

아일랜은 소파에서 잠깐 눈을 붙이고 있고. 뉴윈이 혼자 픽셔를 읽고 있었다. 정리된 기록을 내밀었더니, 청년은 정리해 줘서 감사하다는 인사를 거듭 건넨다. 그러나 비숍은 모든 것이 궁금할 뿐이었다. "이게 무슨 의미인지 알겠나?"

"조사 결과 그대로 트윈 풀 호텔에서 사고가 여러 번 있었다는 뜻일 겁니다. 그중 인명 피해가 발생한 사고도 15건이나 되며, 그 모든 사망 사건이 사체 통합 관리소로 연락이 갔을 뿐, 조사 수색대로 신고 접수되지 않은 것을 보면, 전부 우연한 사고사나 SD사건으로 처리됐다는 의미일 테고요."

"우연치고는 사례가 너무 많아 의심스럽군. 어떻게 이럴 수가 있는지... 그동안 이런 일이 있을 거라고는 생각지 못했네." 하고 대꾸하는 비숍의 얼굴은 의심을 넘어 침통하기까지 했다.

"조수대가 모든 사건을 다 조사할 수는 없으니까요. 조사 의뢰를 받은 범죄 사건만도 조수대가 처리할 수 없을 만큼 넘쳐 나지 않습니까. 공론화되지 않는 사건이나 사고는 묻히기 좋은 데다, 트윈 풀은 외딴 곳에 있는 조용한 호텔이니까요. 사실 이번 사건도, 솔리 양 덕분에 실시간 라이브로 알려지지 않았다면, 트윈 풀에서 일어난 또 하나의 SD사건으로 넘어갔을 겁니다... 세상에 얼마나 많은 사건들이 묻혀 있을지 상상하면 두렵기만 합니다."

비숍은 굳은 얼굴을 풀지 못했다.

뉴윈은 그를 바라보며 말을 이어 갔다. "제 생각일 뿐입니다만. 트윈 풀 호텔도 문제인 것 같습니다. 시공간이라는 건 사람의 생각과 행동을 제약하는 중요한 요건 중 하나로, 추울 때 떠오르는 생각과 무더위에 할 수 있는 생각이 완전히 다르며, 그에 따른 욕구와 행동 패턴도 정반대로 달라질 겁니다. 인간이 얼마나 많은 외부 조건에 휘둘리는지 모르면서, 마치 자신은 주체적이고 자율적인 인간인 것처럼 생각하는 이들이 있는데, 전부 착각입니다. 물론 우리는 생각이란 걸 할 수 있기에, 환경에 굴복하지 않고 환경을 극복할 수도 있겠지만... 지하실이나 옥탑방에서 무한한 우주를 상상할 수 있는 훌륭한 인간도 분명히 있겠지만," 후, 그는 짧게 한숨을 내쉬었다.

"단지, 트윈 풀 호텔이 사람들에게 어떤 생각을 불러일으키는 곳은 아닐까... 사람들에게 감춰졌던 이유가 매우 무서운 것일 수도 있을 것 같다는 생각이 들기도 했습니다. 그래서 신혼부부를 찾아가 호텔에 대해 물어봤던 것이고요. 부인은 자랑스레 말했지만, 신랑이 외딴 곳에 있는 조용한 호텔을 찾느라 힘들었다고 말입니다. 그런데 남편의 답은, 틀림없이 호텔을 알아낸 루트에 대해 말하고 싶어 하지 않는 듯했습니다. 극히 소수에게만 알려진 곳이라고 할 뿐... 그토록 멋진 풍광을 가지고 있는 호텔이 왜 수면에 떠오르지 않았는지... 이 호텔에 대해 알고 있는 부류는 어떤 부류들인지... 어떤 의도를 가진 이들이 호텔에 모이는지... 독재자의 별장이 사람들에게 어떤 생각을 불러일으키는지... 상상해 보면, 두려움을 넘어서 공포스럽기까지 합니다."

청년의 말을 듣는 비숍도 목덜미에 소름이 돋는 듯. 그는 지독히 굳은 표정으로 한동안 말없이 앉아, 생각에 잠겨 있었다.

그리고 얼마 후, 비숍은 겨우 자리에서 일어났다. 그는 흠, 무거운 숨을 내뱉고. "뉴윈 군은 이제 맡은 사건에 최선을 다하게."하고 격려한 다음, 팀장실을 나갔다.

16 DAY 3 – 오전 8:00. 맨션 주민

붉은 기운은 사라지고, 눈부신 햇살만이 말갛게 빛나는 시간. 비숍이 모라 부팀장을 데리고 팀장실에 나타났다. 두 사람도 조수대에서 밤을 샌 듯.

팀장은 아일랜과 뉴원에게 아침을 먹자며, 근처 샌드위치 가게로 그들을 데려갔다. 단골인 듯 종업원이 인사를 건네자 팀장은 항상 먹던 세트를 주문한다. 그리고 자리에 앉아, "이제 다섯 시간밖에 남지 않았네. 정리는 다 되었는지 궁금하군."하고 입을 열었다.

아일랜은 터져 나오는 하품을 삼키며 고개를 끄덕였다. "네. 팀장실을 빌려주신 덕분에 잘 마친 것 같아요. 아, 물론 아직 다 끝난 건 아니지만요. 아무튼 저희들이 직접 진행한 인터뷰 영상과 솔리 양의 라이브 영상, 컷-아웃 영상에서 의심스러운 사람들의 행적을 따로 확인했어요. 하지만 오늘도 부족한 인터뷰를 보충해야 해서 바쁠 것 같아요. 어쩌면 오늘 인터뷰가 가장 중요할 지도 모르구요."

그 목소리에는 일말의 불안감도 없는 듯. 때문에 오히려 모라가 고개를 갸웃하고 말았다. "메이저 팀은 정리가 끝난 듯하던데. 오늘까지 인터뷰를 다니시는 건가요?"

아일랜과 뉴원은 동시에 고개를 끄덕였다.

네 사람은 간단히 아침 식사를 마치고, 가게 앞에서 헤어졌다. 모라는 메이저 팀을 만나러 가고, 세 사람은 패럴의 맨션으로 향했다.

다시 만난 경호원에게, 패럴을 신고했다는 주민을 만나고 싶다 청했더니, 그가 선선히 여인을 불러 준다. 틀림없이 거절당할 줄 알았던 터라 아일랜은 의아하기만 한데. 경호실로 들어온 여인이 답을 알려 주었다. "안 그래도 어제 메이저 팀을 만났어요. 그래서 다른 팀이 오더라도 얼마든지 만나겠다고 말해 뒀죠." 그러면서 그녀는 경호원에게 고갯짓으로 인사를 하고, 자랑스레 자신이 한 일을 늘어놓았다.

"주민들 모두 나에게 고마워할 거예요. 이미 인사를 전한 주민들도 있죠. 내가 맨션을 위해 얼마나 밤낮으로 노력했는지 다들 알게 된 것 같아 만족해요... 전 베란다에서, 혹시 위험한 조짐은 없는지, 불미스러운 사건이 일어나지는 않는지, 감시를 하는데... 아니, 관찰을 했어요. 어제 메이저 팀에게 감시라는 말을 쓰고 후회했거든요. 생각해 보니 논란이 있겠다 싶어. 그러니, 꼭 정정해 주세요. 그러니까 전 주변을 관찰하는 중이었어요. 불면증이 있어 한밤에 잠들지 못할 때도 주변을 살펴보곤 했죠. 그 덕분에 패럴 씨를 발견한 거예요. 새벽 2시가 넘은 시간에 베란다에서 서성대다니, 위험하잖아요. 아무튼 제가 신고한 덕분에, 추락 사고 현장으로 우리 맨션의 이름이 픽셔에 오르내리지 않아 얼마나 다행인지 몰라요. 이곳의 평판을 지켰다고 여러 주민에게 감사 인사를 받았어요. 물론 지금까지 몰랐던 주민들도 오늘 오후에는 제 공로를 모두 알게 될 거고요."

아일랜은 그녀의 자랑을 끝까지 카메라에 담았다. 그리고 그녀가 한숨 돌리는 사이 질문을 던졌다. "패럴 씨가 어떤 사람이었는지 말씀해 주시겠어요?"

그러자 그녀의 얼굴에 득의양양한 표정은 사라지고 난처한 표정이 떠올랐다. "네? 왜 그런 걸 묻죠?"라고 대꾸했으나, 역시 말하고 싶은 것을 참지 못하는 타입인 듯.
"그는 매우 똑똑한 사람이었어요. 꼼꼼하고 완벽하게 일을 잘 처리해서, 그에게 주민 센터에 관한 일을 종종 의논하곤 했죠. 물론 일은 잘하지만 별로 친절한 타입이 아니라, 사적으로 만나고 싶지는 않은 사람이었어요." 이내 당황한 기색은 사라지고 또렷하고 분명하게 답을 했다.

17 DAY 3 - 오전 10:00. 보조 캐스터. 디렉 편집장

다음으로 아일랜 팀이 찾은 곳은 모닝이스트사였다.
"여기로 우리를 부를 거라고는 생각지 못했는데. 근처 카페에서 만날 줄 알았어." 비숍이 화려한 실내를 둘러본다.
그들은 추상화풍의 그림과 일러스트 액자가 걸려 있는 1층 접견실에서 한 남자를 기다리는 중이었다. 모닝이스트사의 접견실은 소속 캐스터 누구라도 이용할 수 있다며, 패럴의 보조 캐스터였던 워크 홉이란 남자는 회사로 찾아올 것을 부탁했다.
얼마 후, 시간에 맞춰 한 남자가 접견실로 들어섰다. 그는 눈가가 짙은 탓에 인상이 강렬해 보이는데. 이미 솔리 양과 존스 씨가 다녀갔다고 하며 맞은편에 앉는다. 그리고 아일랜과 뉴원을 신기한 듯 바라보더니. "두 분은 화면보다 실제 모습이 훨씬 컬러풀하군요."하고 감탄하듯 입을 열었다. 그러나 정작 질문이 시작되자 심드렁한 태도로 일관할 뿐이었다.
"아일랜 씨도 알겠지만, 캐스터란 스트레스가 극심한 직업이

죠. 픽셔를 쓰고 그 결과를 조회 수로 오롯이 받아들여야 하니까요. 특히 메이저들은 책임감과 스트레스가 더욱 막중한데. 돈과 권력이 따르는 대신 구독자들에게 받는 스트레스도 이만저만 아니어서... 한 번이라도 픽셔를 잘못 쓰면 구독자들이 쭉쭉 떨어지는 꼴을 봐야 한다니까요. 조회 수라는 게 정말 미치는 시스템인 게, 한 편 한 편 써 낼 때마다 결과가 숫자로 정확히 정산되니 죽을 맛이죠, 뭐. 아마 대부분의 메이저가 겪는 비극일 겁니다. 저도 이제 알게 됐고요. 조회 수가 뛸 때는 하늘로 날아오를 듯 기쁘다가도, 반대가 되면 지옥에라도 떨어진 듯한 심정이 되더군요. 메이저가 된 지 얼마나 됐다고 벌써 중압감이 장난이 아닙니다. 때문에 패럴 씨의 선택이 너무도 이해되는 걸요. 저 같은 멘탈이면 10년은커녕 5년도 버틸 것 같지 않아요. 패럴 씨도 상당히 힘들었을 겁니다." 주절거리며 늘어놓는 말은 모두 메이저 팀에게 필요한 이야기일 뿐.

"저기, 패럴 씨는 어떤 사람이었죠?" 아일랜은 그게 용건이라고 했다. 워크는 고개를 갸웃하면서도 곧바로 답했다. "깐깐하고 치밀했죠. 분노 섹션 캐스터 중에 화를 조절하지 못하는 사람도 있다는데. 그런 수준이면 무급밖에 안 됩니다. 메이저는 자신이 분노하기보다 남을 분노시켜야 하니까요. 사건 내용보다 단어 하나에 더 신경을 써야 하고요. 구독자들의 분노 게이지가 팍팍 상승할 수 있도록 말입니다. 그런 의미에서 패럴 씨는 실력이 있었습니다. 그의 픽셔를 읽다 보면 분노가 절로 일거든요. 마치 어떤 문장에 사람들이 얼마나 분노할지 아는 듯했는데. 똑똑하고 냉정한 분이었습니다... 그걸 못 배운 채 자리를 이어받아, 솔직히 제가 얼마나 버틸 수 있을지는 모르겠습니다만. 어쨌든 마지막 픽셔가 독극물과 마약 시리즈였고. 그것을 발표한 다음 병가를 내는 바람에 그 후로는 패럴 씨를 거의 만나지 못했습니다. 참, 최근에는 좀 변한 듯 보였는데. 호프 부인에게 친절하고 다정하게 대하는 걸 보고... 사랑 때문에 사람이 그렇게도 변한다는 걸 알게 된 듯했습니다."

그것이 유일하게 아일랜 팀이 쓸 만한 답이었다.

워크가 작업실로 돌아가고, 세 사람은 최상층에 있는 편집실로 찾아갔다. 거기서 디렉 편집장을 만났다.

그녀는 모닝이스트사의 수장이자 편집장으로, 키가 작고 뚱뚱한 여인이었다. 외모는 얼핏 평범해 보이나 모든 기세가 눈에 몰린 듯. 광대에 밀려 올라간, 실처럼 보이는 가느다란 눈에서 사람을 찌를 듯 매서운 눈빛이 흘러나오고 있다.

세 사람은 정중히 인사를 하고, 이어 아일랜이 용건을 꺼냈다.

"저기 패럴 씨가 어떤 분이었는지, 편집장님의 이야기가 듣고 싶어 왔어요. 말씀해 주시면 감사하겠어요."

"세상에. 사과하러 온 줄 알았더니 다짜고짜 인터뷰인가요?" 그녀는 팔짱을 낀 채로 책상에 엉덩이를 걸쳤다. "난 답할 게 없습니다. 그런 용건이라면 그만 나가 주시죠." 연륜이 느껴지는 목소리에 명령조의 말도 차가웠다.

"가족분들을 위해 부디, 한 말씀 부탁드려요." 아일랜이 두 손을 맞잡고 다시 한번 간청하자, 그녀가 마지못해 답했다. "뭐, 유족을 위해 굳이 말해야 한다면. 그는 꼼꼼하고 냉철하며, 프로페셔널한 캐스터였어요. 이제 됐나요?"

그러자 아일랜이 서둘러 두 번째 부탁을 꺼냈다. "그럼, 패럴 씨의 퇴직 신청 영상을 받아 갈 수 있을까요? 캐스터는 일을 그만둘 때 영상 기록을 남겨야 하잖아요. 일을 그만두는 게 외압이나 외부 원인 때문이 아니라, 자신의 자유 의지라는 것을 영상으로 밝혀야 한다고 알고 있어요."

그러자 디렉 편집장은 단칼에 거절했다. "경쟁사에 와서 참으로 맹랑한 요구를 하는군요. 이 이상 꼭두각시놀음에 장단 맞춰 줄 생각은 없어요." 그리고 입술을 비틀어 냉소를 던졌다. "후, 나름 업계의 윤리라고 하나, 그런 걸 지켰더니 이렇게 당하는군요. 역시 호버 편집장이라니까요. 난 이제껏 소속 캐스터의 죽음을 이용해 픽셔의 조회 수를 팔아먹을 생각은 하지 못했거든요. 물론 그런 일에 협력할 생각도 없고요. 호버 편집장에게 한 수 잘 배웠다고 전해 주세요. 그리고 다시 말하지만 내 도움은 기대하지 말아요."

그녀의 분노에 아일랜은 기가 죽었다. 그러자 할 수 없이 비숍이 나섰다. "지금은 조사수색 기간입니다. 아직 3시간이 남았으므로 강제로 증거 수집과 인터뷰를 집행할 수 있습니다."

그러자 디렉이 그를 보고 쿡, 웃었다. "사우비치 조수대 팀장이시군요. 저도 조사수색을 지켜보고 있거든요. 아무래도 소속 캐스터의 죽음을 조사하는 일이라서요... 한때 경찰이셨다고 하던데. 자신과 동료들의 자리를 날려 먹은, 말 많은 캐스터들을 위해 앞장도 서시고. 정말 존경스럽군요."

비꼬는 투로 이야기하던 그녀는 섬뜩한 눈길로 아일랜을 노려봤다. "뭐, 그렇게까지 말씀하신다면 어쩔 수 없죠. 영상을 드릴 수밖에. 하긴, 앞날은 아무도 모르는 거라 도움을 주는 것도 괜찮겠어요. 더블픽셔사의 캐스터에게도 무슨 일이 생길지 누가 알겠어요. 제가 예감이랄까, 그런 게 잘 맞는 편인데. 조만간 아주 가까운 시일 내에... 경쟁사의 캐스터들도 피를 보는 일이 터질 것 같은데요... 호호, 그땐 꼭 우리 캐스터들이 조사를 맡으면 좋겠어요."

하필 피,라는 말이 나오는 바람에 뉴윈은 아일랜이 겁을 먹을 것이라 생각했다. 때문에 자신이 정신을 차리고 꼼꼼히 영상을 챙겨 보겠다고 생각했으나. 아일랜은 눈동자가 또렷할 뿐. 그리고 영상이 복제되는 동안 화면을 뚫어질 듯 주시하는 것이다. 확실히 자신과 한 약속을 지키려는 듯. 다른 일은 모르겠으나, 이 사건에 관해서 만큼은 임하는 각오가 단단한 듯했다.

영상 속 장소는 지금 자신들이 서 있는 편집실이었다. 패럴은 편집장의 머리 위에 설치된 카메라를 보며 당당한 태도로 자신의 결심을 전하고 있었다. "일을 그만두겠습니다. 이것은 어떤 부당한 압력이나 위력에 의한 것이 아닌, 제 개인의 선택입니다. 전 자유 의지로 캐스터 일을 그만두는 것이며. 다른 일을 할 계획입니다."라고 퇴직 사유를 밝히는데. 아래쪽 타임 란에, 날짜와 시간, 그리고 조작을 방지하는 워터마크가 분명히 새겨져 있는 것을 보니, 원본이 확실했다.

영상의 카피본을 내밀며 디렉은 한마디 덧붙였다. 그사이 공격할 말을 또 생각해 낸 듯 사뭇 기세가 당당하다.

"물론 알고는 있겠죠? 이 자료가 강제로 집행된 것이라는 걸. 상대가 거절했음에도 불구하고 강제로 증거나 증언을 수집한 경우, 그것이 반드시 사건의 진상을 밝히는 데 필요했다는 걸 증명하도록 돼 있을 거예요. 함께 보긴 했지만, 난 이 영상이 왜 필요한지 전혀 모르겠어요. 따라서 조사에 별 필요가 없었다는 게 밝혀지면 곧바로 고소할 생각이에요. 잘못하면 우린 법감원에서 만나게 될 거예요, 아일랜 씨." 그것은 확실한 경고였다.

세 사람은 끝까지 정중한 태도를 유지했다. 그러나 인사를 마친 다음에는, 얼음장같이 무서운 여인을 피해 도망치듯 편집실을 빠져나왔다.

그리고 주차장으로 향하며 비숍이 걱정스러운 듯 입을 열었다. "그러고 보니 정곡을 찔렸어. 자네들의 전략은 한 명이라도 더, 한 사람이라도 더 많이 만나는 것이었지만. 그런 전략을 어지간해서 쓰지 않는 이유가 바로 디렉 편집장이 말한 것 때문 아닌가. 별 관계도 없는 사람을 참고인이나 증인으로 몰아붙여, 억지로 증언을 요구하면 고소당하기 딱 좋거든. 그에 대한 준비는 한 거겠지?"

그러자 아일랜이 고개를 끄덕이며 답했다. "네. 충분히 알고 있어요. 걱정해 주셔서 감사해요, 팀장님. 사실, 저희들이 만난 분들은 모두 증언이 꼭 필요한 사람들이었어요. 막무가내 마구잡이식으로 증언을 모으는 게 아니라, 모두가 꼭 필요한 증인들이었답니다. 그것부터 정하고 움직인 거예요."

그 말에 비숍은 알겠다고 답했다. 그리고 차에 올라 시계를 보며 확인하듯 물었다. "시간이 다 된 듯한데. 마지막 팀인가?"

"네. 조안과 제롬 부부가 마지막이에요." 아일랜은 얼른 답하고 시동을 걸었다.

18 DAY 3 - 오후 12:05. 조안과 제롬

세 사람은 조안 부부의 집을 찾아갔다. 그들은 소호 타운보다 사우비치 타운에 조금 더 가까운 근교에 살고 있었다. 은퇴자들을 위한 타운 하우스가 밀집한 동네는 풍경이 매우 한적했다.

우체통으로 주소를 확인한 비숍이 벨을 누르자 조안이 밖으로 나왔다. 그녀는 조사원들을 보고 놀란 표정과 의아한 표정을 동시에 드러냈다. 그러나 비숍이 찾아온 용건을 말하자 사람들을 거실로 안내해 주고 남편을 불렀다.

서재에서 나온 제롬 또한 놀란 듯. "오늘은 라이브 픽셔를 발표하는 날 아닙니까?"라고 묻는다. 그리고 "스튜디오로 와서 증인석에 참석하라는 안내문을 받았는데, 아침에 그걸 보고 나니 마음이 진정되지 않아, 오늘 하루는 일을 쉬기로 했습니다." 하고 자신의 사정을 전한 다음, 방문객들에게 소파를 권했다.

비숍이 변명하듯 마지막 인터뷰라 말하는 사이, 아일랜과 뉴원은 패브릭 소파와 엔틱 가구로 꾸며진 실내를 둘러본다. 그리고 아일랜이 벽에 걸린 액자를 가리키며 아이들에 대해 물었다. 그랬더니 제롬이, 남매는 각각 고등학교와 대학 기숙사에 있다고 답했다.

이윽고 사람들이 자리를 잡고 앉자, 조안이 쟁반을 들고 와 찻잔을 손님들 앞에 차례로 놔 주었다. 그리고 "조사가 끝난 게 아닌가요?"라며 자리에 앉아 의아한 얼굴로 물었다.

아일랜은 잔에 각설탕을 다섯 개나 넣으며 답했다. "거의 끝나가고 있어요. 마지막으로 두 분께 묻고 싶은 게 있어서 찾아온 거구요. 몇 가지만 묻고 돌아가겠어요."

"마지막이라는 말이 마음에 걸리는데요." 조안이 자신의 찻잔을 어루만지며 불안한 듯 대꾸했다.

"먼저 패럴 씨가 두 분을 호텔로 초대할 때, 하셨던 말씀과 당시 상황에 대해 자세히 듣고 싶어요."

아일랜이 청하자 조안은 남편을 쳐다보았고. 제롬이 천천히 입을 열었다. "그러니까 그게 10월의 첫 주말이었을 겁니다. 오후에 전화가 와서 받아 보니, 패럴이었습니다. 그가 가족과 함께 호텔에 묵는 중인데, 스위트 룸이라 빈방이 많으니 와서 함께 지내자고 하는 겁니다. 한 달 정도나 쉴 예정이라고 하면서요."

"10월 2일, 토요일이었어요. 나중에 호텔에서 카달에게 물어보니, 스위트에 묵기 시작한 다음 날, 저희들이 곧바로 왔다고 하더군요." 부인이 딜릭을 보며 날짜를 정확히 짚었다.

제롬은 말을 이어 갔다. "한 달이라는 말에 제가 무슨 일이 있느냐 물었더니, 캐스터 일을 그만두었다고 했습니다. 당분간 푹 쉴 예정이라고요. 그러면서 트윈 풀 호텔로 오라고 하는데. 아내가 어찌나 기뻐하며 닦달하는지. 그날 바로 짐을 챙겨 호텔로 갔습니다. 그 후로 일주일 정도 함께 지냈을 겁니다."

"호텔에서 패럴 씨는 어땠나요? 이상해 보이지 않던가요?"

"글쎄요. 여유롭고 차분해 보였습니다. 그게 호프 부인과 결혼한 뒤로 달라진 모습이라... 전 사실 그가 변했다는 걸 의심하고 있었습니다. 워낙 가끔 보던 사이라, 저희들이 있을 때만 다정한 척, 여유로운 척하는 건 아닌가 의심하고 있었죠. 그런데 여러 날 함께 지내 보니 그는 정말 완전히 변한 듯했습니다. 언제나 친절하고 차분하고 다정해서 좀 놀랐는데. 그 모습이 삶을 놓을 때의 징후라는 말을 듣고 나니, 이해도 되고 의심한 게 부끄러워지더군요."

"조안 씨는 호텔에서 비싼 와인을 자주 마셨다고 하던데."

부인은 조금 긴장하는 듯했다. "네. 기분이 좋았거든요. 특히 서쪽 침실 미니 풀에서 바다를 바라보며 와인을 마시면. 마치 바다가 아니라 하늘에 떠 있는 양 기분이 날아갈 듯했어요. 하지만 오빠가 싫어해서 제가 가져간 술을 몰래 눈치를 보며 마실 수밖에 없었어요. 제가 권하면 마고 님이나 호프 부인도 한두 잔씩 마시고 카달과 아이들은 음료수를 마시며 분위기를 즐겼고요."

"패럴 씨는 원래 술을 즐기지 않았나요? 아니면 비용을 아끼기 위해 마시지 않았나요?"

그러자 조안이 미간을 확 찌푸렸다. "세상에. 누가 그런 말을 했죠? 물론 오빠는 샴페인이나 와인을 전혀 마시지 않았지만, 돈이 없어 그런 건 아니에요. 저녁을 먹을 때 함께 제공되는 와인에도 입을 안 댄 걸요... 그런 걸 보면 역시 오빠는 건강이 나빴던 것 같아요. 원래 와인 한두 잔 정도는 즐겼는데 말이죠."

"그럼 조안 씨는 오빠에 대해 불만은 없었나요?"

"제가요? 술 때문에 불만을 가지다니 말도 안 돼요. 오빠에겐 전혀 불만이 없어요. 애초 이길 수도 없고요. 어렸을 땐 뭣도 모르고 싸움을 걸기도 했지만 한 번도 이겨 본 적이 없어요. 말싸움에서 늘 지기만 했죠."

"제롬 씨는 어땠죠? 패럴 씨에게 불만이 있지는 않았나요?" 아일랜의 질문이 서서히 핵심을 향해 나아가고 있었다.

"전혀 없습니다. 본받을 게 많은 친구라고 생각한 걸요."

역시 그는 시치미를 떼는 듯. 할 수 없이 아일랜은 중요한 사실을 꺼내 들었다. "지금은 솔직히 말씀해 주셔야 해요. 저희들이 들었던 얘기와 다르거든요. 제롬 씨가 불만이 많았다고, 패럴 씨를 증오했다는 이야기를 들었어요. 그래서 혹시 사건 전날 밤, 패럴 씨를 찾아가 싸운 건 아닐까 의심하고 있구요. 패럴 씨를 증오했던 이유가 뭐죠?" 그는 침착하게 따졌다.

"... 아닙니다. 전 패럴을 미워하지 않았습니다. 그날 밤도 싸우러 간 게 아니라... 호텔을 떠나고 싶어서, 아내를 설득해 달라 부탁하러 간 거라고 답했을 텐데요." 제롬의 답은 술술 나왔으나. 이미 조인이 놀린 눈을 하고 있었다.

그러자 비숍이 냉정하게 권고했다. "솔직히 말씀하시는 게 좋습니다. 저희는 제보를 들었으니까요. 호텔을 나가고 싶으면 나가면 되지, 그런 문제를 가지고 패럴 씨에게 부탁하려 했다는 말을 저희가 믿을 거라 생각하지는 않으시죠? ... 부부의 의견 차를 조율하는 일로 한밤에 패럴 씨를 찾다니, 그 말이 외려 의심스러울 뿐입니다."

팀장의 말에 압박감을 느낀 듯. 그는 한동안 입을 다물었다. 그리고 결국 마지못해 입을 열었다. "휴. 뭐, 가족들이 봤을 테니까요. 제가 패럴과 싸우던 모습을... 예전에 패럴에게 보조 캐스터를 시켜 달라고 부탁한 적이 있습니다. 사실 캐스터는 제가 먼저 시작했거든요. 결국 버티지 못하고 이직을 했지만. 메이저의 보조가 되면 자료에 쉽게 접근할 수 있고 여러 노하우를 배울 수 있어, 메이저가 될 수 있는 지름길 중 하나라고 하죠. 그런데 패럴은 친구인 제 부탁은 무시하고, 매번 새로 보조 캐스터를 뽑는 겁니다. 그 일로 맨션을 찾아가 여러 번 싸웠습니다. 그는 제가 캐스터에 대한 꿈을 버린 줄 알았다고 말했는데... 전 몇 번이나 이야기했습니다. 언젠가는 반드시 메이저가 될 거라고요."

"그래서 그를 증오한 겁니까?"

"... 증오라뇨. 단지 불만이 쌓였을 뿐입니다. 술에 취한 탓에 말이 과격하게 나왔을 뿐이고요... 사실, 그날 밤도 캐스터를 그만두었으면, 나를 추천해 주지 않겠냐, 부탁할 셈으로 찾아갔습니다. 그가 그만두었으니 빈자리가 생겼을 테니까요." 그리고 깊이 한숨을 내쉰 다음 말을 계속했다. "후, 무슨 생각들을 하시는지 모르겠지만. 혹시 그가 거절해서 제가 무슨 짓을 한 거라 생각하시는지 모르겠지만. 제가 침실로 들어갔을 때는 틀림없이 패럴은 샤워를 하고 있었습니다. 안쪽에서 샤워기 물소리가 크게 들렸으니까요. 그래서 어떻게 할까, 망설이는데. 그가 혼자 지내는 시간을 방해하면 오히려 역효과가 나지 싶은 겁니다. 그래서 날이 밝을 때, 이야기를 꺼내자고 생각하고 밖으로 나오다, 게일 군과 본즈 군을 만나 함께 아래층으로 내려갔을 뿐입니다." 그리고 그는, "답을 한 것 같으니 다른 말은 더 하고 싶지 않군요."라며 입을 다물었다.

그 바람에 집주인을 따라 방문객들도 잠시 입을 다물어야 했다. 그리고 얼마 후, 비숍이 질문이 남았냐고 묻자, 아일랜은 서재의 재에 관해 물었다. 그러나 부부는 모른다며 고개를 저었다.

그리고 다시, 아일랜은 이게 진짜 마지막 질문이라고 운을 뗀 다음 침착하게 질문을 던졌다.

"정말 마지막이에요, 제롬 씨. 패럴 씨는 어떤 분이었죠? 당신이 솔직하게 말씀해 주셨으면 좋겠어요. 당신의 증언이 가장 중요한 증언이 될 거라 생각해요. 제롬 씨는 패럴 씨의 친구이자 가족이며, 아주 오래전부터 그분을 알고 지냈으니까요. 공적으로 사적으로 그분의 다양한 모습과 여러 성향을 알고 있는 분이라 생각하는데. 때문에 꼭 진실한 답을 듣고 싶어요... 패럴 씨는 어떤 분이며, 과연 자살할 만한 사람인가요?"

그 질문에 제롬은 입을 다물고만 있었다. 그러나 세 사람이 자리를 지키며 꼼짝하지 않자 결국 답을 해야 했다.

"후. 알겠습니다. 답해 드리도록 하죠. 대신 이 답변을 끝으로 돌아가 주시길 부탁드리겠습니다... 패럴은 어떤 사람인지 짐작할 수 없는 사람인 것 같습니다. 무슨 생각을 하는지 알기 어려운 사람이었죠. 결코 자살할 타입은 아니었던 것 같고, 오히려 다른 사람을 흔들 타입이라 생각하지만... 솔직히 전 자살을 생각하는 이들에 대해 잘 모르기 때문에, 정확한 답은 말씀드리기 어렵습니다." 그는 끝까지 애매모호한 답을 유지했다.

그러나 마지막 답을 들은 세 사람은 어쨌든 자리에서 일어나야 했다. 조사 팀은 나중에 스튜디오에서 뵙겠다며 인사를 하고, 타운 하우스를 빠져나왔다.

어느새 오후 1시가 되었다. 조사가 시작된 지 48시간이 지났으며 공식적인 조사수색 기간이 끝났다.

세 사람은 사우비치 조수대로 돌아와 늦은 점심을 먹었다. 팀장실에 모여 근처 가게에서 사온 샌드위치를 먹는 중인데. 갑자기 호출 벨이 울렸다. 연락한 곳은 사체 통합 관리소라 한다.

뉴원이 자리에서 일어나 모니터 앞으로 갔다. 잠시 후, 화면에 통합소 직원이 놀란 눈으로 등장하더니, 뉴원이 의뢰했던 조사 결과를 알려 주겠다고 한다. 그는 뉴원의 의뢰대로 증거품을 찾아 유전자 증폭 검사를 실시했으며, 그 결과도 뉴원의 짐작대로 DNA가 일치했다고 하는 것이다. 검사 과정과 결과는 모두 1시간 전, 영상과 자료 파일을 만들어 자료실에 전송했다고 하며. 뉴원에게 직접 결과를 알려 주고 싶어 연락한 것이라는데. 그는 어지간히 놀란 듯 보였다.

뉴윈은 감사하다 인사를 하고, 다시 몇 가지 질문을 한 다음 영상 통화를 끝냈다. 그리고 뒤에 앉아 있던 두 사람을 보며, "휴. 이것으로 우리도 겨우, 직접 증거를 하나 확보했군요. 혹시나 했는데, 천만다행입니다."하고 가슴을 쓸어내렸다. 항상 차분하고 덤덤해 보이기만 하던 그도 사실은 긴장하고 있었던 듯.

그러나 함께 설명을 들었던 비숍은 영상에 등장한 직원보다 더욱 놀란 듯. 눈을 크게 뜨고 있다 겨우 한마디 내뱉았다.

"그런 조사를 의뢰했단 말인가? ... 자네는 겨우 하나,라고 했지만, 내 눈엔 이게 가장 결정적인 증거처럼 보이는 걸. 모라에게 들어보니 저쪽도 여러 증거물을 확보했다고 하던데. 암만 봐도 이걸 뒤집을 만큼 결정적인 건 없어." 그리고 갑자기 서두르듯 자리에서 일어나는 것이다. "그렇다면 이쪽도 준비를 해야겠군. 조수대 대원들을 대기시켜야겠어. 원."

팀장은 고개를 절레절레 내젓더니, 몸을 돌리려다 말고 아일랜과 뉴윈에게 도로 다가왔다. 그리고 어깨를 두드려 주며, "아직 승부가 끝난 건 아니야. 방심하지 말고 끝까지 건투를 비네." 하고 격려한 다음, 엘리베이터로 향했다.

두 사람도 자리에서 일어나 배웅하듯 엘리베이터로 갔다. 그리고 팀장에게 인사를 전했다. 그동안 정말 고마웠노라, 감사했다며, 깊이 머리를 숙였다.

5부   라이브 픽셔. 두 개의 결론

1

오후 1시. 조사가 시작된 지 48시간이 되자, 시간에 맞춰 더블 픽셔사의 방송 팀이 사우비치 조수대를 찾아 라이브 픽셔를 진행할 스튜디오를 꾸미기 시작했다. 덕분에 평소 비숍 팀장이 조사수색 결과를 발표하던 브리핑 룸은 3시간여 만에 라이브 스튜디오로 탈바꿈했다.

그리고 방송 준비가 다 된 것을 확인한 호버 편집장이 스튜디오로 캐스터들을 불러들였다.

아일랜은 실내로 들어서자마자 놀라움을 금치 못하는데. 가장 먼저 눈에 들어온 것은 간이 무대와 그 뒷벽을 통째로 차지한 디스플레이다. 그것은 화면이 절반으로 나뉘어 있고. 큐브 모양으로 만든 증거 자료들이 양쪽 가장자리를 메우듯 둘러 놓였다.

그런데 자신들의 자료 큐브는 테두리를 빼곡히 채운 반면, 상대 팀은 절반도 되지 않는 듯. 어쨌든 터치 한 번으로 필요한 자료를 불러올 수 있다고 하니, 자료 수가 많은 아일랜은 다행이라 생각한다.

그 외 무대는 두 개의 책상이 비스듬히 마주 보게 놓였고. 아래쪽 증인석은 마치 쇼를 구경하는 방청석처럼 꾸며졌다.

라이브 픽셔의 경우 증인들이 참석해 자신의 증언을 확인할 수 있는데. 증언이 왜곡될 경우 '다이렉트 발언'을 신청하면 된다. 또한 그것이 단순 실수가 아니라 의도적 왜곡인 경우, 단상으로 뛰어올라 캐스터에게 따지고 반박할 수도 있다. 때문에 라이브 픽셔는 종종 난투극이나 난장판으로 끝나곤 했다.

하지만 그것이 라이브 픽셔의 인기 요소이자 재미라는 것을 모르는 이가 없다. 세상에서 가장 재밌는 것 중 하나가 싸움 구경이라고. 난투극이 시작되면 접속자 수는 금방 배로 뛰어오르며 화제를 독차지하기도 한다. 때문에 싸움을 제지하도록 훈련받은 통제원들조차도 적당히 말리는 척할 뿐.

설마 오늘도 난투극이 벌어지지는 않겠지. 아일랜은 조금 걱정스럽다. 그리고 보니 최신형 L.F. 카메라도 석 대나 있어, 스튜디오에서 벌어지는 다툼을, 온갖 화면 필터를 동원해 드라마틱하게, 혹은 우스꽝스럽게 중계할 것 같다.

호버 편집장은 만족한 손짓으로 캐스터들을 앞으로 불러들였다. "두 팀 모두 마무리는 끝났겠지. 알려 준 대로 잠시 후 5시에 이곳에서 라이브가 진행될 거야. 각 팀이 발표하는 동안, 1분 단위로 접속자 수를 집계하고, 발표 후 12시간 동안 양쪽 픽셔의 조회 수와 트래픽 수를 집계해 승패를 결정할 거고. 참, 발표 순서는 생각해 봤나?"

그러자 솔리가 가볍게 답했다. "저희는 아무래도 상관없요."

존스 또한 입을 다물고 있는 터라 아일랜이 얼른 나섰다. "그럼 순서를 양보해 주시겠어요? 저희가 먼저 발표하고 싶은데요."

순간, 그 말을 기다렸다는 듯 존스가 손을 들었다. "먼저 하길

원하는군. 하긴 이런 경우, 처음 들은 이야기가 자극적이면 다른 주장은 귀에 들어오지 않을 수도 있겠어. 그걸 노리는가 본데. 순서가 승패를 좌우할 수도 있으니 무조건 양보할 수는 없지."
그리고 호버를 보며 말했다. "편집장님이 정해 주시는 게 좋겠어요. 공정하게 동전 던지기를 하든가 말입니다."

존스의 요청에 호버가 눈살을 찌푸렸다. "존스 군, 중요한 발표를 앞두고 농담이나 할 때가 아니야. 그리고 아일랜 군은 생각이 짧군. 메이저 팀이 먼저 발표해야 처음부터 많은 사람들이 접속할 게 아닌가. 그게 화제 몰이에도 도움이 될 테고. 사실, 그룹에서 정한 순서도 솔리 양과 존스 군이 먼저 발표하는 것이었네. 단지 메이저 팀의 의향을 물어본 것뿐이야."

"네?" 그 사실을 전혀 예상 못했다는 듯 아일랜이 눈을 가물거리는데.

반대로 호버는 눈을 또렷하게 치떴다. "그보다 자네 팀은 아직 픽셔의 헤드라인도 제출하지 않았던데. 이유를 말해 봐."

그 말에 아일랜은 화들짝 놀라며 목을 움츠렸다. "저희는... 아직 조사의 마무리가 안 됐어요. 어떻게 끝내야 할지 정하지 못했거든요. 죄송해요... 그럼 이만, 픽셔를 끝내러 가 볼게요."

꽁무니를 빼듯 달려나가는 아일랜의 귀에, 존스의 혀 차는 소리와 편집장이 시간에 늦지 말라, 외치는 소리가 동시에 들렸다.

2

아일랜은 조수대 1층에 있는 구내매점으로 향했다. 그리고 커다란 덩치에 어울리지 않게 구석에 앉아 있는 청년에게 쪼르르 달려가 맞은편에 앉았다.
"어떻습니까? 순서는 뒤로 잡혔나요?"
"네. 뉴원 씨가 말한 대로였어요. 양보해 달랬더니 존스 씨가 반대하던 걸요. 원래 순서도 메이저 팀이 먼저였다고 하구요."
뉴원이 캔 음료를 건네주며 고개를 끄덕였다. "발표로 끝나는 게 아니라 승패가 결정되는 경쟁이니까요. 라이브면 당연히 접속자 수를 카운트할 테고 솔리 양과 존스 씨가 먼저 발표할 거라 생각했습니다. 그게 자신들의 팬을 통제하기 쉬우니까요. 메이저 팀의 구독자라면 그들의 발표가 끝남과 동시에 접속을 끊어버리면 됩니다. 만약 순서가 뒤라면, 언제 메이저 팀이 등장할지 몰라 미리 접속해 있어야 하지만. 먼저 발표하게 되면 우리 이야기를 단 1초도 듣지 않고 바로 차단할 수 있죠. 때문에 그들이 먼저 발표할 거라 생각했습니다... 또한 그렇기에 아일랜 씨는 타이밍을 잘 맞춰야 할 겁니다. 한 템포 빨리, 허를 찌르며 움직이는 걸 잊지 말도록 하세요."
후, 아일랜은 한 손으로 캔을 만지작거리며 다른 손으로 뺨을 감쌌다. "하지만 무지 떨린단 말이에요. 뉴원 씨 없이, 순전히 제 판단으로 끼어들 타이밍을 노려야 하잖아요."
뉴원이 격려하듯 고개를 끄덕였다. "우리 이야기를 한 명이라도 더 많은 사람에게 전하려면 집중할 수밖에요."

"한 명이라도 더... 그래요. 그게 우리 전략이었죠. 하지만 조사라면 몰라도, 승패나 결과에서 겨우 한두 명으로 이기는 건 무리인 걸요. 물론 전 최선을 다하겠지만 이미 승부가 났을 거예요. 그렇게 생각하니 얼마나 마음이 편하던지." 아일랜은 가슴에 손을 댔다. "단지, 승패로 진실이 가려지는 게 억울할 뿐이에요. 오늘 발표할 두 개의 픽셔는 정반대의 결론을 향하고 있지만, 카운트한 수가 51:49 라 하더라도 사람들은 이긴 쪽의 픽셔가 2% 지지를 더 받은 게 아니라, 100%진실인 양 떠들지 않겠어요. 그리고 이 사건의 진실은 이긴 쪽의 픽셔로 박제될 테구요."

실망스러운 한숨을 내쉬는 아일랜을 보며 뉴윈은 차분히 답했다. "제 생각일 뿐이지만 꼭 그렇게 되지는 않을 겁니다. 희망을 가져 보도록 하죠. 전 한 사람의 힘을 믿으니까요. 한 명의 개인이 얼마나 무한한 능력을 가지고 있는지, 그 가능성을 믿고 있습니다. 때문에 단 한 사람이 사건의 판도를 뒤바꿀 수도 있다고 믿고 있는 걸요." 그리고 고개를 끄덕이며 말을 이었다.

"지난 과거는 조직이나 단체, 체제에 집중하는 시대였다면, 앞으로는 조용한 개인의 시대가 될 겁니다. 지금까지는 조직이나 단체에 충성하는 사람이, 거대한 집단과 공고한 체제에 순응한 사람이 힘을 가졌다면. 미래는 쪼개지고 분화된 개인이 힘을 갖는 시대가 될 거라 믿고 있어요. 더 많은 사람들이 개성을 찾아갈 것이며 개인이 이끄는 시대가 될 거라고요... 사실, 수만 명과 생활하면서도 어느 누구도 따르지 않는 사람이, 수십만 명이 외치는 함성 속에서도 자신의 목소리에 귀를 기울이는 개인이, 수백만이 바라보는 위가 아닌 자신의 앞을 똑바로 바라보는 인간은 언제 어느 때나 있었으니까요. 눈에 보이고 집계된 수백만이라는 숫자 너머에, 결코 어디에도 집계되지 않고 조용히 자기의 생각과 목소리를 간직한 수천만 명이 있습니다. 그들을 믿어 보는 거죠... 결국 세상을 바꾸는 것은 거대한 조직이나 단체가 아니라 자기다움을 지키는 한 개인일지 모르니까요... 아일랜 씨 같은 분이요."

오, 마지막 말에 아일랜의 푸른 눈동자가 동그래졌다. 그러더니 금세 기분 좋은 웃음을 터뜨린다. "호홍, 칭찬을 들으니 힘이 팍팍 솟는데요. 알았다구요, 오늘 발표를 멋지게 해내겠어요."

"참고로 오늘은 저도 함께 할 생각입니다. 구석에서 지켜볼 생각입니다만." 뉴원이 뜻밖의 이야기를 꺼냈다.

"호, 더욱 힘이 나는데요. 그런데 왜 그런 생각을 했죠?"

"악당이 숨어 있을 순 없으니까요. 그보다는 가만히 있기엔 존스 씨의 도움을 많이 받아서요. 아일랜 씨가 대신 전해 주겠지만, 이왕이면 고맙다는 인사를 직접 전하고 싶습니다."

3

시간이 흐르고 증인들이 스튜디오에 나타나기 시작했다. 그들은 자신이 인터뷰한 캐스터를 찾아 그 앞에 자리를 잡는데. 단상을 정면으로 보면, 오른쪽이 솔리와 존스, 왼쪽이 아일랜의 자리이며, 사회자를 중심으로 보면 왼편이 솔리와 존스, 오른편이 아일랜의 자리였다. 그런데 패럴의 가족을 비롯, 양 팀과 인터뷰를 했던 증인들 대부분이 메이저 팀 앞에 자리를 잡는 바람에 아일랜 쪽은 자리가 텅 비었다. 그의 앞에는 도라 부인과 가정부, 호텔 청소부 등이 앉았을 뿐이었다.

한편 직접 스튜디오에 오지 않은 증인들은, 여의치 않은 사정을 밝히고 각자 지정한 장소에서 라이브를 시청한다고 한다.

스탠바이 사인이 떨어지고. 잠시 후, 라이브가 시작되었다.

관심이 뜨거웠던 데다, 솔리와 존스가 첫 순서라고 알린 덕분에 접속 대기자가 20만 명을 육박하는 듯. 그리고 영상이 송출되자 접속자 수는 금세 배로 뛰어올랐다.

방송에 맞춰 열린 대화창은 대부분 솔리와 존스 톤을 찬양하는 내용이었으며, 때때로 블루 셔츠에 핑크 리본을 맨 아일랜의 독특한 외모에 대한 평가가 등장하기도 했다.

이윽고 사회자가 등장해, 조사에 참가한 캐스터들과 룰에 대한 소개를 전달했다. 그는 쇼맨십이 넘치기로 유명한 MC였다.

지금은 쇼의 시대다. 모든 것이 쇼로 진행되는 까닭은, 그만큼 평범한 방법으로 사람들의 관심과 주목을 끌기 힘들다는 뜻이다. 때문에 범죄자들은 범행 장면을 쇼로 만들고, 조수대 대원들은 그를 추적하는 쇼를 선보이며, 정부 기관은 여론을 만들기 위해 쇼를 하고, 국민은 돈을 벌기 위해 쇼를 연출한다.

때문에 어지간한 쇼로는 사람들의 관심을 끌 수 없는 상황에,

접속 대기자가 20만 명이 넘은 오늘의 쇼는 성공을 예견하는 듯. 그것을 알고 있는 진행자의 입가에 은은한 미소가 어린다.
다시 발표 순서에 따라 솔리 베넷과 존스 톤이 인사를 하고, 이어 아일랜 러비가 카메라를 향해 고개를 숙였다. 그리고 두 팀은 서로 인사를 나누었다.
곧이어 사회자가 패럴 코브의 SD사건과 조사를 시작하게 된 경위를 설명한 다음, 주의점을 전달한다. 사망 사건을 조사해 발표하는 픽셔이므로, 각자 섹션의 특징을 강조하기보다는 객관적 자료와 증언으로 사건의 진실을 밝히는 데 노력해 줄 것을 당부한 것이다.
그렇게 첫 순서가 끝나고, 드디어 본게임이 시작되었다.

발표 순서에 따라 솔리와 존스가 자리에서 일어나 디스플레이 앞으로 걸어갔다. 두 사람은 나란히 자리를 잡고 선 다음, 사뭇 당당한 태도로 자신들의 조사 과정을 번갈아 소개한다. 연습이라도 한 건지 말하는 순서와 호흡이 척척 맞아 떨어지는데. 보기에도 잘 어울리는 한 쌍은 팀워크가 돋보이는 듯하다.
그리고 본론에 이르자, 솔리가 단독 발표자인 양, 세 걸음 정도 앞으로 나선다. 검은색 투피스를 갖춰 입은 그녀는 친근하고 매력적인 미소로 인사를 전하고, 곧이어 웃음기를 싹 지운 진지한 표정으로 픽셔를 전달하기 시작한다.
먼서 픽셔의 근거가 뇌는 자료 큐브를 연이어 터치하며, 영상을 정리해 보여 주는데. 그 내용은 다음과 같다.

-사체 통합 관리소의 컷-아웃 기록을 간략히 편집한 영상. 사건 현장의 주요 모습과 더불어 전날과 오전 상황에 대한 가족들의 인터뷰가 나옴.

-검시관 두 명이 펜닐과 사인에 대해 설명하는 증언.

-사체 통합 관리소 직원이 등장해, 스위트 룸 내부에 다툼이나 외부 침입의 흔적은 없으며, 유서와 물병에 패럴의 지문만 있었다는 정리 증언.

-필적 감식자가 직접 나서 유서의 필적이 패럴의 필체와 일치한다고 증언한 영상.

-가족들의 1차 인터뷰 영상. 사건 전후 상황과 함께 모두 약속이나 한 듯 그의 건강 상태가 좋지 않았으며 매우 걱정스러운 상황이었다고 말함. 또한 그동안 그가 일을 지나치게 많이 했으며, 캐스터라는 직업에서 스트레스를 많이 받았다는 증언이 이어짐.

-겔라 원장 인터뷰. 평소 사망자의 건강에 대한 우려가 컸다고 입을 연 원장은 그가 겪고 있던 간경병증과 노후 질환에 대해 자세히 설명하고. 자살자에 대한 통계 자료를 제시하며 그가 우울증과 공황 장애, 자살 충동에도 시달린 듯했다고 증언함.

-정신의학과 의사의 설명과 실제 퇴직자들의 상담 자료. 우울증과 심적 고통을 호소하는 3분 분량의 녹음 자료는 음성을 변조했음에도 불구하고 매우 구체적이고 생생한 증언이 이어짐.

-보조 캐스터 워크의 증언. 그가 메이저 캐스터로서 격무와 스트레스에 시달렸다고 함. 자살의 당위성에 대해 전달.

-약사 인터뷰. 패럴의 정보원으로 활동했다는 그는, 픽셔의

증거물로 페닐을 제공했으며, 다시 돌려받기로 약속했으나 돌려받지 못했다는 사정을 전함. 증거 영상 첨부...

"그분은 메이저인 데다 5년이나 함께 일한 터라 전혀 의심하지 않았는데... 그가 그 약을 그렇게 쓸 생각이었다는 것을, 비보를 접하고 곧바로 깨달았습니다."

−막스 엔드 사무소 대표의 증언. 패럴의 이혼과 결혼에 대한 언급. 호프 부인과 세 번째 결혼 직후 유언장을 작성하고 사망 보험에 가입한 상황을 전함. 유산 상속과 보험금 수익자가 마고 노부인이며, 그녀가 유산과 보험금을 지급받게 될 거라 말함...

"자살이라 보험금은 지급되지 않는 건가요?"

"그걸 모르는 분들이 많더군요... 사망 보험의 경우... 보험 상품의 약관에 따라 다르다는 말이죠... 자살을 해도 약관으로 정한 면책 기한이 끝난 후에는 보험금을 지급받을 수 있습니다... 패럴 씨는 면책 기간이 2년으로... 석 달 전에 끝났습니다."

−맨션 경호원과 이웃 주민의 증언. 패럴이 두 달 전 한밤에 발코니에서 서성대다 신고를 당했다고 함. 신고자인 주민은 틀림없이 그가 위험해 보였고 자신의 감시로 사고를 막았다고 주장.

−가족들 보충 인터뷰. 아일랜 팀의 질문과 답을 확인한 내용 첨가. 마고 노부인은 패럴이 잠을 이루지 못하고 발코니를 서성댔다고 진술. 카달은 금고의 지문은 호프 부인 대신 심부름을 하다 생긴 것이며, 그때 약병이 없는 걸 보았으나 약사에게 돌려준 줄 알았다고 답했다고 함. 호프 부인과 마고 노부인이 상례식 이야기를 꺼내며 솔리를 격려하는 모습으로 인터뷰가 끝남.

모든 증언이 유효했으나 가족들의 증언은 가히 결정적이었다. 그들은 죽은 남자가 평소 건강이 좋지 않았으며 우울하고 힘들어 보였다는 인상을 강하게 남겼다. 가족들의 말을 듣자면, 결국 패럴 코브가 삶의 괴로움을 이기지 못해 약을 마시고 극단적 선택을 한 것이 분명한 듯 보였다.

솔리는 시종일관 차분한 태도로 영상을 보여 주며, 간간히 화면을 멈추고 중요한 증언을 짚어 주었다. 그렇게 증거 영상을 일목요연하게 제시한 다음 주장을 마무리했다.

"풀 영상을 함께 제공했으므로 누구든 사우비치 조수대 자료실에서 사건 자료를 확인할 수 있을 거예요. 직접 확인해 보시면, 제가 애초 어떤 선입견 없이 조사에 임했다는 것도 알 수 있을 테고요. 전 여러 가능성을 염두에 두고 인터뷰를 진행했으며, 면밀히 조사했다고 분명하게 말씀드릴 수 있어요. 그리고 조사를 하면 할수록, 증언을 들으면 들을수록, 이것이 SD사건이라는 것이 분명해졌을 뿐이라고 말씀드리겠어요."

그 말에 존스가 만족한 표정을 지었다. 솔리는 말을 이었다.

"따라서 조사를 끝낸 지금, 제가 내린 결론은 하나입니다. 이 사건은 개인적인 SD사건이며, 누구도 고인을 모독해서는 안 된다는 것이죠." 그리고 뒤돌아 눈짓을 하는데.

약속한 사인에 맞춰 뒤에 물러서 있던 존스가 카메라 앞으로 걸어 나왔다. 이것이 SD사건임은 솔리가 전하고, 그 이유가 질병이라는 것은 존스가 전하기로 역할을 분담했기 때문이다.

존스는 당당하게 앞으로 나와 증인석을 둘러보고, 곧바로 카메라를 응시했다. 그리고 더욱 힘차게 주장을 전달했다.
"여러분, 솔리 양이 말씀드렸다시피 이것은 아주 분명한 SD사건입니다. 10월 9일 오전에 발견된 패럴 코브 씨는 괴로움을 참지 못하겠다는 유서를 품고 자신의 침실에서 고요히 눈을 감은 채 발견되었습니다. 그 이유 또한 제가 따로 말씀드릴 필요가 없을 정도로 자료 영상에 잘 나와 있습니다. 바로 패럴 코브 씨의 건강이 나빴다는 것이죠. 그는 육체적으로도 간경병증과 노환으로 인한 질병에 시달렸으며, 오랜 기간 캐스터로 일하며 만성 스트레스에도 시달리고 있었습니다. 패럴 씨가 이미 석 달 전 병가로 쉬고 있었다는 증언에 주목해 보면, 그는 틀림없이 환자였던 것입니다. 그러나 그의 병은 잠깐의 휴식으로 나아질 수 있는 게 아니었습니다. 그의 병은 날로 악화돼, 한 달 후에는 아예 일을 그만둘 수밖에 없는 처지에 이르렀습니다. 그렇게 퇴직을 하고 나니 이번엔 우울증과 무기력증이 덮쳐 온 것입니다. 일을 하면 작업에 대한 스트레스가, 일을 그만두면 무기력증이 덮치니, 결국 그는 일을 할 수도 하지 않을 수도 없는 지경에 내몰렸습니다. 결국 정신적, 육체적으로 '병마의 괴로움'을 참지 못한 그는, 자신이 입수했던 약을 이용해 목숨을 끊었으며, 가족들에게 잊히지 않을 크나큰 고통을 남길, '자살이라는 과오'를 저지르고 말았던 것입니다."

존스는 몹시 고통스러운 표정을 지으며 한숨을 내쉬었다. 그리고 다시 입을 열었다.

"가족분들 모두 입을 모아 말하고 있지 않습니까. 그가 매우 아프고, 힘들고, 지쳐 보였노라고. 따라서 이 사건에 다른 내용을 꾸며 내 덧붙이는 것은 사자를 모독하는 행위이며, 단순한 진실을 복잡하고 어지러운 거짓으로 뒤덮는 행위임을 분명히 밝힙니다. 실로 혐오스럽기 짝이 없는 행위인 것입니다."

그는 입술을 비틀어 경멸의 표정을 지으며 목소리를 드높였다. "우리는 이미 알고 있습니다. 진실은 언제나 간단하고 분명하며, 거짓은 복잡하고 난해하다는 것을! 따라서 이 사건에 어떤 의혹을 제기해도 전부 엉터리 거짓일 뿐이며, 돌아가신 패럴 씨와 가족을 모독하는 행위임을 밝히는 바입니다. 직접 입회해 조사를 주도한 캐스터로서, 다른 캐스터들에게 이 점, 똑똑히 알려 드리겠습니다. 또한 혐오 섹션 캐스터로서 이 사건에 관한 거짓 픽셔를 써 대는 캐스터들이야말로 혐오스러운 인간들이라는 것을 분명히 밝힙니다. 만약 그런 짓을 계속하면, 오늘 발표 이후 제가 철저히 대응하고 응징할 것임을 이 자리에서 다시 한번 약속드립니다."

존스의 열변에 구독자들의 탄성이 들끓었다. 반면 지금까지 여러 의견을 제시했던 캐스터들은 입을 꾹 다물어야 했던 바. 그 말에 담긴 경고의 의미를 분명히 알아들었기 때문이다.

존스는 자신의 열변에 도취했으며, 대화창의 찬양에 기분이 한껏 고무되었다. 그리고 이제 거짓 픽셔를 쓸 혐오스러운 인간으로 상대 팀인 아일랜을 지목할 참이었다.

그러나 바로 그때. 아일랜이 문득 자리에서 일어나 앞으로 다가오더니. 허리를 굽혀 솔리와 존스에게 차례로 악수를 청했다.

"두 분에게 진심으로 감사드리고 있어요. 경쟁에 응해 준 덕분에 얼마나 큰 도움이 되었는지 모르겠어요."

얼떨결에 악수를 나눈 존스가 카메라를 보며 미소를 지었다.

"이것 보세요, 여러분. 승패가 결정된 듯하니 아일랜 씨가 예의 바르고 좋은 인상을 남기고 싶은가 보군요."

그러나 아일랜은 개의치 않고 수다스럽게 입을 열었다. "솔직히 존스 씨는 메이저 캐스터라 유행을 잘 알고 있잖아요. 메이저들끼리만 경쟁하거나 빅 스케일의 콜라보만 진행되는 것 말이에요. 때문에 전 상대해 주지 않을 줄 알았는데. 정말 너무너무 고마워요."

그제야 존스가 의아한 듯 눈을 치떴다. "그게 무슨 말입니까, 아일랜 씨. 내가 상대하는 게 고맙다니. 어차피 아일랜 씨가 무참히 깨질 텐데요."

그러자 아일랜은 뒤돌아 카메라를 찾은 다음 얼굴을 쑥 들이민다. 그 바람에 라이브를 시청하던 사람들은 흠칫 놀라는데. 반들반들한 분홍색 얼굴이 화면을 가득 채웠기 때문이다.

"오, 여러분. 방금 존스 씨의 말은 믿기지 않는 걸요. 설마, 존스 씨가 아무것도 몰랐던 밀인가요!? 자신이 불리하다는 걸? 전 그가 알고 있는 줄 알았어요. 메이저 캐스터가 무급과 경쟁하면 어떤 리스크를 안게 되는지. 어마어마한 리스크를 안고서 경쟁에 응해 준 줄 알았더니, 이게 어찌 된 일이죠? 그는 아무것도 몰랐던 것 같은데요."

말끝에 곁눈질로 자신을 힐끔거리는 아일랜을 보자 존스는 평정심이 흔들린 듯. "도대체 무슨 말이야? 아니, 무슨 말입니까? 아일랜 씨."하고 외쳤다.

그러나 아일랜은 어깨를 과장되게 추어올릴 뿐. "어머, 존스 씨는 왜 메이저끼리만 콜라보나 경쟁을 하는지 모른다는 말씀인가요? 설마, 메이저가 모이면 엄청난 시너지가 생기기 때문이라 생각한 건 아니겠죠? 오, 물론 그럴 수도 있어요. 하지만 반대인 경우도 많죠. 메이저들은 각자 스타일로 성공한 사람들이거든요. 때문에 협업을 해도 자기 스타일을 고수할 가능성이 높아, 그들이 모이면 1+1이 오히려 -2가 되는 뻔한 장면과 어색한 연출로 끝날 수 있다구요. 경쟁을 해도 아무 특색 없이, 팬덤 싸움으로 끝나는 경우가 많구요. 사람들은 새롭고 창조적인 것을 원하는데, 메이저들만 함께하면 어중간한 모습으로 끝난다는 말이죠." 그는 살짝 손을 들었다. "그래도 그게 나아요. 저 같은 무급을 상대하는 것보다는 위험이 적으니까. 말씀드렸다시피 저 같은 사람과 대결하면 어마어마한 리스크를 안게 된답니다. 평, 하고 쫄딱 망하는 수가 있죠."

아일랜은 신들린 듯 말을 이어 갔다. 그의 볼에 진한 홍조가 돈다. "거대 메이저가 저 같은 무급을 잘못 상대하면 큰일난답니다. 흔히 '잡아먹힌다'고 표현하는데. 자기가 먹어 치울 거라 생각했던 신인에게 자신이 잡아먹히는 거죠. 발판이라 생각했던 무급에게 자신이 발판이 되어 구독자를 뺏길 수도 있구요. 하지만 바로 거기서 드라마가 탄생하는 거예요." 짝짝, 박수도 쳤다.

"인간은 드라마를 좋아하거든요. 하지만 생각해 보세요. 그 어떤 드라마도 스타가 대스타를 만나 듀엣으로 성공하는 스토리는 없어요. 무명의 히로인이 대스타를 잡아먹고, 처참하게 짓밟히던 무급이 벌떡 일어나 메이저를 쓰러뜨리는 게 드라마가 되죠. 심지어 히어로물조차도 처음엔 악의 힘이 거대하고 막강해야 드라마가 돼요. 이길 거라 예상했던 사람이 이기는 것은 결코 드라마틱하지 않거든요."

존스의 얼굴이 점차 붉어졌다. "역시, 사건의 진실을 밝히는 대신 소설을 썼다는 말이군. 이건 드라마가 아니야."

"아, 단지 비유일 뿐이에요. 걱정 마세요. 전 오직 진실을 찾기 위해 노력했으니까. 단지, 오늘 경쟁에서 제가 존스 씨를 이기는 게 드라마틱할 거란 이야기예요. 존스 씨는 무서운 도박에 걸려들었으니까요. 제가 덫에 걸린 게 아니라 당신이 걸린 거라구요. 세상에서 가장 무서운 사람은, 죽기 살기로 덤비는 사람 아니겠어요? 하물며 전 무급에다, 이번 경쟁에서 지면 회사에서 쫓겨날 처지라니 얼마나 최선을 다했겠어요. 전, 마치 뒤에는 천 길 낭떠러지가, 앞에는 거대한 맹수가, 양옆에는 사수들이 총구로 머리를 겨누고 있는 듯한 두려움 속에서, 사건의 진실을 더듬어 찾아 나갔답니다. 제 평생 이번처럼 집중력을 발휘한 것은 처음일 거예요. 그렇게 죽기 살기로 덤빈 덕분에 실로 엄청난 진실을 알아낸 것이구요."

존스 톤은 그제야 아일랜이 도발하는 이유를 알 것 같았다. 그가 말도 안 되는 억지를 부리며, 자신을 끌어들이고 자기가 이길 거라고 주저리주저리 도발하는 이유를.

아일랜의 말에 접속을 끊고 나가려던 구독자들이 태세를 전환했기 때문이다. 자신의 구독자들은 아일랜에게 욕설을 퍼붓거나 메이저 팀을 열렬히 응원하는 중이었다.

'바보 같은 놈들. 핑그를 욕할 시간에 접속부터 끊으란 말이야. 접속자 수가 카운트되고 있잖아.' 그는 재빨리 카메라를 향해 손을 휘젓고는 "듣고 싶지 않습니다. 그런 우스운 거짓 픽셔 따위. 한 마디도 더 들을 필요가 없어요."라고 대꾸하며 구독자들에게 사인을 보냈다.

그러자 아일랜이 손을 번쩍 들며 결정타를 날렸다.

"아, 웃으면서 들을 만한 내용은 아니에요. 저희가 알아낸 것은 패럴 씨의 죽음은 SD사건이 아니며. 매우 끔찍한 살인 사건이었다는 것이니까요. 음습하고 집요한 살의가 숨어 있는, 아주 복잡한 이중 살인이었단 말이죠!"

순간, 스튜디오에 모인 사람들이 놀란 소리를 내질렀다. 증인석은 크게 술렁거렸다.

"이중 살인이라고? 미쳤군. 조사를 하면 정신을 차릴 줄 알았더니. 처음부터 그렇게 몰아가더니 결국 마지막까지 그런 결론을 내렸단 말이야? 어디 한번 맘대로 지껄여 보시지."

존스는 길길이 날뛰었다. 아이러니하게도 그 모습에 존스의 구독자들 또한 더욱 몰입하고 말아. 메이저 캐스터와 구독자들 모두가 한마음으로 비웃으며, 아일랜에게 집중하기 시작했다.

아일랜은 앞에 앉은 증인들을 찬찬히 둘러본다. 그리고 카메라 뒤편과 스튜디오 구석을 살폈지만 뉴원은 보이지 않는다. 그는 어디에 있는 걸까... 출발은 그럭저럭 한 것 같다... 이제 다시 결승선을 향해 질주해야 할 것이다.

후후, 하고 숨을 고르는데 문득 얼마 전 기억이 떠오른다. 살인사건의 진상을 밝히는 게 벌써 두 번째라니... 상상도 하지 못했던 일을 하게 될 때, 단 한 번의 경험이 얼마나 큰 도움이 되는가. 경험의 무서움과 고마움을 새삼 깨달으며 아일랜은 입을 연다. 마치 뉴원처럼. 그의 말투를 흉내내 정중히 설명을 시작했다.

"여러분, 애초 패럴 씨는 자살한 것처럼 보였으며, 때문에 그를 자살로 몰고 갈 만큼 괴로웠던 이유를 찾아내는 것은 매우 타당해 보이기도 합니다. 하지만 저희는 생각이 달랐습니다. 최초 일어난 현상을 오독하지 말아야 한다고 생각했죠. 우리가 받아들여야 출발점은 단지, '패럴 코브 씨의 죽음' 뿐인 것입니다. 한 인간의 죽음은 여러 가지로 유형을 나눌 수 있습니다만, 이것은 펜닐에 의한 음독사이기에 자연사는 제외해야 합니다. 그렇다면 외인사 중에서도 자살과 타살, 모두를 생각해 봐야 하죠. 또한 그것을 세부적으로, 의도와 의도하지 않은 죽음으로 나누어야 하니, 4가지 경우를 생각해 볼 수 있습니다. 쉽게 말하자면, 의도한 자살, 의도하지 않은 자살, 의도한 타살, 의도하지 않은 타살이 됩니다."

그리고 이일랜은 가장 먼저, 뉴원이 악병이 없음을 지적하는 영상을 짧게 보여 준 다음, 목소리를 높였다.

"저희가 모든 가능성을 열어 두고 생각하게 된 것은, 보다시피 현장에서 약병이 발견되지 않았기 때문입니다. 때문에 부디 지금 이야기를 듣고 계신 분들도, 네 가지 경우를 모두 머릿속에 새겨 주시길 바랍니다. 생각과 판단은 여러분의 몫이고 최고의 권한이니까요. 어느 누구도, 솔리 양과 존스 톤 씨, 저조차도 여러분에게 생각을 강요할 권리는 없습니다... 후, 일단 가족분들의 인터뷰는 나왔으므로 저희는 다른 분들의 인터뷰를 보여 드릴까 합니다. 가족 외 지인과 외부인들이며, 인간관계로 볼 때 3과 4의 카테고리에 넣을 수 있는 사람들입니다."

그러자 존스 톤이 큰소리로 외쳤다. "역시 조작을 하려니 쓸데없는 주변인들을 끌어들였군. 패럴 씨는, 함께 생활하고 가장 가까운 곳에서 지켜본 가족들이 잘 알고 있지. 그가 자살한 이유와 모든 사정을 포함해서 말이야. 가족들의 증언이야말로 가장 중요하고 확실한 증언이야."

그러자 아일랜은 조용히 카메라를 응시했다.

"여러분. 과연 한 사람의 죽음의 원인을 가족들이 제일 잘 알고 있을까요? 그럼, 존스 씨의 말을 반박하기 위해 SD사건의 통계 자료를 보여 드리겠습니다."

그는 재빨리 두 번째 자료를 화면에 띄웠다. 그것은 자살 사건의 징후 예견과 유족들의 상담 자료를 통계로 만든 그래프였다.

"이 그래프를 보십시오. 보다시피 SD사건은 죽은 사람의 가족, 가장 가까운 1카테고리의 사람이 징조를 발견하지 못하는 경우가 78%나 됩니다. 자살자의 죽음이 뜻밖이라 생각하는 인물

대부분이 가족이란 말이죠. 때문에 존스 씨와 솔리 양의 주장처럼 패럴 씨의 죽음이 자살이었다면, 오히려 가족들이 가장 눈먼 증언자가 됩니다. 왜 그런 줄 아십니까?" 그는 푸른 눈을 위로 치떴다.

"그 이유는 두 가지로. 먼저 죽음을 결심한 자살자가 결행을 방해받지 않기 위해 가족들에게 철저히 징후를 숨겼기 때문이며, 두 번째로 가족들은 극심한 죄책감과 책임감을 느끼기 때문입니다. 사랑하는 가족이 생명을 끊는 극단적인 선택을 할 동안, 자신이 아무것도 하지 못했다는 무기력감과 죄책감은 크고 높습니다. 때문에 저도 모르게, 혹은 본능적으로 위험을 감지했다 하더라도 아무도, 그 어느 가족도, 아버지는, 어머니는, 아들은, 죽을 만했다고 말하지 않습니다... 왜, 죽을 만큼 괴로운 걸 알았다며 그냥 보고만 있었습니까, 가만 놔두었나요. 그가 죽을 때까지 그냥 지켜만 보았다는 말씀인가요? 때문에 이 가족들의 증언에는 막대한 허점이 있습니다. 패럴 씨가 죽을 만큼 괴로운 걸 알았다면서, 아무도 그걸 해결하기 위해 조치를 취했다는 증언이 없으니까요. 그들의 증언에 따르면 가족분들은, 그가 죽을 것 같았는데도 가만히 지켜보았다는 말이 됩니다. 세상에. 함께 지내는 가족이 죽을 만큼 괴로워했는데 가만히 보고만 있었다고요?" 후, 그는 짧게 숨을 내뱉았다.

"따라서 가족분들의 인터뷰는 거짓일 확률이 높습니다. 가족분들은 패럴 씨기 지살할 거라는 길 조금도 눈치채지 못했으며, 그의 죽음은 실로 뜻밖의 청천벽력과 같은 사건이었을 겁니다.

만약 증거를 원하신다면 솔리 양의 영상을 보시죠. 거기에 고스란히 찍혀 있습니다. 그들이 얼마나 놀라고 슬퍼하고, 괴로워하는지. 이미 영상을 보신 분들은 알고 계실 겁니다. 또한 여기 참석하신 가족분들께 말씀드립니다. 만약 제 말에 반박할 말씀이 있으시다면 지금 당장 여기로 올라와 주시죠."

증인석의 가족들은 얼굴이 하얗게 질렸다. 그들은 모두 몸을 떨며, 머뭇거리며, 서로를 돌아볼 뿐.

아일랜은 서서히 감정이 북받쳐 오른다. 눈앞이 캄캄하고 몸이 떨리는 듯했으나. 그는 오직 뉴원의 표정만 떠올리며 회색 청년처럼 덤덤히 말을 이어 가려 애를 쓴다.

그사이 메이저 팀의 가장 중요한 근거인 가족들의 증언이 무너지자, 대화창은 어느새 조용해졌다.

아일랜은 목소리를 더욱 드높였다.
"따라서 제 3자의 인터뷰도 한 인간의 죽음을 파헤치는 데 매우 중요한 자료가 될 수 있습니다. 저희들이 만나 본 분들의 실제 인터뷰 시간은 화면 아래쪽에 나옵니다. 사건을 이해하기 쉽게 일어난 시간대로 타임 라인을 정리해 편집했으며, 즉, 두 달 전 패럴 씨가 퇴직했던 시점을 시작으로 사망까지, 증언을 순서대로 정리했습니다. 또한 메이저 팀과 겹치는 증언도 있음을 알려 드립니다. 똑같은 진술이 관점에 따라 얼마나 다르게 해석되는지, 주의 깊게 들어 봐 주십시오."

그리고 아일랜이 보여 준 영상 자료는 다음과 같다.

-디렉 편집장의 증언. 퇴직 신청 영상: 패럴의 성품에 대한 증언. 두 달 전, 모닝이스트 편집실에 들러 퇴직을 요구하는 패럴의 당당한 모습이 담긴 영상.

-로스 교수의 증언: 두 달 전, 일을 그만둔 패럴은 취미로 유화를 그리기 시작했으며. 외모가 훌륭한 모델을 구해 달라는 부탁을 듣고 게일 외 한 명을 더 추천해 주었다고 함.

-맨션 주민의 증언: 두 달 전, 한밤에 패럴이 발코니에서 서성대 신고를 했다고 함. 역시 패럴의 성품에 대한 증언.

-막스 대표의 증언: 메이저 팀과 동일. 그의 이혼과 세 번째 결혼에 대한 증언. 유언장, 사망 보험금, 상속 조건에 대한 설명.

"여기까지 첫 번째 그룹입니다. 이들은 모두 패럴 씨와 깊은 친분은 없으나 오랫동안 알고 지낸 사람들입니다. 저희가 많은 증인들에게 공통적으로 던진 질문이 있는데. 바로 '패럴 씨가 어떤 사람이었냐'는 것이었습니다. 직접 보셨다시피, 디렉 편집장과 이웃 주민을 비롯, 첫 번째 그룹 분들은, 패럴 씨는 꼼꼼하고 치밀했으며 날카로운 성격이었다고 증언했습니다. 또한 퇴직 영상을 보면 그가 자살할 생각이 없으며, 오히려 미래의 설계가 분명한 듯 보이기도 합니다. 물론 이것은 저희의 일방적인 해석이므로 각자 판단해 보시길 부탁드립니다."

아일랜은 증언을 정리하고 다시 영상을 이어 갔다.

-보조 캐스터 워크 인터뷰: 석 달 전, 독극물과 마약에 대한

마지막 픽셔를 끝낸 후 패럴이 병가를 냈음. 호프 부인에 대한 애정을 보며 그가 변했다고 느낌.

　-가정부 올랭의 증언: 가족 여행 전, 일을 그만둠. 가정부로 10년 동안 일했음. 두 번째 부인인 도라 부인은 쫓겨나듯 나갔으며 호프 부인과 드라마틱하게 결혼하게 된 이야기를 전함. 깐깐한 패럴은 호프 부인의 취미를 싫어하면서도 잘해 줬다고 함.

　-맨션 경호원의 증언: 여행 전, 패럴이 웃으며 여행을 간다고 말한 것과 다른 일을 하게 될 거라 말했다고 함. 증거 영상 첨부.

　"여기까지가 두 번째 그룹입니다. 이분들은 오래전부터 최근까지 그를 옆에서 지켜본 분들입니다. 이들의 공통 질문에 대한 증언은 매우 의미심장합니다. 패럴 씨의 성격이 변했다고 하니까요. 10년 동안 일한 가정부도, 7년째 근무 중이라는 맨션의 경호원도, 함께 일한 동료의 증언도 일치합니다. 패럴 씨는 깐깐하고 냉정한 사람이었으나 최근에 친절하고 온화해졌다고요. 특히 호프 부인과 결혼한 후에 말입니다."

　그리고 아일랜은 세 번째 그룹의 영상을 보여 주었다.

　-게일 로먼의 증언: 두 달 전, 모델로 아르바이트 시작. 모델로서 호프 부인에게 옷차림을 점검받고, 화구를 구입하는 등의 심부름을 했음. 뜻밖에 직함은 비서였다고 함. 호텔에 함께 묵고 있었음.

　-테일라의 증언: 패럴의 가족이 호텔에 묵은 다음 날부터 일

함. 건망증이 심한 마고 노부인을 돌보는 일과 청소를 했음. 패럴은 꼼꼼했으며 전날에도 팁을 주는 등 기분이 좋아 보였음.
　-청소업체 사장의 증언: 사건 직후, 스위트 룸을 청소함. 소파와 카펫을 교체했는데, 평소와 달리 룸이 지저분했다고 함.
　-호텔 청소부 페이의 증언: 패럴은 결코 부자가 아니었으며 생수만 마셨다는 증언. 웃돈을 주고 청소를 맡게 된 사정을 전함. 또한 청소 상태를 지적하자, 본즈와 조안 부부처럼 군식구가 늘어난 데다 1인 1실로 지냈으므로 청소를 대충 했다고 고백. 가운과 시트와 수건 등은 2,3일에 한 번 교체했다고 함.
　-호텔 직원들의 증언: 카페 여직원은 패럴이 낯선 부인과 다툰 장면을 전함. 그 외 패럴을 한 번이라도 만난 직원들은 그가 항상 미소를 띠고 있었으며, 친절하고, 호프 부인에게 다정했다고 함. 그 모습이 죽음을 각오한 듯 보였다는 보충 인터뷰 첨부.
　-신혼 부부의 증언: 호텔 숙박객으로 패럴과 여러 번 마주쳤는데, 그는 차분하고 조용한 성품에 부인과 다정해 보였다고 함.

　다시 아일랜이 나섰다. "여기까지 세 번째 그룹입니다. 이들은 패럴 씨를 최근에 만난 분들입니다. 이들의 공통 질문에 대한 답은 모두 비슷합니다. 하나같이 그가 좋은 인상에 미소를 띠고 있으며 다정하고 친절했다고 하죠. 풀 영상은 자료로 첨부해 놓았습니다. 자, 여러분은 패럴 씨가 차갑고 깐깐한 모습에서 따뜻한 모습으로 바뀌있다는 것을 염두에 두셔야 합니다. 그리고 이제 가장 중요한 증언들을 보여 드리겠습니다. 패럴 씨가 사망한 것으로 추정되는 날에 있었던 일을 시간 순으로 정리한 것입니다."
그리고 이어지는 영상은 다음과 같았다.

-두 번째 부인 도라의 증언: 그녀는 이혼하고 혼자 모텔에서 지내고 있음. 아이들의 연락을 받고 호텔로 가 아이들을 만났다고 함. 전날 오후 3시경, 아이들과 함께 있는 모습을 패럴에게 들켜 혼이 났음. 이튿날 오전 약속대로 호텔을 나감.
-폴과 셀의 증언: 전날 오후, 어머니를 만나다 아버지에게 혼이 남. 아버지가 호프 부인에게만 잘해 준다고 몹시 화를 냄.
-호프 부인의 증언: 전날 오후, 패럴과 도라 부인, 아이들이 함께 있는 모습을 본 후로 크게 상심했음. 드라마를 보는 게 취미인데 다음 날 드라마를 보지 못할 정도로 실망과 슬픔에 빠져 있었다고 함.
-마고 노부인의 증언: 전날 오후 4시경, 서쪽 침실 자쿠지에서 바다를 보며 쉬었음. 모두 서쪽 침실에 나타났다고 함. 카달이 수영복에 가운을 걸친 채 나타나고, 다음 호프 부인이 나타났으나 이상하게 우울하고 불안해 보였으며, 조안은 와인을 들고 와서 권했다고 함. 그 외 아이들과 게일 군까지 나타났으나 이상한 점은 없었음. 아들의 죽음을 알게 된 때 자신이 공교롭게 검은 드레스를 입고 있었던 이유는 날이 흐리고 방이 어두웠기 때문이라고 함.
-본즈의 증언: 약혼녀인 카달의 곁을 지키기 위해 몰래 빈방에 묵고 있었음. 패럴에게 카달의 임신 사실을 고백하고 결혼을

허락받을 때를 알아보는 중이었다고 함.

-제롬의 증언: 전날 오후 10시경. 캐스터 자리를 부탁하기 위해 서쪽 침실로 찾아갔으나, 패럴이 샤워 중이었으므로 나중으로 미루었음. 밖으로 나오다 게일과 본즈를 만나 함께 클럽으로 내려가 술을 마셨다고 함.

영상이 끝나자 아일랜은 진지한 얼굴로 고개를 끄덕였다.
"저희가 증언의 시작을 두 달 전으로 잡은 것은, 패럴 씨가 퇴직을 신청한 것이 눈에 띄는 변화였기 때문입니다. 사실 그는 그 이전에 이미 병가를 냈는데, 경미한 교통사고가 있었다고 합니다. 그렇게 병가로 한 달 정도 쉬다, 아예 일을 그만둔 것이라고 하죠. 그리고 푹 쉬겠다며 가족과 함께 트윈 풀 호텔에 묵던 중, 사망한 채로 발견됩니다. 이제 이 모든 일련의 현상을 잇는 가장 중요한 연결 고리를 보여 드리겠습니다. 사실 이것은 앞서 메이저 팀이 보여 준 자료와 동일합니다. 단지 저희와 주목한 부분이 달라, 다시 보여 드리는 것입니다."
그리고 불러온 자료는, 종합 사무소 막스 대표의 증언이었다. 패럴의 이혼과 결혼에 관해 말하는 부분으로. 패럴은 2년 전 도나 부인과 성격 차이로 원만히 합의 이혼을 했으며, 곧바로 호프 부인과 세 번째 결혼식을 올렸다고 한다. 그리고 신혼여행에서 돌아와 곧장 법률 사무소에 들러 유언장을 작성하고 거액의 사망 보험에 함께 가입했다고 말하는 부분이었다.
그것을 따로 보여 준 다음, 아일랜은 고개를 끄덕였다.

"이것으로 여러분께 사건의 재구성에 필요한 모든 증언을 다 보여 드렸습니다. 이제 여러분은 사건의 윤곽이 보이시나요? 무엇보다 막스 대표의 진술을 꼼꼼히 따져 보신다면, 매우 이상한 점을 찾아낼 수 있을 것이고, 패럴 씨의 죽음이 어떻게 이루어진 것인지 알아낼 수 있을 겁니다." 그리고 그는 갑자기 사람들에게 생각할 시간을 주겠다며 입을 다물었다.

대화창이 다시 들끓기 시작했다. 사람들은 제각기 막스 대표의 말에서 이상한 점을 찾아냈다며 떠들어댔다. 그러나 아일랜이 보기엔 모두 엉뚱한 지적만 하는 듯. 결국 얼마 후, 그가 직접 답을 알려 줄 수밖에 없었다.

아일랜은 다시 카메라를 보며 입을 열었다.

"막스 대표의 증언에서 이상한 것은, 바로 도라 부인과 원만하게 합의 이혼을 했다는 부분입니다. 2년 전, 부부는 성격 차이로 원만하게 헤어졌다고 하는데. 실제, 이혼 확정서만 있을 뿐 추후 소송 기록이 하나도 없는 것을 확인했습니다. 여기 증거 자료를 첨부하겠습니다. 그렇게 그는 도라 부인과 이혼하고 한 달 만에, 시골의 큰 저택에서 혼자 외롭게 살고 있던 호프 부인을 만나 세 번째 결혼식을 올렸다고 합니다."

그리고 아일랜은 손가락을 들어 보였다.

"여기서 본즈 씨와 올랭 부인의 증언을 떠올려 봅시다. 그들은 패럴 씨의 변화에 매우 놀랐다고 하는데. 그는 원래 꼼꼼하고 치밀하며 까칠한 성격으로 여자에게 잘하는 편이 아니었다고 하죠. 그런데 호프 부인에게는 무척 잘해 주었다고 했습니다. 카달 양과 폴, 셸의 증언도 같습니다. 호프 부인을 대하는 아버지의 태도가 유난히 달랐다고 말입니다. 그들은 그것을 사랑인 듯 생각했는데, 과연 그것이 사랑이었을까요?"

그리고 그는 볼을 붉게 물들이며 수줍게 웃었다.

"여러분, 이래봬도 제가 로맨스 소설을 제법 썼답니다. 그쪽이 본업이거든요. 전 매 순간 사랑을 상상하고, 사랑을 갈망하고, 사랑을 연구하고 있습니다. 때문에 사랑이란 규정할 수 없는 수만 가지의 모습이 있지만 공통점이 있다는 것도 알고 있죠... 그것은 바로 사랑하는 사람과 더 가까이, 더 오래 함께 있기를 원한다는 것입니다." 그리고 고개를 갸웃했다.

"그런데 패럴 씨는 호프 부인 앞에서 화를 참고 항상 다정하게 웃으며 대화했다고 하는데. 과연 이것이 사랑에 빠진 남자의 모습인가요? 여러분은 이미 중요한 증언을 모두 들었습니다. 자, 상상을 하고 조각을 맞추세요. 각자 머릿속에서... 호텔 청소부 페이 씨의 증언이 있었죠. 그녀가 이렇게 말하지 않았나요? 청소를 꼼꼼히 할 필요가 뭐 있느냐, 오늘도 내일도 침실은 호프 부인만 쓰는 것이라고요. 스위트에서는 조안 부부와 쌍둥이를 빼고 1인 1실로 룸을 썼다고 말입니다. 즉, 패럴 씨는 결혼한 지 겨우 2년이 됐을 뿐인데, 호프 부인과 침실을 따로 썼습니다. 호화롭고 로맨틱한 스위트 룸에서 동쪽 침실과 서쪽 침실로 나뉘어 따로 지냈단 말입니다. 그러면서 단지 대화할 때 웃어 주는 게, 사랑이란 건가요?"

큰 소리로 반문한 그는 말을 이었다. "그가 완전히 달라졌다는 것도 대부분 호프 부인에게 친절하다는 얘기였습니다. 그리고 어느새 2년이 흘렀습니다. 부부 중 누가 자살해도 보험금을 수령할 수 있는 면책 기간이 지난 것이죠. 바로 석 달 전에."

아일랜은 재빨리 결론을 향해 나아갔다.

"그럼, 이제 지금까지 말씀드린 사실을 포함, 사자 명예 훼손의 위험을 무릅쓰고 적극적으로 추리를 해 보겠습니다. 여기 매사에 꼼꼼하고 치밀한 남자가 있습니다. 그는 2년 전 성격 차이로 부인과 이혼을 합니다. 그것은 매우 이상한 이별이었으며, 지나치게 원만한 합의 이혼이었습니다. 도라 부인은 모성애가 없는지, 혹은 본인에게 유책 사유라도 있었던 모양인지, 양육권 소송도 재산 분할 신청도 없이, 법정 위자료만 받고 확정서만 달랑 남긴 채 이혼을 끝냈습니다. 이혼 소송의 꽃이라는, 바로 그, '양육권 소송'과 '재산 분할 청구 소송'이 없었던 것입니다. 올랭 가정부의 말은, 도라 부인이 쫓겨나듯 나갔다고 하는데. 정숙하고 참을성 많던 부인이 단지 성격 차이로 이혼을 당하고, 아이들과 재산을 전부 빼앗긴 채 그냥 쫓겨난 겁니다. 그녀는 호텔에 몰래 아이들을 만나러 올 만큼, 아이들에 대한 애정이 깊었으며. 그녀의 인터뷰 영상을 보면, 그녀가 초라한 모텔에서 혼자 지내고 있음을 알 수 있습니다. 아이들의 사진만 꺼내 놓고 짐도 풀지 않은 채 살고 있는, 그 영상을 기억하신다면, 이 이혼이 얼마나 이상한 것인지 눈치채셨을 겁니다. 그녀는 결국 호텔에서 아이들을 몰래 만나다 패럴 씨에게 들켜 혼이 나고 마는데."

아일랜은 오른손을 번쩍 들어 허공을 가르듯 내리쳤다.

"자, 여러분, 혼이 났다고 했습니다. 패럴 씨와 다툰 게 아니라 도라 부인이 일방적으로 혼이 난 겁니다. 왜 호텔에 있느냐, 왜 참지 못하고 여기까지 쫓아와 아이들을 만나느냐, 호프 부인과 직원이 엿들은 대로 도라 부인은 혼이 났습니다. 과연 그녀는 무슨 잘못을 저지른 것일까요? 성격 차이에 의한 합의 이혼이었다면서요? 주변 사람들은 모두 다 패럴 씨가 호프 부인과 바람이 나서 도라 부인을 내쫓았다고 생각하지 않았나요? 그렇다면 귀책 사유는 패럴 씨에게 있습니다. 그런데 왜 도라 부인이 일방적으로 혼이 난 걸까요?" 아일랜은 목소리를 한 옥타브 높였다.

"때문에 제 생각에 도라 부인은 패럴 씨의 공범이었을 가능성이 높습니다. 이혼은 단지 눈속임일 뿐이며, 거짓이었던 거죠. 그러므로 양육권 소송이나 위자료 같은 걸로 법정 다툼을 벌일 필요가 없었던 겁니다. 거짓으로 벌인 위장 이혼이었으니까요. 굳이 돈과 시간을 낭비하며 디테일하게 꾸밀 필요가 없죠. 단지 빠르고 조용히 진행됐을 뿐. 이혼 확정서만 한 장 남기고 끝났습니다." 그 이야기는 앞으로 질주해 나갔다.

"그리고 패럴 씨는 조용한 시골 저택에서 혼자 살던 호프 부인과 세 번째 결혼식을 올립니다. 결혼 후, 곧바로 두 사람은 함께 유서를 작성하고 사망 보험에 가입했으며, 그 사망 보험의 면책 기간이 석 달 전에 끝났습니다. 그리고 지난 석 달 동안 이런 일들이 이어집니다. 그는 먼저 독약을 다룬 픽션를 끝냅니다. 시리즈의 마지막 악이 펜닐이기 자료를 평계로 지연스럽게 펜닐을 입수할 수 있었습니다. 그리고 곧장 가족들에게 약에 대해 알리는데. 조심하라 당부했지만 금고의 비밀 번호는 가족들이 알고 있는 번호였고 새로 바꾸지도 않았습니다. 즉, 누구라도 그 약을 꺼낼 수 있다는 것을 암시해 뒀죠. 그리고 한 달 뒤, 그는 일을 그만두고. 얼마 뒤, 로스 교수에게 외모를 까다롭게 지정해 게일을 불러들입니다. 그는 자신이 모델로 일할 줄 알았는데 직함이 비서였다고 했습니다. 그러니 생각해 보십시오. 일을 그만둔 사람이 비서를 구하다니. 얼마나 이상한 일입니까? 그리고 그 후에는 집안 사정을 잘 알고 있던 올랭 부인을 해고합니다. 호텔에 장기간 머물 거라며 그만두라고 했죠. 그리고 베란다에서 서성대다 신고를 당하기도 합니다. 그는 왜 한밤에 베란다에서 서성댄 것일까요? 그리고 9월 마지막 날, 그는 가족들에게 호텔의 스위트 룸에서 한 달간 쉬다 오자고 말을 꺼냅니다. 조용하고 외딴 호텔에서… 어쩌면 그는 솔리 양의 예고편을 보았을지도 모르겠군요. 어쨌든 그는 전화로 예약을 하고, 이튿날 가족과 함께 트윈 풀 호텔의 스위트 룸에 묵기 시작합니다. 호텔에는 가족 외 게일과 테일라 양까지 함께 묵었으며, 평소 교류가 뜸했던 동생 부부도 초대합니다. 그렇게 대가족이 준비된 것입니다."

그는 말을 휘몰아쳤다.

"그렇게 패럴 코브 씨에 의해 모인 사람들은 호텔에서 한 사람의 죽음을 목격하게 됩니다. 바로 패럴 씨의 죽음을! 결과적으로 그는 자신의 죽음을 보다 많은 사람에게 목격하게 만든 셈입니다. 그게 이해되지 않았습니다. 그는 집에서 독약을 챙겨 왔는데. 사랑하는 아이들이 있는 곳에서 목숨을 끊은 가장도 이해하기 어려울뿐더러, 평소 교류가 없던 동생 부부까지 불러들여 자신의 최후를 보여 준 건 더욱 이해하기 어렵죠."

아일랜은 고개를 갸웃거렸다.

"그렇다면 혹시, 그들은 다른 사람의 죽음을 목격하기 위해 초대된 것은 아닐까요? 그것은 누구일까요? 스위트 룸에 묵고 있던 사람들은 과연 누구의 시체를 목격하기 위해 초대된 걸까요? 전 가족분들에게 묻고 싶습니다. 만약 호텔에서 한 사람이 죽는다면, 방에 홀로 죽어 있던 시체가 꼭 하나 필요했다면 여러분은 가족 중, 누구라고 생각하시는지."

그러자 카달과 쌍둥이가 동시에 호프 부인을 쳐다보았다. 부인은 얼굴이 창백하게 질려 있었다.

"그건 새어머니를 가리키는 말 같군요." 카달이 답했다.

"그렇다면 다시 직접적으로 묻겠습니다. 만약 호프 부인의 시체가 발견되었다면 여러분은 그 원인을 뭐라고 생각했을까요?"

"사랑 때문이죠."

"불륜 때문이라 생각했을 거예요."

"상대는요?"

"게일 씨.", "게일 로먼 군." 가족들의 입에서 동시에 같은 이름이 튀어나왔다.

"만약 호프 부인이 홀로 아홉 번째 방에서 눈을 감았고, 그녀의 가운 주머니에서 유서가 나왔다면. '이 고통에서 벗어날까 합니다. 부디 제 괴오를 용시해 주길.'과 비슷한 구절이 쓰여 있는 유서가 나왔다면, 여러분은 어떤 생각을 했을까요?"

"그건 말할 필요도 없이 그녀가 자살했다고 생각했을 겁니다. 패럴의 사랑과 보살핌에도 불구하고, 게일 군에 대한 감정을 이기지 못한 죄책감으로 말입니다." 제롬이 큰 목소리로 답했다. 그리고 제발 이야기를 빨리 마쳐 달라 부탁했다.

아일랜은 고개를 끄덕였다. "과연 패럴 씨는 치밀하고 꼼꼼한 사람이었습니다. 그는 자그마치 2년에 걸쳐 하나하나 준비를 해 나갔으며, 마지막에도 결코 조급하게 굴지 않았습니다. 적어도 1,2주의 간격을 두고 계획을 실행해 나가며. 그렇게 호프 부인의 자살을 준비한 것입니다. 호텔에서 그는 조용하며 다정한 모습으로 지냈습니다. 직원들과 다른 손님들의 눈에는 참으로 호인으로 보였죠. 가족을 사랑하고, 특히 호프 부인을 사랑하는 남편의 역할을 완벽히 해낸 것입니다."

아일랜은 푸른 눈동자로 카메라를 주시했다. 그리고 고개를 끄덕였다. "이제 저희 팀의 결론을 말씀드리겠습니다. 패럴 씨는 호프 부인을 자살 시킬 계획이었다는 것 말입니다. 정확하게는 자살을 위장한 살인을 계획한 것이죠. 2년이라는 기간은 생명보험의 면책 기간이기도 했지만, 패럴 씨에게 꼭 필요한 시간이기도 했습니다. 그가 호프 부인을 자세히 분석하고 파악하는 시간이었으니까요. 그녀가 무엇을 좋아하며, 어떤 일에 열광하고, 어떤 일에 좌절을 느끼는지. 그래서 어떤 이유로 자살하는 게 가장 자연스러울지 관찰하는 시간이었습니다."

그것은 실로 무서운 말이었다. 가족들은 숨마저 멈춘 듯, 조용히 앉아 있었다.

"실로 놀랍지 않은가요? 그 치밀함과 꼼꼼함과 집요함이. 그는 그렇게 호프 부인의 맞춤형 '자살 시나리오'를 완성한 것입니다. 내용은 '남편의 비서를 사랑하게 된 여인의 절망'이었으며. 드라마를 좋아하는 부인의 취향에 맞춰 잘생긴 비서를 마련해 주기까지 하죠. 멜로에 있어 직함은 매우 중요한 트리거가 되거든요. 팀장이나 실장, 비서가 드라마에 자주 등장하는 까닭입니다. 독약은 준비되어 있고, 잘생긴 상대를 자연스럽게 집으로 불러들이기 위해 모델이 필요한 그림을 취미로 선택하고. 하는 일 없는 비서에게 비싼 호텔 룸을 잡아 주고. 심지어 게일과 부인에게는 옷차림을 점검하라는 핑계로 따로 만날 시간을 마련해 주기까지 합니다! 그리고 맨션에서는 밤낮없이 이웃 주민들이 감시의 눈을 번뜩인다는 것을 알아내고, 한밤에 직접 실험해 본 다음에 말이죠. 결국 맨션을 떠나, 외딴 곳에 있는 트윈 풀 호텔의 스위트 룸으로 간 것이죠. 두 사람에게 불륜의 덫을 씌우려면, 적어도 한 달이라는 시간과 호텔이라는 장소가 필요했을 겁니다. 그사이 두 사람이 진짜 사랑에 빠질 수도 있을 테고요... 아침 식사를 묻게 만든 것도, 그녀가 식사를 물으러 나타나지 않으면, 이상하게 여긴 가족 중 누군가가 그녀의 방으로 가서 시체를 발견하는 목격자로 만들 셈이었다고 생각합니다. 그렇게 그는 만반의 준비를 꼼꼼히 마친 다음, 결국, 자신이 당한 것입니다."

그의 말은 더욱 빨라졌다. 폭풍이 휘몰아치듯.

"이제 패럴 씨를 살해한 범인을 밝히기 전에, 도라 부인에게 묻겠습니다. 부인, 당신은 패럴 씨가 호프 부인을 죽이고 자살로 위장할 계획이었다는 것을 알고 있었죠?"

도라 부인은 금방이라도 호흡이 멎을 듯, 가쁜 숨만 몰아쉬고 있었다. 아일랜은 더욱 추궁해 들어갔다.

"당신이 지금까지의 이야기를 인정하지 않으면, 패럴 씨를 살해한 범인은 잡을 수 없습니다. 그야말로 패럴 씨는 자살한 것이 되며 모든 것은 저희의 상상이라고밖에 할 수 없게 됩니다. 당신은 저희들이 찾아간 날, 이렇게 말했습니다. '남편이 죽은 모습을 보자 뭔가 잘못됐다는 것을 알았지만, 할 수 있는 일은 아무것도 없었다'고 말입니다. 당신은 알고 있었습니다. 호텔에서 죽은 채 발견되어야 하는 것은 호프 부인이었다는 것을. 남편의 죽음은 잘못된 것이었다는 걸 말입니다." 그리고 아일랜은 간절히 두 손을 맞잡고 애원했다.

"제발 진실을 밝혀 주세요. 당신은 그날 우리에게 뭔가를 말하려고 했습니다. 끝내 입을 다물었지만, 제 카메라에 당신의 그 모든 표정이 다 찍혀 있습니다... 그리고 공범이라고 했지만, 당신은 방조자 내지는 방관자일 뿐이며. 결국 패럴 씨에게도 책임을 묻지 못하게 됐습니다. 그는 살해당했으니까요. 부디 두려워하지 마시고, 범인을 잡기 위해 진실을 밝히고 진상을 말씀해 주세요."

스튜디오에 침묵이 흘렀다. 그것은 터질 듯 팽팽한 긴장감이었으나... 이윽고 작은 바람이 새는 듯한 침묵으로 바뀌었다.

그리고 얼마 후, 도라 부인이 마침내 고개를 끄덕였다.

"네... 그것이 남편의 계획이었어요. 저에게 2년만 참으면 된다고 약속했는데... 전 그 2년이 지옥 같았어요." 그리고 그다음 말은 지옥의 연기처럼 스르르 흘러나왔다 사라졌다.

"그건 보험금으로는 절대로 메울 수 없는... 고통 그 자체인 시간이었어요. 설사 남편의 계획이 성공한다 하더라도... 눈을 감을 때까지 결코 벗어날 수 없는, 낙인처럼 찍혀 버린, 고통스러운 시간이었다고요... 그는 호텔에서, 시간이 얼마 남지 않았는데 참지 못했다며 저에게 화를 냈어요. 그리고 조만간 끝이 날 거라고... 보름 후의 계획을 알려 주며... 저를 달랬어요."

아일랜은 그녀에게 감사하다고 고개를 깊이 숙였다. 그리고 다시 카메라를 이글이글 타는 눈빛으로 노려보았다.

"그럼, 이제 패럴 씨를 살해한 범인을 밝히겠습니다. 매우 아이러니한 사실이 하나 있습니다. 범죄에 있어, 패럴 씨처럼 치밀하게 준비한 것이 오히려 많은 흔적을 남긴다는 것이죠. 누구라도 편견 없이 조사를 시작하면, 저희가 알아낸 것들을 알아냈을 겁니다. 패럴 씨는 메이저의 함정, 혹은 착각에 빠졌는지 모르죠. 언제나 자신의 말이 먹히는 사람들을 상대하며, 모든 것이 자신의 생각대로 진행될 거라고. 사람들이 자신의 시나리오대로 움직일 거라 생각했으며. 유서를 품고 죽은 호프 부인은 드라마와 현실을 구분하지 못하고 게일 씨에 대한 감정을 견디지 못해 자살했다고 결론 날 거라 생각했을 겁니다. 자신의 살인은 완전 범죄가 될 거라 확신했겠죠. 그는 세상에 얼마나 다양한 사람들이 있으며, 자신의 구독자가 아닌 사람들이 더 많다는 것을 잊었는지 모릅니다. 혹은 어떤 반론이 나오더라도 자신이 얼마든지 말과 글로 싸워 이길 수 있다고 생각한 것인지도 모르겠군요. 그래서 이렇게 많은 증거가 남았던 걸까요? 치밀하게 준비한 2년 동안 곳곳에 흔적이 남고 말았는데. 금고에 남은 지문이 마지막으로 심부름을 한 카달 양의 것뿐인 점도 이상합니다. 다른 사람은 몰라도 패럴 씨의 지문은 있어야 하지 않나요? 그가 약을 금고에 넣었으니까요. 카달 양의 지문만 있다는 것은, 누군가 금고를 닦았기 때문입니다. 패럴 씨가 애초 금고에서 핀 세트를 가져오도록 심부름을 시킨 사람은 호프 부인이었습니다. 그는 미리 약을 챙기고 금고를 닦은 다음, 호프 부인에게 금고에서 타이 핀을 가져오라 시켰죠. 금고에 호프 부인의 지문이 남도록 말입니다. 자신의 지문이 없는 건 얼마든지 둘러댈 수 있으니, 일단은 호프 부인의 지문을 남기는 게 중요했습니다. 그런데 호프 부인은 카달 양에게 그 심부름을 미뤘죠."

그사이 대화창이 들끓기 시작했다. 그래서 범인은 누구냐는 질문이 쏟아졌다. 아일랜은 심각하게 눈을 깜빡였다.

"하지만 아이러니하게도 패럴 코브 씨의 죽음은 아무런 준비 과정이 보이지 않았습니다. 패럴 씨의 죽음에 대한 준비는 전부 그의 손을 거쳤으며, 정말 그가 자살을 준비한 듯 보이기까지 했습니다. 이 사건의 범인을 추적하기 어려웠던 이유는 뜻밖에도 범인은 아무런 준비를 하지 않았기 때문이며, 그 사람은 그저 패럴 씨가 준비한 것들을 그대로 이용했기 때문입니다. 그렇지 않나요?"

이미 라이브를 시청하는 사람들은 범인을 지목하기 시작했다. 그들은 5:5로 나뉘어 호프 부인과 마고 노부인을 범인으로 몰았다. 둘 다 유산과 보험금을 상속받을 수 있는 사람이었다.

그러나 아일랜은 전혀 엉뚱한 사람의 이름을 불렀다.

"카달 양?"

     4

한동안 누구도 말을 하지 못했다. 경악의 외침도 들리지 않았다. 대화창은 조용해졌다. 괴괴할 정도로 침묵만 감돌았다.

아일랜은 말을 이었다.

"카달 양은 아무런 준비를 할 필요가 없었습니다. 독약도 준비되어 있고, 패럴 씨가 직접 쓴 유서도 준비되어 있으니까요. 단지 그녀가 한 일은 샤워 가운과 물병을 바꿔치기한 것뿐입니다. 그녀는 샤워 가운 주머니에 아버지의 유서를 넣고, 가운을 걸치고 서쪽 침실로 갑니다. 그녀는 임신을 했기에 서쪽 침실의 미니풀만 이용했다고 하죠. 그리고 마고 님의 증언에 의하면, 그녀는 부풀기 시작한 배를 가리기 위해 항상 가운으로 배를 가리고 다녔다고 합니다. 이 두 가지 사실 때문에 호프 부인과 카달 양 중, 카달 양을 범인으로 지목한 것입니다. 그녀는 마지막에 금고를 열었으므로 독약이 없어진 것을 알 수 있는 인물이며, 아버지의 계획을 눈치챈 또 다른 사람이기도 했습니다."

"하하. 멍청하긴. 여러분, 아일랜 씨는 자기가 무슨 말을 지껄이는 줄 모르고 있습니다. 방금 '패럴 씨가 직접 쓴 유서'라고 말했다니까요." 뒤에서 존스가 외쳤다.

그러나 아일랜은 미동도 하지 않고, 입만 움직였다.

"네. 그 유서는 패럴 씨가 직접 쓴 게 맞습니다. 오른손 장문이 찍혀 있으니 분명합니다. 단지 그가 그걸 썼던 이유는, 호프 부인의 자필 유서를 만들기 위해서라 생각합니다. 패럴 씨도 자필 유서를 만들어 내는 게 가장 큰 문제였을 겁니다. 왜냐하면 자살 사건으로 인정되는 가장 중요한 필수 조건이 '종이에 자필로 쓴 유서'라고 정해져 있으니까요. 조작이 쉬운 메일이나 문자 메시지는 아무리 유서를 작성해도 SD사건으로 인정받을 수 없습니다. 그러나 이것은 반대로 생각해 보면, 자필 유서만 준비할 수 있다면 어떤 죽음도 SD사건으로 확실히 정리된다는 말입니다. 장례식과 더불어 사건은 종료되고, 패럴 씨가 조사 의뢰서에 사인을 할 일은 결코 없을 테니까요. 바로 그 유서를 준비하기 위해, 패럴 씨의 마지막 픽셔가 약물 중독과 마약에 관한 시리즈였던 겁니다. 마약과 독약에 관한 픽셔는 펜닐을 입수하기 위해서도 필요했지만, 유서를 만들어 내기 위해서도 필요했습니다. 여기 첸 대원이 확보한 자료가 있습니다."

아일랜은 다시 자료 큐브를 터치했다. 어느새 증언과 통계 자료를 다 쓰고, 남아 있는 자료 큐브는 두 개였다. 단 두 개의 큐브 중 하나를 불러온다.

화면에 큼지막하게 패럴의 작업용 컴퓨터에 저장된 파일 목록이 올라왔으며, 그 가운데 '손 글씨 유서' 파일이 체크돼 있다.
"개인 정보라 조사수색이 개시되지 않았다면 결코 열리지 않았을 자료 파일입니다. 여기에 패럴 씨의 마지막 픽셔에 관련된 독약과 마약에 관한 자료들이 방대하게 수집돼 있으며. 그중 하나가 마약 중독자들이 손으로 쓴 자필 유서입니다. 실제 픽셔에 실린 것을 포함해 총 54개의 유서가 있으며, 재활 센터에서 생활하던 중독자들 중, 도중에 치료를 포기해 버린 환자들이 작성한 것이라고 합니다. 여기엔 약에 의존해 인생을 망쳐 버린 자신에 대한 죄책감, 괴로움, 과오 등을 표현하고 있는데. 패럴 씨의 유서와 유사한 구절도 있습니다. 마약에 손댄 '과오'를 후회하며 중독의 '괴로움'을 이기지 못해 스스로 목숨을 끊는다는 내용의 유서가 있죠."

아일랜은 정중히 허리를 굽혔다.

"죄송하게도 이 부분은 순전히 저희들의 추측입니다. 패럴 씨가 호프 부인에게 픽셔에 실릴 유서라며 대필을 시킨 게 아닐까 하는 것입니다. 그때 본인이 종이에 써서 건넨 것이라 생각하는데. 그는 자료를 잃어 버렸다든가 해서 호프 부인에게 손 글씨로 유서를 써 달라고 한 게 아닐까요? 실제 유서에서 '마약'이란 단어를 뺀 간결한 문장을 종이에 써서 건넸겠죠. 사실 유서의 문장은 매우 모호합니다. 그것은 어떤 사람의 유서라고 해도 될 만큼 평범한 구절이죠. 물론 이것은 증거가 없으며 호프 부인이 진실을 말해 주셔야 합니다." 아일랜이 승인석을 바라보았다.

카메라가 호프 부인으로 향했다. 그녀는 멍한 얼굴로 고개를 끄덕이더니, 천천히 입을 열었다.

"아, 맞아요... 남편이 시켰어요. 손으로 쓴 유서가 필요하다고, 한 구절을 써 주며... 좀 더 내용을 길게 써 달라고 부탁했는데... 전 뭐라고 써야 할지 몰라서... 언제나 그렇듯 카달을 찾아갔어요. 남편이 시킨 건데, 도무지 뭐라 써야 할지 모르겠다고, 유서라 너무 무섭다고 했더니... 카달이 남편이 써 준 종이를 한참 들여다보는 거예요. 그리고 새 종이에 몇 줄 덧붙여 길게 써 줬어요. 그걸 베껴서 남편에게 갖다 주었는데. 그러고 보니 그때 남편이 준 종이는 그대로 카달의 책상에 놔두고 온 것 같네요... 전 그런 것에 주의를 기울이지도 않고... 오랜 전 일이라... 몇 번 비슷한 일이 있었던 것도 같고..." 우물거리며 말을 마쳤다.

아일랜의 푸른 눈동자가 빛났다.

"카달 양이 언제 패럴 씨의 계획을 눈치를 챈 것인지 모르겠지만, 이 유서가 몹시 이상하게 보였을 것 같군요. 그리고 일련의 일들이 눈에 들어온 계기가 됐을지 모릅니다. 금고에 독약이 있으며, 호프 부인에게 유서를 써 달라고 한 게 어떤 의미인가, 그녀는 생각했을 겁니다. 카달 양은 패럴 씨를 꼭 닮았다고 하니까요. 영리하고 치밀한 그녀의 눈에 아버지의 계획이 들어온 게 아닐까요? 어쨌든 그녀는 아버지가 직접 쓴 유서를 갖게 되었습니다. 그리고 어느 순간, 다른 생각이 떠올랐겠죠. 아버지가 죽게 되면 유산과 사망 보험금을 탈 수 있다는 사실을 깨달은 겁니다. 막스 대표의 증언에 의하면 서던 시티 상속법에는, 인지 기능에 장애가 의심되면 가족이 조사를 요구할 수 있고, 사실로 확인되면 유언장의 조정도 가능하다고 했으니까요. 그 증언은 틀림없이 메이저 팀의 자료에 나왔던 내용이며 여러분도 함께 들었던 증언입니다. 그 덕분에 카달 양의 머릿속에 완벽한 계획이 떠오른 것이죠. 패럴 씨가 죽으면, 마고 노부인이 유산과 보험금을 차지하게 되니, 살인 사건이든 SD사건이든 1차로 자신은 의심을 피할 수 있으며. 그 후에 적당한 때를 노려 마고 님의 인지 기능 검사를 의뢰하면 되는 겁니다. 호프 부인은 결혼한 지 2년밖에 안 되므로 재산 형성에 기여도가 현저히 낮으며, 폴과 셀은 아직 어리니까요. 거액의 상속금은 결국 카달 양이 독차지할 수 있게 됩니다." 그는 고개를 끄덕였다.

"그것 역시 패럴 씨의 생각이었을 겁니다. 패럴 씨도 마고 님을 수익자로 지정하며 호프 부인의 의심을 피한 것이죠. 그리고 호프 부인이 사망한 후, 마고 님이 보험금을 1차로 수령하게 하고, 나중에 인지 검사를 의뢰할 생각이었을 겁니다. 테일라 양의 증언과 더불어, 단지 날이 흐려 아침에 디너 드레스를 찾아 입었다고 말한 걸 보면, 마고 님은 인지 기능에 장애가 있는 게 분명합니다. 심각한 것은 아니라도 완벽하진 않죠. 게다가 카달 양은 패럴 씨가 기대할 만큼 법률에 대해 잘 알고 있다니까요. 카달 양은 조금만 더 참으면, 패럴 씨처럼 2년이 아니라 몇 달만 더 참으면 유산과 보험금을 손에 쥘 방법을 알았던 거죠."

후, 아일랜은 겨우 숨통이 트인 듯 숨을 내쉬었다.

"그녀는 패럴 씨를 주의 깊게 살피기 시작합니다. 갑자기 호텔로 가는 게 이상했는데. 결국 호프 부인의 심부름을 대신 해 주며 약병이 없는 것을 확인했죠. 처음엔 한 달이나 호텔에 묵는 바람에 디데이를 알 수 없어 초조했지만, 언제 호프 부인이 죽게 될 지 알 수 없으니까요. 그러나 조금만 생각해 보면 시간이 여유롭게 남아 있음을 알 수 있습니다. 스위트 룸은 한 달이나 비용을 지불했고, 호프 부인과 게일이 좀 더 친해지도록 시간을 두어야 하니. 다정한 남편이라는 인상도 많이 남기는 게 좋으므로 패럴 씨의 결행은 적어도 보름 이후가 아닐까요... 그래서 그녀는 그 전에 선수를 치기로 하죠. 카달 양은 스위트 룸 밖으로 거의 나가지 않았다고 하며 본즈 씨가 빈방에 몰래 묵었던 것도, 두 사람이 함께 패럴 씨와 가족의 동태를 살피며, 패럴 씨의 집에서 약을 훔쳐 내기 위해서라 생각됩니다. 아마 가족들이 함께 저녁 식사를 하는 때, 본즈 씨가 움직이지 않았을까 싶은데. 그게 아니면 스위트 룸에 빈방이 그렇게 많은데, 본즈 씨가 몰래 숨어 있을 필요가 없죠. 몰래 숨어 있었다는 게 실로 의심스러운 부분이었습니다." 그는 짧게 숨을 내쉬었다.

"호프 부인은 살인을 실행할 만큼, 대담하거나 치밀하지 않습니다. 그녀는 그저 드라마를 동경하는 현실과 동떨어진 사람일 뿐. 그러나 살인은 그 어떤 드라마보다 냉혹한 현실이죠. 카달 양은 아버지와 똑같이 꼼꼼하고 치밀했습니다. 아버지가 호텔에서 생활하는 패턴을 알아내 사건을 꾸민 것만 봐도 알 수 있죠. 패럴 씨가 호프 부인을 2년 동안 관찰했듯, 그녀도 일주일 동안 패럴 씨를 관찰했습니다. 꼼꼼하고 치밀한 성격은 대부분 하루 일과를 정해 놓으며, 테일라 양의 말을 들어 보면, 패럴 씨 또한 마찬가지였습니다. 오전에는 그림을 그리고 오후에는 서재에서 글을 쓰고, 저녁 식사는 모두와 함께하고. 그다음 침실로 돌아가 혼자 지냈죠. 샤워를 하고 쉬는. 생활 패턴이 거의 같았습니다. 폴과 셸도 금방 알아낼 정도로 비슷한 일과였죠. 아마 그것 또한, 호프 부인이 사망하고, 혹 조사가 시작될 경우, 패럴 씨가 알리바이를 쉽게 댈 수 있도록 만든 패턴이었는지 모릅니다."
그는 말을 계속했다.
"어쨌든 그 모든 준비가 아이러니하게도 본인의 죽음을 준비한 것이 되었던 바. 패럴 씨는 스스로 병가를 냈으며, 힘들다고 일을 그만두었습니다. 호텔로 온 것도 패럴 씨의 휴식차 온 것입니다. 거기다 자필 유서까지 있으니, 그의 죽음은 거의 SD사건으로 확정될 예정이었습니다... 카달 양은, 적당한 디데이를 골라 매우 간단히 사건을 실행했습니다. 미리 비슷한 모습을 여러 번 보여 주고, 디데이에도 똑같이 행동했을 뿐. 자신의 방에서 지문이 남지 않도록 조심스럽게 유서를 샤워 가운 주머니에 넣고, 가운을 걸치고 서쪽 침실로 갑니다. 그리고 문 앞의 욕실로 들어가는 겁니다. 마고 님이나 조안 씨가 보고 있어도 상관없습니다. 화장실을 이용하는 것처럼 보일 테니까요. 그녀는 이전에 여러 번 같은 장면을 보였을 겁니다. 그렇게 침실 입구에 있는 화장실로 들어가는 척하며, 맞은편 욕실 입구에 걸려 있던 패럴 씨의 가운과 자신이 준비한 유서가 담긴 가운을 바꿔 친 것입니다. 마고 님의 증언에 의하면 그날도 카달 양이 수영복에 가운을 걸치고 서쪽 침실에 나타났다고 하니까요. 마찬가지로 펜닐을 탄 물병도 들고 가 슬쩍 냉장고에 넣어 두면 끝입니다. 미니 풀이든 자쿠지든 쉬는 사람은, 반드시라 해도 좋을 만큼 바다를 보게 됩니다. 마고 님도 조안 씨도 바다를 보며 쉰다고 했으니, 냉장고는 그들의 등 뒤에 있죠. 혹 카달 양이 냉장고를 여는 모습을 보여도 상관없습니다. 음료수를 꺼내는 것일 뿐이니까요. 조안 부인이 술을 권해도 카달 양은 음료만 마셨다고 했습니다. 그날도 빈 음료수 캔이 바구니에 담겨 있었는데, 증언을 맞춰 보면 카달 양이 마신 것입니다. 조안 씨가 다들 물병을 들고 다녔다고 했으니, 물병을 들고 가 냉장고에 넣고 음료수를 꺼내는 일은 순식간에 끝납니다. 물론 지문이 남지 않도록 조심해야 하지만, 본즈 씨가 있으니까요. 단, 누군가 독을 탄 물병에 손대지 않도록 저녁 식사 직전까지는 카달 양이 미니 풀에 있었으며, 그 이후는 본즈 씨가 서재에서 서쪽 침실에 드나드는 사람을 지켜봤을 겁니다. 그가 냉장고에서 새 물병을 꺼내고 독약을 탄 물병의 지문을 닦는데 1분이나 걸렸을까요... 그렇게 2년간 준비한 패럴 씨에 비해 카달 양의 실행은 눈 깜빡할 새 끝났으며, 아무 준비가 없었기에 저희도 진상을 추리하는 게 몹시 힘들었습니다. 그녀의 범행을 도와준 공범들도 완벽히 활약했던 바, 본즈 씨와 더불어 사람들의 시선을 잡아 끄는 오션 뷰의 활약은 대단했죠. 본즈 씨와 오션 뷰가 카달 양의 범행을 도운 것입니다."

그리고 그는 푸른 눈동자를 번뜩이며 카메라를 노려보았다.

"이런 것을 '노려보는 사자의 허점'이라고 하죠. 사자는 자신이 제왕이라는 것을 알고 있으며, 다른 동물은 사냥감일 뿐입니다. 그래서 사냥감을 노릴 때 정작 자신의 뒤는 허술하게 경계하죠. 때문에 아프리카 하프 족은 사자가 먹이를 노려볼 때, 뒤를 급습한다고 합니다. 패럴 씨는 자신의 계획에 심취했습니다. 자그마치 2년이나 준비한 살인 계획은 완벽해 보였으며, 영리한 자신에 비해 호프 부인은 드라마에만 신경이 팔려 있는 어리석은 여자일 뿐이었죠. 설마 가족 중 누군가 자신의 계획을 눈치채고 이용할 거라고는 꿈에도 생각지 못했습니다. 카달 양과 본즈 씨의 실수는 하나뿐입니다. 펜닐을 훔쳐 물병에 타는 것까지는 완벽했지만, 마지막에 물병만 서쪽 침실에 갖다 둔 것이죠. 중요한 증거물인 약병을 치워 버린 겁니다. 자살하는 사람의 주변에서 약병이 함께 발견된다는 것을 미처 생각하지 못하고. 마지막에 평범한 범인처럼 행동하고 말았던 거죠. 살인범들이 증거를 감추듯 약병을 감춰 버렸는데. 그 작은 병을 서쪽 침실 어디에, 소파 밑 구석에라도 슬쩍 떨어뜨려 놓았으면 완벽했을 텐데요."

그리고 그는 고개를 숙여 카달을 내려다봤다.

"혹은, 다른 필연적 이유가 있을지도 모릅니다. 그녀가 약병을 갖다 두지 못한 것은, 약병엔 아버지의 지문이 없으며, 호프 부인의 지문만 있을지도 모른다고 생각한 때문은 아닐까 합니다. 패럴 씨는 깐깐하고 치밀한 사람이라, 이미 호프 부인의 지문만 남도록 약병을 처리해 둔 게 아닐까 의심스러웠던 게 아닐까요. 워낙 중요한 준비라, 호텔에 가기 전에 마쳤다고 말입니다."

그사이 대화창은 아일랜에 대한 욕으로 뒤덮이기 시작했다. 그 모든 것이 그의 상상이자 소설인 까닭은, 증거가 하나도 없기 때문이었다.

그것을 존스 톤도 알고 있었다. 그는 어느새 뒤로 물러나 있었으나, 다시 아일랜이 했던 것처럼 카메라 앞으로 나와 반격을 시도했다.

"아일랜 씨의 주장은 듣기에 역겹군요. 그 픽셔에는 증거가 하나도 없으니까요. 모든 것이 상상이자 소설일 뿐. 우리 팀은 증거가 있습니다. 그의 장문과 더불어 필체가 확인된 유서와 그의 지문이 발견된 물병이 있죠. 게다가 스위트 룸을 대대적으로 청소해 놓은 바람에 이제는 다른 증거를 찾을 수도 없을 테니. 만약 거기서 증거를 찾았다고 한다면 틀림없이 조작한 것일 겁니다. 한 사람의 안타까운 죽음을 가지고 멋대로 소설을 써 대는 아일랜 씨는 정말, 지금까지 살아오며 제가 한 번도 본 적 없는 혐오스럽기 짝이 없는 인간이군요." 그의 두 뺨이 일그러졌다.

그러나 아일랜은 증인석의 한 인물을 향해 정중하게 허리를 숙였다. "먼저 카달 양의 이야기를 듣고 싶습니다. 이 모든 이야기에 대해 어떻게 생각하는지 궁금하군요."

그 요청에 그때까지 일언반구도 없던 카달이 한숨을 길게 내쉬었다. "후... 존스 씨의 말이 맞아요. 전 그런 끔찍한 일을 저지르지 않았어요. 제가 한 모든 일들이 그저 상상으로 지어 낸 이야기일 뿐. 무엇보다 증거도, 동기도 없잖아요... 지금까지 살아오며 이렇게 모욕적인 일은 처음 당해 봐요. 마침 저도 법률적 지식은 꽤 있는 편인데, 말씀하셨듯이 아버지의 기대를 받을 만큼 말이죠... 아일랜 씨도 이런 엉터리 픽셔를 발표할 때, 각오는 돼 있으셨겠죠? 사자 명예 훼손과 더불어 저, 개인으로도 아일랜 씨를 고소할 생각이니 각오하시는 게 좋겠어요." 나직하게 말하는 어조에 비수 같은 분노가 서린 듯.

그 말에 존스는, 마치 자신의 복수를 대신해 준 듯한 카달에게 고개 숙여 감사 인사를 보냈다.

그러나 아일랜은 고개를 저었다. "동기는 이미 밝히지 않았나요. 유산과 사망 보험금을 노린 것이라고요. 게다가 호프 부인의 재산이 얼마인지 모르겠지만. 혼자 살고 있었다던 저택만 처분하더라도, 주택이 아닌 '큰 저택' 말입니다. 그것만도 꽤 될 것 같은데요. 그 유산과 사망 보험금을 마고 님이 먼저 수령하겠지만 거쳐가는 것에 불과합니다. 인지 검사 후에는 카달 양의 것이 될 테니. 모든 유산은 최종적으로 카달 양의 것이 되는 겁니다."

"진짜 모욕적이군요. 증거가 없잖아요. 증거가! 지금이라도 모든 게 잘못이라 밝히고 사과하면 용서해 주겠어요. 명예 훼손 소송을 피할 수는 없겠지만, 보상 금액은 한 번 재고해 보죠."

아일랜이 증거에 대해 말이 없자 카달의 기세가 살아났다. 그러나 다음 순간, 아일랜은 나직하지만 분명한 어조로 답했다.

"아닙니다. 증거는 있습니다. 여기 하나 남은 큐브가 보이지 않나요? 그러니 한 번 더 진실을 고백할 기회를 드리고 싶군요."

그러면서 아일랜은 푸른 눈으로 카달을 삼킬 듯 노려본다.

그 쏘아보는 눈빛에 카달이 멈칫하는데. 그러자 옆에 앉은 본즈가 그녀의 손을 단단히 쥐며 대신 입을 열었다. "무슨 증거가 있다는 겁니까." 그리고 비웃듯 한마디 했다. "그런 말로 자백을 끌어내는 것은 낡은 수법이죠. 드라마에서나 나올 법한 얄팍한 수 아닙니까. 여기서 카달과 제가, '우린 증거를 남기지 않았어요', '우린 완벽히 뒤처리를 했어요'라고 멍청한 말을 하기를 바라는 건가요? 그럼, 똑똑히 말씀드리죠. 우린 결백합니다. 아무짓도 하지 않았어요." 그의 태도와 어조는 실로 당당했으며 기세는 참으로 등등했다.

그러자 아일랜이 푸른 눈을 치떴다.

"그렇게 말씀하신다면. 증거를 보여 드리죠. 이것은 단 하나의 증거이지만 아주 결정적인 증거입니다."

그리고 그는 손을 들어, 새카맣게 지워져 있던 마지막 블록을 터치해 화면에 띄웠다. 그것은 사체 통합 관리소에서 보내온 바로 그 자료였다. PCR이라는 DNA 증폭 검사의 결과 보고서로, 마지막에 '매치'라고 쓰인 붉은 도장이 찍혀 있는 서류가 화면에 나타났다. 아일랜은 그것을 가리키며 힘차게 입을 열었다.

"여기, 단 하나의 증거가 있습니다. 바로 사체 통합소에 실려 왔던, 패럴 씨가 입고 있던 가운에서 발견된 DNA입니다. 그가 입고 있던 가운의 섶 안쪽에서 머리카락이 한 올 발견되었으며, 그것이 카달 양의 DNA와 일치한다는 검사 증명서입니다. 패럴 씨는 가운을 입은 채로 사체 통합 관리소에 실려 왔습니다. 그 가운에 유일한 증거가 남아 있었던 거죠. 검사원의 소견 인터뷰도 첨부하겠습니다. 그는, 죽은 패럴 씨가 입고 있던 가운의 목덜미 안섶에서 짧고 검은 머리카락을 발견했으며 겨드랑이 쪽에서 땀을 채취해 유전자 증폭 검사를 실시했다고 합니다. 그 DNA

를 가족과 비교한 결과, 모두 카달 양의 것임이 밝혀졌고요."

그제야 카달은 눈을 휘둥그레 뜨고 더듬더듬 말을 이었다.

"그, 그럴 리가 없어요. 가운이 어땠다고. 무슨 말씀을 하는 건지, 정말 모르겠어요."

아일랜은 안타까운 표정으로 입을 열었다.

"제발 증언을 기억해 보세요. 호텔 청소부 페이 씨가 말하지 않았습니까. 그녀는, 가족들이 한 달이나 장기로 묵는 데다, 1인 1실이라 청소를 대충 했다고. 특히 시트와 가운은 2, 3일에 한 번 바꾸었다고 했습니다."

그 말에 카달이 헉, 하고 숨을 멈췄다.

"당신은 당신의 룸에 걸려 있던 가운이 당연히 새 것이라 생각했지만, 그건 새 가운이 아니었습니다. 당신이 이미 입었던 것이었죠. 당신은 패럴 씨를 살피느라, 그리고 독약을 찾아 훔쳐 낼 기회를 엿보느라, 거의 매일 가운을 걸치고 서쪽 침실에 갔으니까요. 그렇게 당신이 입었던 가운에는 당신의 DNA가 잔뜩 남았으며, 페이 씨는 그것을 그냥 도로 걸어 뒀습니다. 당신은 그것도 모르고 거기에 패럴 씨의 유서를 넣고, 서쪽 침실에서 패럴 씨의 가운과 바꿔 친 것입니다."

그제야 카달은 새하얗게 질린 얼굴로 본즈를 쳐다보았다. 그러나 섣불리 입을 열지는 않았다.

"하지만 물병엔 패럴 씨의 지문만 있었어." 존스가 반박했다.

"간단합니다. 가족들은 자그마치 일주일이나 묵고 있었습니다. 패럴 씨는 언제나 생수만 마셨을 뿐이고요. 카달 양은 패럴 씨가 마시고 버린 빈 물병을 하나 챙겼을 뿐. 거기에 독약을 타 냉장고에 넣어 두었던 거죠. 물론 몰래 숨어 있던 본즈 씨가 한 번 더 물병의 지문을 처리했을 테고요." 그리고 아일랜은 당당히 손을 들어 뒤편을 가리켰다. "혹시, 제 이야기 중, 다른 점이 있거나, 틀린 부분이 있다면 저분들께 이야기하시면 될 겁니다."

그가 가리킨 곳에는, 언제 나타났는지 한 무리의 조수대 대원들이 증인석 뒤를 에워싸고 있었다. 오늘 오후, 마지막 증거를 함께 보았던 비숍 팀장이 대원들을 미리 대기시킨 것이었다. 이제 증인들은 누구도 그들을 뚫고 도망칠 수 없게 되었다.

그런데 뜻밖에 뉴윈도 그들 옆에 서 있는 게 아닌가. 아일랜은 그가 모습을 드러낸 이유를 생각해 보며, 다시 슬픈 어조로 입을 열었다.

"패럴 씨였다면 약병까지 완벽히 처리했을 겁니다. 카달 양은 흉내를 내다 실패한 것이고요. 또한 추리를 더해 보자면, 카달 양은 임신을 하지 않았을 겁니다. 언제든 가운을 바꿀 수 있도록, 걸치고 다니기 위해 이유를 꾸며낸 게 임신이었지만. 저희들이 이상하게 생각한 점은, 한 달이나 빌린 룸에서 8일 만에 사건이 일어났다는 점입니다. 지나치게 빠른 결행인 듯. 패럴 씨가 너무 빨리 죽음을 실행에 옮겼다고 생각했습니다. 한 달이라면, 좀 더 행복한 시간을 보내도 좋지 않은가, 가족들을 집으로 돌려보내고 결행하는 게 좋지 않은가, 의아하기만 했는데. 카달 양이 범인이라면 말이 됩니다. 아마 임신은 거짓이고, 한 달에 한 번 여성들의 배란 주기에 따른 흠... 생리 현상이... 시작된 게 아닐까

하는데요. 그리고 가족분들 중 그게 가능한 여성분은, 마고 님이나 호프 부인, 조안 씨가 아닌 카달 양뿐이고요." 그리고 그는 한마디 덧붙였다.

"따라서 이후로, 카달 양의 임신에 관한 검사가 제일 먼저 진행될 것입니다. 저희가 마고 님께 임신 이야기를 들었음에도, 굳이 두 분을 찾아갔던 이유가 바로 증거 영상을 확보하기 위해서였습니다. 저희에게는, 두 분이 직접 임신 사실을 고백하는 증언 영상이 확보되어 있습니다. 약혼까지 한 두 분이 왜 그렇게 임신 사실을 숨기려 했는지, 그 의심스러운 정황과 모습이 모두 찍혀 있습니다."

카달은 여전히 본즈에게 안겨 몸을 떨고 있었다. 그러나 아일랜의 마지막 말에 차라리 눈을 감는 듯했다.

"언제부터 우리를 의심하기 시작했죠?" 먼저 무너진 것은 본즈인 듯. 그가 떨리는 목소리로 물었다.

아일랜은 차분히 답했다. "그 답은 동료에게 넘기겠습니다." 그것은 순간적인 판단이었다. 결코 미리 의논했거나 연습했던 것은 아니었지만. 왠지 딱 이 타이밍이라는 생각이 들었을 뿐. 아일랜은 뉴윈을 보며 고개를 끄덕였다.

뉴윈은 무대로 올라가지 않고 뒤편에 선 채로 답을 했다. "사실 맨 처음부터, 조사수색을 받아들일 때부터 의심스러웠습니다. SD사건은 대부분 유족들이 조사에 동의하지 않습니다. 장례식도 미뤄지고 시체를 부검하게 되는 등, 복잡한 설차를 밟게 되니까요. 그런데 단지 쏟아지는 픽셔에 대응하기 위해 조사수색을 의뢰한 것이 이상한 듯했습니다. 더욱이 실제 만나 보니 카달 양은 호프 부인과 달리 매우 영리한 사람이었습니다. 때문에 순진해서 편집장의 이야기에 넘어간 게 아니라, 다른 목적이 있는 게 아닐까 의심이 들기 시작했죠. 아마 타살 쪽으로도 많은 픽션들이 쏟아지고 있어, 편집장과 존스 씨의 말을 역으로 이용하려 한 게 아닐까 생각했습니다." 그 목소리는 낮았으나 이상하게 사람들의 귀를 파고드는 듯. 그리고 그는 다시 한마디 덧붙였다.

"때문에 호버 편집장과 존스 톤 씨에게 깊이 감사드리고 있습니다. 두 분이 카달 양에게 사건의 진실을 알아내 보자고 설득해 주신 덕분에, 평범해 보이는 사건도 숨은 이면이 있을 수 있다고 생각한 그 통찰력 덕분에, 이 사건에 숨은 진실을 밝혀낸 것이니까요. 다시 한번 감사드립니다. 호버 편집장님과 존스 톤 씨."

그 말이 결정타인 듯. 카달은 더욱 무섭게 몸을 떨며 목을 꺾은 채 고개를 수그렸다.

호버 편집장과 존스는 얼굴이 벌개진 채로 흠흠 헛기침만 했다. 자신들의 계략이 들통나지 않아 다행인 듯했으나 오히려 완벽히 당한 듯. 둘 다 입매를 단단히 맞물고 있는 것을 보니, 자존심이 상하고 끓어오르는 분을 참는 듯했다.

그리고 잠시 후, 결국 존스가 분을 참지 못하고 한마디 내뱉았다. "운이 좋았을 뿐이야. 가운에 흔적이 남아 있던 건."

"맞습니다. 그러나 그것도 저희가 페이 씨의 말을 주의 깊게 들었기 때문입니다. 그녀가 가운과 시트를 2,3일에 한 번 갈았다고 굳이 말한 게 마음에 걸렸습니다. 만약 전날 시트와 수건, 가운을 새 것으로 깨끗이 교체했다면 굳이 그런 말을 할 필요가 없는데. 자신에게 불리한 말을 한다는 건, 사전에 미리 변명을 하고 싶은 게 아닌가 생각했습니다. 덕분에 증거를 확보할 수 있었던 것이죠." 뉴윈은 차분히 답하고, 손을 들어 무대를 가리켰다.

그러자 아일랜은 가족들과 한 명씩 눈을 맞추며 말을 마쳤다.

"이제 저희 픽셔는 끝이 났습니다. 이게 저희의 결론입니다."

그 짧은 인사에, 겨우 입을 열어 대꾸한 이는 두 사람이었다. 넋이 나간 듯 멍하니 있던 호프 부인은, "이럴 수가. 그럼 그이는... 한 순간도 절 사랑한 적이 없다는 말이군요. 전 한 번도, 한 순간도 사랑받은 적이 없었다는 거고... 처음부터 돈을 노렸다니, 바보 같이... 그 사실을 그가 솔직히 털어놓았다면... 전 정말, 그 약을 찾아 먹었을지 모르겠어요... 정말 SD사건이 될 수도 있었을 텐데... 그저 죽고 싶을 만큼 부끄럽고 슬플 따름이에요."하고 더듬더듬 말을 이었다.

뒤를 이어, 마고 노부인도 가슴에 손을 짚고 깊이 한탄했다.

"그러게 내가 화내지 않았어... 죽음을 조사한다는 것은, 숨어 있는 무엇이 튀어나오게 될 지 모르는데... 사람은 누구나 저마다 숨겨 놓은 비밀이 있어. 죽은 자는 변명도 할 수 없는데... 그러니 죽음을 파헤치는 것은 어리석은 짓일 뿐이야."

다른 가족은 그저 침묵을 지키고 있었다.

그사이 아일랜이 얼른 무대 뒤에서 뉴윈을 데리고 왔다. 그리고 무대 위에서 그의 말도 들어야 한다고 주장했다.

"저희가 찾아낸 조사 결과는 충실하게 전달했어요. 하지만 하고 싶은 마무리 말이란 게 있잖아요. 제가 하고 싶은 말은 뉴원 씨 다음에 하겠어요. 뉴원 씨가 먼저, 방송을 보시는 분들께 마무리로 하고 싶은 말을 해 주세요."

아일랜의 통통한 손에 끌려온 뉴원은 순간, 카메라 불빛에 눈이 시리다. 때문에 눈가를 잔뜩 찌푸린 채 우두커니 서 있을 뿐. 그 모습이 사람들에게는 희한하게 백발 노인처럼 보인다.

그렇게 그는 잠시 망설였으나… 사실, 하고 싶은 말이 있기는 했다. 아일랜이 용케 그것을 알아차린 듯. 그러나 과연 그 말을 해도 괜찮을 것인가… 결국 청년은 침을 한 번 삼킨 다음, 다시 입을 열었다. "그럼, 마무리를 하겠습니다. 진실은 간단하고 거짓은 복잡하다는 것 또한 우리의 선입견일지 모릅니다. 세상에서 가장 나쁜 것은 모든 것을 뭉뚱그려 일반화해 버리고 선입견을 덧씌우는 일입니다. 이제 그런 흑백논리와 이분법은 사라졌으면 합니다… 세상과 세계는 점점 복잡해지고 세분화되고 있으며, 개개의 스펙트럼과 다양성을 인정해야 하는 시대가 되지 않았나요. 그러므로 진실 또한 각기 다른 형태이며, 개별 사건에 따라 선명할 수도, 혹은 이번 사건처럼 매우 복잡하고 모호할 수도 있다는 것을 알아야 합니다. 거짓 또한 마찬가지고요… 따라서 진실을 알고 싶으면 한 개인, 혹은 하나의 사건에 집중해 들여다보아야 하며, 거기 얽힌 수많은 사실을 연결하고 생각해 봐야 할 것 같습니다." 그는 고개를 끄덕이며 말을 계속했다.

"그러나 그렇게 하자면, 시간도 많이 들고 상당한 사고력이 필요하게 됩니다. 자신의 일상도 바쁘고 복잡한데. 자신과 무관한 사건에 골머리를 앓을 필요가 있을까요? ... 그래서 사람들은 누군가가 간결하고 선명하게 진실을 알려 주길 바라는 것 같습니다. 누군가가 말한 대로 세상을 판단하고, 선악을 나누고, 피아를 식별해 단순하고 쉽게 살아가고 싶을지 모르겠습니다만... 그러나 선과 악은 심플하게 나누어지지 않습니다. 아군과 적군도 간단히 나누어지지 않죠. 우리는 생각을 해야 합니다. 누군가 이게 무조건 옳다고 소리치면, 오히려 그것에 반박해 봐야 합니다. 제 마무리는 이렇게 하겠습니다. 오늘 발표한 두 개의 픽셔는 둘 다 나름의 근거와 증거를 가지고 있으니, 판단과 결론은 여러분의 몫이라는 것. 또한, 이 사건에는 아직 밝혀지지 않은 것들이 남아 있다는 것 말입니다... 저는 궁금합니다. 과연 패럴 씨가 왜 그런 생각을 했는지, 그의 살의는 최초 어디서 나왔는지. 호프 부인과 결혼할 때부터 계획을 세운 듯한데, 어떻게 그런 생각을 떠올린 것인지. 2년 전 혹시 무슨 계기가 있었던 건 아닌지 궁금할 뿐입니다... 혹은, 스위트 룸의 서재에 남아 있던 재도 궁금합니다. 무엇을 태운 흔적인지, 살인 계획서를 썼다 태운 것인지, 아니면 게일 군의 말을 빌자면 법률 용어를 알려 주었다고 하니, 만약을 대비해 자신의 변호 일지라도 쓴 것인지... 또 다른 것으로는, 패럴 씨가 퇴직 영상에서 밝혔던, 하고 싶은 일과 앞으로 하게 될 일이 무엇인지, 알아내지 못했습니다. 그 자신만만한 태도가 살인이란 범죄를 감추기 위한 연기라고 생각했지만. 실제 앞으로의 인생에서 큰 포부와 계획을 가지고 있었던 것인지는 모를 일이죠... 때문에 저희가 밝혀낸 것은 빙산의 일각처럼 아주 작은 조각일 뿐이며. 어떤 일도 전체를 분명하고 확실하게 알아내는 건 불가능한 일인 것 같습니다..." 그리고 그는 문득, 혼자만의 생각에 잠긴 듯 입을 다물었다.

그러자 뉴윈의 말을 마무리 짓기 위해, 아일랜이 카메라 앞으로 얼굴을 내밀었다. 그는 눈가에 다정한 주름을 잡고 큰 주먹을 입에 대고 헛험, 기침을 한 다음 곧이어 홍조를 띤 얼굴로 돌아왔다. "아, 그러니까 제 동료가 하고 싶은 말은요. 부디 여러분도 생각을 해 보시라는 거예요. 오늘 저희들과 함께 생각하고 추리하는 과정이 실로 흥미로웠다면 말이죠. 사실, 생각이란 골치 아픈 게 아니라 무척 흥미로운 과정이니까요. 어떻게 보면 세상에서 가장 재미있는 일 중 하나구요. 그러니 부디 생각하기를 멈추지 말아 주세요. 범죄나 살인도 마찬가지예요. 한 번만 더 생각해 보면 결코 저지를 수 없는 어리석은 일들이죠. 신의 그물은 성긴 듯해도 매우 촘촘해서 벗어날 수 없다는 지중해식 속담이 있잖아요. 아무리 완전 범죄를 꿈꾸며 그물을 짜 놓아도, 성긴 그물코 하나가 구멍을 내고 그물을 해체해 버려요... 삿되고 그릇된 계획을 꾸미는 시간과 정성이면, 거기다 잡혔을 때 치를 대가를 생각해 보면, 범죄란 결코 가성비가 없는 선택이랍니다. 이게 제 마무리예요."

그 말에 존스가 비아냥거렸다. "멍청하군. 이번 사건의 보험금이 자그마치 60억 골드 머니야. 그러니 살인을 저지르지. 무급처럼 무가치한 인생은 한평생 구경조차 할 수 없는 거액 아니야."

그러자 아일랜이 존스를 정면으로 노려보았다. "60억이 어떻고 골드 머니가 어떻단 거죠? 한 인간의 가치는 그가 평생 벌 수 있는 돈 따위로 정해지는 게 아니에요." 그리고 다시 카메라를 향해 얼굴을 들이밀었다. "인간의 가치는 다 다르다구요. 여러분의 가치는 여러분이 정하는 거예요. 남의 가치에 휘둘리지 마세요. 여러분의 가치는, 결코 돈과는 바꿀 수 없는, 여러분 자신과 바로 여러분이 자유롭게 만끽하는 시간일 거예요. 그게 훨씬 가치 있는 것들이죠." 그러나 이미 카메라는 전부 꺼진 후였다.

몇 분 전부터, 패럴 코브의 사건은 SD사건에서 범죄 사건으로 전환되었기 때문이다. 그것을 알고 존스가 비아냥댄 것이었다. 이 사건은 3대 중범죄 사건으로 재지정되었으며, 다시 조사수색이 진행될 예정이었다. 따라서 라이브로 진행될 수 없었다.

조수대 대원들은 아일랜의 말이 길어지자, 참지 못하고 증인들을 주요 참고인으로 데려갔으며, 때문에 스튜디오는 몇 분 전부터 캐스터들과 사회자를 빼고 텅 비어 있었던 것이다.

그러나 이것 역시, 조사수색 후에 다시 SD사건으로 결론이 날지 모른다. 혹은 어떤 결론이 나더라도 이 사건에 관심을 가진 이들은 각자 다른 진실을 도출하고 그 진실을 믿게 될 수도.

어쨌든 3대 중범죄 사건이기에, 더블픽셔사도 '승부'나 '경쟁'이라는 자극적인 타이틀을 내려놓아야 했고. 접속자 수나 트래픽 수도 집계하지 못하게 되었다. 승부는 원점으로 돌아간 게 아니라, 아예 무로 사라진 것이었다.

에필로그

　해가 저물기 시작한 때. 네 사람은 트윈 풀 호텔로 찾아와 카페의 야외 테라스에 서 있었다. 아일랜이 뒤늦게 호텔의 오션 뷰에 대한 자랑을 늘어놓았고. 호기심을 느낀 비숍과 모라가 제대로 구경해 보자고 따라 나섰기 때문이다. 그러고 보니 그들은 조사에만 집중하느라, 그 아름답다는 바다 풍경을 사건 현장의 배경으로만 취급했던 것이다.
　그러나 사망 사건으로 화제가 된 트윈 풀은 만원이었고 스위트 룸도 이미 손님이 묵는 중이라, 그들은 라운지 카페로 올 수밖에 없었다. 카페의 야외 테라스는 아랍풍의 화려한 타일로 꾸며져 있으며 파라솔과 테이블이 잔뜩 놓여 있어, 바다는 저 아래 슬며시 숨어 있다. 때문에 오션 뷰를 제대로 보려면 산책로로 내려가야 할 듯. 이윽고 아일랜과 뉴원이 야외 테라스의 계단을 내려가기 시작하고. 비숍과 모라도 저만치 떨어져 뒤를 따른다.

　아일랜은 열심히 바닥만 보며 돌계단을 한 단 한 단 내려갔다.
　"알았죠? 뉴원 씨. 절대 중간에 먼저 보기 없기예요. 제가 자리를 잡고 서면 뉴원 씨도 옆에 서서, 함께 동시에 짠하고 바다를 구경하는 거예요." 그러나 뉴원은 계속 거부만 하는 중이었다. "하지만 아일랜 씨. 저는 이 바다를 자세히 보고 싶지 않다고 했습니다. 정말 보고 싶지 않다고요."

그러나 그사이 계단을 다 내려간 아일랜은 키 큰 나무 울타리를 지나 안쪽으로 둥글게 파인 전망대에 이르렀다. 고개를 숙인 채로 걷다 안으로 움푹 들어간 돌바닥을 확인한 아일랜은 호들갑스럽게 뉴원을 끌고 안으로 들어갔다.

그리고 잠시 후, "하나, 둘, 셋."하고 외치던 작가의 입에서, 극도로 흥분한 탄성이 터져 나왔다. "우와아아앗."하고 소리를 내지른 아일랜은, 저도 모르게 나무 난간을 부서질 듯 움켜쥐고 앞만 바라보았다. 노을이 지는 바다 풍경에 압도당한 듯. 자리에 멈춘 채 조금도 움직이지 못했다.

뉴원도 고함 소리에 놀라 고개를 들어 바다를 바라본다. 그러나 금세 뒤로 물러나고 마는데. 그의 눈에도 바다 풍경은 대단해 보였지만 아일랜과는 완전히 다른 의미였다.

바다는 광활한 대양. 그 자체였다. 만경창파나 망망대해라는 표현이 딱 어울릴 만큼. 노을을 집어삼킬 듯 드넓고 푸른 바다가 펼쳐져 있다. 오직 바다뿐인 바다. 바다 외에는 아무것도 보이지 않는 오롯한 바다였다.

작은 섬이나 우뚝 솟은 바위 하나 보이지 않는. 등대나 방파제, 테트라포드, 그 흔한 부표 하나 떠 있지 않은. 심지어 지나가는 보트나 배 한 척 보이지 않는. 고요한 바다가 누워 있었다.

그것은 푸른 물결과 잔잔한 포말만 이는, 바다에 속한 것들만 있는 진짜 바다였던 것이다.

뉴원은 그 풍경이 소름 끼칠 만큼 무섭다. 그러나 아일랜은 크게 감동한 듯 눈에 눈물이 그렁그렁한 채로 뉴원을 돌아본다.

"아, 아일랜 씨 우는 겁니까?" 뉴원이 당황한 어조로 물었다.

작가는 보름달만큼 커다랗게 뜬 눈에 눈물을 글썽이며 고개를 끄덕였다. "이런 풍경은... 난생 처음 보는 걸요. 정말 대단해요." 그리고 다시 몸을 돌려 바다를 바라본다. "정말 대단한 풍경이지 않아요? 이렇게 바다뿐인 바다는 처음 봐요. 바다 말고는 아무것도 없는, 온통 바다뿐인 바다 말이에요. 이게 진짜예요. 마치 어린아이 같은 순수한 바다, 그 자체란 말이죠." 아일랜은 목소리마저 떨리는 듯. "이런 풍경을 독점할 수 있다니... 독재라는 게 어떤 의미인지, 이제 알겠어요."라고 말한다.

그러나 뉴원은 정반대로 얼굴이 희멀겋게 질려 있다. "전 왠지 멀미가 날 것 같은데요. 못 참겠어요. 이게 단순한 별장이라고요? 외곽에 있음에도 불구하고 잘 닦여진 길은, 폭으로만 보면 마치 장갑차나 전쟁 무기의 진입로처럼 보이는데요. 제 눈에 이 호텔은 일종의 벙커이자 전략 기지로 보일 뿐입니다. 한 장소를 제대로 이해하는 방법은 주인의 의식을 반영해야 하죠. 그 주인의 눈으로 보는 겁니다. 그렇게 보면 이곳은 얼마나 무섭고 공포스러운 곳인지... 이 호텔에서 보이는 것은 바다뿐인데, 철저하게 바다뿐인 이유가 무엇일까요... 어선조차 지나가지 못하게 한 것은 무엇을 덮고 무엇을 통제하기 위한 것일까요... 그가 바다 뷰를 보기 위해 이 호텔을 지었다고 생각하다니 순진하시군요... 혹, 여기에 끌려온 이들이 있다면 어떻게 되는 걸까요. 독재란,

자신에게 반하는 모든 것을 힘으로 짓누를 수 있으니, 철저히 고립되어 쥐도 새도 모르게 죽어 나갈 뿐 아닌가요." 그리고 그는 기운이 빠진 목소리로 말을 계속했다.

"또한 누군가를 아무도 몰래 죽여 없애 버리고 싶은 사람들에게 이 풍경이 어떻게 보였을지 궁금하군요… 그들은 호텔의 룸에 들어서는 순간, 완벽하게 살인을 저지를 수 있다는 것을 깨닫지 않았을까요… 그래서 트윈 풀은 그런 사람들에게만 전해지는 곳인지 모릅니다… 사실, 솔리 양의 영상에서, 패럴 씨의 시체를 발견한 총지배인이 너무 침착하고 능숙하게 사후 확인을 하는 것을 보고 든 생각입니다만."

"어머, 말도 안 돼요."

"아, 아일랜 씨는, 제가 비숍 팀장님과 호텔에 대한 이야기를 나눌 때 자고 있었군요."

그사이 전망대에 당도한 비숍 팀장은 안으로 들어가지 않고, 산책로에 선 채로 입을 열었다. "과연 이런 풍경이었군. 저 회색 청년이 말한 의미가 이거였어. 트윈 풀 호텔이 사람들에게 어떤 생각을 불러일으키는 곳인지, 확실히 알 것 같아."

그러자 이미 비숍에게 이야기를 전해 들었던 모라도 고개를 끄덕였다. 그리고 잠시 바다를 감상하다, "이제 돌아가면 본격적으로 재조사를 하겠군요." 하고 말했다. 그러다 문득 앞에 선 두 사람늘 쳐다보며 헛기침을 한다. "흠, 저 두 사람은 조금 회한한 것 같아요."

"어떤 점이 그렇지?"

"그러니까 대부분의 캐스터들은 주장을 확실히 마무리하잖아요. 그런데 아까 들은 이야기는 끝이 모호했어요. 차라리 마무리를 듣지 않는 편이 좋았다는 생각이 들 정도로요. 패럴 씨의 살의는 어디서 시작됐으며, 그는 앞으로 무엇을 할 생각이었는지... 이야기를 듣고 나서 속이 뻥 뚫리는 게 아니라, 자꾸 그걸 생각하게 된다니까요. 뭔가 제 3의 진실이 있을 것만 같고."

그러자 비숍 팀장이 웃었다. "허허... 나도 그래. 뭔가 미적지근하고, 중요한 걸 놓친 것 같은 생각도 들고... 완전히 저들에게 말려들었어. 자꾸 생각을 하게 된다니까."

모라는 비숍 팀장이 너그럽게 그들을 인정하는 듯한 발언을 한 사실에 놀랐다. 그러나 비숍은 부팀장이 놀란 것을 눈치채지 못한 듯, 자신의 포부를 밝힌다. "그래서 말인데. 퇴임을 하게 되면, 트윈 풀 호텔에서 일어난 사고를 전부 다시 조사해 볼 생각이야. 그게 끝나면 우리 타운에서, 사망 보험금이 지급된 자살 사건을 골라 다시 한번 파헤쳐 볼 생각이고. 인간의 살의와 악의가 얼마나 치밀하고 집요한지, 몇 달이 아니라 수년도 이어질 수 있다는 걸 알게 됐으니까. 덕분에 퇴임하는 날을 아주 고대하게 됐지 뭔가." 비숍은 고개를 끄덕이며 말을 계속했다. "그럼, 저 두 사람에게 감사해야 할 테지. 진실을 밝히는 노력을 게을리 할 수 없는 인생으로 만들어 줬으니 말이야... 결국 어떤 조직에 있든, 조직의 이름이 어떻든 간에, 우리의 본분은 끝없이 사건과 싸우며 진실을 밝히는 데 있다는 걸, 새삼 깨달은 것 같아."

"그나저나 존스 톤 씨가 가만있지 않을 것 같은데요. 아까 뉴윈 씨가 악수를 청할 때, 그 표정 보셨어요? 혹시 그가 저 두 사람을 혐오로 공격해 바닥으로 끌어내릴지 모르겠어요. 그는 워낙 유명한 혐오 캐스터라 걱정스러워요."

"하지만 함께 다녀 보니, 저 두 사람은 그런 공격에 흔들리지 않을 것 같아. 저들은 원래 절벽 아래에 살고 있던 이들이니까. 왠지 그런 생각이 들어... 추락을 두려워하는 이들은, 자신이 남들 위에 있다고 착각하는 사람들이 아닐까." 그러면서 비숍은 안심하라는 듯, 모라에게 고개를 끄덕여 보였다.

뉴윈은 호텔의 진실에 대해 아일랜이 믿지 않아도 상관없다고 대꾸했다. 그리고 잠시 뜸을 들이다 가장 중요한 질문을 던졌다.
"어쨌든 당분간 통나무집에는 나타나지 않겠죠? 아일랜 씨."
"하지만 그럼, 저 때문에 산 커핑컵이 쓸모 없게 되잖아요. 제 컵을 쓰기 위해 전 자주 들를 생각이에요." 하고 아일랜은 고개를 저었다.
"커핑컵을 아일랜 씨 때문에 샀다고요?"
"네. 통나무집에 처음 갔을 땐 살림이 없었잖아요, 그나마 있는 것도 전부 하나뿐이었구요. 접시와 포크, 스푼과 프라이팬, 스프 볼까지 전부 하나였는데. 엉겅퀴차를 타 준 컵은 틀림없이 한 쌍이었어요. 저를 위해 따로 산 게 아닌가요?"
뉴윈은 헛기침을 했다. "흠... 그걸 보셨군요. 아일랜 씨가 알아차리지 못할 줄 알았는데요."

"어머, 전 관찰도 잘하고 기억도 잘해요. 게다가 관심 있는 사람은 표정을 읽는다고 했잖아요."

그 말에 뉴윈은 더욱 크게 당황했다. "아."하고 탄성을 지르고 말았는데. 그제야 아일랜이 '말 너머를 보는 사람'이었다는 것이 기억났기 때문이다. 이 작가는 상대의 말을 들으며, 동공과 눈썹, 광대의 움직임과 피부 톤의 변화, 호흡의 강약까지 알아차릴 수 있는 사람이 아니었던가. 물론 그 대상은 관심 있는 상대에 한했는데. 자신의 표정을 관찰하고 있을 줄은 생각지 못했다.

그사이 아일랜은 슬쩍 미소를 감춘다. 자기를 볼 때마다 뉴윈의 회색 동공이 조금 커지고, 광대가 미세하게 올라가며, 뺨이 살짝 붉어지는 것도. 이야기를 나눌 때 목소리가 세밀하게 빨라지는 것도 모른 척해 주기로 한다. 어쨌든 그도 대화를 나누는 것을 즐기며 사람의 온기가 필요한 평범한 사람인 것이다. 그런데 언제나 덤덤하던 뉴윈의 냉정함이 무너지고, 순간 당황한 표정이 드러나자 좀 재미있는 것이다.

결국 아일랜은 "호호홍." 웃음을 터뜨리며 눈을 요렇게 치떴다. "재밌어라. 지금 당황한 거 맞죠? 제가 뉴윈 씨 입을 다물게 하다니. 대단한 걸요. 엄청 뿌듯해요. 그럼, 기분 좋은 김에 하나 더 중요한 사실을 알려 드릴까요? 사실, 제가 가 본 집 중에 통나무집이 제일 좋은 것 같아요. 왜냐하면 바로 옆에 공원이 있으니까요. 저번에 뉴윈 씨를 만나고 돌아가는 길에 센토 공원에 들렀는데. 거기 화단을 만들고 정원을 꾸며 보고 싶다는 생각이 들지 뭐예요. 그래서 주민센터를 찾아갔더니, 공원 관리인이었다는 할머니를 만나게 해 주더라구요. 그렇게 세라 할머니를 만나 이런저런 이야기를 나누었는데. 공원에 화단을 가꿔 볼까 생각한다고 했더니 얼마나 기뻐하시던지. 게다가 뉴윈 씨 친구라고 했더니 자기 열쇠를 당장 내주시던 걸요. 통나무집 비상 열쇠라고 하시면서요."

"아. 그렇게 된 거군요." 뉴윈은 짧은 탄성을 내질렀다. 어쨌든 열쇠에 대한 미스터리가 풀려 다행이었다. 정말 코로 찾은 건 아닐까 걱정했던 자신이 조금 우스운 듯도… 그러나 놀림을 당할 수만은 없다. 그는 다시 헛기침을 하며 반격할 기회를 노린다.

"흠, 그럼 아일랜 씨는 또다시 사건을 끌고 와, 절 귀찮게 할 생각인 겁니까?"

그러자 작가는 붉은 볼을 손으로 감싸 쥐며 괴로운 표정을 지었다. "무슨 말이에요. 일부러 그러는 게 아니잖아요. 살인 사건을 조사하게 되는 게 제 탓이 아니라구요. 어휴, 정말 왜 사랑이라든가, 연애라든가, 열정적인 로맨스 사건은 제게 일어나지 않는 거죠? 그런 사건이라면, 뉴윈 씨 도움 없이, 혼자서도 얼마든지 완벽하게 해낼 텐데 말이에요."

"네?" 뉴윈은 뜻밖이라는 듯 아일랜을 쳐다봤다. "아일랜 씨도 연애에 관심이 있었나요?" 제대로 반격의 기회를 잡았다.

"당연하죠. 사랑에 대한 욕망으로 로맨스 소설을 쓴다고 해도 과언이 아닌 걸요. 불타오르는 욕망이 분출구를 찾지 못해, 삐뚤어지고 반사회적인 성향을 갖기 전에, 아주 발전적인 방법으로 욕구를 해소하는 것뿐이에요. 제가 말하지 않았나요? 사랑이 가장 위대하다고. 세상을 바꾸는 것은 오직 사랑이며, 인간을 구원하는 것도 오직 사랑뿐. 그 위대한 사랑을 꼭 해 보고 싶단 말이에요. 도대체 저를 어떻게 본 거예요."

"아, 전 단지, 소설로 쓸 뿐. 아일랜 씨가 실제 현실에서 연애를 하고 싶어 하는 줄은 몰랐습니다." 그는 기회를 낚아챘다.

"하고 싶어요. 알콩달콩 연애를 하고 싶단 말이에요. 아름다운 연인과 열정적인 사랑을 나누고 싶다구요. 단지 기회가 없었을 뿐. 왜 그럴까요? 전 왜 한 번도 연애할 기회가 없었던 거죠?"

그 말을 들은 뉴원은 속으로 회심의 미소를 지으며, 일부러 심각하게 회색 눈썹을 일그러뜨렸다. "글쎄요. 기회가 없었다니 의외로군요. 제 생각입니다만, 적어도 한 번의 기회는 있었던 것 같은데요."

"네? 그게 무슨 말이에요. 그런… 기회가 있었을 리 없잖아요. 그리고 뉴원 씨가 어떻게 그걸 안다는 거예요?" 아일랜의 눈이 동그래졌다.

흠, 뉴원은 주먹을 입에 대고 가볍게 헛기침을 한 다음, 아일랜을 쳐다본다. 아일랜은 그 진지한 회색 눈빛에 가슴이 두근거리며, 기대가 뭉글뭉글 피어올라 부풀기 시작한다.

그리고 잠시 후, 드디어 회색 청년이 입을 열었다.

"솔리 양, 말입니다. 도대체 아일랜 씨는 여성분이 먼저 전화를 걸어와 호텔의 스위트 룸에서 함께 보내자는 말을 어떻게 받아들인 겁니까."

"네에? … 그건… 룸을 구경하자는 말로…"

"솔리 양과 아무런 접점이 없다고 하지 않았나요? 게다가 집이 아니라 호텔로 초대하지 않았습니까. 그런데 룸을 구경한다고요? 그것도 주말 동안? 호텔의 룸이란 게 그렇게 볼거리가 많은 줄 몰랐군요. 제가 맨 처음 솔리 양의 제안이 의심스럽다고, 도저히 이해가 안 간다고 말한 것도 그 때문입니다. 그녀가 아일랜 씨를 유혹한 듯싶은데, 그 이유가 궁금했거든요. 물론 아일랜 씨에게 호감을 느꼈다는 게 적절한 설명이겠지만요."

뉴윈의 한 마디 한 마디가 치명타가 되어 아일랜의 가슴을 찌른 듯. 작가는 점점 더 입이 벌어지더니 나중엔 입을 세로로 길게 쪽 벌리고 어깨를 들어올렸다. 그리고 잠시 후, 번개를 맞은 듯 크게 소리쳤다.

"오옷. 그럼 그게 그린 라이트였단 말이에요? 세상에! 솔리 양이 제 매력에 빠져 있었다니. 왜 그걸 알아차리지 못했을까요. 아아. 제가 너무 둔했어요. 솔리 양이라니. 바보 같이. 어떡하면 좋죠." 괴로움에 몸부림치던 작가는 절망한 얼굴로 하늘을 향해 두 손을 펼쳐 드는데.

놀림 당한 복수를 끝낸 뉴윈은 고개를 모로 돌리고 어깨를 흔들며 조용히 웃음을 삼킨다.

저만치 뒤에서, 그런 두 사람을 바라보며, 비숍과 모라는 이상하다는 듯 고개를 갸웃할 뿐이었다.

작가의 말

작가가 글을 쓰는 원동력은 글을 읽어 주는 독자분들이라고 생각합니다.

특히 미스터리 소설을 쓰는 저는 항상 독자분들을 생각하며 글을 썼습니다.

독자 여러분을 속이기 위해 끊임없이 덫을 놓고, 어릿광대를 늘어놓으려 애를 썼습니다.

그러므로 이 소설은 저와 독자 여러분이 함께 써 내려간 작품입니다.

부디 여러분이 함께 완성시킨 이 소설을 재미있게 읽어 주시기를 바랍니다.

또한 여러분도 아일랜과 뉴윈을 만나 즐거우셨기를 진심으로 바랍니다.

세 번째 시리즈에서 뵙겠습니다.

트윈 풀 호텔의 살인 사건

초판 1쇄 인쇄 2024년 2월 12일
초판 1쇄 발행 2024년 2월 22일
지은이 노원
펴낸이 김선화
펴낸곳 포문출판
표지, 삽화 jjubu4
등록 2017년 11월 6일 (제 2017-000005호)
주소 경남 양산시 동면 석금산로 171
전화 055-367-3282
팩스 055-367-3288
이메일 alalcnf448@gmail.net
ISBN 979-11-964143-9-9 (03810)

　*이 책은 저작권법에 따라 보호받는 저작물이므로 무단전재와 복제를 금지하며, 이 책의 내용 일부 또는 전부를 이용하려면 반드시 저작권자와 포문출판사의 서면동의를 받아야 합니다.
　　*파본은 구입하신 서점이나 본사에서 교환해 드립니다.
　　*책값은 뒤표지에 있습니다.
　　*이 도서의 정보는 서지정보유통지원시스템 홈페이지 (http://seoji.nl.go.kr) 에서 확인할 수 있습니다.